浙江省社科规划课题成果

本书的出版得到中国计量大学人文社科学院
学术著作出版基金资助

清代三家《诗》文献研究

房瑞丽　著

中国社会科学出版社

图书在版编目(CIP)数据

清代三家《诗》文献研究/房瑞丽著. —北京：中国社会科学出版社，2018.1

ISBN 978-7-5203-0720-8

Ⅰ.①清… Ⅱ.①房… Ⅲ.①古典诗歌—诗歌研究—中国—清代 Ⅳ.①I207.22

中国版本图书馆CIP数据核字(2017)第168811号

出 版 人 赵剑英
责任编辑 韩国茹
责任校对 陈 晨
责任印制 张雪娇

出 版 中国社会科学出版社
社 址 北京鼓楼西大街甲158号
邮 编 100720
网 址 http://www.csspw.cn
发 行 部 010-84083685
门 市 部 010-84029450
经 销 新华书店及其他书店

印 刷 北京君升印刷有限公司
装 订 廊坊市广阳区广增装订厂
版 次 2018年1月第1版
印 次 2018年1月第1次印刷

开 本 710×1000 1/16
印 张 21.5
插 页 2
字 数 350千字
定 价 98.00元

目　录

绪　论

《诗三百》[①] 自结集和经过孔子整理以后，在先秦时期发挥着重大的作用，从先秦典籍中众多引《诗》、用《诗》的记载可略知一二。西汉初年，传授《诗经》的除了现存的《毛诗》外，还有鲁、齐、韩三家。鲁、齐、韩三家《诗》，在两汉期间，动辄授徒千余人，配合今文经学的发展，形成了声势浩大的今文《诗》学派。关于三家《诗》在两汉时期的师承，前后《汉书·儒林传》中都有相关记载。近年来已有学者关注到两汉时期三家《诗》的发展，如刘立志的《汉代〈诗经〉学史论》[②]、赵茂林的《两汉三家〈诗〉研究》[③]、俞艳庭的《两汉三家〈诗〉学史纲》[④] 等，凡是涉及汉代《诗经》学的著作，三家《诗》都必然是研究的对象。只是到东汉时期，今文三家《诗》的阐释越发走向了烦琐经学、谶纬神学的路子，与古文《毛诗》相比，其缺点也日益显露出来。东汉末年儒学大师郑玄出，以笺释《毛诗》为主，将三家《诗》说融汇于笺释之中，被后来的学者所接受，随后三家《诗》式微。《隋书·经籍志》记载，《齐诗》，魏代已亡，《鲁诗》亡于西晋；《韩诗》虽存，却无传之者。《韩诗》北宋尚存，见于《太平御览》，后不见传者，现仅存《韩诗外传》。[⑤]

---

① 《诗经》在先秦时期称为《诗》《三百篇》或《诗三百》，到汉武帝时期被尊为经典，才被称为《诗经》，后一直沿用至今。

② 刘立志：《汉代〈诗经〉学史论》，中华书局 2007 年版。

③ 赵茂林：《两汉三家〈诗〉研究》，巴蜀书社 2006 年版。

④ 俞艳庭：《两汉三家〈诗〉学史纲》，齐鲁书社 2009 年版。

⑤ 关于《齐诗》《鲁诗》的亡佚时间，笔者撰有《〈齐诗〉〈鲁诗〉亡佚时间再辨》一文，推测应该在南北朝之末及隋初之际。参见《文学遗产》2012 年第 4 期。

虽然《韩诗》在唐代还有流传，但由于孔颖达奉敕编撰的《毛诗正义》使《毛诗》学定于一尊，因而《韩诗》在唐代已没有多少发展的空间，只有少数的学者在著述中引用《韩诗》的某些说法，如陆德明《经典释文》中《毛诗音义》部分的《韩诗》说；李善在《文选注》中涉及《诗》说时，有时采用《韩诗》说；或唐代的一些大型类书如《北堂书钞》《艺文类聚》《初学记》等中，还保留部分《韩诗》说。南宋经学大师朱熹在著《诗集传》时，正是关注到了李善的《文选注》中多采用《韩诗》说，而欲收集汇总之，虽未竟，却启发了另一位学者王应麟。王应麟受此影响，收集鲁、齐、韩三家《诗》遗说，著录《诗考》，开创了三家《诗》[①]辑佚的先河。至清代，伴随着学术思潮的发展，三家《诗》研究得以全面复兴，成为清代《诗经》学史乃至清代学术史上不可或缺的组成部分。

无论是汉初三经博士的确立，还是在两汉时期的发展传承，都可以看出三家《诗》是经学发展的产物。因而从本质上来说，三家《诗》属于经学的范围。梁启超命清代为"古学复兴时代"[②]，陈寅恪云"有清一代经学号称极盛"[③]，两汉时期盛行的三家《诗》，就是这一"古学复兴"和"经学极盛"浪潮中的宠儿。周予同谈道："到了清代，辑佚学及今文学兴起，于是久已衰亡的今文《诗》学又成为学者讨究的对象。"[④]

纵观近百年来的学术研究，《诗经》的研究取得了重大突破，《诗经》学史专著的出现，使得人们对历代的《诗经》发展有了较为深入的理解。但与历代学者的研究多集中在《毛诗》上一样，当代的《诗经》学史也可以说是《毛诗》发展史。关于三家《诗》研究，除了有少数学者关注其个案外，对清代三家《诗》学的系统分析和全面探讨尚不多见。

关于20世纪以来对清代三家《诗》学的研究，兹以研究角度的不同，对有关包含三家《诗》信息的研究状况，略作概括。

---

① 本书凡称三家《诗》，即包括鲁、齐、韩三家《诗》文本、诗说及其后学的有关论说。
② 梁启超：《论中国学术思想变迁之大势》，上海古籍出版社2004年版，第134页。
③ 陈寅恪：《金明馆丛稿二编》，生活·读书·新知三联书店2001年版，第269页。
④ 周予同：《群经概论》，见王云五主编《百科小丛书》，商务印书馆1933年版，第39页。

第一，学术史，特别是经学史中的简论。作为清代学术一个重要分支的清代《诗经》学史，在不少清代学术史著作中都会有所涉及。《诗经》在西汉时期被奉为经典，尊称为经，后世一批批的学者从经学的角度诠释、研治之。因而，经学史著作中对《诗经》的论述自必不少。较早的如马宗霍的《中国经学史》[①]，日本学者本田成之的《中国经学史》[②]，周予同的《中国经学史讲义》[③]与《群经概论》[④]等中，都有对《诗经》学史的简单论述。当代学者的著作，如蒋伯潜的《十三经概论》[⑤]，吴雁南、秦学颀、李禹阶主编的《中国经学史》[⑥]，吴雁南主编的《清代经学史通论》[⑦]，台湾学者徐复观的《中国经学史基础》[⑧]等，也都从经学史的角度对清代《诗经》学的发展作了概述。这些经学史著作多是从宏观的角度观照历代经学的发展，在谈到《诗经》发展时，虽然对清代三家《诗》研究成果的分析为数不多，明确地探讨三家《诗》的意识还很薄弱，但却描述了三家《诗》在清代发展的经学背景，为清代三家《诗》的研究提供了参考。如《清代经学史通论》中，关于陈乔枞、魏源的经学研究，就从今文三家《诗》发展的角度论述了其贡献，虽然陈乔枞的三家《诗》研究在笔者看来算不上今文经学的研究，但也表明三家《诗》研究受到了应有的关注。

第二，《诗经》学史著作中的探讨。关于《诗经》学史的研究，民国间胡朴安著有《诗经学》一书，其中有“三家《诗》”一章，探讨了三家《诗》研究的方法，并对清代学者陈乔枞的三家《诗》研究成就给予高度评价，字字珠玑，成为研究清代三家《诗》成果的先行者。20 世纪 80 年代以后，特别是近年来《诗经》学史的研究取得了丰硕的成果。如夏传才的《诗经研究史概要》[⑨]、韩明

---

① 马宗霍：《中国经学史》，上海书店出版社 1984 年版。
② ［日］本田成之：《中国经学史》，上海书店出版社 2001 年版。
③ 周予同：《中国经学史讲义》，上海文艺出版社 1999 年版。
④ 周予同：《群经概论》，商务印书馆 1933 年版。
⑤ 蒋伯潜：《十三经概论》，世界书局 1944 年版。
⑥ 吴雁南、秦学颀、李禹阶主编：《中国经学史》，福建人民出版社 2001 年版。
⑦ 吴雁南主编：《清代经学史通论》，云南大学出版社 2001 年版。
⑧ 徐复观：《中国经学史基础》，台湾学生书局 1982 年版。
⑨ 夏传才：《诗经研究史概要》，清华大学出版社 2000 年版。

安的《诗经研究概观》①、鲁洪生的《诗经学概论》②、戴维的《诗经研究史》③、洪湛侯的《诗经学史》④、张启成的《诗经研究史论稿》⑤ 等。另外台湾学者林叶连的《中国历代诗经学》⑥、李家树的《传统以外的诗经学》⑦ 及《诗经历史公案》⑧ 等有关《诗经》论著，也都对认识《诗经》学史，解决《诗经》研究史上的一些问题，提供了可资参考的宝贵意见。在这些著作中，夏传才先生的《诗经研究史概要》中“清代《诗经》研究概说”一章，有关于“今文学派说《诗》与三家《诗》遗说的搜集研究”的简论，涉及“清今文学派和社会思想运动”“龚自珍的诗说”“魏源的《诗古微》”“王先谦的《诗三家义集疏》”，对三家《诗》遗说的搜集及今文大义发挥的研究均有论述。虽然篇幅不长，但他把重要的三家《诗》研究者单独论述，充分肯定了清代三家《诗》研究的成果，是重视三家《诗》研究的开始。洪湛侯先生在《诗经学史》一书中，第九、第十章分别标目为“清代三家《诗》学重要著作”和“清代今文《诗》学研究的方法和业绩”，对于清代三家《诗》研究成果进行了较为详细的论述，并对其研究方法进行了探讨。他认识到三家《诗》研究是“《诗经》清学”的重要组成部分，注意到了三家《诗》研究在清代《诗经》学史上的重要地位。虽说他谈到的有关三家《诗》的研究还不够全面，但这足以说明在有意识地挖掘三家《诗》研究成果方面取得了重大突破。另外戴维先生的《诗经研究史》以时代为纲，对清代三家《诗》研究的重要成果也作了一定的论述。张启成先生《诗经研究史论稿》中收有“评王先谦《三家诗义集疏》”一文，对于这一清代三家《诗》研究集大成的成果进行了分析。总之，上述《诗经》学史著作中谈到了有关清代三家《诗》的研究，虽然多是简单涉及，尚不够全面，但这为深入认识《诗

① 韩明安：《诗经研究概观》，黑龙江人民出版社 1988 年版。
② 鲁洪生：《诗经学概论》，辽海出版社 1998 年版。
③ 戴维：《诗经研究史》，湖南教育出版社 2001 年版。
④ 洪湛侯：《诗经学史》，中华书局 2002 年版。
⑤ 张启成：《诗经研究史论稿》，贵州人民出版社 2003 年版。
⑥ 林叶连：《中国历代诗经学》，台湾学生书局 1995 年版。
⑦ 李家树：《传统以外的诗经学》，香港大学出版社 1994 年版。
⑧ 李家树：《诗经历史公案》，大安出版社 1990 年版。

经》学史提供了有益的借鉴。

第三，一些研究性论文中的专门探讨。在单篇论文方面，郑振铎1927年发表于《小说月报·中国文学研究专号》上的《关于诗经研究的重要书籍介绍》[①]一文中，专门列出了清代的部分三家《诗》研究著作，并有一些简单的介绍，这种收集是很有意义的，可惜很长一段时间内，并没有学者对郑振铎提供的这一信息进行思考，甚为遗憾。

在一些讨论清代《诗经》学史的论文中，也有部分涉及清代三家《诗》研究成果的。如夏传才的《论清代〈诗经〉研究的革新和继承》[②]，周元彪的《清代〈诗经〉研究观的嬗变与毛诗学派的〈诗经〉研究》[③]，陈国安的《清代"诗经学"流派述略》[④]，宁宇的《清代〈诗经〉学的发展阶段及主要派别》[⑤] 等，都从各个不同的角度论述了清代《诗经》研究的重要成就，这些成果虽然也提到了一些三家《诗》研究的成果，但以对《毛诗》研究的探讨为主，故未能真正反映出清代三家《诗》研究的整体状况。这也是因为系统的清代三家《诗》成果的整理尚未出现，面对《毛诗》研究的辉煌局面，选择以《毛诗》为清代《诗经》研究成果的展示点，也是众多学者的普遍认识。

当然，对清代三家《诗》学者及其研究成果的分析，也取得了一定的成绩。这主要集中在对清代三家《诗》主要作家及其代表作的研究上，如对魏源《诗古微》的研究，有何慎怡的《魏源论〈齐〉〈鲁〉〈韩〉与〈毛诗〉的异同》[⑥]和《〈诗古微〉版本述略》[⑦]，李瑚的《〈诗古微〉（校点本）评介》[⑧] 和《魏源

① 郑振铎：《关于诗经研究的重要书籍介绍》，《小说月报·中国文学研究专号》，1927年。

② 夏传才：《论清代〈诗经〉研究的革新和继承》，《天津师院学报》1982年第4期。

③ 周元彪：《清代〈诗经〉研究观的嬗变与毛诗学派的〈诗经〉研究》，《江西社会科学》1998年第4期。

④ 陈国安：《清代"诗经学"流派述略》，《南阳师院学报》2005年第11期。

⑤ 宁宇：《清代〈诗经〉学的发展阶段及主要派别》，《泰山学院学报》2005年第4期。

⑥ 何慎怡：《魏源论〈齐〉〈鲁〉〈韩〉与〈毛诗〉的异同》，《湖南师范大学学报》1988年第5期。

⑦ 何慎怡：《〈诗古微〉版本述略》，《中国文学研究》1990年第2期。

⑧ 李瑚：《〈诗古微〉（校点本）评介》，《近代史研究》1991年第6期。

〈诗古微〉臆说》[①]，孔繁的《魏源对汉代今、古文经学之辨析》[②]，张启成的《论魏源的〈诗古微〉》[③]，李传书的《魏源今文〈诗〉学评述》[④] 等。对王先谦的《诗三家义集疏》的研究，有邹凤礼的《〈诗三家义集疏〉评述》[⑤]，赵茂林的《王先谦与陈乔枞三家〈诗〉研究比较》[⑥]，陈致的《商略古今，折衷汉宋：论王先谦的今文〈诗〉学》[⑦] 等。学者们从不同角度对《诗古微》和《诗三家义集疏》这两部三家《诗》著作进行分析，在清代三家《诗》研究领域取得了一些新的进展。

三家《诗》辑佚研究的成果也引起了一些学者的关注，俞艳庭的《清儒三家〈诗〉辑佚成就述略》[⑧]，台湾学者叶国良的《〈诗〉三家说之辑佚与鉴别》[⑨]，贺广如的《范家相〈三家诗拾遗〉及其相关问题》[⑩] 及《冯登府的三家〈诗〉辑佚学》[⑪] 等，对三家《诗》的辑佚研究有一定的认识，表现了可贵的探索，其考述成果也足资借鉴。而香港学者张锦少的《从著述年份和作者的地理分布看清代三家〈诗〉学的发展》[⑫] 则是对清代三家《诗》学外部研究特征的考察，颇有启示意义。

第四，硕博士学位论文方面的研究，传达着最新的学术走向。宁宇的《清代文学派〈诗〉学研究》[⑬]，何海燕的《清代〈诗经〉学研究》[⑭]，是近年来对清代《诗经》学的系统总结，部分涉及了清代三家《诗》的研究成果。赵茂林的《两

---

① 李瑚：《魏源〈诗古微〉臆说》，《益阳师专学报》1996 年第 1 期。

② 孔繁：《魏源对汉代今、古文经学之辨析》，《河北学刊》1998 年第 6 期。

③ 张启成：《论魏源的〈诗古微〉》，《贵州文史论丛》2006 年第 2 期。

④ 李传书：《魏源今文〈诗〉学评述》，《长沙理工大学学报》2004 年第 4 期。

⑤ 邹凤礼：《〈诗三家义集疏〉评述》，《江苏教育学院学报》1998 年第 3 期。

⑥ 赵茂林：《王先谦与陈乔枞三家〈诗〉研究比较》，《广西社会科学》2004 年第 4 期。

⑦ 陈致：《商略古今，折衷汉宋：论王先谦的今文〈诗〉学》，《湖南大学学报》2006 年第 1 期。

⑧ 俞艳庭：《清儒三家〈诗〉辑佚成就述略》，《唐都学刊》2006 年第 3 期。

⑨ 叶国良：《〈诗〉三家说之辑佚与鉴别》，《国立编译馆馆刊》第九卷第一期，1980 年第 6 期。

⑩ 贺广如：《范家相〈三家诗拾遗〉及其相关问题》，《汉学研究》第 22 卷第一期，2004 年第 6 期。

⑪ 贺广如：《冯登府的三家〈诗〉辑佚学》，《中国文哲研究辑刊》第二十三期，2003 年第 9 期。

⑫ 张锦少：《从著述的年份及其作者的地理分布看清代三家〈诗〉学的发展》，《中国文化研究所学报》第五十一期，2010 年 7 月。

⑬ 宁宇：《清代文学派〈诗〉学研究》，山东大学 2004 年博士学位论文。

⑭ 何海燕：《清代〈诗经〉学研究》，人民出版社 2011 年版。（华中师范大学 2005 年博士学位论文）

汉三家〈诗〉研究》[①]，第一章第二节是对清代三家《诗》重要研究成果的概述。这三篇博士论文，虽然着眼点不同，但都深化了《诗经》学史的研究，也使得三家《诗》研究的问题更为迫切。台湾硕博士学位论文中，有关清代三家《诗》研究的有周浩治的《清代之〈诗经〉学》，[②] 林美兰的《魏源〈诗古微〉研究》[③]，江乾益的《陈寿祺父子三家〈诗〉遗说研究》[④]，杨瑞嘉的《龚橙〈诗本谊〉研究》[⑤] 等。

纵观近百年来学界在清代三家《诗》研究方面的成果，一些学者的论述，已经表现出了可贵的探索，取得了一定的成绩。但还没有形成研究体系。对清代三家《诗》文献的整理还不够全面，未能真正挖掘清代三家《诗》学的研究蕴含和路径。本书力图在前人研究的基础上，尽可能全面搜集清代三家《诗》研究的成果，并且对代表清代三家《诗》学转向的重要学者的研究进行具体而微的考察，对清代的三家《诗》文献进行比较系统、全面、深入而又科学的研究。

本书首先对宋明两代的三家《诗》研究成果进行文献的梳理，目的在于探寻清代三家《诗》辑佚兴起的远因。进而由远及近，对清前期与三家《诗》辑佚兴起有关的清代文献成果进行梳理，探讨清代三家《诗》辑佚研究之兴起的文献准备。然后，考察清代三家《诗》学文献研究成果，对所辑录的 92 种三家《诗》学著作进行分类。并从著者及地缘等外部表现等方面来考察三家《诗》学研究所呈现出来的发展特征，以便考察三家《诗》学与清代学术发展的相适应性。本书重点是对清代三家《诗》文献的辑佚成果进行研究，在此基础上，总结出辑佚研究所呈现出来的特征。而清人对三家《诗》遗说的运用，则是从义理的角度所进行的经学阐释。最后考察清代三家《诗》学走向融合的必然趋势，并对清代三家《诗》的集大成之作——王先谦的《诗三家义集疏》进行细致

① 赵茂林：《两汉三家〈诗〉研究》，巴蜀书社 2007 年版。（扬州大学 2004 年博士学位论文）

② 周浩治：《清代之〈诗经〉学》，“国立政治大学”国文所 1969 年硕士学位论文。

③ 林美兰：《魏源〈诗古微〉研究》，东吴大学国文所 1992 年硕士学位论文。

④ 江乾益：《陈寿祺父子三家〈诗〉遗说研究》，台湾师范大学中国文学研究所 1984 年硕士学位论文。

⑤ 杨瑞嘉：《龚橙〈诗本谊〉研究》，“国立彰化师范大学”国文系 1998 年硕士学位论文。

分析。

清代三家《诗》研究是清代《诗经》学史研究的重要组成部分。文献资料存现情况较为复杂，明细了然的分类实属不易，本书仅仅进行了尝试。由于笔者学殖尚浅，科研能力有限，不足之处，肯定不少，恳请专家和读者批评指正。

第一章　清代三家《诗》文献研究概论

任何一个学术现象的发生，都是多方面因素共同作用的结果，它的产生都是经过长时间酝酿，反复实践，最后才得以畅行于世的。余英时先生在《论戴震与章学诚》一书中，在描述学术思想的变化时，采用了“内在理路”之说，并云：“‘内在理路’说不过是要展示学术思想的变迁也有它的自主性而已。必须指出，这种‘自主性’只是相对的，不是绝对的；学术思想的动向随时随地受外在环境的动向也是不可否认的客观事实。”① 内部因素自主的变迁和外部环境催化的共同作用是造成学术思想发展变化的原因。魏晋以来亡佚已久的三家《诗》能在清代全面复兴，与清代经学的发展相始终，并成为清代学术发展的重要一环，既是清代考据学、辑佚学发展的产物，又与前代学者的研究积累休戚相关。本章首先梳理宋明三家《诗》研究，回溯三家《诗》辑佚发展史，展示其为清代三家《诗》辑佚的兴起提供的文献积累和文献准备，进而再考察清前期学者为三家《诗》辑佚的兴起所做的准备工作。

第一节　宋代三家《诗》文献成果概要

鲁、齐、韩三家《诗》的发展在两汉时期达到极盛，到魏晋南北朝时期，

---

①　余英时：《论戴震与章学诚·增订本自序》，生活·读书·新知三联书店2005年版，第2页。

三家《诗》或亡佚，或不传。隋唐之际陆德明《经典释文》云："《齐诗》久亡，《鲁诗》不过江东，《韩诗》虽在，人无传者。"[①]《隋书·经籍志》承其说进一步解释："《齐诗》，魏代已亡，《鲁诗》亡于西晋；《韩诗》虽存，无传之者。"[②]《韩诗》北宋尚存，见于《太平御览》，后不见传者，现仅存《韩诗外传》。三家《诗》虽然先后亡佚，而三家《诗》学却一直伴随着《诗经》学和辑佚学的发展不断发展，自宋代以来，就已成为《诗经》研究的重要组成部分。从三家《诗》学发展的角度看，朱熹的《诗集传》中之所以能够采用三家《诗》说，王应麟之所以能受其启发撰成影响有清一代的三家《诗》辑佚专著《诗考》，它们的出现绝不是偶然，而是学术界、思想界长期以来在《诗经》学领域疑古惑经，要求革新的必然表现。

一　总述

北宋时期，在经学研究领域，承中晚唐疑辨风气而来，疑古思辨学风蔚然成行，刘敞的《七经小传》通常被认为开风气之先。晁公武《郡斋读书志》云："元祐史官谓'庆历前学者尚文辞，多守章句注疏之学，至敞始异诸儒之说。'"[③]陈振孙《直斋书录解题》云："前世经学大抵祖述注疏，其以己意言经，著书行世，自敞倡之。"[④]而在《诗经》学界，也开始了对《毛诗》独行，《序》《传》《笺》《疏》一统局面的反思，疑序、非序学术论争由此展开。宋儒在倡废序及驳斥毛、郑之说时，寻找到的最有力的证据，即三家《诗》序及三家《诗》说的存在。

1. 欧阳修的《诗本义》

欧阳修的《诗本义》是宋代《诗经》学的发轫之作。四库馆臣评曰："自唐以来，说诗者莫敢议毛、郑。虽老师宿儒，亦谨守《小序》。至宋而新义日增，

① （唐）陆德明：《经典释文·叙录》，文渊阁《四库全书》本。
② （唐）魏徵等：《隋书·经籍志》，中华书局1973年版，第918页。
③ （南宋）晁公武：《郡斋读书志》，孙猛校证，上海古籍出版社1990年版，第143页。
④ （南宋）陈振孙：《直斋书录解题》，徐小蛮、顾美华点校，上海古籍出版社1987年版，第82页。

旧说几废。推原所始，实发于修。”[①] 对整个宋代《诗经》学的发展产生了广泛而深远的影响。《诗本义》不信《诗序》为子夏所作，旨在以本义求诗义，以辨毛、郑之失。如《序问》就是对《诗序》的质疑。云：“或问《诗》之《序》，卜商作乎？卫宏作乎？非二人之作，则作者谁乎？应之曰：《书》《春秋》皆有《序》而著其名氏，故可知其作者；《诗》之序不著其名氏，安得而知之乎？虽然，非子夏之作，则可以知也。曰：何以知之？应之曰：子夏亲受学于孔子，宜其得诗之大旨，其言《风》《雅》有变正，而论《关雎》《鹊巢》系之周公召公，使子夏而序诗，不为此言也？”[②] 此一说法，启发了南宋郑樵，他在《诗辨妄》中进一步论述，“设如有子夏所传之序，因何齐、鲁间先出，学者却不传，反出于赵也？《序》既晚出于赵，于何处而传此学？”[③] 在与三家《诗》的比较中，论证了《诗序》非子夏所作。

但欧阳修还是尊信《毛诗》的，他说：“自圣人没，六经多失，其传一经之学分为数家，不胜其异说也。当汉之初，《诗》之说分为齐、鲁、韩三家，晚而毛氏之《诗》始出，久之，三家之学皆废而《毛诗》独行，以至于今不绝。今齐、鲁之学没不复见，而《韩诗》遗说往往见于他书，至其经文亦不同，如逶迤、郁夷之类是也，然不见其终始，亦莫知其是非。自汉以来，学者多矣，其卒舍三家而从毛公者，盖以其源流所自，得圣人之旨多欤？”[④] 但他在《诗本义》中，多有指正毛、郑之失的具体论述，与此段主张的矛盾之处，则表明了欧阳修虽然意识到三家《诗》说的存在，但他尚未找到很好地调和《毛诗》与三家《诗》的途径。

2. 董逌的《广川诗故》

从怀疑毛、郑到征引三家《诗》，是经过一个漫长的过程的。正如有学者云：“庆历以来，刘敞、欧阳修、苏辙等有关《诗经》的新说，多以疑毛、郑、孔《疏》为主，对三家《诗》的关注不够。徽宗朝前后，出现古器物、书籍古

① （清）永瑢等：《四库全书总目》，中华书局 1965 年版，第 121 页。
② （北宋）欧阳修：《诗本义》，文渊阁《四库全书》本。
③ （南宋）郑樵：《诗辨妄》，顾颉刚辑点，《续修四库全书》影印本。
④ （北宋）欧阳修：《序问》，《欧阳修全集》卷六十一，中华书局 2001 年版，第 900 页。

本等收集的热潮。诸儒说诗，也多求古字、古义、古说，其中收集和重视三家《诗》是其一个方面。”[①] 董逌的《广川诗故》在这一方面的表现比较突出。

董逌的生平事迹，《宋史》《宋元学案》无传，《四库全书总目》卷一一二《广川书跋提要》云：“逌，字彦远，东平人。题曰广川，从郡望也。政和中，官徽猷阁待制。王明清《玉照新志》载：‘宋齐愈狱牍称：司业董逌在坐’，则靖康末尚官司业。曾敏行《独醒杂志》称‘建炎己酉，逌从驾’，则南渡时尚存。丁特起《孤臣泣血录》并记其受张邦昌伪命，为之抚慰太学诸生事，则其人盖不足道。”[②]《宋史翼》卷二十七载：“董逌，字彦远，山东东平人。……靖康中为国子监祭酒，建炎元年四月率诸生至南京劝进，除宗正少卿。二年五月除江东提刑，旋召为中书舍人，充徽猷阁待制。”[③] 其著述现仅存《广川书跋》《广川画跋》《钱谱》三种。

董逌所著《广川诗故》一书，清代朱彝尊《经义考》记载已经亡佚。陈振孙《直斋书录解题》云：“《广川诗故》四十卷，董逌撰。其说兼取三家，不传毛、郑，谓《鲁诗》但见取于诸书，其言莫究，《齐诗》尚存可据，《韩诗》虽亡缺，犹可参考。案逌《藏书志》有《齐诗》六卷，今《馆阁》无之。逌自言隋、唐亦已亡久矣，不知今所传何所从来，或疑后世依托为之，然则安得便以为《齐诗》尚存也？然其所援引诸家文义与毛氏异者，亦足以广见闻、续微绝云耳。”[④] 董逌的《藏书志》中记录收藏有《齐诗》六卷，陈振孙已疑其不可信。《齐诗》亡于三国魏，其后不见著录，此本当为后人伪作，非汉代《齐诗》说。马端临《文献通考·经籍考》有“《广川诗故》四十卷”，注曰：“《中兴艺文志》载：董逌撰。逌谓班固言《鲁诗》最近，今徒于他书时得之。《齐诗》所存不全，或疑后人托为，然章句间有自立处，此不可易者。《韩诗》虽亡阙，《外传》及章句犹存，《毛诗》训故为备，以最后出，故独传。乃据毛氏以考正于三

① 吴国武：《董逌〈广川诗故〉辑考》，北京大学中国古文献研究中心集刊（第七辑），北京大学出版社2008年版，第196页。

② （清）永瑢等：《四库全书总目》，中华书局1965年版，第959页。

③ （清）陆心源：《宋史翼》卷二十七，《续修四库全书》影印本。

④ （南宋）陈振孙：《直斋书录解题》，徐小蛮、顾美华点校，上海古籍出版社1987年版，第37页。

家，且论《诗序》绝非子夏所作。建炎中，逌载是书而南，其志公学博，不可以人废也。”①

董逌《诗故》“兼取三家”，“据毛氏以考正于三家”。可以说，董逌是三家《诗》亡佚以后，最早收录、运用三家《诗》遗说的学者。虽然《广川诗故》具体的“兼取三家”的原貌已经不可得，但朱熹、吕祖谦、王应麟等学者的著述中，都有不少对董氏《诗》说胜义的引用，从中可以考查出他运用三家《诗》的意识已经很明显了。吴国武先生撰有《董逌〈广川诗故〉辑考》一文，从吕祖谦《吕氏家塾读诗记》和朱熹《诗集传》等书中辑得“存世佚文 238 条，涉及 120 首诗”。② 从《辑考》所辑佚文中，可以分析出《诗故》对三家《诗》的运用主要表现在以下几方面。

一是董氏从当时存世文献中，考列出不同于《毛诗》的异文，虽未言明出于三家，实有渊源可考，均被后来清儒证明出于三家。

如《周南·汝坟》“遵彼汝坟”，董氏曰：“谓大水溢出别为小水。故知‘坟’当作‘濆’。晋郭璞引‘遵彼汝濆’以证《尔雅》，晋世《诗》本犹为‘濆’也。”吴国武案语：“黄侃《尔雅音训》卷中云：‘郭说汝濆，既异毛、郑，又殊于李巡，殆本于《鲁诗》欤。……《说文》所引作汝为涓，涓，小流也，正与郭注所别为小水义合。’”③ 据此可知，董氏从《鲁诗》。又如《豳风·狼跋》“赤舄几几”，董氏曰：“‘几几’。崔灵恩《集注》作‘掔’。《说文》一作‘已已’，一作‘掔掔’。”王先谦《诗三家义集疏》卷一三云：“三家，‘几几’作‘掔掔’，亦作‘已已’。”④

此种考列《毛诗》异文，吴国武辑佚中有三十余处，董氏所据文献最多的为崔灵恩的《集注》，可知是书当时尚存，亡于其后也。另外所涉及文献还有《尔雅注》《说文》《汉书》《方言》以及顾野王《玉篇》等所存《诗经》异文。

---

① （元）马端临：《文献通考》，浙江古籍出版社 2000 年版，第 1547 页。

② 吴国武：《董逌〈广川诗故〉辑考》，北京大学中国古文献研究中心集刊（第七辑），北京大学出版社 2008 年版，第 152 页。下文所引《诗故》原文董氏所云，均据此文，不再标注。

③ 同上书，第 154 页。

④ （清）王先谦：《诗三家义集疏》，吴格点校，中华书局 1987 年版，第 546 页。

二是径列《韩诗》异文，包括《韩诗内传》《薛君章句》及《韩诗叙》等相关说法，共25处。

如《邶风·终风》“曀曀其阴”，董氏曰：“《韩诗》作‘壇壇其阴’。《章句》曰：‘天阴尘也。’”《卫风·考槃》，董氏曰：“‘阿’，《韩诗》作‘干’。《章句》曰：‘地下而黄曰干。’”

有的引用《韩诗叙》的说法，如《小雅·常棣》，董氏曰：“《韩诗叙》：‘《夫移》，燕兄弟也，闵管蔡之失道也’，益与《毛氏》合。”

有的在引用《韩诗》说的基础上，进一步解说，如《小雅·雨无正》，董氏曰：“《韩诗》作‘雨无政，正大夫刺幽王也’。《章句》曰：‘无，众也。’《书》曰：‘庶草蘩芜。’《说文》曰：‘芜，丰也。’则雨众多者，其为政令不得一也。故为正大夫之刺。”

仅据现存所辑遗说，可知董氏对《韩诗》的征引不在少数。多数学者主张《韩诗》亡于南渡以后，多据晁说之“刘安世见《韩诗》”为证。吴国武先生说：“据《古佚书辑本目录》比对若干种《韩诗》辑本发现，至少有七处仅见于董氏《广川诗故》。”[①] 董逌尚且见到《韩诗》，亦不是没有可能的。

三是引用金石材料，来证明《诗经》的异文。董氏精通金石学，成就卓绝，故多引用石经异说，来表明三家《诗》异字的存在。

如《召南·江有汜》“江有汜，之子归”，董氏曰：“汜，石经作‘洍’，《说文》引诗作‘洍’，盖古为洍，后世讹也。”又如《邶风·击鼓》“击鼓其镗”，董氏曰：“‘镗’，石经作‘鼛’，《说文》亦作‘鼛’。”吴国武案语云：“王氏《集疏》卷三上云：‘齐、韩，镗作鼛。’”[②]

四是引用《齐诗》异文，共3处。虽然董氏云当时《齐诗》尚存，学者多不取信，但其所据《齐诗》说则多被清儒证实。

如《豳风·七月》“猗彼女桑”作“掎，盖掎而束也”。《商颂·长发》“为下国骏厖”，董氏曰：“《齐诗》作‘骏駹’，谓马也。”

---

① 吴国武：《董逌〈广川诗故〉辑考》，北京大学中国古文献研究中心集刊（第七辑），北京大学出版社2008年版，第197页。

② 同上书，第156页。

惜董逌的《广川诗故》已经亡佚，我们不得考察其全貌，由辑考可以看出，《广川诗故》“兼取三家”的倾向是很明显的。其以“诗故”命名，盖意在推考有关诗义最早的记载，因而关注到三家《诗》遗说是很自然的事情。并且董氏对金石之学颇有研究，而关于石经中所存《诗经》之异字，亦有可能触发了他对三家《诗》遗说的思考。

3. 曹粹中的《放斋诗说》

曹粹中著有《放斋诗说》。《宋元学案》卷七《元城学案》记载：“曹粹中，字纯老，号放斋，定海人也。李庄简公光之婿。宣和六年进士，释褐黄州教授。秦氏欲因庄简见之，先生辞焉，私语妇曰：‘尊公其能终为首揆所容乎？’已而庄简果被出，叹曰‘吾媿吾婿。’先生自是隐居，终秦氏之世，未尝求仕。庄简退居，著《读易老人解说》，而先生笺诗，各以其所长治经，可谓百世之师矣。”① 清全祖望案语云：“深宁王氏《四明七观》，其于经学首推先生（放斋）之《诗》。自先生《诗说》出，而舒广平、杨献子出而继之，为吾乡《诗》学之大宗。慈湖之《诗传》相继而起。咸、淳而后，庆源辅氏之《传》始至甬上。则论吾乡《诗》学者，得不推先生为首座欤！”② 可见，曹粹中《放斋诗说》成书后，影响了四明地区《诗》学的发展。

《放斋诗说》在三家《诗》的运用上，突出的特点在于注意对三家《诗》的材料加以辨析，如《关雎》古说有异，曹曰：“是时《毛传》未行，序文亦未出，学者各宗三家之说，则无怪其为异也。”③ 又如《毛诗正义》以为“《仪礼》歌《召南》三篇，越《草虫》而取《采蘋》，盖《采蘋》旧在《草虫》之前”，④ 曹粹中认为：“在《齐诗》，固自先《采蘋》而后《草虫》矣。”⑤ 运用三家《诗》说，为不同于《毛诗》的说法寻求合适的解释，在发挥三家《诗》说作用方面更进了一步。

---

① （清）黄宗羲辑，全祖望补修：《宋元学案》，商务印书馆，第53页。
② 同上。
③ （南宋）段昌武：《毛诗集解》卷一引，文渊阁《四库全书》本。
④ （唐）孔颖达等：《毛诗正义·诗谱序疏》，十三经注疏本。
⑤ （南宋）王应麟：《诗考》，文渊阁《四库全书》本。

4. 杨简的《慈湖诗传》

杨简《慈湖诗传》，朱彝尊《经义考》注曰“已佚”。《四库全书总目》云：“今从《永乐大典》所载裒辑成编，仍勒为二十卷。又从《慈湖遗书》内补录《自序》一篇、《总论》四条，而以《攻媿集》所载《楼钥与简论诗解书》一通附于卷首。其他论辨若干条各附本解之下，以资考证。”[①] 可知今所见本《慈湖诗传》是四库馆臣裒辑而成的。

杨简《慈湖诗传·自序》云：“齐、鲁诗今亡，韩有其说，韩与毛亦有善者，今间取焉。”[②]《四库全书总目》云：“其订正训诂，则自齐、鲁、毛、韩以下，以至方言杂说，无不博引。可谓折衷同异，自成一家之言。”[③]

如《卷耳》“我姑酌彼金罍”“我姑酌彼兕觥”，杨曰：“《疏》云：《韩诗》说：天子罍以玉，诸侯大夫皆以金，士以梓。《毛诗》说：金罍，酒器也……《韩诗》说：觥，五升。《毛诗》说：觥，大七升。”《羔羊》“委蛇退食”，杨曰：“《释文》作蛇，因《韩诗》作逶迤，遂以《毛诗》为非，而转音之蛇音移，盖陆德明好异之过。况蛇与纶协韵，若音移，则不协。”

《考槃》“硕人之薖”，杨曰：“薖，《韩诗》作𠋑。意者其草径欤？硕人常所往来经过欤？当与永矢弗过同音”。《硕人》“鳣鲔发发”，“发发，《韩诗》作鱍鱍。（按孽孽，《韩诗》作巘巘。）《韩诗传》云：‘桀，健也。’《伯兮》云：‘邦之桀兮’，则桀亦有俊杰之义。”《东山》“烝在栗薪”，“栗，《韩诗》作蓼。”

可见，《慈湖诗传》中引用《韩诗》与《毛诗》之义相发明，并就《韩诗》说进一步进行解释，使自己的诗说“自成一家”。在引用《韩诗》说时，没有注明出处，这是早期运用三家《诗》普遍存在的情况。并且其中也引用了《易林》《尔雅注》及《释文》等典籍中不同于《毛诗》的说法，但由于此时的三家《诗》归属意识尚不明确，关于不同于《毛诗》说的三家《诗》的归属观念尚未

① （清）永瑢等：《四库全书总目》，中华书局1965年版，第123页。

② （南宋）杨简：《慈湖诗传》，文渊阁《四库全书》本。以下《慈湖诗传》引文均据此本，不再标注。

③ （清）永瑢等：《四库全书总目》，中华书局1965年版，第123页。

形成，故在相关著述中没有明确指出不同于《毛诗》说的即为三家《诗》的说法，这一观念是三家《诗》学在发展过程中逐步形成的。

5. 项安世的《项氏家说》

项安世，字平父（一作平甫），号平庵，其先括苍（今浙江丽水）人，后家江陵（今属湖北）。所著《项氏家说》清代已佚，四库馆臣从《永乐大典》中辑出十卷，附二卷。卷四之《说经篇四》即是有关《诗》说，其中有《鲁诗》和《诗诸家异字》两篇。《鲁诗》中先按《列女传》中序语，如"《芣苢》，蔡人之妻作也"等，然后云："刘向父祖世受《鲁诗》，故其所作《列女传》所载如此。去古既远，独《毛诗》存，《韩诗》犹有《外传》及《薛君章句》，齐、鲁二家不获可识。因此，亦略见鲁学之一二，故备录之，以显今毛氏序非必皆古之国史本文矣。"[①] 由刘向家学渊源，推出《列女传》所载《诗》说为《鲁诗》说，此对后来三家《诗》辑佚中所遇到的归属问题是一重要启示，亦开创了清儒寻求三家《诗》来源及归属的重要途径。另外，还提到了《韩诗外传》和《薛君章句》在当时尚存于世的信息，但由于关于《薛君章句》南宋尚存的文字资料仅见此处，且没有进一步的举证，根据孤证不为定说的原则，《薛君章句》即《韩诗内传》说南宋是否存在的问题一直是学术界的公案，只能以俟他日新材料来证实了。

在《诗诸家异字》部分，所列举的"于毛氏之义有所发明"的异字，均出自三家《诗》，项氏这里以三家之异字异义补毛说的意图是很明显的。由于三家《诗》说亡佚时间久远，百不存一，故自身很难形成完整的《诗》说体系，那么三家《诗》说存在以及完成三家《诗》辑佚研究的一个很重要的作用就是补充毛义，这也是清儒三家《诗》辑佚研究后期的明显走向。并且，此处三家异字的专门论述，虽然简单，但证明了三家《诗》异字的存在已经成为《诗经》学一个无法忽视的现象，而清代在三家《诗》异文异字考释方面的成果丰硕，或受此影响亦未可知也。

---

① （南宋）项安世：《项氏家说》，文渊阁《四库全书》本。

6. 郑樵的《诗辨妄》

郑樵（1104—1162年），字渔仲，南宋兴化军莆田人，世称夹漈先生。郑樵一生不应科举，刻苦力学30年，立志读遍古今书，一生专心著述，据统计达84种，但大部分已佚亡。今仅存《通志》《夹漈遗稿》《尔雅注》《诗辨妄》及一些零散遗文。

郑樵的《诗辨妄》是废序说的先锋，对其后朱熹《诗集传》中弃序不用有很大影响。由于《诗辨妄》已亡佚，其说多保存在周孚的《非诗辨妄》及《文献通考》等著述中，仅有顾颉刚辑本。郑樵《诗辨妄·自序》云："《毛诗》自郑氏既笺之后，而学者笃信康成，故此《诗》专行，三家遂废。《齐诗》亡于魏，《鲁诗》亡于西晋。隋唐之世，犹有《韩诗》可据。迨五代之后，《韩诗》亦亡。致今学者只凭毛氏，且以《序》为子夏所作，更不敢拟议。盖事无两造之辞，则狱有偏听之惑。"[①] 郑樵认为，之所以会形成目前关于"只凭毛氏，且以《序》为子夏所作的局面"，是因为三家《诗》的亡佚，导致的"偏听之惑"。很显然，所隐含的含义即是如果三家《诗》尚存，就不会导致如此局面。因为郑樵当时的目的是在辨《诗序》，所以没有深究三家《诗》的问题，但后来深受其废序思想影响的朱熹，在《诗集传》中采用三家《诗》说以弃毛不用，或许正是受了郑樵此番言论的启发。

郑樵云："汉之言《诗》者三家耳。毛公，赵人，最后出，不为当时所取信，乃诡诞其说，称其书传之子夏，盖本《论语》所谓'起予者商也，始可与言《诗》已矣。"又说："汉人尚三家而不取毛氏者，往往非不取其义也，但以妄诞之故，故为时人所鄙。"又言："惜乎，三家之《诗》不并传于世矣！齐鲁二家断亡矣，不知韩氏世有传者乎？"在郑樵看来，四家《诗》相比较，从产生的时间上来看，毛最晚出；从四家《诗》在汉代的流传情况来看，三家之说盛行，而《毛诗》则以"妄诞之故，为时人所鄙"；两相比较可以看出，三家《诗》说胜于毛义，而后来造成《毛诗》独行的局面，是因为三家《诗》的相继

① 所引郑氏原文均据顾颉刚辑本，《续修四库全书》影印本。以下均同。

亡佚。郑樵虽然没有从事与三家《诗》有关的工作，但他的上述言论，不仅影响到了稍后的朱熹，而且还影响到了清人的三家《诗》辑佚。清人在辑佚过程中，通过发掘三家《诗》说来反驳毛义，或证明三家《诗》义优于毛义，如王先谦的《诗三家义集疏》，正是郑樵上述思想的具体实践。可见郑樵的启发之助，功莫大焉。

7. 吕祖谦的《吕氏家塾读诗记》

吕祖谦，一字伯恭，世称东莱先生，隆兴元年（1163 年）进士及第。吕祖谦尊崇《毛诗》，以《序》说《诗》，他在《吕氏家塾读诗记》开篇言大、小序时就引程颐所云："学《诗》而不求序，犹欲入室而不由户也。"① 但吕祖谦对三家《诗》也并不陌生，如有言："鲁、齐、韩、毛，师读既异，义亦不同，以鲁、齐、韩之义尚可见者较之，独《毛诗》率与经传合。《关雎》，正风之首，三家者乃以为刺，余可知矣，是则《毛诗》之义最为得其真也。间有反覆烦重，时失经旨，如《葛草》《卷耳》之类，苏氏以为非一人之辞，盖近之，至于止存其首一言，而尽去其余，则失之易矣。"但其中亦兼综众说，巨细不遗。

他不但引用了董逌《诗故》中的一些《韩诗》之说（已见上文，董逌之说多由《吕氏家塾读诗记》辑出），自己也注意收集、运用一些三家《诗》说，从《释文》《尔雅》中大量引用与毛异者。如卷一《关雎序》："《前汉书》匡衡曰：孔子论诗以《关雎》为始，言太上者民之父母，后夫人之行不侔乎天地则无以奉神灵之统，而理万物之宜。""君子好逑，《释文》曰：逑本亦作仇。""辗转反侧，《释文》曰：辗亦作展。"卷二，"我姑酌彼金罍"，引孔氏曰："《韩诗》说：'罍，天子以玉，诸侯大夫皆以金，士以梓。'……《韩诗》天子以玉，经无明文。"卷三："《采蘋》'于以采蘋，于以采藻。'《释文》曰：'《韩诗》云：沈者曰蘋，浮者曰藻。'""《羔羊》'素丝五紽，委蛇委蛇'，《释文》紽作它，曰本或作紽。蛇作虵，曰本又作蛇。""《摽有梅》，《释文》曰梅，《韩诗》作楳。"《泉水》"'毖彼泉水'，《释文》曰：'毖，《韩诗》作秘，《说文》作

① （南宋）吕祖谦：《吕氏家塾读诗记》，文渊阁《四库全书》本，以下此著原文均据此本，不再标注。

泌。'""'饮饯于祢',《释文》曰:'祢,《韩诗》作柅。'"《北门》"'王事敦我',《释文》曰:'敦,《韩诗》云:敦,迫也。'"卷五:"《柏舟》'髡彼两髦',《释文》曰:'髦,《韩诗》作髳。'""'实维我特',《释文》曰:'特,《韩诗》作直,云相当值也。'"等等,记录了一些三家《诗》的异文、遗说。

《读诗记》所引用的三家《诗》说,清代学者也多有借鉴或进一步的考证。如徐堂《韩诗述》卷四,"《读诗记》二十一引《韩诗》曰:'《四月》,叹征役也。'"[①] 并加案语引用《孔丛子·记义篇》、徐干《中论·遣交篇》有关说法,考证《读诗记》所引《韩诗》"《四月》,叹征役"之义。但由于在宋代,三家《诗》遗说的收集还处在草创阶段,误引材料,择焉不精的情况多有发生,清代学者对这一现象也多有考证。如臧庸的《韩诗订讹》前十二条就是订吕东莱《读诗记》之误,详见后文。这也反映了清儒注重对前人三家《诗》说的择辨、运用。

吕祖谦,作为南宋尊序学者的代表,在其申序之说的著作《读诗记》中,多有引用三家《诗》之说,说明三家《诗》说已经引起了部分学者的关注,其补充发明毛义方面的作用已经得到了部分学者的认可,并运用于解《诗》著述之中。

从上述诸学者对三家《诗》的态度和采用可知,三家《诗》的相关问题之所以能够引起学者的关注,是疑古惑经思潮发展的间接结果,而其直接结果则是《诗经》学发展领域由疑序、废序进而反驳毛、郑之说的探索。宋儒所倡废序之说及驳斥毛、郑之说的最有力武器就是寻求三家《诗》说。如因三家《诗序》的存在,证明了《诗序》非子夏作,从而打破了《诗序》的权威性,使后世学者更加客观、理性地来看待《诗序》。因三家遗说在某些方面更接近诗篇本义,如三家《诗》的某些用字更有助于理解诗旨,遂有些学者采而用之,成为反驳毛、郑之说的有力证据。宋室孱弱,北宋儒者多解经著述阐发义理,以有助于世道人心。三家《诗》"通经致用"的学术传统与宋儒的追求是一致的。另外宋代

---

① (清)徐堂:《三家诗述·韩诗述》,抄本,复旦大学图书馆藏。

金石学的发展和宋儒喜好搜讨经书古本，探求经说古义的风气，在一定程度上也促使学者关注到三家《诗》说的存在。在前期学者研究运用三家《诗》说积累的基础上，才有后来朱熹《诗集传》中采用三家《诗》说，及王应麟直接辑佚三家《诗》著录《诗考》。

二　朱子的三家《诗》学

朱熹（1130—1200年），字元晦，后改仲晦，号晦庵，别号紫阳。祖籍徽州婺源（今属江西），生于尤溪（今属福建），侨寓建阳（今属福建）崇安。他博极群书，自经史著述而外，凡夫诸子、佛、老、天文、地理之学，无不涉猎而讲究。

朱熹的《诗集传》是《诗经》学研究史上的重要著作，它既是对传统《诗经》学的革新，又确立了在元明清三代影响深远的朱子《诗经》学。当今学界从经学、文学、美学等各个角度对朱子《诗经》学进行研究者，可谓不乏其人。而至今尚无关于朱子《诗》学中对三家《诗》运用与发展方面的探讨。南宋学者王应麟的《诗考》是第一部对三家《诗》遗说广泛搜讨，以专书形式问世的三家《诗》著作。其序云："文公语门人，《文选注》多《韩诗》章句，尝欲写出，应麟窃观传记所述，三家绪言尚多有之，罔罗遗轶，傅以《说文》《尔雅》诸书，粹为一编，以扶微学、广异义，亦文公之意云尔，读《集传》者或有考于斯。"[①] 可见，王氏对朱子《诗集传》中吸收和运用三家《诗》说十分赞赏，认为他"一洗末师专己守残之陋"。且王氏《诗考》的撰述，亦是受"文公语门人《文选注》多《韩诗章句》，尝欲写出"的启发而作。他搜讨三家遗说的目的在于"扶微学、广异义，亦文公之意云尔，读《集传》者或有考于斯"，其补充发明《诗集传》有关三家《诗》说的未尽之意，以弥补朱子之憾的创作意图十分明显。那么，《诗集传》中是如何运用和发挥三家《诗》说的呢？朱子发扬三家《诗》说的目的和动机是什么呢？

---

① （南宋）王应麟：《诗考序》，载《诗考》，影印《文渊阁四库全书》第75册，台湾商务印书馆1983年版，第598页。

唐代孔颖达奉敕编撰《毛诗正义》使《毛诗》学定于一尊，但毛氏“字与三家异者动以百数”①，又是不争之事实。李善在《文选注》中，多采用《韩诗》之说。《朱子语类》中朱子门人李方子记录朱子之言曰：“李善注《文选》，其中多有《韩诗章句》，常欲写出。”② 虽未竟，但《诗集传》中对三家《诗》的征引，能很好地表明朱子的三家《诗》学思想。

《诗集传》中对三家《诗》的运用，有的是直接征引，有的则是委婉转曲以求之，其具体的征引内容和大致的表现形式可以分为以下几种。

第一，从汉代有关典籍，主要是《汉书》和刘向《列女传》的记载中，寻求不同于《毛传》的三家之义，用以释《诗》大义。

最典型的是《关雎》篇。在开篇就引用刘向《列女传》和《汉书·匡衡传》来论说《关雎》大旨。“《列女传》以为人未尝见其乘居而匹处者，盖其性然也。”“汉康衡③曰，窈窕淑女，君子好仇，言能致其贞淑，不贰其操，情欲之感无介乎容仪，宴私之意不形乎动静。夫然后可以配至尊而为宗庙主。此纲纪之首，王教之端也。”针对匡衡之言评论曰：“可谓善说《诗》矣。”④ 并在本篇最后结语处引康衡曰：“妃匹之际，生民之始，万福之原。婚姻之礼正，然后品物遂而天命全。孔子论《诗》以《关雎》为始，言太上者民之父母，后夫人之行，不侔乎天地，则无以奉神灵之统而理万物之宜。自上世以来，三代兴废，未有不由此者也。”（卷一）此番征引，不仅阐明了《关雎》的主旨，而且奠定了《诗集传》的基调。“盖其性然”“情欲之感”“婚姻之礼正”，这些正是《诗集传》立论的基础。朱熹在《诗集传》中，一反传统《诗》学对《诗经》“情”的极力掩饰，强调了《诗经》中的“性”“情”。他说：“圣人之言，在《春秋》、《易》、《书》无一字虚。至于《诗》，则发乎情，不同。”⑤ “大率古人作诗，与

---

① （唐）孔颖达疏等：《毛诗正义》卷一，十三经注疏本。

② （南宋）黎靖德编：《朱子语类》，中华书局 1994 年版，第 2066 页。

③ 康衡即匡衡，避宋太祖赵匡胤讳而改之。

④ （南宋）朱熹：《诗集传》卷一，中华书局 1958 年版。以下《诗集传》引文均出此本，不再标注，只明卷次。

⑤ （南宋）黎靖德编：《朱子语类》，中华书局 1994 年版，第 2100 页。

今人作诗一般，其间亦自有感物道情。吟咏情性，几时尽是讥刺他人？”[①]“感物道情，吟咏情性”是朱熹《诗》论的基础。对《诗》中之“情”的揭示在《诗经》学史上具有开创意义，对于《诗经》文学的发展产生了重要的影响，虽然他多是站在理学的角度，认定《诗经》中凡涉及“情”的诗篇即为“淫诗”。由朱子《诗》学的主导思想我们来反观在开篇对刘向、匡衡之说的运用，可以发现他在征引中，隐含着为表明自己《诗》学主张而进行的努力。

《诗集传》中对匡衡《诗》说的引用只见上述两处，对刘向《列女传》的引用还有两处，一处见于《邶风·柏舟》篇，在引用“《列女传》以为此为妇人之诗”后，曰：“今考其辞气卑顺柔弱，且居变风之首，而与下篇相类，岂亦庄姜之诗也欤？”（卷二）用刘向之说与自己之考证相互印证，来支持自己的观点。另一处见于《大雅·文王》篇“殷士肤敏，祼将于京”后，引“刘向曰：孔子论《诗》，至于‘殷士肤敏，祼将于京’，喟然叹曰：‘大哉天命，善不可不传于后嗣，是以富贵无常。’盖伤微子之事周，而痛殷之亡也”（卷十六）。此处征引非常有助于此段诗旨的发挥。

第二，直接列考或转引他家所论《韩诗》异字，此种征引见于如下八处。

《周南·汉广》“不可休息”，引“吴氏[②]曰：《韩诗》作思”（卷一）。《唐风·有杕之杜》“噬肯适我”，“噬，《韩诗》作逝”（卷六）。《小雅·小旻》“是用不集”，“集，《韩诗》作就”（卷十二）。《小雅·小宛》“宜岸宜狱”，“岸，亦狱也。《韩诗》作犴。乡亭之系曰犴，朝廷曰狱”（卷十二）。《小雅·角弓》“见晛曰消”，“曰，《韩诗》，刘向作聿”（卷十四）。《小雅·何草不黄》“何人不矜”，“矜，《韩诗》作鳏”（卷十五）。《大雅·大明》“伣天之妹”，“伣，磬也。《韩诗》作磬。《说文》言伣，譬也”（卷十六）。《周南·兔罝》“公侯好仇”，“仇，康衡引《关雎》亦作仇字”（卷一）。

这种对三家异字的列考虽然不多，但由于《诗集传》的权威地位，对其他学者《诗经》著作撰述会产生一定的影响，想是当然的。

---

① （南宋）黎靖德编：《朱子语类》，中华书局 1994 年版，第 2076 页。

② 吴氏即宋代吴棫，著有《毛诗叶韵补音》，已佚。

第三，虽用三家之义，但不明示，而是直接训释，或用“一作”“或曰”等形式表明其义，经考证发现所释之义正来自三家《诗》说。

如《邶风·北风》“其虚其邪”，“邪，一作徐，缓也”（卷二）。王先谦《诗三家义集疏》曰：“鲁说曰：‘其虚其徐，威仪容止也。’齐说曰：‘虚徐，狐疑也。’……班固《幽通赋》：‘承灵训其虚徐兮，竚盘桓而且俟。’曹大家注：‘虚徐，狐疑也。诗曰：其虚其徐。’曹用《齐诗》，训‘虚徐’为‘狐疑’，本《齐诗》。鲁、齐‘邪’皆作‘徐’，韩说当同。”[①]《邶风·静女》“静女踟蹰”，“踟蹰，踯躅也”（卷二）。王先谦曰：“《文选·思玄赋》注引《韩诗》‘爱而不见，搔首踟蹰’，薛君曰：踌躇，踯躅也。”[②]《王风·兔爰》“雉离于罿”，“或曰，施罗于车上”（卷四）。王先谦曰：“韩说曰，张罗车上曰罿。”[③]《郑风·羔裘》“洵直且侯”，“侯，美也”（卷四）。王先谦曰：“韩说曰：侯，美也。《释文》引《韩诗》文。”[④]《豳风·鸱鸮》“予所蓄租”，“租，聚也”。“予手拮据”，“拮据，手口共作之貌”（卷八）。王先谦曰：“《释文》引《韩诗》文‘口足为事曰拮据。’《说文》据下云‘手口并有所作也’，即本韩说。”[⑤]可见朱说由韩而来。

《小雅·裳裳者华》“裳裳者华”，“董氏云：古本作常，常棣也”（卷十三）。王先谦曰：“鲁、韩‘裳’作‘常’。《广雅·释训》：‘常常，盛也。’是此诗‘裳裳’之异文。《说文》‘常’或作‘裳’。《广雅》所引鲁、韩诗盖作‘常常’。”[⑥]《商颂·殷武》“旅楹有闲”，“闲，闲然而大也”（卷二十）。王先谦曰：“《文选·魏都赋》注‘旅楹闲列’，李注引薛君《韩诗章句》文。”[⑦]

第四，征引他书所引，不同于毛说之义，实则皆出自三家。

如《周南·卷耳》“云何吁矣”，“吁，《尔雅注》引此作盱，张目望远也”

---

① （清）王先谦：《诗三家义集疏》，吴格点校，中华书局1987年版，第202页。
② 同上书，第206页。
③ 同上书，第326页。
④ 同上书，第346页。
⑤ 同上书，第329页。
⑥ 同上书，第771页。
⑦ 同上书，第1121页。

（卷一）。《小雅·何人斯》“云何其盱”，“《字林》云：盱，张目也”（卷十二）。《大雅·大明》“凉彼武王”，“倞，《汉书》作亮”（卷十六）。《大雅·皇矣》“貊其德音”，“貊，《春秋传》、《乐记》皆作莫。韩‘貊’作‘莫’，《释文》引《韩诗》文”（卷十六）。《大雅·假乐》“假乐君子”，“假，《中庸》、《春秋传》皆作嘉，今当作嘉”（卷十七）。王先谦：“《左传》及《中庸》引《诗》，并作‘嘉乐’。……赵岐《孟子章句》云‘《大雅·嘉乐》之篇’，正作‘嘉’字。又《隶释》载绥民校尉熊君碑亦作‘嘉乐’。然则三家今文皆作‘嘉’，正字，毛借字。”①

《周颂·天作》“彼徂矣岐”，“沈括曰：‘《后汉书·西南夷传》作彼岨者岐。’今按，彼书‘岨’但作‘徂’，而引《韩诗薛君章句》亦但训为‘往’，独‘矣’字正作‘者’，如沈氏说。然其注未复云‘岐虽阻僻’，则似又有‘岨’意。韩子亦云：‘彼岐者岨’，疑或别有所据，故今从之，而定读‘岐’字绝句”（卷十九）。

《周颂·时迈》，“《春秋传》曰：‘昔武王克商，作颂曰：载戢干戈。’而《外传》又以为周文王之颂。则此诗乃武王之世，周公所作也。《外传》又曰：‘金奏肆夏繁、遏、渠，天子以飨元侯也。’韦昭注云：‘肆夏，一名樊。韶夏一名遏，纳夏一名渠，即《周礼》九夏之三也。’”（卷十九）

第五，征引《韩诗序》说有两处。

《小雅·雨无正》尾评：“元成刘氏曰：尝读《韩诗》有《雨无极》篇，《序》云，《雨无极》，正大夫刺幽王也。至其诗之文，则比《毛诗》篇首多‘雨无其极，伤我稼穑’八字。愚按：刘说似有理。”（卷十一）

《小雅·宾之初筵》，“韩氏《序》曰，卫武公饮酒悔过也。今按此诗意，与《大雅·抑》戒（戒字衍）相类，必武公自悔之作。当从韩义”（卷十四）。

另有一处引《韩诗说》，《小雅·鸿雁》：“《韩诗》云：劳者歌其事。”（卷十）

① （清）王先谦：《诗三家义集疏》，吴格点校，中华书局1987年版，第895页。

上述诸例基本上反映了朱子《诗集传》中关于三家《诗》运用的全部情况。虽然与后来的三家《诗》辑佚相比，对三家《诗》的运用还远远不够，却传达了很具有影响力的信号，吹响了对三家《诗》关注的号角，引起了后学的广泛关注，才会有王应麟《诗考》的撰述。

朱熹在《诗集传》中为什么会关注到三家《诗》？我们还需要从社会环境、学术环境、《诗经》研究的状况和朱熹本人的学术追求等各方面去寻找原因。

首先，朱子对三家《诗》的运用，是继承欧阳修的《诗》学思想，为批判“以序说诗”而进行的努力。欧阳修的《诗本义》是宋代《诗经》学的发轫之作。从北宋欧阳修《诗本义》开始，在《诗经》学界兴起的非序、废序思潮愈演愈烈，到南宋郑樵著《诗辨妄》，直斥《诗序》为“村野妄人所作”，但“以序解诗”的局面并未有根本的转变，为此，朱熹进行了猛烈的抨击。《朱子语类》记载：“某自二十岁时读《诗》，便觉《小序》无意义。及去了《小序》，只玩味《诗》词，却又觉得道理贯彻。当初亦尝质问诸乡先生，皆云，序不可废，而某之疑终不能释。后到三十岁，断然知《小序》之出于汉儒所作，其为缪戾，有不可胜言。东莱不合只因《序》讲解，便有许多牵强处。某尝与言之，终不肯信。《读诗记》中虽多说序，然亦有说不行处，亦废之。某因作《诗传》，遂成《诗序辨说》一册，其他缪戾，辨之颇详。”① 朱熹早年曾主张以《序》解诗，但觉其“无意义”，当其质问于“诸乡先生”时，皆曰“序不可废”，可知《毛序》对解诗之人根深蒂固的影响。后来随着自己的体认和诗学素养的加深，终于认识到序皆“缪戾”，而著述《诗序辨说》。在与门人的谈论中，朱熹的废序言论频频皆是，如“《诗》本易明，只被前面序作梗。序出于汉儒，反乱《诗》本意。且只将四字成句底诗读，却自分晓。见作《诗集传》，待取《诗》令编排放前面，驱逐过后面，自作一处。”“《诗序》作，而观《诗》者不知《诗》意！”“《小序》极有难晓处，多是附会。”“《诗序》实不足信。向见郑渔仲有《诗辨妄》，力诋《诗序》，其间言语太甚，以为皆是村野妄人所作。始亦

① （南宋）黎靖德编：《朱子语类》，中华书局 1994 年版，第 2078—2079 页。

疑之，后来仔（注：原文写作‘子’）细看一两篇，因质之《史记》《国语》，然后知《诗序》之果不足信。因是看《行苇》《宾之初筵》《抑》数篇，《序》与《诗》全不相似。以此看其他《诗序》，其不足信者煞多。以此知人不可乱说话，便都被人看破了。”① 朱熹《诗集传》的创作，正是上述废序思想的具体实践。他不仅全不采《诗序》，而且运用三家《诗》实践其废序思想。正如有的学者所说：“在当时的这场辨伪思潮中，诸多学者对《诗经》与《毛序》之态度有了很大的转变，‘而学者已知《诗》之不专于毛、郑’，兼采《齐诗》、《鲁诗》、《韩诗》三家之传说《诗》，并‘始用己意有所发明’，从而使‘三百五篇之微词奥义乃可寻绎’，渐渐走出‘以序解《诗》’之藩篱。朱熹的《诗集传》正是这一辨伪思潮的集大成。”②

朱熹对欧阳修《诗》学思想的继承还表现在对三家《诗》遗说材料的认识上，如欧阳修所言，“《韩诗》遗说往往见于他书”③ 的言论，正是朱熹“文选注多《韩诗章句》”之说的渊薮。

另外，朱熹《吕氏家塾读诗记·后序》云：“《诗》自齐、鲁、韩氏之说不传，而天下之学者尽宗毛氏。毛氏之学传者亦众，而王《述》之类，今皆不存。则推衍毛说者，又独郑氏之《笺》而已。唐初诸儒为作《疏义》，因讹踵陋，百千万言，而不能有以出乎二氏（毛、郑）之区域。至于本朝，刘侍读（敞）、欧阳公（修）、王丞相（安石）、苏黄门（辙）、河南程氏（颐）、横渠张氏（载），始用己意，有所发明。虽其浅深得失有不能同，然自是之后，三百五篇之微词奥义乃可得而寻绎，盖不待讲于齐、鲁、韩氏之传，而学者已知《诗》之不专见于毛、郑矣。及其既久，求者益众，说者愈多，同异纷纭，争立门户，无复推让祖述之意，则学者无所适从，而或反以为病。”④ 显然此段是说因为三家《诗》说不传，所以《诗》学才会专宗毛氏。而宋人为了反驳毛氏，“始用己意，有所

---

① （南宋）黎靖德编：《朱子语类》，中华书局 1994 年版，第 2074、2074、2074、2076 页。

② 邹其昌：《朱熹诗经诠释学美学研究》，商务印书馆 2004 年版，第 18 页。

③ （北宋）欧阳修：《序问》，《欧阳修全集》卷六十一，中华书局 2001 年版，第 900 页。

④ （南宋）朱熹：《晦庵先生朱文公文集》，见《晦庵集》卷第七十六，四部丛刊初编影印明嘉靖本。

发明”，虽然“三百五篇之微词奥义乃可得而寻绎”，能使“盖不待讲于齐、鲁、韩氏之传，而学者已知《诗》之不专见于毛、郑矣”，但最终的结果却是“及其既久，求者益众，说者愈多，同异纷纭，争立门户，无复推让祖述之意，则学者无所适从，而或反以为病”，由上述之意我们可以推测，朱熹认为如果三家《诗》之说尚传，则是最好的能使学者“不专见于毛、郑”之说的有力武器。由此，我们有理由相信，朱熹对三家《诗》说的采用，其反驳毛、郑之说的意图是明显的。

其次，受前人对三家《诗》关注的影响。吴国武先生云：“庆历以来，刘敞、欧阳修、苏辙等有关《诗经》的新说，多以疑毛、郑、孔《疏》为主，对三家《诗》的关注不够。徽宗朝前后，出现古器物、书籍古本等收集的热潮。诸儒说诗，也多求古字、古义、古说，其中收集和重视三家《诗》是其一个方面。”[①] 可见，在朱熹以前，南宋学界已经开始收集和重视三家《诗》了。如前所述南宋《诗经》学著作中，关涉三家《诗》的著作有：董逌的《广川诗故》、曹粹中的《放斋诗说》、杨简的《慈湖诗传》、项安世的《项氏家说》、吕祖谦的《吕氏家塾读诗记》，其中，对朱熹影响最大的还数同时代吕祖谦的《吕氏家塾读诗记》。虽然吕祖谦是主张《毛诗》的，但其著述《吕氏家塾读诗记》中，亦有引用董逌所论三家《诗》说。在朱熹与他往来论学的时候，吕祖谦主张《毛诗》的著述中竟采用三家《诗》说的具体实践，不能不引起朱熹的思考。故朱熹在《诗集传》中更为引申之。

再次，是朱熹考据学思想在《诗集传》中的反映。朱熹在考证学上主张“参互考证”，“动有依据”，他善于利用各种资料发展新说，而三家《诗》说正是他所发现的用以解《诗》的新资料，也是《诗集传》一大特色的反映。《诗集传》善于采用前人精当之言，如他对于宋人诗说，自欧阳修以下采有十九家之多，而三家《诗》遗说正是他善于采用前说的反映。

最后，是朱熹《诗》学追求义理的表现。朱熹本身就是理学大师，发挥经

---

① 吴国武：《董逌〈广川诗故〉辑考》，见《北京大学中国古文献研究中心集刊》（第七辑），北京大学出版社 2008 年版，第 152 页。

学之义理，是他著述的宗旨。三家今文经学注重大义发挥的历史特性，亦有理由使其采之而为用。虽然从《诗集传》对三家《诗》的采用这方面透视朱熹在义理方面的追求还不是太明显，但三家《诗》作为今文经学，注重与社会现实结合来发挥微言大义的历史特性是无法忽视的。我们推测，朱熹在著述之初，用三家《诗》说来表现自己在义理方面的追求应该是有所考虑的。

朱熹在《诗集传》中运用三家《诗》说，对于后世《诗经》学的发展意味着打破《毛诗》一统的《诗》说传统，被遗忘已久的三家《诗》开始进入学者们的视野，遂成为《毛诗》说的有效补充。对后来的《诗经》研究及三家《诗》的辑佚都产生了重要的影响。皮锡瑞云："据王应麟《诗考序》云：'扶微学、广异义，亦文公之意。'则采辑三家，实由朱子《集传》启之。后来范家相、马国翰更加摭拾，至陈乔枞益详，未始非朱子先路之导。"① 可见，朱子《诗集传》中三家《诗》的运用，借助于王应麟的《诗考》，影响了有清一代三家《诗》辑佚学的发展。

三 王应麟的三家《诗》辑佚学

王应麟（1223—1296 年），字伯厚，号深宁居士。庆元（今浙江鄞县）人，祖籍浚仪（今河南开封）。九岁通《六经》，淳祐元年（1241 年）十八岁举进士。学问渊博，于经史百家、天文地理等皆有研究，熟悉掌故制度，考证博洽。所撰《诗经》著作有《诗考》五卷（《四库全书》本作一卷）、《诗地理考》五卷、《诗草木鸟兽虫鱼广疏》六卷、《玉海纪诗》一卷等。其他著作如《困学纪闻》《玉海》《汉艺文志考证》等，都有很高的学术史料价值。清人张佩纶曾云："余向持论，以为国朝人之汉学，大抵皆宋黄氏《日钞》、王氏《困学纪闻》两派而加详耳。"② 可见，他的著作对清代学术的影响。

据清张金吾《爱日精庐藏书志》所载文及翁景定五年为《诗考》所作序可

① 皮锡瑞：《诗经通论》，载《经学通论》，中华书局 1954 年版，第 65 页。

② （清）张佩纶：《涧于日记》，见谢梅林整理《张佩纶日记》，凤凰出版社 2015 年版，第 485 页。

知，《诗考》成书在景定五年（1264 年）稍前。《宋史》本传及《宋志》都作五卷；《经义考》作六卷，卷首有“三家诗传授图”，《四库全书》本为一卷。现通行本多从《四库全书》作一卷，前有王应麟序云：

> 汉言诗者四家，师异指殊。贾逵撰《齐鲁韩与毛氏异同》，梁崔灵恩采三家本为《集注》。今唯《毛传》郑《笺》孤行，韩仅存《外传》，而鲁齐诗亡久矣。诸儒说诗壹以毛、郑为宗，未有参考三家者。独朱文公《集传》闳意眇指，卓然千载之上。言《关雎》，则取匡衡；《柏舟》，妇人之诗，则取刘向；笙诗，有声无辞，则取《仪礼》；“上天甚神”，则取《战国策》；“何以恤我”，则取《左氏传》；《抑》戒自儆，《昊天有成命》道成王之德，则取《国语》；“陟降庭止”，则取《汉书注》；《宾之初筵》饮酒悔过，则取《韩诗序》；“不可方思”“是用不就”“彼岨者岐”，皆从《韩诗》；“禹敷下土方”，又证诸《楚辞》。一洗末师专己守残之陋，学者讽咏涵濡而自得之跃如也。文公语门人，《文选注》多《韩诗章句》，尝欲写出。应麟窃观传记所述三家绪言尚多有之，网罗遗轶，傅以《说文》《尔雅》诸书，粹为一编，以扶微学、广异义，亦文公之意云尔，读《集传》者或有考于斯。①

从序中可知，针对当时学界普遍存在的“说《诗》壹以毛、郑为宗，未有参考三家者”的状况，受朱子《诗集传》著述的启发，王应麟著述《诗考》，“扶微学、广异义”，使“读《集传》者或有考于斯”，作为《诗集传》的有效补充，使读者从中能洞察《诗集传》在发扬三家《诗》义方面的努力。其中所举诸例概括了《诗集传》中采录三家《诗》的具体方面及指导思想，即：直接引用有明确三家归属的汉人如刘向、匡衡的《诗》说；凡是汉代以前不同于《毛诗》之说的归属于三家；《韩诗序》的存在可以是撼动《毛序》权威地位的

① （南宋）王应麟：《诗考序》，文渊阁《四库全书》本。

有力武器；存在大量的《韩诗》异文。这四点不仅是对《诗集传》中三家《诗》运用的总结，亦指导着《诗考》搜集三家遗说的方向。

《诗考》分为《韩诗》《鲁诗》《齐诗》《诗异字异义》《逸诗》《补遗》六部分。首列《韩诗》遗说，因《韩诗》亡佚最晚，唐以来注疏之家常引其说，故所获较多。次《鲁诗》，次《齐诗》，因二书早亡，文献稀罕，仅从《汉书》《后汉书》摘取寥寥数条而已。次《诗异字异义》，所辑范围已不止三家，而是杂采各书所载与《毛诗》之异者及今本《诗经》所不见的诗句。次《逸诗》，据《国语》《礼记注》《大戴礼记》《史记》《左传》《尚书大传》等书所称引，列取今本《诗经》所无之篇目，又摘取不见于今本《诗经》的语句，以此论定先秦时期《三百篇》之外，尚有不少诗篇、诗句咏诵于世。最后别为《补遗》，以掇拾所缺。《诗考》中所征引三家《诗》说，均注明出处，从其所搜集材料来源上分析：

《韩诗》:《薛君章句》《后汉书》《文选注》《文选》《释文》《说文》《韩诗外传》《集韵》《汉书》《说苑》《隶释·汉衡方碑》《孟子注音义》《新书》《太平御览》《韩诗传》《初学记》《毛诗正义》《左传》《后汉书注》《贪恶鸟论》《玉篇》《周礼疏》《尔雅疏》《礼记正义》《周礼注疏》《公羊传注疏》，及晁说之、李迂仲、董逌之说。

《鲁诗》:《汉书》《石经·鲁诗》《正义》《公羊传注》《尔雅注》《后汉书注》。

《齐诗》:《汉书》本传。

《异字异义》:《左传》《列女传》《说苑》《新序》《吕氏春秋》《楚辞章句》《说文》《尔雅》《尔雅注》《白虎通》《仪礼疏》《礼记》《史记》《说文》《周礼注》《集韵》《盐铁论》《论衡》《群经音辨》《尔雅音义》《汉书注》《广韵》《家语》《文选注》《汉书》《公羊疏》《扬子》《孟子注》《淮南子》《国语》《后汉书注》《荀子》《毛诗正义》《水经注》《春秋繁露》《新书》《尚书大传》，及贾谊、崔灵恩之说。

由此可以看出，王应麟搜集三家《诗》资料来源范围广泛，经史子集各部均有涉及，从先秦典籍到唐代注疏等各家所载，凡有录三家《诗》者，就王氏寓目所及均有收录。一方面反映了王应麟在考据学方面的功力，这在讲究义理之学的宋代学者中是难能可贵的；另一方面他所涉及的这些典籍，也奠定了清人三家《诗》辑佚的基础，清人搜集三家《诗》的范围盖不出此，只是检摘更为细致，搜讨更为全面。《诗考》中“所辑《韩诗》三百八十三条，《鲁诗》十五条，《齐诗》十四条，又逸诗五十一条。所以明末编入《诗经》之先秦诗作，亦有其资料价值”①。

从上所列可以看出，王应麟在《诗异字异义》中，尚未引入家法、流派的观念，把汉代典籍中所引不同于毛的诗说，而又不能确然归属的，入异字异义一类。这表明三家《诗》辑佚研究在形成之初，辑佚体例、辑佚方法尚未完善。如有关《说文》中的异字，有的归入《韩诗》，有的又归于《异字异义》，《尔雅注》《集韵》均有类似的两可情况，说明王氏本身在三家《诗》归属安排方面亦是矛盾的，遂陷入了两可的困境。

从《诗考》辑佚体例分析：

一是直列异字，注明出处，或进一步解释这些异字，进行训诂。如《兔罝》“施于中馗”，“馗，中九交之道也（《薛君章句》《文选注》）”。《汉广》“不可休思”（《外传》）；《甘棠》“蔽茀甘棠”（《外传》）；“勿剗勿伐”（《释文》）。

二是直接训诂。《葛覃》“萋萋，盛也”（《文选》）。“刈，取也。濩，沦也。”（《释文》）《卷耳》“顷筐，欹筐也”。

三是他书所载相关遗说，包括三家《诗》序以及诗篇的相关解说等。如《关雎》篇引《薛君章句》及《后汉书》的记载，引出《韩诗》之义，“诗人言雎鸠贞洁慎匹，以声相求，隐蔽乎无人之处，故人君退朝入于私宫，后妃御见有度，应门击柝，鼓人上堂，退反燕处，体安志明，今时大人内倾于色，贤人见其萌，故咏《关雎》，说淑女，正容仪，以刺时。”（《薛君章句》，《后汉书》“明帝诏应门失守，关雎刺世”注。）

① 陈文采：《两宋〈诗经〉著述考》，载（台湾）《古典文化研究集刊》，花木兰文化出版社2005年版，第56页。

《芣苢》“伤夫有恶疾也”（《文选注》，晁说之论《韩诗序》“伤夫也”）。《汉广》“悦人也”（《文选注》韩诗序）。《汝坟》“辞家也”（《后汉书注》）。

从《诗考》在《诗经》学史和三家《诗》学史上所具有的意义和影响方面来考察，可以看出以下几点：

一是受当时学坛废序思潮的影响，《诗考》以实际行动回应了《诗序》当废，回护了朱子的《诗集传》思想。

应麟之学得接朱子之统。元延祐元年胡一桂在《诗考序》中云：“愚独恨四家遽绝其三，使其殽乱，不得以尽折于朱子之手，以统壹圣经而幸斯道，犹幸而《诗考》之仅存，使观者略有以见毛氏抵牾之迹，信朱子黜《小序》之当，而悟末师专己守残之陋。此愚所以谓真足以‘扶微学而广异义，羽翼朱子《集传》，以诏当今传万世者，其功诚不可浅小论也。’愚故编置《集传》之末，图与四方朋友共之，俾由此以读朱子《诗序辨说》，则知其为诚万世不刊之论也。”①

《诗考》是受朱子的启发而来，王应麟《诗考序》中盛赞《诗集传》对三家《诗》的采用是“闳意眇指，卓然千载之上”，能够“一洗末师专己守残之陋，学者讽咏涵濡而自得之跃如也”。又言自己所著《诗考》完全是受了朱熹的影响，“文公语门人，《文选注》多《韩诗章句》，尝欲写出。应麟窃观传记所述三家绪言尚多有之，网罗遗轶，傅以《说文》《尔雅》诸书，粹为一编，以扶微学、广异义，亦文公之意云尔，读《集传》者或有考于斯”②。他创作《诗考》的目的，就是接续《诗集传》，让《诗集传》中运用三家《诗》说的思想发扬光大。

二是影响了有清一代的三家《诗》辑佚。

《四库全书总目》卷十五《诗考》提要云：“古书散佚，搜采为难。后人踵事增修，较创始易于为力，筚路蓝缕，终当以应麟为首庸也。”③ 王鸣盛在《采集群书引用古学条》也认为：“古学已亡，后人从群书中采集成编，此法始于王

---

① （清）张金吾：《爱日精庐藏书志》卷三经部，清光绪十三年吴县灵芬阁集字版校印本。

② （清）王应麟：《诗考序》，文渊阁《四库全书》本。

③ （清）永瑢等：《四库全书总目》，中华书局1965年版，第126页。

应麟《周易郑康成注》及《诗考》。”[1] 章学诚在乾隆四十四年（1779年）撰成的《校雠通义》中说：“昔王应麟以《易》学独传王弼，……又以四家之《诗》，独《毛传》不亡，乃采三家《诗》说之见于群书者为《三家诗考》。嗣后好古之士踵其成法，往往缀辑逸文，搜罗略遍。”[2] 梁启超《中国近三百年学术史》中谈道：“辑佚之业，最初从事于此者，为宋之王应麟，辑有《三家诗考》、《周易郑氏注》各一卷，附刻《玉海》中，传于今。”[3]

从清代学者的评论可以看出，王应麟的辑佚《诗考》即被许多学者认为是辑佚之业的开始，更是清代三家《诗》辑佚的仿效对象。因而，定位王应麟的《诗考》影响了有清一代的三家《诗》辑佚是毫不夸张的。

作为三家《诗》辑佚的轫始之作，“创始难工，多所挂漏”，《诗考》也存在着不少的缺点，为后人所指责。如范家相《三家诗拾遗》云：“王厚斋《诗考》集经传子史及《说文》、《尔雅》所引与《毛诗》字句殊别者，并入三家《诗》说中，虽极该博，颇无伦次。”[4] 又言：“昔朱子尝欲采《韩诗章句》于《文选注》中，而深宁王氏因有《诗考》之作，然率随手掇拾，漫无条理。”[5]《四库全书总目》在《三家诗拾遗提要》中谈到《诗考》：“增缀逸诗篇目，杂采诸子依托之说，亦颇少持择。”[6] 上述引文均指出了《诗考》在序例不明、体例不一、前后重复、征引未详、考证不确等方面的不尽如人意之处。然首创之功，终不可没。后人在《诗考》的基础上，继续着三家《诗》的搜考，对三家《诗》的辑佚取得了重大突破。清代有相当一部分三家《诗》辑佚著作，就是对《诗考》的增补、考校。可以说，王应麟的《诗考》是清代三家《诗》辑佚的基础，影响了有清一代三家《诗》辑佚研究局面的开展。

---

① （清）王鸣盛：《蛾术篇》卷二，《续修四库全书》影印本。

② （清）章学诚：《校雠通义·补郑篇》，上海古籍出版社2009年版，第33—34页。

③ （清）梁启超：《中国近三百年学术史》，东方出版社1996年版，第319—320页。

④ （清）范家相：《三家诗拾遗》，台湾新文丰出版公司1985年版，丛书集成新编第56册，第333页。

⑤ 同上书，第338页。

⑥ （清）永瑢等：《四库全书总目》，中华书局1965年版，第135页。

综上可知，宋儒对三家《诗》的运用表现在：

一是用三家之序非毛序。三家《诗》序的存在使得《毛诗序》受到了很大的挑战，三家《诗》序也成为反驳毛序的有力证据之一。当时反序的许多学者都是以三家《诗》序作为证据的。如郑樵在《诗辨妄》中所云："设如子夏所传之序，因何齐、鲁间先出，学者却不传，反出于赵也？序既晚出于赵，于何处而传此学？"[①] 从齐、鲁诗序与毛序的不同，指出了《诗序》为子夏所作是不足为据的，从渊源的角度反驳了毛序之说。

二是用三家之义补毛。这是搜集三家《诗》说的一个很重要的作用和目的，也是清代学者致力于三家《诗》辑佚研究的重要动因。宋代的一批学者如吕祖谦、杨简等人，他们虽然是尊崇《毛诗》的，但其著述中不乏对三家《诗》的引用，目的在于他们看到了三家《诗》义能够很好地补充、完善《毛诗》之说。较早的刘安世也说："尝记少年读《韩诗》有《雨无极》篇，《序》云：'正大夫刺幽王也。'首云'雨无其极，伤我稼穑。浩浩昊天，不骏其德'。诗中云正大夫离居，岂非《序》所谓正大夫乎？"[②]《毛诗序》："《雨无正》，大夫刺幽王也。雨，自上下也。众多如雨，而非所以为政也。"[③] 刘安世以《韩诗序》之说，补充《毛诗序》，虽然刘说受到后世学者的质疑，但其以三家之义补充毛说的意图是非常明显的。

三是用三家之说驳毛说。朱熹《诗集传》中弃毛说而不用，指责"以序说诗"之非，采用三家《诗》说来实现"以诗解诗"的主张，是以三家之说驳斥毛说的具体实践。而尊序学者则感觉到了三家《诗》说的存在对《诗序》权威性确立的威胁，遂驳三家之说。如范处义的《诗补传》中，凡诸家所论诗旨与《诗序》不同者，皆据《诗序》加以驳正。其中，以驳三家《诗》说为最多，三家中又以驳鲁说为尤多，鲁说中又以驳正出于刘向《列女传》及《新序》等书者为最常见。

四是以三家之说解诗。如欧阳修定《关雎》为周衰之诗，其理由是"三家

---

① （南宋）郑樵：《诗辨妄》，顾颉刚辑本，《续修四库全书》影印本。

② （清）朱彝尊编，朱昆田校：《经义考》卷一百，乾隆四十二年（1777）本。

③ （唐）孔颖达等：《毛诗正义》，十三经注疏本。

以为《关雎》为康王政衰之诗，司马迁说‘周道缺，诗人本之衽席，《关雎》作。’”[①] 并引孔子所说《关雎》“哀而不伤”为证。当然其后的朱熹在《诗集传》中选择运用三家《诗》说更是在此方面的进一步发挥。

因三家《诗》说在上述领域发挥着一定的作用，因而搜集整理从而进一步研究三家《诗》说，是全面理解《诗经》学发展的前提。经过两宋时期《诗经》废序弃毛的疑经思辨学风的发展，再由众多学者对三家《诗》说的极力肯定，到朱熹《诗集传》中具体实践采用三家《诗》说，终于在南宋末年王应麟开始辑佚三家《诗》说，撰成第一部三家《诗》辑佚研究专著——《诗考》。可见《诗考》的成书绝不是偶然，是《诗经》学界长期探索的结果。而三家《诗》说的被发掘，也是《诗经》学发展的必然。

第二节　明代三家《诗》文献成果概要

《四库全书总目》云：“有元一代之说诗者，无非朱《传》之笺疏，至延祐行科举法，遂定为功令，而明制因之。”[②] 虽元、明两代《诗经》学的发展都与朱熹的《诗集传》有密切的关系，但由于时代背景和学术氛围等诸多因素的不同，两代在《诗经》学发展方面还是有诸多不同的。元代国祚短暂，《诗经》学均是沿朱熹《诗集传》而来，在三家《诗》辑佚和研究方面无甚可言。明代《诗经》学的发展，刘毓庆先生概括为“从经学到文学”的发展历程[③]，洪湛侯先生认为是“‘《诗经》宋学’的余绪”。[④] 总之二百多年的时间里，还是呈现出比较明显的特点。在三家《诗》学研究领域，除了一些具有考据特色的著作中有对三家《诗》的运用外，还有两部伪书《子贡诗传》《申培诗说》及丰坊自撰

① （北宋）欧阳修：《诗本义》，文渊阁《四库全书》本。
② （清）永瑢等：《四库全书总目》，中华书局1965年版，第128页。
③ 刘毓庆：《从经学到文学——明代诗经学发展史论》，商务印书馆2001年版。
④ 洪湛侯：《诗经学史》，中华书局2002年版，第421页。

《鲁诗世学》的出现，它们既是明代学风空疏的反映，又与三家《诗》的发展有着千丝万缕的联系。

一 总述

明代中期，考据学得到了一定的发展，林庆彰先生分析其兴起的原因有：理学发展内部之要求，废弃古学之反动，复古运动之影响，杨慎之特起，刻书业之兴盛等。[①] 在这一大环境的影响下，明代《诗经》考据学兴起。同时，《诗经》学研究领域出现了复古的倾向，洪湛侯先生分析道："主观因素是：朱熹《集传》，自南宋末叶至明代初期，经过众多诗家的发挥、阐述和订补，似已剩义无多，不可能再有多少新的作为了，于是治《诗》之家，遂转而上溯古义，复宗毛郑；客观原因则是受到当时'前、后七子'提倡'文必秦汉，诗必盛唐'复古号召的影响，于是《诗经》研究，也开始改弦易辙，复宗汉学。"[②] 在这一思潮的影响下，《诗经》考据学研究领域的复古，反映在三家《诗》研究方面有考据异文和采用三家《诗》说两种形式，前者如陈士元的《诗经异文》、周应宾的《诗经考异》等；后者如朱谋玮的《诗故》、何楷的《诗经世本古义》、冯复京的《六家诗名物疏》及杨慎的《升庵经说》《风雅遗篇》等。

1. 陈士元的《诗经异文》与周应宾的《诗经考异》

陈士元《诗经异文》八卷，主要从许慎的《说文》、陆德明的《经典释文》中捃摭异文。周应宾《诗经异文》，主要以陈书为蓝本，而稍拓充之。他们已经意识到《诗经》中存在诸多的异文需要钩辑出来，但他们还没有把所钩沉之异文派入三家的观念，故他们仅是抄录文献中的有关《诗经》异文，而不辨识出自何家。与清儒在《诗经》异文方面的研究比较起来，他们的辑佚可以说是挂一漏万，但正如刘毓庆先生所说："不过这毕竟是一个开端，是在王应麟《诗考》基础上的一个发展。清代大批三家遗说考证著作的出现，与此不无关系。"[③]

① 林庆彰：《明代考据学研究》，华东师范大学出版社 2015 年版，第 22—26 页。

② 洪湛侯：《诗经学史》，中华书局 2002 年版，第 426 页。

③ 刘毓庆：《从经学到文学——明代诗经学发展史论》，商务印书馆 2001 年版，第 120 页。

他们的这种研究考证《诗经》异文的取向，对清代《诗经》异文的研究起了导向的作用。

2. 朱谋𬵕的《诗故》

朱谋𬵕，字郁仪，明太祖第十七子宁献王朱权第七世孙。其《诗故自序》云："说诗者，毛、韩、齐、鲁互异，非一传一说可得而概也。愚者胶其师授，窃窃然自以为知诗，其用陋且隘矣。予之说，非敢尽诗之用也。将以通夫毛、韩、齐、鲁之固也。"① 他认为说诗之家有毛、韩、齐、鲁之不同，一般人自以为知诗，其实既陋且隘，他之所以要作《诗故》，是要"通乎毛、韩、齐、鲁之固"，也就是要打破四家《诗》的偏蔽。《四库全书总目》云："其曰《诗故》者，考《汉书·艺文志》《诗类》有《鲁故》二十五卷，《齐后氏故》二十卷，《齐孙氏故》二十七卷，《韩故》三十六卷，《毛诗故训传》三十卷。颜师古注曰：'故者，道其旨意也。'谋𬵕是编，盖用汉儒之旧名。故其说《诗》亦多以汉学为主，与朱子《集传》多所异同。"② 四家《诗》之间存在差异，并且终汉之世没有沟通的机会。《诗故》就是要从解读诗篇文本入手来阐明诗篇旨意。

《诗故》全录《诗序》首句之说，据林庆彰先生考证："赞同其说者仅183篇，不赞同者有120篇，修正其说者有2篇。"③ 在训诂方面，试图从名物、字词考证方面来寻绎诗篇文本之旨，故有驳《毛传》之失者"近二十条"。其中，亦有兼采三家之说者，如《硕人》，《诗故》先列"《硕人》，闵庄姜也"后，曰："非闵也，盖述庄姜始自齐来适卫也。"其后，从诗篇字词入手，一一解释字义，最后曰："孽字，《韩诗》作𤡣，训长貌；朅字，《韩诗》作桀，训健也。"以《韩诗》之训为长而采用之。又如《缁衣》篇，《诗故》曰："席有四训，《毛传》训大，《韩诗》训储，许慎训广多，为朱《传》训安舒者得之。"采已以为是者而从之，完成了"通毛、韩、齐、鲁四家之固"的意图。

---

① （明）朱谋𬵕：《诗故》，明万历刊本。又见朱彝尊《经义考》卷114引。

② （清）永瑢等：《四库全书总目》，中华书局1965年版，第129页。

③ 林庆彰：《朱谋𬵕〈诗故〉研究》，《中国文哲研究集刊》第二期，"中央研究院"中国文哲研究所出版印行，1992年版，第322页。

朱谋玮的《诗故》，林庆彰先生称“是宋学转变为清代汉学的过渡桥梁”[①]，虽然它不是辑佚三家《诗》或发挥运用三家之说的著作，但他明确地打破四家《诗》壁垒的意识和为此而作出的努力，亦可以称为是从宋代三家《诗》学初步兴起，到清代三家《诗》辑佚研究全面开展，以及清儒探讨以三家《诗》义补充毛义，而完善《诗经》学的桥梁。

3. 冯复京的《六家诗名物疏》

冯复京（1573—1622 年）字嗣宗，常熟人，撰《六家诗名物疏》五十五卷。[②] 所谓“六家”，即鲁、齐、韩、毛、郑《笺》、朱《传》。此种提法被四库馆臣批评道：“所称六家，乃谓齐、鲁、毛、韩、郑《笺》、朱《传》，则古无是目，而自复京臆创之。且毛、郑本属一家，析而为二，亦乖于传经之支派。”[③] 冯氏疏释名物除采用上述六家外，还兼取他家。《六家诗名物疏·叙例》有言：“汉世说《诗》者，齐、鲁、毛、韩分镳并驱。……虽三氏沦亡，而群书错引，固可得而备论也。”[④] 认识到了三家遗说的存在对疏释名物具有补充作用。如：“罍，《韩诗说》：金罍，大夫器也。天子以玉饰，诸侯、大夫皆以黄金饰，士以梓。”“觥，《韩诗说》云：觥受五升，所以罚不敬，觥，廓也。所以著明之貌，君子有过廓然著明，非所以饷不得明觞。”“《芣苢》，引《韩诗说》云：‘芣苢木名，实似李，直曰车前，瞿曰芣苢。’又云：‘芣苢，泽寫也，臭恶之菜。’诗人伤其君子有恶疾，人道不通，以事兴芣苢，虽臭恶乎，我犹采取而不已者。以兴君子虽有恶疾，我犹守而不离去也。冯复京按：车前子，今方剂中恒用，不闻其臭恶。泽寫，又别一物，未知《韩诗》所以云然。”不仅引用《韩诗》说，而且加以辨明。如“‘终风’，《韩诗说》云，‘西风也。’《毛传》云：‘终日风为终风。’”“‘雉’，《韩诗章句》云：‘雉，耿介之鸟。’”

冯氏在征引三家《诗》说用以疏释《诗经》名物时，并不具体注明出处，

---

① 林庆彰：《朱谋玮〈诗故〉研究》，《中国文哲研究集刊》第二期，“中央研究院”中国文哲研究所出版印行，1992 年版，第 322 页。

② 《六家诗名物疏》，或题为冯应京撰，误。详见徐超《六家诗名物疏提要》，夏传才、董治安主编《诗经要籍提要》，学苑出版社 2003 年版，第 171—174 页。

③ （清）永瑢等：《四库全书总目》，中华书局 1965 年版，第 129 页。

④ （明）冯复京：《六家诗名物疏·叙例》，《四库全书珍本》。

且时有对三家所说不明意处，予以案语考证。其著作是以三家补《诗》义在名物疏释方面的尝试，虽对三家的运用未标明出处，或所搜集未备，采集有限，但这种以三家《诗》说补充《诗》义的做法，在明代《诗经》学著作中比较突出，上承朱子《诗集传》中兼采三家之义的做法，下启清人《诗经》著作中对三家之义大量引用，并对清人三家《诗》辑佚的兴起均有指导意义，特别是又被收入《四库》之中，这种示范的效果对清人《诗经》研究的影响亦是必然的。冯氏遍考古代群书，采择三家《诗》说，用以释证《诗经》所涉名物，是其体例之一。他的这一运用，有助于认识《诗经》中所保留的先秦名物，是《诗经》名物学的一部力作。

虽然明代《诗经》学著作中对三家《诗》的关注还远远不够，但从上述三部与考据学密切相关的著作中对三家《诗》的运用可以看出，三家《诗》说的被采用是为了更全面地考证诗篇的相关说法。或许这也给了清儒一很好的提示，在考据学如日中天的清代，之所以会形成三家《诗》辑佚与研究的高潮，明代学者的运用以及三家《诗》说在考证方面所发挥的作用，不能不引起清代学者的重视。明代承宋代《诗》学之余绪，受朱子《诗集传》的影响，在以考据为主的《诗经》著述中对三家《诗》说的引用，与王应麟的专门辑佚三家的《诗考》结合起来，成为清代三家《诗》学发展的渊薮。

二 丰坊《鲁诗世学》及伪书《子贡诗传》《申培诗说》

丰坊字人翁，又字存礼，更名道生，号南禺外史。浙江鄞县人，嘉靖二年（1523 年）进士，官至吏部考功主事。其父丰熙，《明史》有传，弘治十二年（1500 年）榜眼，累官翰林学士，以“大礼议”事，得罪嘉靖，被贬死。曾祖父丰庆是正统四年（1439 年）进士。再上溯北宋，其家族就有丰稷，官至礼部尚书。明代则有丰寅生、丰庆、丰耘、丰熙等数代为官者。因谓其家“自唐世以来，名儒辈出”，家学渊源深厚，家有万卷楼，藏书六万余种。

《鲁诗世学》，所谓“世学”，是指此成果乃其家世代研究《鲁诗》所得，内题“正音”为远祖宋之丰稷所为，“续音”为丰庆撰，“补音”为丰耘撰，“正说”为丰熙撰，“考补”为坊自己所撰，“续考”为门人何昆撰。实皆为坊一人所作。早在明末，就有学者开始怀疑它们的真伪。周应宾，是较早对《鲁诗世学》《申培诗说》提出质疑的学者。他的《九经考异》中有《诗经考异》云：

> 嘉靖中，予邑丰道生以其先世所传《鲁诗世学》行于世，谓是魏正始中虞喜奉诏摹石，而宋王韶开河时得之者也。其篇次句字大与《毛诗》不同，其意义亦多可取，然予邑先辈咸以为道生私撰，非石经也。①

又说：

> 近又有刻《诗说》者，其体与《毛诗小序》相类，云是申公所著，其说与丰氏尽同，惟篇次稍异耳。余考《汉志》有《鲁说》二十八卷，既与今《诗说》卷数不合；而唐人言《鲁诗》已亡，则安得复有是书也。是又依仿丰氏而为之者耳。②

因为《鲁诗世学》中首列《诗传》，所以周氏在这里以为《诗传》为丰坊私撰。对于《诗说》，虽没明确提出乃丰氏所为，但却从史籍的流传记载上表明其不可能为申培所作，认为是当时学者依仿丰氏《鲁诗世学》而创作的。

随后的学者，如朱朝瑛、陈弘绪、陈元龄、何楷等，都有关于《鲁诗世学》与《子贡诗传》和《申培诗说》的考辨。陈元龄在《思文初编》卷三中，有对二书颇为详细的考辨，最后云：“今所传申公《诗说》一卷，不详其出于何时。以余所睹记考之，大抵后人伪作也。……或曰‘宁波丰氏所造也’。丰氏有《鲁诗世学》，想当然，想当然。”③ 虽然没有可靠的证据，凭着他的学术经验，已推测出《诗说》为丰氏伪造。

与丰坊同时代的姚士粦指出，伪书作者为王文禄（沂扬），他在《见只编》

---

① （明）周应宾：《九经考异》，《四库存目丛书》本。

② 同上。

③ （明）陈元龄：《思文初编》卷三，四库禁毁书刊本。

中言："王沂扬先生家多藏书，所萃《丘陵学山》，有《子贡诗传》、《申培诗说》，云皆出其手。"①

可见，明末学者已对《诗传》《诗说》的真伪产生怀疑，并提出了疑似丰坊伪者的结论，这些都为清初学者进一步考辨提供了帮助。在此基础上，清初学者钱谦益、王士禄、姚际恒、朱彝尊、毛奇龄等进一步深辨，遂提出了将这两部著作定性为伪作的确论。②

钱谦益首先指出《诗传》作者为丰坊，他说："坊字存礼，鄞县人，嘉靖二年进士，除礼部主事，以吏议免官。家居坐法，窜吴中，改名道生，字人翁，年老贫病以死。存礼高才博学，下笔数千言立就，与十三经皆别为训诂，钩新索异，每托名古本或外国本。今所传《石经大学》、《子贡诗传》，皆其伪撰也。家藏古碑刻甚富，临摹乱真，为人撰定法书，以真易赝，不可穷诘。"③

姚际恒深受钱谦益的影响，他在《古今伪书考》中，考辨《诗传》《诗说》，力证二书乃丰坊伪作。毛奇龄专门撰有《诗传诗说驳义》一书，逐条、逐步推理，详为考证，最终使得《诗传》《诗说》伪作的面目完全呈现出来。他们对《诗传》《诗说》全面考察，为此后三家《诗》研究的全面复兴和《诗经》研究高潮的到来，扫清了障碍，奠定了基础。

那么丰坊又为什么要选择《鲁诗》作为作伪的对象呢？王学泰先生认为："西汉时被官方承认的《诗经》学者只有今文学派。而今文学派又分齐、鲁、韩三家。皮锡瑞说：'汉有一种天人之学，而齐学尤盛。'（《经学历史》）如《齐诗》中有'五际'之说，专讲天象与人事之间的关系。这种诗学带有神秘主义色彩，当时理解尚有困难，后人则更难为伪造；《韩诗》尚有《外传》传世，从

---

① （明）姚士粦：《见只编》卷上，明万历刊本。

② 按："根据林庆彰先生考察的结果，可知《子贡诗传》有抄本与刻本两种，其间的编次和内容，颇有差异，显然是经过改动的，抄本是丰坊的原本，而刻本则是王文禄所改定的；今日流传的，多为王文禄的改刻本。至于《申培诗说》，则为王文禄抄袭《鲁诗世学》中的'正说'部分而成，不是丰坊所作。"（蒋秋华：《姚际恒对〈子贡诗传〉、〈申培诗说〉的考辨》，《第二届诗经国际学术研讨会论文集》，语文出版社1996年版，第510页。）又按：林庆彰先生在《丰坊与姚士粦》一文中有相关考察，载于台北东吴大学1978年硕士学位论文。

③ （清）钱谦益：《列朝诗集小传·丁集上》卷八十一，载钱陆灿编《明代传记丛刊》，明文书局出版社1991年版，第447页。

中可见韩氏之学在于利用政事推演诗人之旨，以证明诗之古义；追求大义微言，以便通经致用（最初《韩诗》不以章句训诂见长，后世方有《薛氏章句》和杜琼《韩诗章句》之作）。《韩诗》中讲到用《诗经》解决政事时都要与一定的历史故事相结合，有时间、有地点、有人物、有情节，这就很难造伪，如造伪则容易露出马脚。而《鲁诗》亡佚较早，从一些史书来看，《鲁诗》还是以解释《诗经》正文为主的，这样造伪较为容易。更重要的是汉代《熹平石经》中尚有《鲁诗》的残石传世，这就给丰坊提供了作手脚的空间。”① 《汉书·艺文志》的“鲁最为近之”之论，也给了丰坊伪造的信心。

《鲁诗世学》并不是真正的《鲁诗》学，把它的一些说法与清儒的《鲁诗》说相对照竟有诸多可笑之处，如开篇《关雎》，《鲁诗》以为“周道缺，诗人本之衽席，《关雎》作”。“周衰而诗作，盖康王时也。康王德缺于房，大臣刺晏，故诗作。”而《鲁诗世学》云：“《关雎》文王之妃，太姒思得淑女以充嫔御之职，而供祭祀宾客之事，故作是诗首章于六义中。”可见两者说法是相反的。实际上《鲁诗世学》是丰坊个性、才性及其对当时社会《诗经》研究的反思。“如果我们从明代文化发展演变的角度来看，它与当时社会主流意识唱反调，并在阐释《诗经》的某些篇章时表现出独立的见解。”②

《鲁诗世学》的出现，虽然创作动机不纯，但从三家《诗》学发展的角度来分析，它或许是受了朱子《诗集传》及一些明代学者著作中采用三家《诗》说的影响。它的出现虽在当时已被一些学者所指责，但其在明末的重大影响无疑对清代的三家《诗》研究产生了一定的影响。最主要的表现在清代学者对其进行辨伪，开创了清初三家《诗》的辨伪学，如毛奇龄就撰有《诗传诗说驳义》。由于三家《诗》文本已经亡佚，三家《诗》学本身就是钩沉、辑佚之学，其中对搜集过来的相关材料进行辨伪至关重要，关系到三家《诗》辑佚学的发展及其是否具有价值的主要标尺，丰坊的伪作《鲁诗世学》及其关联而产生的《子贡诗传》《申培诗说》，为清代学者提供了一个很好的警示作用。当然在清代还有

---

① 王学泰：《明代诗学伪作与〈鲁诗世学〉》，《文学遗产》1999 年第 4 期。

② 同上。

一些学者在辑佚《鲁诗》遗说时采信此三部著作，说明其影响之大，迷惑程度之深。

第三节　清前期学者的文献准备

三家《诗》学在清代，特别是嘉道年间全面复兴，除了与宋明学者的前期研究积累有关，也受清代前期学者在理论上的准备、思想上的反思和具体的实践成果的直接影响。清代三家《诗》学的兴起是伴随着考据学的兴起而产生的。关于清代考据学兴盛的原因，学者多有论述，如清廷统治者实行的文字狱、清初学者的疑古思辨学风、复古主张和经世致用之学的倡导等，与清前期学者的文献积累，亦关系密切。

一　总述

清代早期学者如臧琳、严虞惇、惠栋、余萧客等，虽然没有三家《诗》研究专著，但他们在经学著作中对“三家遗说”的收录和采用，是清代较早关注到三家《诗》的存在和价值的学者。他们的著述对后来学者的三家《诗》研究产生了很大的影响，体现在后来学者在著作中经常引用他们的研究成果。下面以“吴派”著述为主，论述清代早期学者具体的研究成果在三家《诗》运用方面的表现，以揭示它们对后期学者研究的影响。

1. 臧琳的《经义杂记》

《清史稿·儒林列传》云：“臧琳，字玉林，武进人。诸生。治经以汉注唐疏为主，教人先以《尔雅》、《说文》，曰：‘不解字，何以读书？不通训诂，何以明经？’键户著述，世无知者。有《尚书集解》百二十卷，《经义杂记》三十卷。阎若璩称其深明两汉之学，钱大昕校定其书，云：‘实事求是，别白精审，而未尝轻诋前哲，斯真务实而不近名者。’”①

《经义杂记》卷一有玉林先生云：“居平不揣固陋，考究诸经，深有取于汉人之说，以为去古未远也。为诸生三十年，未尝一日不读经，偶有一得，随笔记录。间有他说，亦附益之。岁月既多，卷帙遂富。”② 可知此书为玉林的读书心得。他在追求“汉人之说”时，涉及《诗经》的札记时，有较多对三家之说的采用。如卷三“《鸡鸣》，谗人也”条，征用《太平御览》九百四十四引《韩诗》说和薛君说，得出“据《韩诗序》及薛君说，知《鸡鸣》为刺谗”。卷三“《鲁诗》‘周道郁夷’”条，云：“《诗·四牡》‘四牡騑騑，周道倭迟’，《毛诗》作‘倭迟’。倭者，委曲。迟者，远也。故《毛传》曰：‘倭迟，历远之意。’《韩诗》作‘威夷’。威，可畏也；夷，伤也。故薛君曰：‘威夷，险也。’《汉书·地理志》‘郁夷’下引《诗》‘周道郁夷’，是以‘郁夷’为地名。倭、威、郁声相近而义别。李善《文选注》十、又二十、又廿一、又五十六引《韩诗》皆作‘威夷’，惟十八引作‘倭夷’，然正文‘临回江之威夷’，仍是‘威’字，则注作‘倭’者，顺《毛诗》所改。《地理志》作‘郁夷’，既与韩、毛不同，《艺文志》谓‘三家，鲁最为近之’，则为《鲁诗》无疑矣。颜师古见与毛氏不同，便以为《韩诗》，不知《韩诗》有《文选注》《薛君章句》可证也，不料唐人读书已傅会若此?”引用《文选注》中《韩诗》“威夷”之说，从而考证颜师古《汉书注》以“郁夷”为《韩诗》说之误，而认为当为《鲁诗》说。无论玉林考证得出的结论是否能为后来三家《诗》研究者所认同，但他的考证过程和方法则被后来学者所借鉴。《经义杂记》的考证成果，自其玄孙臧庸公示于众，后多为学者所引用。阮元《揅经室集》二集卷六《臧拜经别传》云：“康熙间有与阎百诗同时老儒玉林先生名琳者，拜经之高祖也。乾隆五十四年，余姚卢学士文弨主常州书院，拜经往受经学，抱玉林先生所著《经义杂记》质于学士，学

① 赵尔巽等：《清史稿》卷四百八十一《儒林列传》，中华书局1977年版，第13182—13183页。

② （清）臧琳：《经义杂记》，《续修四库全书》影印本。以下《经义杂记》引文均出此本，不再出注。

士惊异之，于校《经典释文》中，多引其说。”①

可见，《经义杂记》公示于众虽在玉林下世多年以后，但其在经学界的影响力一点也不容小觑。其中对三家《诗》说的采信，也堪称清代研究三家《诗》学的先导。

臧庸的“读书当先通诂训，始能治经，尊信两汉大儒说如君师之命，弗敢违。非信汉儒也，以三代下汉最近古，其说皆有所受。故欲求圣人之言，舍此无所归”②，其治经之观念，正来自高祖玉林。

2. 严虞惇的《读诗质疑》

严虞惇（1650—1713 年）字宝成，号思庵，江苏常熟人。他的授业门人陈祖范称赞说：“先生之学，经‘经’纬‘史’，光明卓莹，不屑乎股悦与雕断；先生之仕，时踬时起，亦稍展其生平，胡未登九列而处已；先生之容，神清而麋雄，体弱而帝洪，修髯飘飘，矩步雍雍。吾师平兴，其不可传也……”其“学根柢经史，贯穿三通之书；古文经义，以理明词达与实正大为归”③。其《读诗质疑》三十一卷，《四库提要》评曰：“大旨以小序为宗，而参以《集传》，其从序者十之七八，从《集传》者十之二三，亦有二家皆不从，而虞惇自为说者。每篇之首冠以序文及诸家论序之说，每章之下各疏字义，篇末乃总论其大旨。……然大致皆平心静气，玩味研求于毛朱两家，择长弃短。非惟不存门户之心，亦并不涉调停之见，核其所得，乃较诸家为多焉。”④ 可见，以尊毛、朱思想为主。卷首十“训诂传授”，录有四家《诗》的传授源流，后有虞惇案语曰：“盖毛郑之废久矣，然考其渊源师友之所自，与夫儒先论撰之说，毛公之诗不谓之源于子夏不可也。”⑤ 推崇毛义之意自明。卷首十一“经传逸诗”，“采书传中遗辞逸句，掇而录之”。卷首十二录“三家遗说”，因其选录标准是“益于风雅”，说明他认识到了三家《诗》所承载的发扬儒家诗教的使命，这也是复兴原

---

① （清）阮元：《揅经室集》二集卷六《臧拜经别传》，邓经元点校，中华书局 1993 年版，第 523 页。

② （清）臧庸：《拜经堂文集》卷三《与顾子明书》，《续修四库全书》影印本。

③ 《（雍正）昭文县志》卷六，中国数字方志库。

④ （清）永瑢等：《四库全书总目》，中华书局 1965 年版，第 134 页。

⑤ （清）严虞惇：《读诗质疑》，文渊阁《四库全书》本。以下引文均出此本，不再标注。

始儒学的具体实践。其先列三家遗说，以小字注明出处或解释归属何家，有些不明确归属的，或以“异义韩、鲁说”混之，或径列出处，不明归属。其中多出自《文选注》《释文》等，共计六十八条。值得注意的是其中引用了《春秋纬·演孔图》和《诗纬·泛历枢》中的诗说各一处，把《诗》纬中的诗说作为《齐诗》遗说的来源，这是以前学者所不曾关注的。虽然把《诗》纬之说作为《齐诗》遗说的来源本身有待商榷，但也从某种程度上表明了《诗》纬与《诗经》的关系，应该说对后来陈乔枞、迮鹤寿关于《齐诗》学的研究有一定的影响，或者说起到了一定的提示作用。虞惇案语中说：“汉世言《诗》者四家，唯《毛诗》最后出，贾逵撰《齐鲁韩与毛氏异同》，梁崔灵恩采三家本为《集注》。今唯毛氏独存，《韩诗》仅存《外传》，而齐、鲁诗之亡久矣，世传《申公诗说》盖出于后人伪撰。然三家之遗言绪论，容或有散见于他书者。朱子尝语门人，《文选注》多《韩诗章句》，尝欲写出。而王应麟伯厚复博采诸书，荟而录之。今删其繁辞琐语，而存其益于风雅者，合为一编，以扶微学，广异义，亦二先生之意也。”虽然所辑条说不多，并且全书意在扬毛、朱之义，但承朱子、伯厚“扶微学、广异义”的著述动机，和处在清代早期这一经学研究领域倡导恢复古义的特殊时期，对其他学者的暗示作用和对其后三家《诗》辑佚的发展，不可不察。如严蔚、陈灿的三家《诗》学著作就受其直接影响。

3. 惠栋的《毛诗古义》

惠栋（1697—1758 年）字定宇，号松崖，学者称小红豆先生。江苏元和（今江苏吴县）人。汉学中吴派的代表人物。祖周惕，父士奇，三世传经。栋自幼笃志向学，家多藏书，日夜讲诵。于经、史、诸子、稗官野乘及释道二藏无不博通。小学本《尔雅》，六书本《说文》，余及《急就章》《经典释文》，汉、魏碑碣，自《玉篇》《广韵》而下勿论也。栋于诸经熟洽贯串，谓诂训古字古音，非经师不能辨，作《九经古义》二十二卷。[①]

《四库全书总目》云：“曰古义者，汉儒专门训诂之学得以考见于今者也。古者漆书竹简，传写为艰，师弟相传，多由口授。往往同音异字，辗转多岐。又

① 赵尔巽等：《清史稿》卷四百八十一《儒林传》，中华书局 1977 年版，第 13180 页。

六体孳生，形声渐备，毫厘辨别，后世乃详。古人字数无多，多相假借，沿流承袭，遂开通用一门，读经者不究其源，每以近代之形声，究古书之义旨，穿凿附会，多起于斯。故士生唐宋以后，而操管摛文，动作奇字，则生今反古。是曰乱常。至于读古人之书，则先当通古人之字，庶明其文句而义理可以渐求。栋作是书，皆搜采旧文，互相参证。”① 四库馆臣这里提出了“古义”之所以存在，以及时人解经所采之“今义”，其中往往有较多的转写讹误，穿凿附会，此乃文字演革所客观存在的问题，但确是理通古人之书的障碍，所以“至于读古人之书，则先当通古人之字，庶明其文句而义理可以渐求”。四库馆臣的评点可以说是清代学术的风向标，其中所提出的客观存在的关于古字、古义的问题，势必引起学者的关注，这与整个清代学术背景及其对辑佚、考据之学的关注是密不可分的。

惠栋在《九经古义序》中说道：“汉人通经有家法，故有五经师训诂之学，皆师所口授，其后乃著竹帛。所以汉经师之说，立于学官，与经并行。五经出于屋壁，多古字古言，非经师不能辨。经之义存乎训，识字审音，乃知其义，是故古训不可改也，经师不可废也。余家四世传经，咸通古义，守专室，呻稿简，日有省也，月有得也，岁有记也。顾念诸儿尚幼，日久失其读，有不殖将落之忧。因述家学，作《九经古义》一书，吾子孙其世传之，毋堕名家韵也。”② 惠栋在这里提出了汉代经师“家法”“师承”的问题，这是清代学者能够通晓古义的不二法门，惠氏家族本身的传经经历，就是家法之学得以传承的具体实践。“经之义存乎训，识字审音乃知其义”，惠氏的这一认识代表了清代经学的发展，或者说考据学研究的根本方向。无论是识字还是审音，即无论是音韵还是训诂方面的研究，都是前提条件，是手段。而经学研究的最终目的是要“知义”的，是要求“义理”的，这也有助于厘清人们对于清代考据所谓的纯学术无思想方面的错误认识。惠栋从文字、音韵的角度探讨九经古义，目的还是要分析、寻求这些经典大义之所在，以有助于世道人心。无论这种学术研究最终的结果是否实现，

① （清）永瑢等：《四库全书总目》，中华书局1965年版，第277页。

② （清）惠栋：《九经古义》，文渊阁《四库全书》本。以下《九经古义》引文均出此本，不再标注。

但以此为追求目标却是贯穿清代学术研究始终的。

惠栋的《九经古义》中卷五、卷六为《毛诗古义》，所为“古义”，多出自三家《诗》之说，亦有先秦典籍所载的用《诗》之义。著述体例是先列诗篇名，后论古义出处，再以案语解释古义之不同，或形成原因，并多有所辨证。比较鲜明的一个特点是较多地采用了汉代石碑上的说法，以表明《毛诗》古义。如“《旄丘》‘赫如渥赭’，《尧庙碑》云‘赫如渥赭’。案《易·鼎》九四曰‘其形渥’，郑玄本作剧，音为屋。云：‘三公倾覆，王之美道，屋中刑之（古形与刑通，见汉碑）。’又傅氏《易萃》‘初六，一渥为笑’，（今易作握。）郑玄读为三为屋之屋。盖古文渥字或省文，或屋字反从水旁。（《五帝纪》‘帝喾溉执中而徧天下’，徐广曰：古既字作水旁。）故诸儒训诂各异也。”

嘉定钱大昕有《惠先生栋传》，论曰：“宋、元以来，说经之书盈屋充栋，高者蔑古训，以夸心得，下者袭人言，以为己有。儒林之名徒为空疏藏拙之地。独惠氏世守古学，而先生所得尤精。拟诸汉儒，当在何休、服虔之间，马融、赵岐辈不能及也。”① 惠栋的《九经古义》及其所开创的吴派心法，即笃守汉儒，惟汉是尊，对三家《诗》学的复兴产生了重要的影响。吴县曹元弼云：“三百年来鸿儒巨制，阐明绝学，诂释经史，统系相传，直追两汉师承，而尤以婺源江氏、吾吴惠氏为群儒宗。”② 张尔田云：“有考据学，有汉学。正音读，通训诂，考制度，辨名物，此考据学也。守师说，明家法，实事求是，以蕲契夫先圣之微言，七十子后学之大义，此汉学也……求其真有符夫汉学之实者，则吾必首推定宇惠先生……何也？则以汉儒之师说，汉儒治学之家法，至先生而始明也。”③ 惠栋以其在经学界的领导地位及其所开创的吴派学术，所著述《九经古义》之《毛诗古义》，对清代三家《诗》辑佚起到重要的引导指向作用，当是必然。在三家《诗》研究方面最明显的是影响了吴派弟子余萧客。

---

① （清）钱大昕：《潜研堂集·文集》卷三十九，《惠先生栋传》，《嘉定钱大昕全集》本，第九册，江苏古籍出版社 1997 年版，第 667 页。

② 王欣夫：《蛾术轩箧存善本书录》甲辰稿卷三《松崖读书记》，上海古籍出版社 2002 年版，第 1317 页。

③ 同上书，第 1319 页。

4. 余萧客的《毛诗解钩沉》

余萧客（1732—1778年），字仲林，别字古农，江苏吴县人。十五，通群经，即知理气空言，无补经术。后师事惠松崖。清代《学人列传》云："念唐以前经说颇多缺遗，欲求补之，乃翻览训典，旁逮唐宋诸类书，有可采摘，即付之楮翰，岁月积久，篇帙略备；乃依经文诠次，其间多寡，亦微有准绳；辞采丰蔚，则掇其菁英；一二仅存，则随条备录，兼注所引书名卷第，以示不由臆撰。为《古经解钩沉》三十卷。"①《四库全书总目》云："自宋学大行，唐以前训诂之传，率遭掊击，其书亦日就散亡，沿及明人说经者，遂凭臆空谈，或荡轶于规矩之外。国朝学术昌明，士敦实学，复仰逢我皇上稽古右文，诏校刊《十三经注疏》，颁行天下，风教观摩。凡著述之家，争奋发而求及于古。萧客是书其一也。……自序谓创始于己卯，成稿于壬午，昼夜收录，几于左目青盲而后成帙。"② 可见，余氏《古经解钩沉》的著述与清初的学术趋向以及上层统治阶级的学术导引密不可分，更是余氏自己学术追求的结果。其自序言："王伯厚处宋诸儒末，独能好古。《易》、《尚书》、《论语》则集郑玄注，《诗》则集齐、鲁、韩三家，《春秋》则集贾逵、服虔。今祖述其意，旁及诸经，下尽隋唐旧注。质伯厚独集汉注，初心不无抵牾，要亦孔门各言尔志之义。"③ 受王应麟辑佚的影响亦显而易见。

余萧客继承师惠氏之学，在《古经解钩沉》中，卷六、卷七为《毛诗》部分，采诸书记载《诗经》的相关注解与《毛诗》不同的说法，凡是能明确归属的，则归入何家，出自何处；凡不能明确归属的，就直接标明出处，不作区分。虽非全面之辑佚，皆就目之所及，汇集其所搜集到的《毛诗》外之说，其中有文字训诂方面的，有搜集的遗说，亦有音韵方面的，按照诗篇顺序，予以著述。其中虽有较多的三家《诗》的说法，并予以标明，但由于非专门三家《诗》辑佚著述，其关注点不在三家《诗》上，故未就三家《诗》说进一步区分，且体

① 支伟成：《清代朴学大师列传》，岳麓书社1998年版，第34—35页。
② （清）永瑢等：《四库全书总目》，中华书局1965年版，第280页。
③ （清）余萧客：《古经解钩沉》，文渊阁《四库全书》本。以下《古经解钩沉》引文均出此本，不再标注。

例看上去较杂。但其中对于一些出处，注明版本，有助于我们今天研究相关书目的版本流传。如：“‘鹳鸣于垤’，鹳，水鸟，巢处知风，穴处知雨，天将雨而蚁出壅土，鹳鸟见之长鸣而喜。(《韩诗》，宋本《文选注》二十九)。”“《伐木》，‘相彼鸟矣’，鸟，微物也。(《薛章句》，宋本《文选注》二十)。”借此，我们或可以对校宋本的《文选注》与今传本《文选注》。

惠余师徒二人在辑佚学及三家《诗》研究方面的成就，学者多有称之。梁启超认为清代“辑佚之举，本起于汉学家之治经。……《九经古义》十六卷，将诸经汉人佚注益加网罗。惠氏弟子余仲林萧客用其师法，辑《古经解钩沉》三十卷，所收益富。此实辑佚之嚆矢，然未尝别标所辑原书名，体例仍近自著。”[①] 他们的辑佚之学是汉学派追求复古的产物，他们对三家《诗》遗说的钩稽，本身就是要求复兴《诗经》的汉代或更古之学。他们体例近自著的著述风格，辑佚嚆矢的指向，及惠栋汉学宗师的地位，对后来的三家《诗》辑佚产生了重要的影响。随后的一批汉学大师也致力于三家《诗》的辑佚，且整个三家《诗》复兴高潮的到来，都是在汉学派的复古追求旗号下展开的。

当然，他们对于三家《诗》的辑佚，仅仅是在探讨《毛诗》古义时寻求到的资料帮助，是《毛诗》说有益的补充材料。还没有把三家《诗》作为独立的研究对象，属于三家《诗》研究的草创阶段。至范家相的《三家诗拾遗》，清代才出现第一部三家《诗》辑佚专著。

二　范家相的《三家诗拾遗》

在《四库全书》编纂以前，有关三家《诗》的著述尚不多见，主要有王应麟的《诗考》及范家相的《三家诗拾遗》，四库都有收录，并在《总目》提要中流露出来推许之意，应该对后来学者辑佚研究三家《诗》有一定的影响。

下面详细介绍清代第一部三家《诗》研究专著——范家相的《三家诗拾遗》，以揭示它在三家《诗》学方面的影响。

① (清）梁启超：《中国近三百年学术史》，东方出版社 1996 年版，第 320 页。

范家相，字左南，号蘅洲，浙江会稽人。其生卒年据陈鸿森《清代学术史丛考》中“范家相生卒年辨”条，论证“范氏于乾隆三十四年卒时，其年已过五十五矣”，依此断定范氏卒年为乾隆三十四（1769 年），推测生年应为康熙五十四年（1715 年）之前。①

《四库全书总目》云：“家相之学，源出萧山毛奇龄，奇龄之说经，引证浩博，善于诘驳，其攻击先儒最甚。而盛气所激，出尔反尔，其受攻击亦最甚。家相有戒于斯，故持论一出于和平，不敢放言高论。”② 那么，生于清代中期以前的范家相在著成《诗渖》后，为什么又要着手于三家《诗》辑佚的著述呢？从《诗渖》到《三家诗拾遗》，范家相完成了怎样的转变呢？下面试图探讨诸问题。

1. 从《诗渖》到《三家诗拾遗》

《诗渖》是范家相较早的《诗》学著作，《三家诗拾遗·凡例》云：“是编本王氏《诗考》，更加搜补删正以成书，挂漏错失，在所难免，博雅之士，聊以为津筏可也。其本论则具载《诗渖》中矣。”③ 可知，《诗渖》早于《拾遗》，是范家相主要《诗》学思想的体现。而《拾遗》则是补辑《诗考》。

《四库全书总目》评价《诗渖》曰：“其作是书，大旨斟酌于小序、朱《传》之间，而断以己意。……今核其所言，短长互见……在近代说《诗》之家，犹可谓瑜不掩瑕，瑕不掩瑜者也。”④ 《诗渖》中，范家相的尊毛思想是非常明显的。在卷二总论中论述四家，其中《毛诗》分为《大毛公》《小毛公》。在《小毛公》部分，范家相说：“《艺文志》言毛公自谓出于子夏所传，而河间献王好之。盖当时经生各守其师说，而未之肯信也。然其传授原委，章明如是，岂可诬哉。”虽言明毛公“自谓”传自子夏，而范氏则说“传授原委，章明如是”，推崇《毛诗》之出之意明显。接着又进一步解释西汉时期，《毛诗》之学不行，乃是因为《毛诗》晚出，“立于学官”已“在新莽秉政”之日，并非《毛诗》诗

① 转引自贺广如《范家相〈三家诗拾遗〉及其相关问题》，《汉学研究》第 22 卷第 1 期（2004 年），第 220 页。陈鸿森：《清代学术史丛考》，见《大陆杂志》1993 年 8 月。

② （清）永瑢等：《四库全书总目》，中华书局 1965 年版，第 135 页。

③ （清）范家相：《三家诗拾遗》，钱熙祚校，《丛书集成新编》本。以下原文均出此本，不再标注。

④ （清）永瑢等：《四库全书总目》，中华书局 1965 年版，第 135—136 页。

说本身的原因。而西汉“盖经生最重师传，而时良无巨儒出而正之。即《鲁诗》亦取《春秋》，采杂说，非尽无稽，不可以卒废也。由今思之，毛之胜于三家，不待多言也。……《毛传》虽不必尽合于经，但较之三家，则毛为近之。请以班氏论申公之言移之矣”。在与三家《诗》的比较中，推崇《毛诗》之意亦显而易见。“经生最重师传”，也是能够对所辑之三家《诗》说进行归属分派的原因。而清儒在三家《诗》辑佚过程中，把家法、师承作为辑佚方法的首要选择原因亦在于此。

《诗渖》以尊序、崇毛思想为主线，毛胜三家的言论实不少见。如在论《诗序》时云：“盖圣人没而微言绝，七十子终而大义乖，即善守师承者，安能悉还原本？荀卿、帛妙，固应先任其咎。四《诗》之出，毛为最长，取其长而舍其短，穷经之士，何苛求于毛公？”与三家诗相比较，《毛诗》乃四家之最。在《诗渖》一书中，尊毛立场鲜明，故涉及三家《诗》说的数量极少，此时范氏尚未有明确的三家《诗》意识。

那么此后范氏为什么著述《三家诗遗说》呢？其动机何在？先从范氏所撰《三家诗拾遗·自序》中寻求答案。摘录如下：

> 鲁、齐、燕韩《诗》在汉最为早出，后为毛公所掩，遂至亡佚。历唐宋至今，未有举其遗说而述之者。尝疑三家师承至远，其弟子如孔安国、匡衡、王吉诸人，皆当世名儒，申公之师浮丘伯，与毛本出一家，何至相悬如是？因集三家之说散见于经传子史之引用者，反覆推览，多与《礼记》《周官》《左》《国》不合，而毛独条条可复。此毛之所以得掩前人者，然三家之说令人欣然颐解者，固触目皆是也。经师专己守残，昌黎深嫉其弊。今之学者，视汉唐注疏若可覆瓿，不知注疏未可废也。义理求而日出，古注亦探而弥新，汉唐纵有缺败，其可传者自在，岂可任其散佚而不为之收拾哉？嗟乎！《诗》自《朱传》之出，即《毛传》尚束之高阁，何论三家？然《集传》每取匡、刘、韩子之说，以纠《毛传》之失矣，非其说之原有可信者在与？今使三家书与毛俱存，则朱子之驳三家者当甚于毛，唯仅存一二，见其有裨于经而采之，弥觉其可重。然则三家之说之是者，固当信从；其非

者，亦不妨任其两存也。余因毛、郑《笺传》之不行于世，而有感于三家之亡，于是就深宁王氏之《诗考》，更为搜补，稍为推论其得失，附以《古文考异》及《逸诗》二卷，名之曰《拾遗》，将以问诸好古之士。

从上可知著述原因有五：一是“鲁、齐、燕韩《诗》在汉最为早出，后为毛公所掩，遂至亡佚。历唐宋至今，未有举其遗说而述之者”。在汉代最为早出的三家《诗》，虽后因《毛诗》的大盛而逐渐亡佚，但从唐、宋至今，虽有三家《诗》遗说的一些收集，但均未就三家之遗说而述之，其著《拾遗》不仅要搜讨遗说，更主要的是“述之”，即在搜集到的遗说的基础上，进一步考述、考辨。二是在范氏看来，毛说与先秦典籍条条可复，是毛说得以胜出的原因，但三家之说“令人欣然颐解者，固触目皆是”。虽然范氏尊崇毛义，但亦不能无视三家之说。三是“义理求而日出，古注亦探而弥新”，范氏抱着此一经学探讨的态度，发觉从三家《诗》遗说的角度进行《诗经》的探讨，会有许多新的东西有待发掘。四是“今使三家书与毛俱存，则朱子之驳三家者当甚于毛”。虽然意在推尊《毛诗》，但“唯仅存一二，见其有裨于经而采之，弥觉其可重。然则三家之说之是者，固当信从；其非者，亦不妨任其两存也”。也可以看出范氏态度的缓和，三家《诗》遗说的存在已是《诗经》研究者们所无法忽视的问题。五是“余因毛、郑《笺》《传》之不行于世，而有感于三家之亡”，可见归根结底在于对毛郑之说不行于世的深重忧虑，推而广之，涉及三家。又前有王应麟《诗考》的著述，故在其基础上，“推论其得失”，也即上文提到的“举其遗说而述之”。其间亦表现了范氏鲜明的尊毛、郑的思想。

范氏虽然著述《三家诗拾遗》，并不是他对三家《诗》的态度发生了什么根本性的变化，而是因毛、郑不行于世而起。并且如三家在，“朱子之驳三家者当甚于毛”，这是范氏的假设，假设的背后透露了范氏对于《毛诗》的尊崇，关于此一问题，贺广如先生有一段精彩的论述，引述如下：

如果我们仔细思量蘅洲针对朱子所提出的假设，就会发现一个很有趣的情形，亦即蘅洲假设如果三家《诗》如《毛诗》一般，完整的传承下来，则朱子对其内容的批评，很可能远过于对《毛诗》的驳斥。此一假设，虽并非全然无理，但却显然呈现了蘅洲的偏颇心态，因为如果三家《诗》不曾亡佚，在两方条件相当的情况之下，朱子也有可能较为认同三家《诗》，甚至因此而对《毛诗》的驳斥更加严厉，但在蘅洲假设之后所下的结论中，却完全看不出这样的可能，故蘅洲的假设，其前提是对三家《诗》颇深的成见。

更进一步说，既然蘅洲认为，三家为朱子所肯定的现象，乃肇因于特殊的时空背景，那么，原先朱子对三家的肯定，便不足以作为一种支持三家可信的充分佐证。讨论至此，《拾遗》（自序）一文，其所呈现的基本论调，其实依然是原先的尊毛态度。在蘅洲的想法中，即使从事了辑佚三家《诗》的工作，其对三家的评价仍然远不如毛，其之所以辑佚三家，很可能便是藉着恢复三家旧观，使得三家与毛可以处在一个较为公平的状态，来让学者做一番客观的评量。以蘅洲对《毛诗》的信心，蘅洲深信，如朱子那般因时势而造成的偏颇，当可避免，而学者亦终可明了，尽管三家之说时而有可信之处，但《毛诗》远优于三家的情形，自不待言。①

2.《三家诗拾遗》内容分析

在《凡例》中，范氏列举了著述体例，按照三家《诗》先后次序，综合编排；“残章片语，俱加辑录”，无论是否达到这一效果，但动机在于求全；把“古文考异”部分列于卷首，逸诗放在卷后；对所引遗说，均注明出处；但除《汉书》本传有明确家派归属的诗说外，其余但标其名，而不进一步区分三家；最后表明自己关于《诗经》的本论具载《诗沛》中。

在正文中，首列“三家诗源流”，虽多取自《汉书》本传，但这一著述方式，成为后来三家《诗》学者仿效的对象，如陈乔枞《三家诗遗说考》中就首列《叙录》，叙述各家传授渊源。而其中的“汉魏说诗不著传授者”部分，有些

① 贺广如：《范家相〈三家诗拾遗〉及其相关问题》，《汉学研究》第22卷第1期（2004年），第233—234页。

则需要进一步说明，如“伏生《尚书大传》时，或引诗。伏本鲁人，与申公先后同时，是《鲁诗》家，伏湛治《鲁诗》，见本传”条，以伏生为鲁人，并与申公先后同时，而将《尚书大传》引诗归鲁，并引其后人伏湛为佐证。这是从地域和家法的角度推论诗说，为三家归类。这种辑佚、推论、归纳的方法，为后来学者所承继而成为清儒辑佚三家《诗》的主要方法，但范氏这里的推论却是有问题的。《史记·儒林列传》载：“伏生，济南人也。……以教于齐鲁之间。齐学者由此颇能言《尚书》。”济南古属齐地，所以伏生并非鲁人，并由“齐学者由此颇能言《尚书》”看，从地望及影响来说，伏生《尚书大传》引诗归齐比较合理。再看其佐证材料，《汉书·儒林传》记载，伏湛之父伏理授学于匡衡，并且《齐诗》有翼、匡、师、伏之学，伏理传《齐诗》，子“少传父业，教授数百人”，故伏湛所传为《齐诗》。范氏在错误的前提下，导致了错误的推论，盖误记也。

“贾谊《新书》说《诗》与《鲁诗》合，即《驺虞》可见矣”条，范氏从贾谊《新书》中《驺虞》之说与《鲁诗》合，推论出贾谊所引属《鲁诗》。此处亦提出了清儒三家《诗》辑佚的一种重要的方法，由诗说推论归属，这在不明家法、师承的情况下，不啻为一种行之有效的辑佚方法。不过，在《凡例》中，范氏言：“其董江都、贾长沙、班孟坚诸说，未知的出何家者，则但标其名。”这里说他们三人的诗说，因无法得知出自何家，故“但标其名”，不进行细致的区分。可以看出范氏在三家《诗》归属上的一些犹豫和矛盾，这种思想上的矛盾和不确定因素反映了三家《诗》辑佚过程中，在把相关《诗》说分属三家时，本身的复杂性和某种不确定性。这也是此后的三家《诗》学者在辑佚过程中所面临的普遍困惑。这也是范氏在《拾遗》中，将一些汉代学者的《诗》说，有时派入某一家，有时又不具体区分的原因。

“刘向《列女传》，曾南丰讥其说诗多乖异。不知向家世《鲁诗》也。《说苑》《新序》亦然”条，《凡例》说：“鲁之孔安国、刘向，齐之匡衡、翼奉，韩之王吉诸人，皆传一家之学，无所出入。”而在《诗渖》卷二“《鲁诗》”部分，范氏在引朱彝尊语后注曰：“朱氏以刘向所述皆《鲁诗》，本之王厚斋，以向乃元王后，必当守其家学也。然《儒林传》不言向说诗之自，盖向之学极博，又笃好《左氏传》，其于《鲁诗》不无出入，故《新序》所载《黍离》之说，先儒疑是《齐诗》也。”这里，范氏对刘向《诗》说入《鲁诗》提出了质疑，并引“《新序》所载《黍离》之说，先儒疑是《齐诗》”为证，而《三家诗拾遗》的上述两处所载，显然是肯定了刘向《诗》说入鲁。并且在《拾遗》中，凡所引用刘向《诗》说，均入《鲁诗》。这说明范氏关于刘向《诗》说的观念从《诗渖》到《拾遗》是在发展变化的，也可以说是对刘向《诗》说的认识在加深，或对于三家《诗》的认识在逐步提高，从这一角度也可以略微探知范氏著述《诗渖》后，又进一步著述《拾遗》的原因，即对于三家《诗》的认识在不断加强。

对于“班固《白虎通》多引《韩诗内传》，亦时述《鲁诗》；《汉书》亦然，盖三家《诗》俱有之”。“郑康成未笺《毛传》时，其注三礼，多用《鲁诗》，兼出齐、韩，见《郑志》答张逸及郑驳异义。”此两条，范氏以不确定的态度论定班固、郑康成的《诗》说，时而属鲁、时而属韩，时而又泛入三家。这样的例子在《拾遗》中还有很多，如《汉书》杜钦本传之《诗》说，论《关雎》篇入《鲁诗》，论《烝民》时则入《韩诗》；而赵岐《孟子注》，论《凯风》入《鲁诗》，论《鸱鸮》不进行区分，以三家论之，等等。范氏的这种在分属家数上的矛盾不一，正是上文所言三家《诗》辑佚中进行区分家数时，遇到的客观实际困难。虽范家相未能确定班固《白虎通》、郑康成《三礼注》所引《诗》说出自何家，但以《白虎通》多引《韩诗内传》，郑玄笺《诗》前注《三礼》多用《鲁诗》，还是与后来学者的论证有所不同。

除上述几条外，“汉魏说诗不著传授者”部分，还从家世传授渊源上，认定《淮南子》中说诗为《鲁诗》；从师承关系上，“司马迁曾向孔安国问故，孔安国，鲁申公弟子”，认定《史记》中司马迁的诗说为《鲁诗》。在不能明确归属的汉代学者著作中，从所载诗说与《毛诗》说不同方面，但因“三家早出”，认定董仲舒《春秋繁露》所引《诗》说“盖三家说也”；而扬雄《法言》有关《诗》说则被认为“乖异”，“大抵亦出三家”。总之，这都反映了辑佚三家《诗》客观存在的问题，即许多汉代学者著作中所引《诗》说，虽然诸多《诗》说与传世毛说不同，盖属于三家，但到底属于三家中的哪一家，从当时掌握的资料情况看，尚不能明确归属。范氏所遇到的和提出的这些问题，也贯穿着整个清代三家《诗》辑佚的过程。

《三家诗拾遗》卷一首言："王厚斋《诗考》，集经传子史及《说文》《尔雅》所引与《毛诗》字句殊别者，并入三家《诗》说，虽极该博，颇无伦次。因重为搜集，补所未备，别为一卷，用广学者之见闻。"认为王应麟《诗考》中虽然附有《诗异字异义》部分，但在正文中，三家《诗》的遗说和异字未明确区分，而"颇无伦次"，在厚斋《诗考》的基础上，重为搜集补缺，成卷一《文字考异》部分，主要罗列异字，注明出处，不作家派分属。

卷二是《古逸诗》，卷首有言："朱子尝欲采《韩诗章句》于《文选注》中，而深宁王氏因有《诗考》之作，然率随手掇拾，漫无条理，缘重为搜集，补所未及。"范氏对于朱子的态度是友好的，《诗渖》中也较多地采用了朱子《集传》中的说法，而对于伯厚的《诗考》，虽《拾遗》深受伯厚《诗考》的影响，但却指责其"随手掇拾，漫无条理"。范氏之所以对伯厚如此不客气的批评，是因为二人在对待三家《诗》的观念上有根本的不同，此一问题，详论见下一部分。在《古逸诗》中，范氏分为"篇辞俱逸、篇名存辞逸、篇辞俱存、诗句存篇名逸"四篇，共辑五十八条，并注明出处。后有识语云："片语只词，纵无关于经义。残编蠹简，岂有废于搜寻。学者览之，将毋色然而喜乎？"言明其补缺的态度。虽然范氏是在说其关于逸诗搜集的态度，但从这句话中，我们也可以猜测到他的另外一层意思，即其所搜寻之"片语只词"，并非着眼于《毛诗》外之三家。这应该和他关于三家《诗》的态度有关，他对于三家《诗》没有太多的期望，其搜集的目的亦并非要确立三家《诗》学和补毛之未备，而是由毛郑之不行推想到的，并假设如三家在，朱子批判三家者将甚于毛，言外之意是《毛诗》本身是没有问题的，不行的原因乃是三家不在，故朱子贵之而驳毛。此处虽未明言，我们亦可推知这一潜在的原因。

卷三到卷十为《拾遗》的正文。以三百篇次序为纲，有明确家数归派的，则以鲁、齐、韩的顺序胪列；不能归属的则以三家泛言之，不作区分。基本上在每处所辑遗说后，都有范氏针对所辑遗说的论证，也就是《自序》中所云"述之"部分，这也是《三家诗拾遗》最具特色的部分，表明了范氏对所辑之遗说进一步的思考。他不仅把考证贯穿在遗说搜集之前，而且对所辑之遗说，又进一步考证，主要是在解释三家遗说，或者在解释的过程中与《毛诗》相比较。主要有以下五种情况：

一是只是解释三家《诗》义，或论证三家《诗》本身的是与非，而没有与《毛诗》进行比较。如《兔罝》"施于中逵"引《韩诗》说："《薛君章句》：馗中，九交之道。"（笔者按，此条出自《文选注》，原本范氏无注。钱熙祚已校补。）解释曰："《尔雅》：一逵谓之道路，二逵谓之歧旁，三逵谓之剧旁，四逵谓之衢，五逵谓之康，六逵谓之庄，七逵谓之剧骖，八逵谓之旁期，九逵谓之馗。郭注：四道交出，复有旁通者。"（卷三）解释了《韩诗》之说。《汝坟》"遵彼汝坟""惄如调饥"，先辑《文选注》引《韩诗》："薛君曰：朝饥最难忍"，后解诗说："按《韩诗》：濆，水名也。杨慎曰：'调饥，或作輖饥，皆属鲁鱼。焦氏《易林》'侞如旦饥'；郭遐周《诗》'惄焉如朝饥'，皆作朝。'"征引杨慎之说来论证三家《诗》说。

二是客观陈述四家《诗》说，认为各有取义，不存在孰优孰劣的问题。如《樛木》篇论曰："按《说文》：朻，木高貌。韩盖以木之高喻后妃，以葛藟喻众妾，言朻木虽高，而葛藟得以萦蔓而附焉，以兴逮下之意。与《毛诗》樛木下曲之训，各有取义。"（卷三）《匏有苦叶》"深则厉，浅则揭"，征《释文》引"《韩诗》：至心曰厉"后，论曰："厉，《说文》作砅，履石渡水也。《毛传》以衣涉水，郑注《论语》：由膝以上为厉。义各不同。"（卷四）虽指出三家与毛义不同，但均有所取。

三是在三家与毛的比较过程中，经过客观分析，发现有的三家《诗》义确实胜于毛说，点明三家胜毛。如《羔羊》"委蛇委蛇"，辑《后汉书注》引《韩诗》说后，云："以逶迤为公正，与《毛传》行可从迹之意不同，而韩说较明。"（卷三）《击鼓》"死生契阔"征《释文》载："《韩诗》：契阔，约束也。"后论曰："毛以契阔为勤苦，不如韩长。"（卷四）

四是在调和三家与毛，认为三家义与毛说在本质上是一致的，只是在具体的表述中存在差异。如《伐柯》"伐柯伐柯，其则不远"，征《韩诗外传》引《韩诗》说："原天命，治心术，理好恶，适性情，而治道备矣。四者不求于外，不假于人，反诸己而已。诗曰：‘伐柯伐柯，其则不远。’”其后解释说：“《外传》引《诗》，即《中庸》以人治人之意，非断章取义。古引此二句，皆如是解。《毛传》曰：以其所愿乎上交乎下，以其所愿乎下事乎上，不远求也。引《大学》正与韩同。盖美周公之善，因人情以治人也。”（卷六）论证韩、毛说同。

五是在三家与毛比较中，认为毛义胜三家，肯定《毛诗》之说，表明自己推崇毛义的观点。这一部分实际上是范氏所主要凸显的，也是范氏关于如果三家《诗》存在，朱子对三家的批判当过于《毛诗》思想的贯穿。如《关雎》篇题，在列取三家《诗》说，并进一步解释后云：“鲁、韩虽传讹，非尽无稽也。”（卷三）言外之意是，鲁、韩的无稽之说不在少数。《采蘋》在引《礼记》《左传》所载及毛义后说：“毛说为有据矣，三家他无所考”（卷三），赞赏毛说之义可见。《二子乘舟》篇征刘向《列女传》引《鲁诗》说解释后，云：“三家虽多杂出，而传之有自，学者亦信其所可信而已。”（卷四）虽是在赞同三家之说，但“杂出”“信其可信”，这些词语背后所隐含的正是对三家《诗》说的不以为然，言外之意就是《毛诗》比较纯粹，多可信，还是尊崇《毛诗》。

虽然范氏在述遗说之义时，存在上述五种情况，并间有引用王应麟及他家之说，但其中所表明的对《毛传》的尊崇之意，时时渗透考述之中。

另外，范氏在解释遗说的过程中，提出的关于《诗》的本义和引申义，即作诗之义和用诗之义的问题，对后来学者关于《诗》义的研究，产生了一定的影响，不能不引起我们的重视。如《芣苢》篇征刘向《列女传》引《韩诗》和《文选注》引《韩序》后，解释说：“按刘峻《辨命论》：冉耕歌其《芣苢》，即伯牛也。《论语》：伯牛有疾。注曰：癞疾是也。然宋母恐只是歌《芣苢》，而非作也。亦疑传讹，当如《毛传》。”（卷三）《墓门》征刘向《列女传》引《鲁诗》说后，解释说：“此谓辨女歌《墓门》之诗，非谓作《墓门》之诗也。其曰：人且亡，而况鸮乎？借诗比刺，于本义不涉。《楚辞》‘何繁鸟萃棘，而负子肆情。’王逸注曰：‘解居父聘吴，过陈之墓门，见妇负其子，欲与之淫佚，妇女引诗刺之。’其说尤明。诸家好奇，竟有以《墓门》一诗，为辨女作者，未之考也。”（卷六）这里提到的作诗和用诗的问题，牵涉到《诗》的本义和引申义的问题，对清代《诗》义的探讨和发挥产生了一定的影响。如魏源《诗古微》中的三家诗义论述，龚橙《诗本谊》中《诗》的本义与引申义的探讨，皮锡瑞《经学通论》中关于《诗》的正义、旁义等诸问题的讨论，都与范氏的相关论述精神相一致。

3.《三家诗拾遗》与《诗考》的比较

关于王应麟《诗考》相关内容的介绍已见前文，在《诗考》自序中，王应麟叙述了他之所以辑佚三家《诗》，是受"文公语门人，《文选注》多《韩诗章句》，尝欲写出"的启发而著述的，并高度赞扬了朱子《诗集传》中参考三家，乃"闳意眇指，卓然千载之上，……一洗末师专己守残之陋"。可见，他从主观上完全赞赏三家《诗》说，并认为三家《诗》说有功于《诗》学意义大矣，故"扶微学，广异义"而著《诗考》。而范氏著《三家诗拾遗》，如前所言，乃是因毛、郑之说不行，而有感于三家之亡，认为如果"三家之书与毛俱存，则朱子之驳三家者当甚于毛"。《三家诗拾遗》虽是"举三家遗说而述之"，但其在述之过程中，主要传达的观点仍然是"《毛传》义长"的观点。可见二者的辑佚态度和著述动机完全不同，针对此点，贺广如先生论述道："以应麟与蘅洲二人相较，其所处的时代背景不同，故所针对的学术生态亦有差异。就应麟当时的情形而言，南宋时期原是《毛诗》一家独尊的局面，为了突破这种局面，所以应麟辑佚三家《诗》，以与《毛诗》相抗衡；时移事异，范氏在清代的情形，则是《毛诗》束之高阁，转换成朱子的《诗集传》一枝独秀，范氏有感于《毛诗》之处境，意欲彰显《毛诗》原有的优异，所以辑佚三家《诗》供学者参考，以对照出《毛诗》实优于三家。同样是辑佚三家《诗》，应麟与蘅洲，却有截然不同的著作动机。应麟目的在与《毛诗》相抗衡，而蘅洲却是为彰显《毛诗》的优异。"①

虽然《三家诗拾遗》是在《诗考》的基础上的搜补，二者还有几点不同。从体例上看，范氏首列古文考异，次为古逸诗，次以三百篇为纲，鲁、齐、韩说

① 贺广如：《范家相〈三家诗拾遗〉及其相关问题》，《汉学研究》第22卷第1期（2004年），第236页。

依次胪列。相比较于《诗考》的以《韩诗》为首，《鲁诗》《齐诗》随后，最后又录《诗异字异义》《逸诗》《补遗》三篇的体例，范氏所列体例更便于披览和查阅，便于从整体上对照、理解三家《诗》说。从辑佚广度上看，对于三家遗说，范氏是“残章片语，俱加辑录，乃疏其得失于后”。“三家之说之是者，固当信从；其非者，亦不妨任其两存”的收集态度，使得三家《诗》遗说的收集尽可能完备。虽然尚有不尽之处，但相较于王氏之辑，可谓周全。从内容上来说，王应麟《诗考》多为对遗说材料的客观收集整理，重在辑佚。而范氏的《三家诗拾遗》则是在辑录遗说的基础上，进行辨别，加以案语，表明自己的考证见解，有辑有述。

4.《三家诗拾遗》的评论及影响

对于《三家诗拾遗》的评论，最早的来自《四库全书总目》，认为它与惠栋的《九经古义》和余萧客《古经解钩沉》比较起来，在采掇三家方面，最为赅备。但也存在“体例”的问题，云：“是编首为《古文考异》，次为《古逸诗》，次以三百篇为纲，而三家佚说一一并见。较王氏所录以三家各自为篇者，亦较易循览。惟其以《三家诗拾遗》为名，则《古文考异》不尽三家之文者，自宜附录；其逸《诗》不系于三家者，自宜芟除。乃一例收入，未免失于贪多。且冠于篇端，使开卷即名实相乖，尤非体例。”[①] 关于这一问题，自《四库全书总目》提出以来，李慈铭《越缦堂读书记》认为《凡例》中第三条“列之于首，以广见闻”之“首”乃“后”字之误，而“蘅洲自序明言以此二卷附后”，余嘉锡《四库提要辨证》采信其说。而对于李慈铭的说法，贺广如先生文有详细的考辨，认为李慈铭之说无据，属于臆改。“蘅洲之所以如此安排，盖因其《古文考异》与《古逸诗》二卷之雏形，实来自于《诗考》中的《诗异字异义》与《逸诗》，蘅洲或拟呈现是书实有所承于应麟《诗考》，遂编排此二卷于书前，不意却招来开卷即‘名实相乖’之讥，此盖蘅洲始料未及。”[②] 可参阅。

---

① （清）永瑢等：《四库全书总目》，中华书局1965年版，第135页。

② 贺广如：《范家相〈三家诗拾遗〉及其相关问题》，《汉学研究》第22卷第1期（2004年），第240页。

除了“体例”外，《四库全书总目》还对《三家诗拾遗》之误有所指正，如论：“张超称《关雎》为毕公作一条，说见超所作《诮蔡邕青衣赋》，非超别有解经之说，而但据《诗补传》所载，泛称张超云云，并不录其赋语，搜采亦间有未周。”[①] 卢文弨评其书云：“然于王氏采用之误则皆未能尽正，而一经移易，转又滋讹。”[②] 在辑佚过程中的疏忽挂漏，在所难免，这也是清人三家《诗》辑佚中普遍存在的问题。但如陈寿祺评曰“范氏书尤缪妄不足观”[③]，乃言过其实。清末叶钧、钱熙祚都曾校勘此书。

当然《三家诗拾遗》一书在家数归属上，及标注漏缺和引征不确等方面，还存在一定的问题，但它和《诗考》一起，基本上成为清代三家《诗》辑佚研究的示范性、经典性著作。它对于清代三家《诗》辑佚学的影响可以从微观和宏观两个方面来概括。从微观上来说，主要指具体篇章结构的安排和其所运用的辑佚方法的贯彻，前者指它以鲁、齐、韩为序综合编排的影响，如冯登府的《三家诗遗说》等；后者指在辑佚过程中所运用的师法家法、由诗说推论家数或因与《毛诗》异义归之三家等多种辑佚方法，此诸种辑佚方法均被后来学者采用。从宏观上来说，主要指对三家《诗》作撰述的具体方向和所呈现的形态的影响，如《文字考异》部分影响了三家《诗》异字的研究，如李富孙的《四家诗异文释》和冯登府的《三家诗异文疏证》等著作；《古逸诗》部分则可能影响了专事辑佚著作的出现，如“遗说”的搜列影响到了后来陈乔枞的《三家诗遗说考》、冯登府的《三家诗遗说》等著述；而对三家《诗》遗说所进行的“述”，则影响到了徐堂《三家诗述》和王先谦《诗三家义集疏》等著作。因而说范家相的《三家诗拾遗》影响了有清一代的三家《诗》辑佚学，一点也不为过。

总之，范家相的《三家诗拾遗》在三家《诗》辑佚史上具有重要的意义，是清代中期以前三家《诗》研究领域最为重要的著作。其辑佚体例和辑佚方法，均被后来学者所借鉴。并因收录于《四库全书》之中，而《四库全书总目》又

---

① （清）永瑢等：《四库全书总目》，中华书局1965年版，第135页。

② （清）卢文弨：《抱经堂文集》卷二，中华书局1990年版，第15页。

③ （清）陈寿祺：《左海文集》卷四，《续修四库全书》影印本。

进一步推许，更扩大了其在清代的影响。

第四节　清代三家《诗》文献特征考察

清代三家《诗》学在形成过程中，无论从著作本身还是从著述者的角度，都表现出了一些独特的发展特征，本节将对这些发展特征进行介绍，以期展现清代三家《诗》学在外部表现方面的特点，从而揭示它与清代学术发展规律相适应的某些特征。

一　清代三家《诗》学著作类型和年代分期

在清代，作为亡佚已久的三家《诗》的相关著作，虽然不能和《毛诗》学或其他经学著作动辄几百部乃至上千部相比，但由于它贯穿清代学术发展的始终，与《毛诗》的研究密切相关，亦可以作为清代学术发展的一个分支。笔者查阅多种书目和有关方志文献，搜集到清代三家《诗》著作书目 92 种，其中三家《诗》研究专书有 85 部，另有 7 部虽不是专门的三家《诗》研究著述，但在研究过程中，倾向于三家《诗》的采摘或者其主导的观念对三家《诗》的研究产生了很大的影响，故笔者以合著类著作视之，作者和著作均以三家《诗》研究者和专书列在统计数字之内，力求全面反映三家《诗》学在清代学术研究中的客观实际。

这近百部著作在清代学术著作的渊海中可能不太显眼，或者和硕果累累的《毛诗》研究比较起来，可以说是微不足道。但这相对于沉寂了上千年的三家《诗》本身来说，却具有重要的意义。它们所传达的学术信息，所昭示的清代学术转向和实际发展情况，又是全面研讨清代学术发展所必须厘清的。本书的研究即以此 92 部著作作为研究基点，并据此考察清代三家《诗》的发展与清代学术的关系，定位其在清代学术发展史上的地位。

对这 92 部著作进行分析，从著作类型上来看，首先可以分为两大类：合著类和专著类。合著类著作主要指清代早期传达着重要三家《诗》学信息，并对后来三家《诗》学的发展产生重要影响的著作。专著类著作主要是指专门的三家《诗》研究著作，虽然有极少数著作从内容来看可能并非纯粹是对三家《诗》的研究，或从作者主观追求的视角来看，是借助于三家《诗》遗说以明己志，但也可以看作主要对于三家《诗》说的肯定和进一步运用，本书亦归之为专著类著作，如龚橙的《诗本谊》、皮锡瑞的《诗经通论》等。专著类著作是清代三家《诗》学著作的主体，总体可以分为偏重辑佚考证类和偏重义理发挥类。而偏重辑佚类又可以进一步分析，从著述的内容倾向上看可以分为五大类：三家通辑通考类、《诗考》补正类、异字异义类、专事辑佚类、专门一家类。而专门一家类又可以分为四小类：即《鲁诗》类、《齐诗》类、《韩诗内传》类和《韩诗外传》类。

当然每一著述的内容并不是单一的，是多种倾向、多种角度交叉的结果，本书的分类依著述内容的主要倾向为据。如三家通辑类著作中就有许多是受《诗考》影响而著述的，其中有较多对《诗考》的借鉴和进一步考证，如范家相的《三家诗拾遗》等。而三家通辑类著作本身即是由各自一家合辑而成，如果分开来论，则属专门一家类，如陈寿祺、陈乔枞的《三家诗遗说考》，分别由《鲁诗遗说考》《齐诗遗说考》《韩诗遗说考》构成，因其最终成果是综辑而成的，故归之三家通辑通考类。

从年代上考察清代三家《诗》学的发展，可以分为早、中、晚三期，而由于三家《诗》研究在清代发展的特殊性，这三期的断限与传统的关于清代学术的分期又有所不同。当然，有些著作的年代已不可考，笔者只能据作者的生卒年或其他一些信息大致断定其所属分期，这样的判断并不会因统计数字的些许变化引起对结论合理性的质疑。根据清代三家《诗》学发展的实际情况，大致可以分为：早期，即顺治至乾隆前期（1644—1765 年），共 121 年；中期，即乾隆后期至道光年间（1766—1850 年），共 84 年；晚期，即咸丰至宣统年间（1851—1911 年），共 60 年。

清代三家《诗》学的年代分期和内容分类的详细情况，见表 1－1：

表 1 - 1　　**清代三家《诗》学年代分期与内容分类统计表**

<table>
<tr><th colspan="2">内容
分类</th><th>顺治至乾隆前期
（1644—1765 年）</th><th>乾隆后期至嘉道年间
（1766—1850 年）</th><th>咸丰至宣统年间
（1851—1911 年）</th><th>合计</th></tr>
<tr><td colspan="2">合著类①</td><td>臧琳《经义杂记》、严虞惇《读诗质疑》、惠栋《毛诗古义》、余萧客《毛诗解钩沉》、凌树屏《诗经异文别说存》、沈淑《陆氏毛诗异文辑》与《毛诗异文补》②</td><td></td><td></td><td>7 部</td></tr>
<tr><td rowspan="2">三家通辑通考类</td><td>偏重辑佚考证类</td><td>汪师韩《诗四家故训》、范家相《三家诗拾遗》</td><td>曾廷枚《毛齐鲁韩四家诗异同》、臧庸《诗考异》、王初桐《齐鲁韩诗谱》、黄启兴《诗考》、汪照《三家诗义证》、陈寿祺与陈乔枞《三家诗遗说考》、冯登府《三家诗遗说翼证》《三家诗遗说》、王荣兰《诗义商》、阮元《三家诗补遗》、朱士端《齐鲁韩三家诗释》、陈庆镛《三家诗考》、黄模《三家诗补考》</td><td>詹盛鸿《四诗谈言》、周曰庠《诗经三家注疏》、皮锡瑞《诗经通论》、王先谦《诗三家义集疏》</td><td>19 部</td></tr>
<tr><td>偏重义理发挥类</td><td></td><td>徐堂《三家诗述》、徐璈《诗经广诂》、魏源《诗古微》、龚橙《诗本谊》</td><td></td><td>4 部</td></tr>
</table>

① 合著类著作本应与专著类著作并列，因余下诸著作均是专著类著作，本表为方便起见，把合著类与专著类下所分的五类并列。

② 凌树屏《诗经异文别说存》，沈淑《陆氏毛诗异文辑》、《毛诗异文补》，此三种著作既属于早期的合著类著作，又是关于异文异字的考证。兹以合著类著作计之，而在异文异字类著述中进行考述。

续表

分类＼内容	顺治至乾隆前期（1644—1765 年）	乾隆后期至嘉道年间（1766—1850 年）	咸丰至宣统年间（1851—1911 年）	合计
诗考补正类		卢文弨《卢抱经增校诗考》、陈屾《诗考异再补》、严蔚《诗考异补》、胡文英《诗考补》、李贻德《诗考异》、赵绍祖《校补王氏诗考》、汪远孙《诗考补遗》	丁晏《诗考补注补遗》、叶裕仁《诗考笺释》、陶思曾《诗考考》、杨晨《诗考补订》	11 部
异字异义类		周邵莲《诗考异字笺余》、陈乔枞《诗经四家异文考》、李富孙《诗经异文释》、冯登府《三家诗异文疏证》及《三家诗异字诂》及《诗异文释》、黄位清《诗异文录》、陆锡谟《诗经异文考证》、蒋文照《毛诗诸经引文异同》	柯汝霖《三家诗异字通证》、曹家驹《诗三家异文诂》、蒋曰豫《诗经异文》、郭庆藩《诗异文考证》、李德淑《毛诗经句异文通诂》、宋滋兰《毛诗异文考》、张慎仪《诗经异文补释》、江瀚《诗经四家异文考补》、张延功《诗经异字商榷》	18 部
专事辑佚类①		王谟辑《鲁诗传》《韩诗内传》《韩诗翼要》，马国翰辑《鲁诗故》《齐诗传》《韩诗故》《韩诗翼要》《韩诗内传》《韩诗说》《韩诗薛君章句》，黄奭辑《鲁诗传》《齐诗传》《韩诗内传》	王仁俊辑《鲁诗韦氏说》《韩诗外传佚文》《韩诗翼要》《韩诗赵氏学》	4 部

① 专事辑佚类的著作在辑佚学者的专书中，有的仅为一条或数条，故每一辑佚学者对于三家《诗》的辑佚只视为 1 部著作。

续表

分类 \ 内容		顺治至乾隆前期（1644—1765年）	乾隆后期至嘉道年间（1766—1850年）	咸丰至宣统年间（1851—1911年）	合计
专门一家类	韩诗内传类		邵晋涵《韩诗内传考》、宋绵初《韩诗内传征》及《古韩诗说证》、王谟《韩诗拾遗》、沈清瑞《韩诗故》、臧庸《韩诗遗说》附《订讹》①、钱玫《韩诗内传并薛君章句考》、王荣兰《韩诗经考》、黄启甲《韩诗拾遗》、严可均《韩诗》、张鉴《韩诗考异》	蒋曰豫《韩诗辑》、陶方琦《韩诗遗说补》、董沛《韩诗笺》、龙璋辑《韩诗》、顾震福《韩诗遗说续考》	16部
	韩诗外传类②		赵怀玉《校刻韩诗外传》、周廷寀《韩诗外传校注》、陈士珂《韩诗外传疏证》、郝懿行《韩诗外传考证》、吴棠合刻《韩诗外传校注》	许瀚《韩诗外传校议》、俞樾《读韩诗外传》及《韩诗外传平议补录》	8部
	鲁诗类	陆奎勋《鲁诗补亡》		潘维成《鲁诗述故》、陶方琦《鲁诗故训纂》	3部
	齐诗类		迮鹤寿《齐诗翼氏学》、陈乔枞《齐诗翼氏学疏证》		2部
合计		10部	54部	28部	92部

由上表我们可以大致得出以下几点初步印象：

其一，早期：顺治至乾隆前期（1644—1765年）：一百二十一年的时间，共计专著作10部，其中合著类7部。对这十部著作进行考察发现，专门的三家

① （清）臧庸《韩诗订讹》附《韩诗遗说》后，作一部计。

② 清代《韩诗外传》类的校注成果，本书暂不讨论。

《诗》著述仅有陆奎勋《鲁诗补亡》、汪师韩《诗四家故训》、范家相《三家诗拾遗》3部，其中，前2部久已亡佚，现仅存范家相的《三家诗拾遗》，故学界一般把范氏著作作为清代三家《诗》研究的第一部。该书被《四库全书》收录，对清代三家《诗》学的著作产生了很大的影响。其余7部著作都属于合著类，其中有大量三家《诗》内容，这在清初，起到了把三家《诗》内容引入人们的视野的作用。在这一时期，这些著作也是清代三家《诗》学发展的先声，为乾嘉间三家《诗》学的全面复兴奠定了基础。其后的三家《诗》著作有的就是受这些著作的直接影响而著述的。

其二，中期：乾隆后期（1766—1850年）：历时八十四年，共有三家《诗》研究专著54部。而此一时期与乾嘉考据学的发展高潮相一致，是清代三家《诗》研究的全面展开，代表了清代三家《诗》学发展的最高成就。

其三，晚期：咸丰至宣统年间（1851—1911年）：历时六十年，共计著作28部。虽然晚期的成书著作也不少，但在篇卷规模上和研究的深度与广度上，与中期相比逊色不少，主要是对中期成果的补正。但也有一例外，就是王先谦的《诗三家义集疏》是清代三家《诗》学的集大成著作，是清代三家《诗》研究的总结之作。

其四，从内容的角度来看，对85部三家《诗》研究专著进行分类：一是三家《诗》遗说考证类著作23部，其中偏重遗说收集和疏释的是19部，偏重义理和大义发挥的是4部；二是专门补正《诗考》类著作11部；三是异文异字考证类著作18部；四是专事辑佚之辑佚书类4部；五是专门一家类著作中，有《韩诗内传》类著作16部，《韩诗外传》类著作8部，《齐诗》类著作2部，《鲁诗》类著作3部。这是全面考述清代三家《诗》成果的基础。当然这里的分类以主要著述角度为据，中间是有诸多交叉，如三家《诗》遗说考证类著作中有针对《诗考》部分的考证，也有对异字异义的考证和对《韩诗内外传》的研究，任何一部著作都不是单一的。

据附录《著述考》可知，在这92部三家《诗》著述成果中，现存67种，其中52种著作有刻本，其他13种著作仅以抄本或稿本的形式存在。残存的著作有2部。另外25种著作已经亡佚，或仅限于地方文献中有著作目录，或者著者仅有著述的想法并未著录，只是暂将目录列出，而编纂者未考而列为著者著录之中。从清代三家《诗》著述成果的存佚情况可以看出，三家《诗》的研究在清代已经引起了学者和版刻业的相当重视，才有如此多种的著作被刊刻，或被收入其他丛书之中，得以保存流传下来。但是仍有相当多的著述仅以抄本或稿本的形式存在，且已经亡佚的著作就占全部著述的四分之一多。这些是进一步研究清代三家《诗》学发展的缺憾，也正因为如此，更显示了进行三家《诗》研究的迫切性，更应该把清人的研究成果整理出来，才能了解它当时的存在和所发挥的作用，在整个清代学术研究中占据着怎样的地位，才能更好地考察清代学术的发展。

二　清代三家《诗》学地域分布和作者身份

从地理分布的角度来研究清代学术的发展、学风的演变，始于梁启超。他在1924年发表了《近代学风之地理的分布》一文，是对地理环境与学术发展之间关系的详细描述。在论述江浙一带学术发展时，谈道“大江下游南北岸及夹浙水之东西，实近代人文渊薮”。“江苏近代学风，发轫于东南濒海之苏、常、松、太一带，以次渐扩而北。”“浙江与江南——江苏、安徽同为近代文化中心点，然而浙西与浙东又各自为其特色。浙西——杭、嘉、湖之学风与江苏之苏、松、太如出一型。”[①] 而清代三家《诗》学发展的地域分布是与清代学术发展趋势相始终的。

下面来看关于清代三家《诗》学者及其著述地域分布的数据统计[②]，以期对清代三家《诗》学地域分布概况作一整体把握，从而从外部发展特征方面来考察三家《诗》学在清代的发展。

清代三家《诗》学著作即作者的地域分布，见表1－2：

---

① 梁启超：《近代学风之地理的分布》，《清华大学学报》1924年第1期。

② 关于清代三家《诗》学的地理分布，张锦少先生撰有《从著述的年份和作者的地理分布看清代三家〈诗〉学的发展》一文，从作者地域分布的角度考查清代三家《诗》学的发展，他所依据的著述目录主要是蒋秋华、王清信纂辑的《清代诗经著述现存版本目录初稿·三家诗之属》部分，并在注释中说明参考了笔者2007年博士学位论文相关的统计。而本书的统计查考书目更多，统计的基点是92种著述，并且对清代三家《诗》学发展方向的总结的侧重点有所不同，故有必要进一步统计、分析之。

表 1－2　　清代三家《诗》学地域分布统计表

所属省份	三家《诗》学者	三家《诗》著述数
浙江	25	31
江苏①	25	29
安徽	5	5
湖南	8	9
福建	5	6
山东	3	3
江西	3	4
广东	1	2
陕西	1	1
湖北	1	1
四川	1	1
总计　11	78	92

从表 1－2 中可以看出，在清代，78 位三家《诗》研究者，来自 11 个省，其中江浙两省共计 50 人，并且安徽传统意义上也属于江南地区，再加上安徽的 5 位学者，共计 55 人，且著述总数更是达到 65 部。可见，清代三家《诗》的研究主要集中在江浙地区，无论是研究人数还是著述部数都占全部的三分之二强。这一统计结果与江浙地区是清代学术研究的中心，是清代学术文化交流中心的认识是一致的，说明江南文化圈的形成，已经覆盖了各个学术领域。

还有一点需要注意的是湖南和福建两省的三家《诗》研究也比较突出，湖南有 8 人，著述也有 9 部，在三家《诗》研究人数、著述数上仅次于浙江、江苏，位列第三；福建也有 5 人之多，著述有 6 部，表明了湘学和闽学的发展。一个非常重要的原因是太平天国运动之后，给江南学术文化圈带来了沉重的打击，学术的重心发生了转移。曾国藩领导的湘军是镇压太平天国之乱的主力，并且曾氏本人非常重视教育和学术的发展，他在学术上的威望和广泛影响，使得湘学发

① 上海，清代属于江苏的松江府，故今属上海者有 2 人，在清代归属江苏。

展壮大起来。而闽学的发展则是与几任官员学政的提倡和陈寿祺、陈乔枞父子的努力分不开的。

为了对清代三家《诗》学地域分布有一个更直观的认识，特以图 1－1 更为标识：

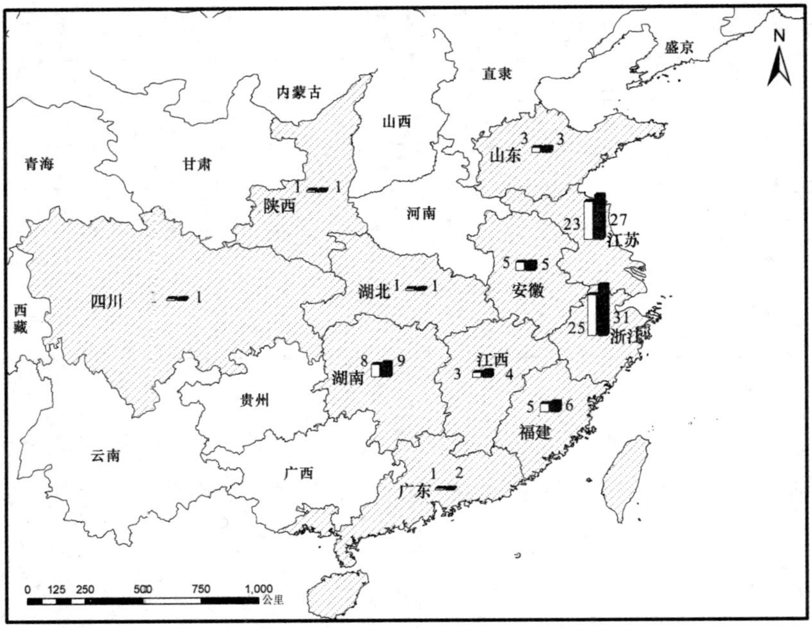

图1-1　清代三家《诗》学地域分布图

图例　有三家《诗》学者及著述的省份

其他省份

学者及著述分布柱状图，其中　为学者数量，　为著述数量

三家《诗》学的发展概况不是平均分配的，也表现在同一省份内部，如就江浙两省省内来说，即存在着很大的地域差异。江苏省三家《诗》著述者有 25 人，其中，属于苏州府的 10 人，分别是常熟 2 人，吴县 3 人，吴江 4 人，镇洋 1 人；常州府 7 人，其中武进 4 人，长洲 2 人，阳湖 1 人；扬州府 4 人，分别来自高邮、宝应、甘泉、仪征；淮安府山阳 2 人；松江府 2 人。在浙江省 25 位三家《诗》学者中，属于杭州府仁和和钱塘的有 6 人；属于嘉兴府的有 6 人，分别来

自嘉兴和平湖；属于绍兴府的有 6 人，其中会稽 3 人，山阴、余姚、上虞各 1 人；属于湖州府的有 5 人，其中乌程 4 人，德清 1 人；另外 2 人分别来自宁波府鄞县、台州府黄岩。可见在浙江十一府中，杭州、嘉兴、绍兴、湖州四府是清代三家《诗》学研究的中心，也是清代学术的发展中心。具体参看图 1 – 2：

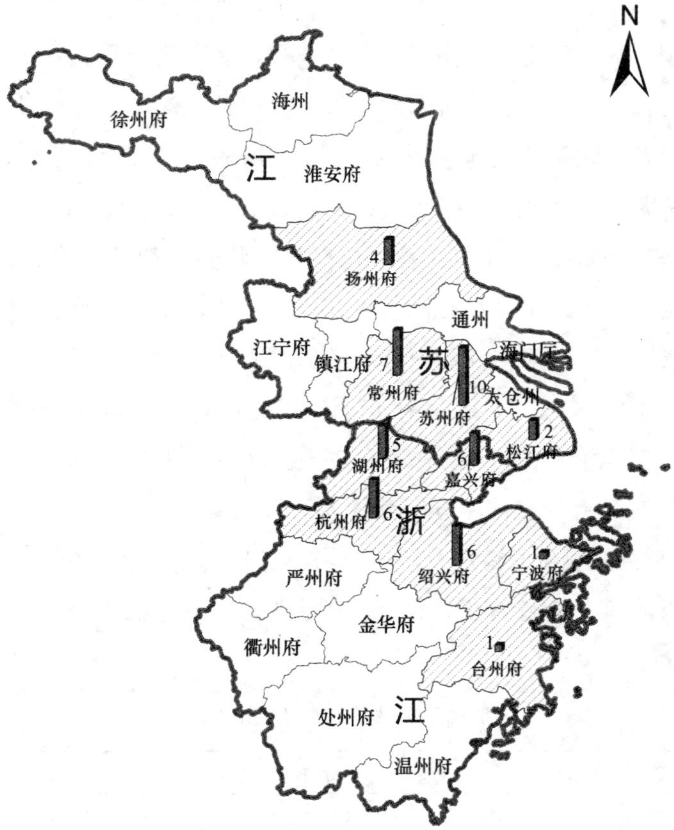

图1-2　清代苏、浙两省三家《诗》学者分布图

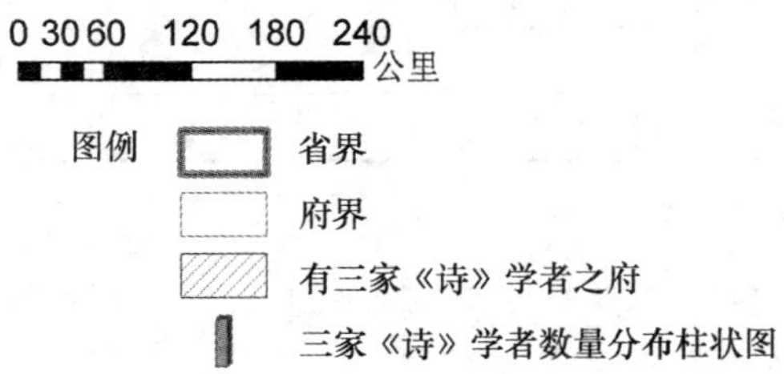

下面我们引用李润强在《清代进士群体与学术文化》一书中对浙江杭州、嘉兴、湖州三府的进士分布统计[①]，来进一步寻找产生这种地域分布不均的原因。“清代浙江 11 府，共考取进士 2808 名，为全国总数的 10.5%，而杭、嘉、湖三府就高达 1761 名，为全省总数的 62.7%，为全国进士总数的 6.6%；也就是说，全国每 100 名进士中，就有将近 7 名来自杭嘉湖地区，浙江一半以上的进士来自杭嘉湖地区，比整个河南省的进士人数还多。但严州、处州等府的进士人数，与这三府相比要少得多。杭嘉湖地处浙北，邻近江苏，不仅是浙江经济富庶之地，而且也是文化繁荣之地。另外，在这三府的各州县中，进士分布也有明显的差异。如杭州府，主要集中在钱塘、仁和二县和海宁州，嘉兴府的嘉兴、秀水、嘉善、平湖和桐乡，湖州府集中在乌程、归安和德清等县，而其他县则很少，有的县竟然一名进士也没有。其中钱塘、仁和、嘉兴、秀水、乌程、归安都是附郭县，嘉善、平湖又与江苏松江府为邻。”[②]

李润强先生的这一关于杭州府进士分布的统计，可以说与前文三家《诗》的地域分布是完全一致的。这说明清代三家《诗》的发展与进士群体的分布，或者说与“上层绅士”的地域分布有很大关系。

接着我们对这 78 位学者的身份进行考察，以揭示学者身份与清代三家《诗》学发展的关系。78 位学者身份统计，详见表 1－3：

表 1－3　　**清代三家《诗》学者身份统计**

身份省属	进士	举人	贡生	诸生	不仕	不可考	总计
浙江	10	4	5	6	1		27
江苏	8	3	3	5	3	1	23
安徽	1	2		2			5
湖南	2	2		3		1	8
福建	3	1			1		5

① 李润强：《清代进士群体与学术文化》，中国社会科学出版社 2007 年版，第 68 页。李著上述三府统计数字来源于范金民《明清江南进士数量地域分布及其特色分析》，《南京大学学报》1997 年第 2 期。

② 李润强：《清代进士群体与学术文化》，中国社会科学出版社 2007 年版，第 69 页。

续表

身份省属	进士	举人	贡生	诸生	不仕	不可考	总计
山东	2	1					3
江西	1			1		1	3
广东		1					1
陕西		1					1
湖北		1					1
四川						1	1
总计	27	16	8	18	5	4	78

在78人之中，除了4位作者身份不可考外，进士有27人，举人有16人，贡生有8人，包括廪生、监生在内的诸生身份的作者有18人，另有5人不仕。当然，4位不可考身份的作者一般应该是地位比较低下，才不见于史籍记载。按照张仲礼对清代绅士集团的划分，进士、举人、贡生属于上层绅士，[①] 可知三家《诗》学者中，有51人之多属于上层绅士，占总人数的七成。这些绅士集团的成员，享有较多的特权，而这些特权又在促进他们学术研究中起到积极作用。这样，他们的身份和他们所从事的学术研究又形成了良性循环。“绅士作为一个属于领袖地位和享有各种特权的社会集团，也承担了若干社会职责。他们视自己家乡的福利增建和利益保护为己任，……他们在文化上的领袖作用包括弘扬儒学社会所有的价值观念，以及这些观念的物质表现，诸如维护寺院、学校和贡院等。”[②] 而在27位进士身份的作者中，浙江10人，江苏8人，共计18人。这些人都位居高官，他们对学术的提倡和影响，促进了他们家乡学术的发展，这也是江南能够形成文化中心的原因之一。

张仲礼先生在列举1889年各省的会试中额后，说：“江苏、浙江名额最多，虽然差额不很大。至于中榜名次则无限制，由于江浙考生优于他省，他们进翰林院的机会就较多。对每次会试的一甲三名作一番研究，就会发现其中半数以上为

① 张仲礼：《中国绅士——关于其在19世纪中国社会中作用的研究》，李荣昌译，上海社会科学院出版社1991年版。

② 同上书，第48页。

江苏、浙江人。”张仲礼在注释中引黄炎培《清代各省人文统计之一斑》云：“清代会试计114次，中状元者中49人为江苏人，20人为浙江人。”又指出黄文中“列代有中进士的家族，这些家族大部分是江苏、浙江的”。[①] 这些数据和笔者关于清代三家《诗》学者多来自江浙地区的统计是一致的。而这些上层绅士们，推动着学术的发展。他们积极从事着延揽学人的活动，使得一些研究者，即使凭借科举制度没能进入仕途，而是学术身份较低的诸生，也大多依附于上层绅士中的代表人物，凭借着这些具有号召力的上层绅士提供的良好条件，从事学术研究。

在这些三家《诗》研究者之中，他们大部分从事着与教书有关的事业，位高的任学政、教授、山长等职，位低的人或为县学训导、教谕，或教书私塾恩惠乡里等。“绅士们积极地从事传授和阐明这些纲常伦纪，他们捐献了大量财物兴办书院，当时以及现代的作者们都指出，最精深的学问都是在这些书院里做的。”[②] 特别是从事亡佚之学如三家《诗》的辑佚与研究工作，是否拥有一定量的资料来源是研究工作能否开展的关键，学者们在这样的学术文化圈里，为研究工作的开展提供了便利。

三　清代三家《诗》学发展特征综论

柳向春先生《陈奂交游研究》云：“据笔者观察，前代学者选择某一课题从事研究，而至有所成就，固然有其偶然性因素，然而地域学风之影响，师门弟子之传承，朋辈同道之熏染等等，亦为学术学派形成之重要因素。”[③] 清代三家《诗》学风学派的形成亦然，他又云：“交游之于学术发展，影响至巨，所谓人以群分，具有相似学术兴趣之人，自然声气相投，较多相互切磋之机缘。且此种交游，又势必对学术之发展具有积极推动作用。而从师问业，则为此类交游中对

① 张仲礼：《中国绅士——关于其在19世纪中国社会中作用的研究》，李荣昌译，上海社会科学院出版社1991年版，第136页。

② 同上书，第122页。

③ 柳向春：《陈奂交游研究》，华东师范大学出版社2010年版，第10页。

于学术发展推动最力者，直接承继师门之训诫，往往为学者从事某种学术研究之最初动力。学术之发展虽有其内在理路，若再结合师门学术之延续，则对于学者从事研究与取得成绩，意义尤其重大。”① 鉴于此，我们再次通过对上述清代三家《诗》学地域分布和师承交游进行相关分析，来揭示清代三家《诗》学发展的外部特征。

第一，从地域上来说，清代三家《诗》的研究主要集中在江南地区，而又形成了以江苏苏州和浙江杭州为中心的两大学术文化圈，并向周围辐射。这与江南地区的经济、学术底蕴、版刻与图书业的发达有密切关系。关于清代江南地区学术文化的发展近年来成为学界研究的热点之一，其发达原因是多方面的，学者多有探讨，如吴晗《江苏藏书家史略序言》：“大抵一地人文之消长盛衰，盈虚机绪，必以其地经济情形之隆诎为升沉枢纽，而以前辈导絜，流风辉映，后生争鸣，蔚成大观，为之点缀曼衍焉。以苏省之藏书家而论，则常熟、金陵、维扬、吴县四地始终为历代重心，其间间或互为隆替，大抵常熟富庶，金陵、吴县繁饶，且为政治重心……学者苟能探源溯流，钩微掘隐，勒藏家故实为一书，则千数百年来文化之消长，学术之升沉，社会生活之变动，地方经济之盈亏，固不难一一如示诸掌也。”② 特别是对于亡佚之籍如三家《诗》的研究辑佚，更需要丰厚的藏书作为支持。而这些地区“世传家学，代有藏书”者甚矣。“据粗略统计，中国历代藏书家有四千五百多人，其中有百分之八十以上是吴中藏书家。”③ 这些江南藏书家们纷纷开放自己的藏书楼，为学人士子提供各种方便，促进了江南地区学术的发展。如钱塘汪远孙家有振绮堂藏书楼，藏书自他的曾祖父汪宪始，历数代广为收藏，图书丰赡。汪远孙凭借丰厚的藏书，加之刻苦向学，广与当时士人交。实际上，生于江南、长于江南的学者受这种学术文化氛围的熏染而从事三家《诗》学术研究，其他外省的一些学者也有部分因曾游学或工作在江浙，而受此影响从事三家《诗》研究，如魏源不仅与这一地区的学者广泛交游，

① 柳向春：《陈奂交游研究》，华东师范大学出版社 2010 年版，第 121 页。

② 吴晗：《江苏藏书家史略序言》，《吴晗史学论著选集》第一卷，人民出版社 1984 年版，第 208—209 页。

③ （清）归庄：《归庄集》，上海古籍出版社 1984 年版，第 356 页。

其《诗古微》亦是作于杭州、刊刻于杭的，他逝后亦是葬于杭，如果从这一点上来说，他更属于浙江的学者。清代三家《诗》研究的殿军王先谦曾督学江苏长达三年，后又赴浙江任乡试副主考，江浙汉学之风无疑会对他产生不小的影响。由他主持的晚清重要的经学丛书《皇清经解续编》，就是他督学江苏南菁书院时刊刻的。他晚年潜心创作的《诗三家义集疏》不能不说受这段学术经历的影响。

张锦少先生在《从著述的年份及其作者的地理分布看清代三家〈诗〉学的发展》一文中，也总结出“江南地区始终是清代三家《诗》学的中心”，并言：“清代三家《诗》著述的作者主要来自江苏、浙江两省，以江浙为主的江南地区占作者人数的七成，可见江南地区是清代三家《诗》学的中心。江南地区既是乾嘉以来考据实证学风的重镇，亦是考据学家辈出、名著涌现的辐辏。讲求考据实证的前提是充分掌握文献材料，因此江南地区的学者特别重视钩沉古学。辑佚工作始终在清代三家《诗》学中占据重要的位置，这除了因为三家《诗》经文诗说散佚严重，必须掇拾爬疏才能重新研究外，清代三家《诗》研究工作始终集中在江南地区这个地理因素也起了关键的作用。”①

第二，从研究者的身份来说，多能引导学术风尚。研究者多属于上层绅士，有些甚至成为清代学术发展趋向的引导者。在三家《诗》研究者当中，亦不乏当时学坛显赫、引领一代学术风尚的人物，如邵晋涵、卢文弨、阮元，众多学者均出自他们门下。洪亮吉《邵学士家传》，论邵晋涵、戴震入四库馆对民间的影响，云：“乾隆之初，海宇乂平已百余年，鸿伟傀特之儒接踵而见，惠征君栋、戴编修震，其学识始足方驾古人。及四库馆之开，君与戴君又首膺其选，由徒步入翰林。于是海内之士知向学者于惠君则读其书，于君与戴君则亲闻其绪论，向之空谈性命及从事帖括者，始骎骎然趋实学矣。夫伏而在下，则虽以惠君之学识，不过门徒数十人止矣；及达而在上，其单词只义，即足以歆动一世之士。则今之经学昌明，上之自圣天子启之，下之即谓出于君与戴君讲明切究之力，无不

① 张锦少：《从著述的年份及其作者的地理分布看清代三家〈诗〉学的发展》，《中国文化研究所学报》第五十一期，2010年7月，第202页。

可也。”[①] 即说明了这些学者的学术影响力。而据柳诒徵编《卢抱经先生年谱》考订[②]卢文弨自五十三岁（乾隆三十四年）起开始书院讲学生涯，直至七十九岁（乾隆六十年）辞世，先后主讲于江阴暨阳书院，南京钟山书院，杭州西湖书院、崇文书院、紫阳书院，太原三立书院，太仓娄东书院，常州龙城书院。其中主持钟山书院、龙城书院时间较长。主讲书院期间，许多学者执礼门下，其广泛的学术影响力，必在当时三家《诗》校勘研究中发挥着重要的作用。卢文弨除了有《增校诗考》外，还曾校《韩诗外传》，因见赵怀玉之校，而将自己的校勘成果赠予赵氏，赵氏在《校刊韩诗外传》中，全面吸收卢氏之校，以补自己之未备。可见卢氏不仅在学术影响力方面，其治学精神亦足为校勘界典范。阮元更是乾嘉后期学坛重镇，他的一生，贯穿了清代三家《诗》研究的高峰时期。乾嘉后期重要的三家《诗》学者大都与他有联系，更有十多位出自他的门下，如冯登府、李富孙、李贻德、陈寿祺、臧庸、丁晏、陈庆镛、陶思曾、张鉴等，且多是他在杭州办诂经精舍纂《经籍纂诂》时，延揽门下的。阮元积极鼓励他们三家《诗》的研究，如由他主持汇刻的《皇清经解》，首次刊刻时以未收录三家《诗》研究著作为憾，当他得见冯登府的《三家诗异文疏证》时，又续编收入，并为之作序。他在序中褒扬冯登府的三家《诗》研究突逾前哲。如言：“柳东太史，潜研经史，精邃博综，实欲突过前哲。其言三家多今文，毛多古文，三家多正字，毛多假借，按之群书，无不融合。又推原传授诸儒，有以知其说之所宗，一一派别而实证之。由形声而得训诂，由训诂而得义理，俾千古微学，一旦揭日月而列星辰，则三家虽亡犹存也。夫自有宋以来，学者类沿于空疏之病，王氏独能网罗载籍，实事求是，阐发许、郑之言，顾尚有待于后人之补正。柳东以名翰林出为县令，不三月以亲老解组归，而教授伯厚之乡，得其流风绪纶，益肆力于学，可不谓好学守道者与？曩余在广州开学海堂，集说经之书为《皇清经解》千四百卷，而独缺三家《诗》、石经，今于滇中始得见之，爰亟为编入续编，并

---

① （清）洪亮吉：《卷施阁文甲集》卷九《邵学士家传》，《洪亭吉集》，中华书局2001年版，第192页。

② 柳诒徵：《卢抱经先生年谱》，民国十七年（1928年）“中央大学”国学图书馆第一年刊本，《乾嘉名儒年谱》丛刊本。

叙而归之。”[①] 这些具有重要影响力的学坛领袖，他们提倡和直接参与著述三家《诗》的导向作用，亦成为清代三家《诗》研究重要的表现特征。

第三，从研究者所从事的职业来说，大多是与教育有关的教职和学职。

清代统治者非常重视科举大典，进而重视对教育事业的引导。“进士出身，不管等第、职位，都有重教兴文的责任，一般要担任学职、教职等。学职有各省学政、考官等，教职有国子监祭酒、司业、博士、助教等，还有地方的府学教授、州县学正、训导、教谕等……其中高位者，多任学政、正考官、国子监官职等；低位者，任府、县学教职，而且朝廷还鼓励铨选进士改补教职。回籍候缺的进士，也可临时担任邻近省份的同考官等。即使退居在乡的进士，也可著述讲学，嘉惠地方士人。”[②] 在清代三家《诗》学者中，不仅进士出身的学者多承担起“重教兴文的责任”，而其他一些未曾及第的举人和诸生，乃至终生未仕的学者们也不例外。在这些进士出身的学者中，不乏官宦生涯匆匆而致力于为学、为教的人，有的一辈子都没有远离这一职业，如陈寿祺，他嘉庆四年（1799 年）进士及第后，初授翰林院庶吉士，散馆授编修。不久，请假回闽探亲，路过杭州，适遇阮元为浙江巡抚。阮元便聘请陈寿祺主讲杭州敷文书院，后虽回京，又担任过广东、河南两省的副考官，但自嘉庆十五年（1810 年）丁父忧后，不再出仕，是年他才四十岁，自此以后至六十三岁去世，他都致力于教育事业和学术。清代三家《诗》研究的总结性著作《诗三家义集疏》作者王先谦，一生基本上就是读书、做官、讲学、刻书、著书，从事与教育有关的活动。而一些未曾中举的诸生们，或教谕县里，或在私塾为教，致力于乡里的教学，一生以授徒为业。如平湖柯汝霖屡试不第，一生从教乡里。据粗略估计，三家《诗》学者的职业十之八九是为学、为教。这种职业也使他们教学相长，促进了他们的学术研究。

第四，从研究者的学术师承来说，大致有以下几方面的特征：一是继承家学，二是承继师法，三是交谊乡里，四是交游广泛。下面分别来考察。

---

① （清）阮元：《揅经室续集》卷一《冯柳东〈三家诗异文疏证〉序》，《丛书集成初编》本。

② 李润强：《清代进士群体与学术文化》，中国社会科学出版社 2007 年版，第 69 页。

1. 家学渊源派

清代三家《诗》研究能够考察到的家学研究派有：臧琳、臧庸高祖玄孙，严虞惇、严蔚祖伯侄，严蔚、陈屾姻亲，陈寿祺、陈乔枞父子，皮锡瑞、皮嘉祐父子等。

臧琳的《经义杂记》，是清初复汉之古学术思潮影响下的重要著述。但此著直到他的玄孙臧庸举谒卢文弨时，才广被认知。阮元《臧拜经别传》云："拜经姓臧名庸，字西成，又字拜经，本名镛堂，武进县人。父继宏，业贾。康熙间有与阎百诗同时老儒玉林先生名琳者，拜经之高祖也。乾隆五十四年，余姚卢学士文弨主常州书院，拜经往受经学，抱玉林先生所著《经义杂记》质于学士，学士惊异之，于校《经典释文》中多引其说。"[①] 大家如卢学士都多引玉林之说，可见《经义杂记》精义迭现。臧庸《拜经日记》云："辛亥，校订高祖玉林先生《经义杂记》成，不量其力，思克绍先德，遇一隙之明，笔书之久，而汇录题曰《拜经日记》。"[②] 臧庸之学无疑来自高祖玉林。臧庸的《韩诗遗说》被顾广圻和阮元称为"辑《韩诗》者的最精本"。

严虞惇的《读诗质疑》不仅其学术成就"尤有功诗学"，其著述影响亦有功三家《诗》学。严蔚是他的曾侄孙，著有《诗考异补》，自序云："曾伯祖思庵先生实甚好古，留心经学。归田后，撰《读诗质疑》四十六卷，内《考异》一卷，盖亦广王氏之意而为之者也。蔚夙承家学，颇饶异闻，有在厚斋所未收而先生所失禄者，不忍听其遗忘，依次补入。"可见《诗考异补》就是承家学而来。又《清华大学图书馆藏善本书目》载："《诗考异》，清乾隆严思菴撰，其曾孙严蔚著《诗考异补》，蔚之妻弟陈屾再补，然未付刻，此为稿本。"[③]《诗考异再补》的作者陈屾是严蔚的妻弟，由此可以推测陈屾师承渊源，亦很可能来自严虞惇。

清代三家《诗》学的重要著作《三家诗遗说考》则是陈寿祺、陈乔枞父子相继完成的。陈寿祺在《三家诗遗说考·自序》中云："两汉《毛诗》未列于学，凡马、班、范三史所载及汉百家著述所引，皆鲁、齐、韩诗。异者见异，同

① （清）阮元：《揅经室集》二集卷六《臧拜经别传》，中华书局 1993 年版，第 523 页。
② （清）臧庸：《拜经日记》卷一，清嘉庆二十四年武进臧氏拜经堂刻本。
③ 《清华大学图书馆藏善本书目》，藏清华大学图书馆。

者见同，绪论所存，悉宜补缀，不宜取此而弃彼也。今稍增缉以备浏览，犹有未能具载者，他日当别成一篇，使学者有所考焉。”惜未竟而卒，临终前嘱子乔枞曰：“吾生平疲于文字之役，纂述匆匆未尽就，尔好汉学，治经知师法，他日能成吾志，九原无憾矣！”又曾经对乔枞云：“《诗》有三家鲁齐韩，犹《春秋》之有《公羊》《穀梁》，不可偏废。二传存而三家《诗》亡，说经者之不幸也。”[①]故陈乔枞“撰述多准寿祺遗训”，果不负父望，搜讨群籍，旁征博引，增补完成《三家诗遗说考》十五卷。陈乔枞后来又有《齐诗翼氏学疏证》二卷、《诗纬集证》四卷、《诗经四家异文考》五卷等三家《诗》著作。陈乔枞的著述无论是在指导思想上，还是在研究方法上，都是受其父的直接影响，可以说三家《诗》研究就是他们的家学。

皮锡瑞是晚清重要的今文经学家，他的著作《经学通论》中有《诗经通论》两卷，直接表明了他的今文《诗》学观。据资料记载其子皮嘉祐撰《韩诗疏证》[②]，今未曾考见，但父子相继研究同一领域，家学传承想亦是必然。

2. 师法承继派

在清代三家《诗》研究者中，师徒相继从事研究的现象也是比较突出的，有三种情况：一是直接承继者，二是间接承继者，三是同门影响者。

惠栋、余萧客师生是直承师法教授的代表。惠栋是汉学“吴派”的代表人物，他的学承一方面来自他的家族四世传经，一方面来自他的家乡诸贤如朱鹤龄、陈启源对汉学实践的影响。《九经古义》一书和惠栋的学术地位一样，在整个清代学术研究中都具有导向作用。余萧客二十二岁那年，拿着自己的专著请教于惠栋。惠栋阅毕，语重心长地说：“陆佃、蔡卞乃安石新学，人人知其非，不足辨；罗愿非有宋大儒，亦不必辨。子读书撰著，当务其大者远者。”[③]余“闻之矍然”，遂拜惠栋为师，“称弟子”。后经惠栋指点，自诸家经解及史传类书中，广泛辑录唐以前解释经书的古说，虽片语单词，均加收录，成《古经解钩沉》三十卷，使吴派学风得到进一步发扬。他们师徒的著述，吹响了清代辑佚书

① （清）陈乔枞：《诗经四家异文考·自序》，《续修四库全书》影印本。

② 注：皮嘉祐的《韩诗疏证》已是民国间的著作，本书未著录。

③ （清）江藩：《汉学师承记笺释》，漆永祥笺释，上海古籍出版社2006年版，第225页。

的号角。梁启超曰："（清代）辑佚之举，本起于汉学家之治经。……《九经古义》十六卷，将诸经汉人佚注益加网罗。惠氏弟子余仲林（萧客）用其师法，辑《古经解钩沉》三卷，所收益富。此实辑佚之嚆矢，然未尝别标所辑原书名，体例仍近自著。"① 清代三家《诗》辑佚之富，可以说受他们师徒的直接影响。不仅有惠余这种直接的师承，也可能影响再传、三传弟子。江藩《汉学师承记》记"余古农先生"，回忆曰："藩为先生（指余萧客）受业弟子，闻之先生曰：'《钩沉》一书，汉、晋、唐三代经注之亡者，本欲尽采，因乾隆壬午（1762年）四月，得虚损症，危若朝露，急欲成书，乃取旧稿录成付梓，至今歉然。吾精力衰矣，汝能足成之，亦经籍之幸也。'"② 可见余萧客晚年将自己未竟之业托付给了弟子江藩。而江氏则由于"自心丧之后，遭家多故，奔走四方，雨雪载途，饥寒切体，不能专志壹心从事编辑。今年已五十，忽忽老矣，叹治生之难，蹈不习之罪，有负师训，能不悲哉！"③ 而江藩又将此一事业托付给了自己的学生黄奭。黄奭在《尔雅古义总序》云："予受业于江郑堂（藩），先生受业于余古农（萧客）先生，余先生受业于惠定宇（栋）先生，子为小红豆山人（惠栋）门下再传弟子。"④ 可见黄奭的辑佚研究渊源亦出于吴派，可追究到惠栋。

而在清代三家《诗》研究中，除了有惠、余这种直接的师法承继创作外，还有一种比较鲜明的现象就是具有影响力的学者对弟子、门生的影响。如卢文弨、阮元、魏源等，许多的研究者都与他们有着直接或间接的关系。如卢文弨增校《诗考》，而臧庸、冯登府等诸家又在他的基础上进行校补，现在国家图书馆所藏本为《卢抱经增校附诸家校补诗考》。臧庸是卢文弨的受业弟子，而他校勘的《韩诗外传》，也被赵怀玉《校刊韩诗外传》全部吸收，而清代其他学者在校勘《韩诗外传》时，也多引其说，很明显受他的影响。阮元是乾隆后期和嘉道间学术上的卓然大家，凭着他的政治地位和对学术的热忱，奖掖了一大批有志经术之士，同时期江浙地区的有志学者多出自他门下，这当然与他主办诂经精舍有

---

① 梁启超：《中国近三百年学术史》，东方出版社 1996 年版，第 320 页。
② （清）江藩：《汉学师承记笺释》，漆永祥笺释，上海古籍出版社 2006 年版，第 225 页。
③ 同上。
④ （清）黄奭：《尔雅古义总序》，载《黄氏逸书考》，《续修四库全书》影印本。

关。如上文所举的三家《诗》研究者中的冯登府、李富孙、李贻德、陈寿祺、臧庸、丁晏、陈庆镛、陶思曾、张鉴等，均出自他的门下。他们的研究也属于师承相继影响的创作。

除了上述两种情况外，还有一种可以说是同门相互影响的，即他们的老师可能没有专门的三家《诗》著述，但他们属于师从一师的同门，而又都选择了研究三家《诗》。如出自王念孙、王引之父子之门的就有宋绵初、臧庸、朱士端、丁晏、许瀚、陈庆镛、柯汝霖等，李贻德、严可均同职孙星衍学馆，周曰庠、陶方琦同为李慈铭的弟子。这种同门之间相互影响，想亦有助于三家《诗》之研究。

3. 乡贤交谊派

一般属于同一地域、同一时代的学者，在学术研究上都是相互影响的，清代三家《诗》研究最典型的例子就是浙江嘉兴的冯登府、李富孙、李贻德的三家《诗》研究。《清儒学案》卷一百四十四冯登府《柳东学案》："同里李氏群从，志同道合，互相切劘。芗沚、杏邨研经皆以精博称，与柳东相颉颃焉。"[①] 冯登府的三家《诗》创作最为丰富，有《诗三家异字诂》《三家诗异文释》《三家诗遗说翼证》《三家诗异文疏证》《三家诗遗说》[②]，李富孙有《诗经异文释》，李贻德有《诗考异》他们不仅在学术上产生共鸣、相互切磋，而且相互校订书稿。特别是冯登府与李富孙交谊最深，"每著一经，辄与之商榷"，冯登府的《诗三家异字诂》，由李贻德校并作序；《三家诗异文释》由李富孙校；而现藏天津图书馆冯登府的《三家诗遗说》八卷，就是李富孙抄校分卷的，后校记云："壬寅人日，李富孙校过，时年七十有九。为之泫然挥涕，亦不负病时所属也。"[③] "壬寅人日"，即1842年的正月初七。此是李富孙在冯氏去世后不久，校抄完成的。友朋之情义，跃然纸上。

还有一些学者属于同一地区、同一时期，同有三家《诗》著述，如浙江乌程的严可均有《韩诗辑》、张鉴有《韩诗考异》、蒋文照有《毛诗诸经引文异

---

① 徐寿昌：《清儒学案》卷一百四十四《柳东学案》，中华书局2008年版，第5635页。

② 关于冯登府三家《诗》著作的相互关系，见冯登府部分论述。

③ （清）冯登府：《三家诗遗说》，抄本，李富孙抄校，藏天津图书馆。

同》，虽然其交游影响不见记载，他们的著述同见于方志。他们之间或有所交往，想亦是必然。

4. 广泛交游派

当然，大多数学者的学术渊源来自多方面，上述所举可能是某一方面比较突出。如《清史稿》卷四百八十一《列传》载："富孙学有原本，与伯兄超孙、从弟遇孙、有'后三李'之目。长游四方，就正于卢文弨，钱大昕、王昶、孙星衍，饫闻绪论。阮元抚浙，肄业诂经精合，遂湛深经术。"[①] 多方交游、群相切磋，促使李富孙学益精湛。

学者们往往积极主动结交学术名士，促进自己学术的增长。龚显曾《籀经堂类稿序》，论陈庆镛的学术交游云："吾师陈颂南先生，当宣朝时，以抗直受主知。与临桂朱公琦、高要苏公廷魁，并世有'三御史'之目。谲谏草者，咸舌挢不得下。海内名儁，想风望采，蹑屩投刺，争以一瞻颜色为幸者，晷盖无虚。先生植品既高，文章学问，又足牢笼百氏，震动时贤。于是有阮文达公元孙先生经世之师，何先生绍基、魏先生源、张先生穆、苗先生夔、赵先生振祚、朱先生琦、梅先生曾亮诸君子为之友，何先生秋涛为之徒，相与抠刷精思，切劘道谊，学益懋，品益高，而名亦显。"[②]

李伯荣《魏源师友记》[③] 中，记载魏源交游者有 233 人，其中不乏学术大家，从事三家《诗》者有徐璈、许瀚、陈庆镛、龚橙等。正是这种相互交游的影响，才促进了清代三家《诗》学的发展。

总之，学者们的多方师承交游，不仅为清代三家《诗》的研究提供了契机，而且使得这种研究逐步改善、更为完善。清儒的这种重视交游不仅是其三家《诗》研究的外在表现，亦反映在具体的三家《诗》研究中，他们非常重视汉代三家《诗》学者之间的师法、家法，成为清代三家《诗》研究得以开展的不二法门，并贯穿三家《诗》研究的始终，详细论述见下章。

第五，从研究者本身来说，多是儒学世家，或书香门下。一方面他们的家族

---

① 赵尔巽等：《清史稿》卷四百八十二《儒林传》，中华书局 1977 年版，第 13260 页。

② （清）龚显曾：《籀经堂类稿序》，见陈庆镛《籀经堂类稿》，《续修四库全书》影印本。

③ 李柏荣：《魏源师友记》，岳麓书社 1983 年版。

有深厚的家学传承，虽然家族中可能并没有人专门从事三家《诗》研究，但这种家学传承为他们的研究提供了良好的学术素养。另一方面是三家《诗》本身属于亡佚之学，从事研究的前提是要辑佚，在当时的学术条件下，拥有一定量的藏书，或有机会查阅这些书籍是必要的条件，而研究者儒学家族出身的条件就为他们的研究提供了前提。这些学术家族不仅对家族成员，而且对同地区其他学者的研究都产生了很重要的影响，如惠氏家族、汪远孙家族等。其他贫门寒学之士的研究，多是借助于这些学术家族所提供的条件而进行的。

第六，从研究者交游的方式上来看，有从事幕府活动、入馆私学馆、入主书院讲席、书函请教、相互会聚拜访等。学术的发展离不开学者之间的切磋和交流，三家《诗》学者的诸种交游方式，与他们所从事的职业是紧密相连的。而这各种交游方式，并非三家《诗》学者所独有，也是清代学术界共同的特征。

在三家《诗》研究中，最重要的幕府就是阮元幕府，他所引导的三家《诗》学研究风气上文已经论述，兹处不赘。汪远孙的振绮堂藏书楼，吸引着多位学者入馆就职。而主讲书院或在书院求学，是诸多学者重要的学术经历。其中，大家如卢文弨、陈寿祺、王先谦等，其重要的三家《诗》著述都是在书院完成的。有学者论述清代学术的精品大部分是在书院中产生的[①]，是符合实际的。而书函往来，更是他们讨论学问的重要方式，有一些重要的清代三家《诗》研究的信息就蕴含在学者们的书信中，他们往来论学，求实求是。如胡承珙的《与魏默深书》[②]，就通过书信表明了自己的三家《诗》学观。

而学人聚会，特别是大规模的聚会，更能促进学术的交流。《清儒学案·墨庄学案》附“徐璈”，载：“（璈）嘉庆甲戌进士，授户部主事。后以迎养乞改官浙江，知寿昌、临海县事。官京师时，墨庄先生尝两为北海郑公生日祀于万柳堂，先后同祀者有郝兰皋、朱兰坡、洪孟慈、马元伯、胡竹村、陈石士、陈硕甫、钱衎石、张彦惟、魏默深，多绩学之士，而先生皆与焉。”[③] 关于这两次祭

① 张仲礼：《中国绅士——关于其在19世纪中国社会中作用的研究》，李荣昌译，上海社会科学院出版社1991年版，第122页。

② （清）胡承珙：《求是堂文集》卷三，清道光十七年刻本。

③ 徐寿昌：《清儒学案》卷一百四十四冯登府《柳东学案》，中华书局2008年版，第5472页。

祀郑玄的聚会活动，其他学者也多有记载，如陈奂。这样的聚会对学者的影响无疑是深刻而广泛的。

第七，从研究者的《诗经》著述来说，他们不仅有三家《诗》著作，而且多数也有其他的《诗经》著作。或因为研究《毛诗》，受其影响进而研究三家《诗》，如范家相、胡文英等的《诗经》研究；或受三家《诗》研究的影响而从事《毛诗》研究，如陈乔枞等的《诗经》研究。总之，他们的四家《诗》研究相互影响，相得益彰，共同成就了清代《诗经》学。这种融合也表明了清代《诗经》学发展融合的倾向，是融合表现的方式之一。为了更好地了解三家《诗》学者的《诗经》学研究，表 1－4 对有其他《诗经》学著作的三家《诗》学者进行统计，以揭示四家《诗》学的研究领域是互通的。

表 1－4　　**清代学者三家《诗》与《毛诗》研究著作兼有统计**

学者	三家诗著述	毛诗著述
陆奎勋	《鲁诗补亡》二卷	《陆堂诗学》十二卷
范家相	《三家诗拾遗》十卷	《诗渖》二十卷
胡文英	《诗考补》二卷	《诗经逢原》十卷 《诗疑义释》二卷 《诗疏补遗》五卷 《毛诗通义》六卷
臧庸	《韩诗遗说》二卷 《韩诗订讹》一卷 《诗考异》四卷	《诗经小学录》四卷 《毛诗马王微》四卷
郝懿行	《韩诗外传考证》十卷	《诗说》二卷 《诗问》七卷 《诗经拾遗》一卷
陈乔枞	《三家诗遗说考》五十卷 《诗经四家异文考》四卷 《齐诗翼氏学疏证》二卷	《诗纬集证》四卷 《毛诗郑笺改字说》二卷
阮元	《三家诗补遗》三卷	《诗书古训》六卷
黄位清	《诗异文录》三卷	《诗绪余录》八卷

续表

学者	三家诗著述	毛诗著述
丁晏	《诗考补注》二卷 《诗考补遗》一卷	《毛诗陆疏校正》二卷 《诗集传附释》一卷 《毛郑诗释》三卷《续录》一卷 《诗谱考证》一卷
陆锡谟	《诗经异文考证》二十二卷	《诗经句读考证》一卷
张鉴	《韩诗考异》一卷	《诗本事》一卷
叶裕仁	《诗考笺释》十二卷 《三家诗才笺证》二卷	《诗文字考》八卷
俞樾	《读韩诗外传》一卷 《韩诗外传评议补录》一卷	《达斋诗说》一卷 《诗名物证古》一卷 《荀子诗说》一卷

表1-4中亦透露出清代《诗经》研究在融合方面的倾向，关于四家《诗》的融合研究，后文将专章探讨。

以上的特征，有些是清代三家《诗》研究所独有的，有些特征不是清代三家《学》所独有的，而是清代学术的共同特征。清代学术所表现出来的学术风尚，正是在这诸多个体研究中呈现出来的。所以说清代三家《诗》研究是清代学术发展的重要组成部分，对清代三家《诗》发展规律的探讨，有助于理清清代学术的走向，从而更好地了解清代学术的整体风貌。

第二章　清代三家《诗》文献辑佚研究（上）

上章已对清代三家《诗》学专著进行了分类，85 部专著分为：一是三家《诗》遗说同辑通考类著作 23 部；二是专门补正《诗考》类著作 11 部；三是异字异义考证类著作 18 部；四是专事辑佚之辑佚书类 4 种；五是专门一家类著作中，有《韩诗内传》类著作 16 部，《韩诗外传》类著作 8 部，《齐诗》类著作 2 部，《鲁诗》类 3 部。而《鲁诗》类成果虽然有陆奎勋《鲁诗补亡》、潘维成《鲁诗故述》、陶方琦《鲁诗故训纂》三种，但由于前两种已经亡佚，陶方琦的《鲁诗故训纂》则仅在序言中提出了自己撰述的想法而并没有真正完成，故此类著作暂不考论。专书中偏重于义理发挥的一类将在后文专门讨论，因此本章只考察其中 19 部著作。本章将按照著作类型，考述每一类著作的主要成果，以期全面揭示清代三家《诗》学的主要成就。

第一节　三家《诗》遗说通辑通考类

三家《诗》遗说通辑通考类成果主要指对鲁、齐、韩三家《诗》进行全面辑佚，并进一步考证、训诂、释义的著述。在偏重辑佚考证类的 19 部著作中，亡佚的有汪师韩的《诗四家故训》、王荣兰《诗义商》、汪照《三家诗义证》、陈庆镛《三家诗考》、詹盛鸿《四诗谈言》、黄模《三家诗补考》。而黄启兴的《诗考》及周曰庠的《诗经三家注疏》仅存残卷。曾廷枚的《毛齐鲁韩四家诗异同》，据记载有群经考字本，笔者未曾考见。范家相的《三家诗拾遗》是清代早期三家《诗》研究的代表作，前文已经讨论。臧庸的《诗考异》详见《韩诗遗说》考述部分。陈寿祺、陈乔枞的《三家诗遗说考》是清代三家《诗》辑佚研究的总结性成果；冯登府的三家《诗》著述有六种，其中透露了三家《诗》研究的重要转向；王先谦的《诗三家义集疏》是清代三家《诗》的集大成成果，上述诸人诸种著作因在清代三家《诗》学上影响巨大，是清代三家《诗》学的代表性著述，与清代的学术取向有密切的关系，将于后文专节论述。本节研究的对象，为偏向辑佚考证的三部著作，即王初桐的《齐鲁韩诗谱》、阮元的《三家诗补遗》、朱士端的《齐鲁韩三家诗释》。

这一类著作是以搜集三家《诗》说，而兼以考订为主，很少发挥三家《诗》遗说之大义。

1. 王初桐的《齐鲁韩诗谱》

王初桐（1730—1821 年），初名丕烈，字于阳，号耿仲，又号竹所、巏嵍山人，江苏嘉定（今属上海市）人。治经史，精考据之学。有《群书经眼录》《夏小正正讹》《水经注补正》《十二河山集》《济南竹枝词》《齐鲁韩诗谱》《巏嵍山人词集》等。《齐鲁韩诗谱》收入《巏嵍山人杂著五种》中。

今书标目《齐鲁韩诗谱》，其侄王述祖《跋》中记曰：“三家先鲁，则本之班氏《艺文志》也。”可见，王氏先鲁后齐，原题为《鲁齐韩诗谱》，后学收录时改之。他在《自序》中也谈道：“作《鲁齐韩诗谱》，以王伯厚所考为本，而增辑之，伦叙之。”①

《齐鲁韩诗谱》四卷，卷一为《三家诗总论》，分别引述清代以前史注及诸儒关于三家《诗》的论说，其中包括《汉书》《后汉书》《释文》《隋书·经籍志》《仪礼注》《毛诗正义》《礼记》《周礼》蜡氏注、《尔雅注》、郑《笺》、《魏志注》、王应麟《汉书艺文志考证》、郑樵《六经奥论》、彭俊民、晁说之、欧阳修、薛季宣、黄渊、李樗、黄汝亨、陆釴、姚士粦、胡绍曾、叶梦得、朱

① （清）王初桐：《齐鲁韩诗谱》，清嘉庆刻本，上海图书馆藏。以下《齐鲁韩诗谱》引文均出此本，不再标注。

熹、吕祖谦、王柏、翟思思、马端临、朱谋玮、范家相等三十一处（人）之说，搜讨之用心及著述倾向都贯穿其中。

卷二、三、四，分别是对《鲁诗》《齐诗》《韩诗》的辑考，包括各家的传授渊源、主要治《诗》者及有关《诗》说。《鲁诗》中有关“《鲁诗》刻石”的考述，可见其对碑石资料的关注。王氏记载：《鲁诗》传授有三十二人，治《鲁诗》者有二十人；《齐诗》传授有十三人，治《齐诗》者有八人；《韩诗》传授有九人，治《韩诗》者有三十人。王述祖《跋》谓：“又于三家之授受师承，网罗而次第之，补元恪《诗疏》之缺亡，广伯厚《诗考》之未备，使读者开卷了然，其有裨于后学何如也。”在考述三家《诗》源流方面，颇为精当，也从另一层次上暗含了三家《诗》之可辑及辑佚范围的确定等诸问题。另外他把三家《诗》的传授者与治三家《诗》者分别考述，这在清代三家《诗》的辑佚中是不多见的，表明了他在辑佚三家《诗》过程中的谨慎态度。

《鲁诗》刻石中摘录了各家对汉石经《鲁诗》残石的记载情况。并在《鲁诗》遗说后，有对丰坊伪《诗传》《诗说》的辨伪，论述自己的观点，认为丰坊之说乃“肆逞臆见”，后又引何楷、黄丕烈、朱彝尊、陈宏绪、毛奇龄、陆元辅等人之说，辨丰坊伪作。《齐诗》从《汉书》诸本传、曹粹中《放斋诗说》、董逌说、王应麟《诗考》中所录，辑得遗说二十三则。在所辑的遗说中，《韩诗》最多，有一百八十三则，主要来自《文选注》《释文》《韩诗外传》《后汉书》诸本传、《太平御览》及王应麟《诗考》、朱彝尊《经义考》的考证。

王初桐对三家《诗》遗说的搜集，最大的特色可以说是在《鲁诗》遗说的辑佚中，运用石碑资料予以佐证。虽然自王应麟《诗考》中，就有对《鲁诗》石经的采辑，但涉及较少，运用金石材料的意识还不太明显，而《齐鲁韩诗谱》中，王初桐把刻石资料作为《鲁诗》说的重要来源，这不仅是三家《诗》辑佚发展到一定阶段的必然，也是清代金石学发展到一定程度的表现。而金石资料的采用，为我们在恢复三家《诗》说方面提供了助益，因为现有的传世文献已经确定，我们能够采辑的三家《诗》遗说只有在这确定的范围内进行，而金石资料则带有诸多不确定的因素，说不定什么时候又会出土载有三家《诗》资料相关的碑刻。所以说，从碑刻的采用中，我们似乎能看到辑佚之希望。晚清学者在补辑中，大量采用金石材料，就是在为这一希望而努力。

王初桐的《齐鲁韩诗谱》搜集不追求广博，而侧重于三家《诗》遗说的纯粹可据，他把考证的功夫用于遗说的收集过程之中。故王述祖《跋》中曰："三家惟《韩诗》散见于《释文》《文选注》，而齐鲁无考。董逌所藏《齐诗》乃后人依托之，今并依托之书亦不存。存者《子贡诗传》《申培诗说》及《鲁诗世学》，皆妄人丰坊伪撰，无忌惮之甚者，信而传之，固堪嘔噱。萧山毛氏特著《诗传诗说驳义》一书，连篇累牍，剌剌不惮烦，亦属无谓。譬诸屠者，取土鸡瓦狗而排击焉，剥割焉，尚何理解之足云乎？叔父扫而空之，独于《鲁诗》石刻残碑，一鳞半甲，务存原旧，如拨云雾而见青天矣。"

命之曰"诗谱"，盖是欲谱写三家《诗》的谱系也。

2. 朱士端的《齐鲁韩三家诗释》

朱士端，字铨甫，江苏宝应人。其父朱毓楷著有《读书解义》一卷等；伯父朱彬字武曹，是乾嘉著名学者，著述颇丰。《清儒学案·武曹家学》附"朱士端"。宝应朱氏是名门望族，士端幼承父学，又受业朱武曹，家学渊源深厚。后又与王念孙、王引之父子交，小学日益精湛。其《齐鲁韩三家诗释》，即可以说是朱氏从小学的角度入手，以考证的方法研究三家《诗》经学的典范之作，是其深厚的小学功底在经学上的全面展现。关于《齐鲁韩三家诗释》，虞万里先生撰有《上海图书馆藏稿本〈齐鲁韩三家诗释〉初探》一文，文中据国家图书馆、上海图书馆、湖北图书馆所藏现存三种《齐鲁韩三家诗释》稿本、抄本，通过比勘得出"以湖北省图藏本为最初稿，上图藏本为再易稿，国图藏本则为后出抄本"①。并对上海图书馆所藏本的版本情况及内容进行了较为详细的考述，可参阅。此仅就国家图书馆所藏抄本略为考述，为避免重复，凡虞先生所论及者，不再赘述。

国图抄本前十卷为《韩诗》，十一至十三卷为《鲁诗》，十四卷为《齐诗》，十五卷是《三家诗疑义》，十六卷考述《三家诗源流》。《三家诗疑义》署名"宝

---

① 虞万里：《上海图书馆藏稿本〈齐鲁韩三家诗释〉初探》，《中国典籍与文化》2011 年第 4 期。

应朱士端编辑”。卷前有：“士端谨按：凡经传注解引诗与毛异者，多系三家。许氏《说文》虽主毛氏，用三家尤多。其有可考者，各依类比附；其不可考者，为君子阙如，故统曰《三家诗疑义》，以竢明哲者订正焉。”[①] 没有考证，列取异字，注明出处，可以说是三家诗异字总汇。卷十六《三家诗源流》，据师承流派，先引汉代典籍所载三家《诗》传授者，后载宋代以来，特别是清代时人与三家《诗》渊源有关的考证之述，以明其对于师承、家法的赞同。

《韩诗》所释总共为十卷，占了全部著述的大半。造成这一状况的原因，除了“《韩诗》至唐犹存”，故所存较多外，还有他将许多汉魏以来的引《诗》之作，编入《韩诗遗说》之中。主要有：第一，“刘向述《韩诗》，《列女传》所引皆《韩诗》也。今补入并引其说而引申之”。“《说苑》《新序》两书所引诗皆与《韩诗外传》同，则刘向述《韩诗》无疑矣。”把刘向之说归入《韩诗》。王引之在《经义述闻》中，有“刘向述《韩诗》之说”，此朱氏受王氏观点的影响。刘向述《韩诗》，其子刘歆“世其家学”，故所论亦《韩诗》也。如《韩诗·芣苢》，在引述《列女传》之说后，朱士端案语曰：“《列女传》所引与《文选注》同，刘向为述《韩诗》无疑。《诗考》编列异字异义篇，今考订入《韩诗》说。王氏《汉魏遗书钞》以刘向《列女传》及《说苑》、《新序》皆列《鲁诗传》，非是。当从《经义述闻》列《韩诗》。”（《齐鲁韩三家诗释》卷一）第二，“郑君注礼先通《韩诗》”，把郑玄《礼注》中所引诗入韩。第三，“王肃述《韩诗》”，并解释云：“何以言王肃述《韩诗》也？如《车舝》章‘以慰我心’，传：‘慰，安也。’笺云：‘我得见女之新婚如是，则以慰除我心之忧也。’《释文》：‘慰，怨也，于愿反。’王申为怨恨之义。《韩诗》作‘以愠我心，愠，恚也。’本或作‘慰，安也。’是马融义。马昭、张融论之详矣。士端按：《毛传》训‘慰’为‘安’，康成申毛，亦训为‘安’。本系马融师说如此。《韩诗》云：‘以愠我心，愠，恚也。’疏载孙毓、王肃皆训‘慰’为‘怨’，其意似主《韩诗》。唐释玄应《正法华经音义》云：‘愠，怨也。’又引《说文》：‘愠，怒也，亦恚也。’盖许君亦主《韩诗》。王肃此条不独难郑而兼难毛矣。然义出《韩

① （清）朱士端：《齐鲁韩三家诗释》，清抄本，国家图书馆藏。以下引文均出此本，不再标注。

诗》，究非凿空无据。又按《皇矣》，《正义》云，此传、笺及下传九言曰者，皆昭二十八年《左传》文。此云‘维此王季’，彼言‘维此文王’者，经涉乱离，师有异读，后人因即存之，不敢追改。今王肃注及《韩诗》亦作文王，是异读之验，据此则王肃为《韩诗》无疑，其所据以驳郑者，亦多本《韩诗》说。”（《齐鲁韩三家诗释》卷二）第四，高诱注入韩。在《韩诗·击鼓》“于嗟敻兮”考证“敻”后，曰：“《吕氏春秋·尽数篇》注‘敻’，读如诗云：于嗟敻兮，此高诱用《韩诗》之证。”第五，《盐铁论》入韩。对《韩诗·匏有苦叶》“雍雍鸣鴈（《盐铁论》）”，案语曰：“《盐铁论》所引‘宜犴宜狱’，‘我是用戒’，皆用《韩诗》。据此《盐铁论》引诗皆《韩诗》也。”（《齐鲁韩三家诗释》卷二）除上述外，还有《释文》、玄应《一切经音义》及《初学记》《文选注》等所载诗说。在编入《鲁诗》的诗说中，有班固、贾谊、扬雄、蔡邕及郭璞注和《尔雅》所引等。《齐诗》则除了《汉书》所载《齐诗》学者本传中的引用诗说外，多来自《诗》纬之说。其所派入归属依据，多是仅据一处或几处之诗说与三家之一家相同，就推断某人和某书所载入某家，而实际上可能他处所载与另家相同，这样可能就会以偏概全，并不能反映诗派归属的真实情况。故其对三家的归属问题还有诸多待商榷之处。但在具体的家法归属上，透露出朱氏强烈的师承、家法意识。除文中最后《三家诗源流》是这一思想的表现外，还在具体的考证中，不厌其烦，反复从师承、家法角度考证，以支撑其相关归属。

具体到《齐鲁韩三家诗释》以小学角度所从事的三家《诗》考证，除了具体的考证成果外，在考证过程中，在内容方面还有以下几个特点。

其一，补正《诗考》。包括四方面，（1）《诗考》失录者，补录之。如《韩诗·关雎》“钟鼓乐之”，引“房中之乐有钟声。（侯苞《韩诗翼要》）”“士端按：王氏《汉魏遗弓钞》引《隋书·乐志》，今据以补《诗考》。”（《齐鲁韩三家诗释》卷一）（2）朱氏以为《诗考》误者，通过考证予以改正。如《韩诗·鸡鸣》“谗人也”，考证后，云：“士端按：《诗考》作说人，误，今据以改正。”（《齐鲁韩三家诗释》卷三）（3）《诗考》误录、多录者，删之。如《韩诗·伐檀》“不素餐兮”，考证后云：“《诗考》误以‘尸禄至尸也’廿五字混入《韩诗》，今削去。王氏《汉魏遗书钞》、余氏《古经解钩沉》引此皆误。”（《齐鲁韩三家诗释》卷三）（4）对于《诗考》异字异义部分，结合考证，进一步分属三家。如《韩诗·关雎》引《韩诗序》："《关雎》，刺时也。"朱士端按曰："《诗考》编列《异字异义篇补遗》，今改订入《韩诗》。"《韩诗·汝坟》"王室如燬"，士端按："《诗考》编列异字异义篇，今改订入《韩诗》。王氏《汉魏遗书钞》引此文列《鲁诗传》，今从《经义述闻》改。"（《齐鲁韩三家诗释》卷一）这样的例子还很多。

其二，结合具体三家《诗》考证事例，阐述自己对异文的理解，以表明自己的训诂观，总结训诂或异字致异的方法。

《韩诗·关雎》"君子好仇"，在考证"逑、仇"音同后，云："大凡经师传授异文，皆不外音同音近。"这是朱氏异文研究的总括。

《韩诗·卷耳》篇在引《毛诗正义》载《韩诗》说后，按曰："爵、足、觚寡、觯、适、角、触、散、讪、觞、饷、觥、廓皆以声同声近为训。""声同声近"，即是对训诂方法的总结。

《韩诗·羔羊》"逶迤"，《毛诗》作"委蛇"，总结出"字随声转"考证。

《韩诗·莩有梅》谓《韩诗》"莩者，即受字转写之异"，总结出"转写讹误至异"之法。《韩诗·汝坟》"愵如朝饥"，士端按："《毛诗》作惄。惄、愵声同。杨氏慎《丹铅总录》云：'焦氏《易林》"佤如旦饥"，即《诗》"惄如调饥"。据《韩诗》作朝饥，言朝饥难忍也。此云"旦饥"，盖与《韩诗》合'。士端谓：'调，朝古音同列萧部。《说文》："惄，饥饿也。一曰忧也。从心叔声。"诗曰："惄如朝饥"，是亦许书兼用《韩诗》之证。'段氏《毛诗故训传定本》：'《兔罝》，干，扞也。干本不训扞，以干为扞，此之谓假借，依声托事也。《尔雅》之例有言转注者，有言假借者，《毛传》亦兼之，如干，扞也。輖，朝也。皆谓假借。'阮氏《山左金石志》云：'宋戴公戈，首行一字曰辂'。今释其文曰朝。何以知为朝字也?《诗》'惄如调饥'。《释文》作輈。今作调者，字形相近而误。輈音周，周、朝一声之转，古字通借。"（《齐鲁韩三家诗释》卷一）此段异字考证中，提到有声同为训，有假借、有依声托事、形近讹误、有转注通借等。以此一斑窥全貌，朱氏异文考证在训诂方法总结方面大致类此。

其三，征引他人之说，以表明自己的三家《诗》观。

如《韩诗·汉广》在引刘向《列女传》后，案语："王氏《经义述闻》云：'刘向述《韩诗》'，今考《列女传》谓'游女，汉神'，与《韩诗外传》合，以是知刘向述《韩诗》也。姜氏《诗序广义》云：'《韩诗》:《汉广》说人也。何氏楷云：亦云守礼之可说耳，其论近是。薛君《章句》曰：游女谓汉神，则荒唐矣，然其意犹未离乎正也。至《外传》云：孔子适楚，处子佩瑱而浣，使子贡三挑之。侮圣已甚。三家之废，岂偶然哉？'士端谓，此言非是。山梁之雉，游女之神，动与物化，其致一也。姜氏攻击三家不遗余力，不知三家中训诂、声音有足与毛相发明者。三家今文多正字，《毛诗》古文多假借。无三家则假借不通，三家亦岂可尽废哉？读书论世，宜持平也。"（《齐鲁韩三家诗释》卷一）借助对姜炳璋《诗序广义》中对三家《诗》的批评，反驳其观点，从而表明自己的三家《诗》观。

又如《韩诗·采蘋》"于以鬺之"，在引诸多载籍关于"鬺"的异字后，得出："《韩诗》正字，毛用假借，古文他处多有似此者。"

三家今文正字，毛古文假借，正是清人三家《诗》研究的普遍认识和总结，也是他们孜孜以求三家之说的动力所在，即以三家正字更好地理解《毛诗》借字，从而探求诗篇本旨。

其四，多方征引异字之来源，考证详博，迥出他家之外。

如《韩诗·羔羊》"逶迤"，引用《汉衡方碑》《后汉书·杨秉传》《后汉书》章怀注、吴氏《别雅》及《通雅》《汉书·礼乐志》《西京赋》《庄子》、任光《邳彤赞》和《方朔传》《后汉书·儒林传》《文选注》《汉书·地理志》、颜师古注、《诗考》《韩诗外传》《费凤逢盛碑》《尔雅音义》、李铉《字辨》及《离骚经》和刘向《九叹遵江曲》、韩愈诗、邝氏《字说》、赵撝谦文、《汉书》、《山海经》郭璞注、《周礼》、戴合溪说、魏子才说、《说文》《易林》等共计三十一处（家）之说，后云："洪景庐言逶迤有十二变，升庵转注古音，委蛇字下云《韵会》未尽，故广之，止有八变；方子谦所列十有七变，楚望止收十变。智（至）今举所知凡三十二变。搢按：委蛇二字，自洪氏聚其类于前，方氏尽其变于后，亦可谓搜索无疑矣。乃今考之，则更有出三十二变之外者，亦可知载籍极博，难以耳目尽也。"（《齐鲁韩三家诗释》卷一）后又举《博雅》、枚乘

《菟园赋》《战国策注》《管子》和《山海经》郭璞注、汉唐扶碑、刘熊碑等载“逶迤”之变体。由此考辨可见朱氏考证之极博。

其五，充分运用金石文字资料，以考证异字之源。这是清代金石学发展的表现，也是清代小学考证的必然走向，带来了丰富的三家《诗》信息。不仅利用汉代石碑、石经资料和宋人金石研究成果，还选取清代时人的金石文字资料，如阮元《山左金石志》《积古斋钟鼎彝器款识》中相关的记载，以考证异字之渊源。

可见，朱氏不仅善于运用小学考证成果研究三家《诗》，而且善于总结，从理论的层次推动着三家《诗》学的发展。总之，朱士端的《齐鲁韩三家诗释》在三家《诗》文字考证方面，尤为突出。这既与他本人的学术根柢有关，也是因为此时的三家《诗》研究在文字考证方面，在乾嘉考据学发展的潮流中，已经有了相当程度的发展，有诸多前辈的研究成果可供借鉴。朱氏在著作中较多地引用了时贤的相关考证，特别是王引之、余萧客、惠栋、臧琳、臧庸、段玉裁、钱大昕、陈寿祺、卢文弨等学者的有关考证，吸取了时代的精华，才能在学术上走得更远。

3. 阮元的《三家诗补遗》

阮元为乾嘉后期的学术重镇。《三家诗补遗》三卷，为其晚年所作，盖并非专著之作，故阮氏著作多不曾提及，生前未曾付梓，至“世无传本”，故学者鲜知。后由叶德辉得稿本于京师，仪征李智俦刻之，即崇惠堂丛书本。又因李本间有所误，叶德辉观古堂又重刻之。

叶德辉序、刘肇隅序、李智俦跋所述重点在于此书与陈乔枞《三家诗遗说考》的比较上，因陈书“钩辑子史，各述师承，最为治经家所推重”，在比较中可以凸显阮氏之优。主要集中在以下几方面：第一，“阮书所录间有陈本所阙如也”，“则陈本不无遗憾也”。第二，“陈书分别家数，不如阮书之精审”，如陈书以《白虎通》《汉书》《盐铁论》编入《齐诗》，而阮书入鲁，比较可知阮说多为有本，而陈书则“屡有臆断”。第三，阮本所辑诗说之所据版本，与陈不同，如《列女传》的本子，多为精本，可校时本。第四，陈乔枞本阮元再传弟子，故其“《遗说考》以阮氏之书为先河”，即“文达创其始，陈氏要其终也”。第五，“阮书为补王氏《诗考》之遗而作，或补录其异文，或钩考其遗说。间有与《诗考》重见者，又有从异字异义分出，列入三家者”。其推崇阮氏之心每每溢于言表。

阮元的《三家诗补遗》，在辑佚方面，本身并没有什么突出之处，但他学界宗师的地位，在三家《诗》辑佚领域的亲自实践，及主持编纂《皇清经解》对今文学家研究成果的收录，影响了学界的研究风气，在一定程度上促进了三家《诗》辑佚的发展。在家数归属上，阮氏由于采用“辑三家《诗》，凡不知为某家者，皆当括于《鲁诗》，亦《鲁诗》为初祖故也”的收录原则。在《三家诗补遗》中，以班固《汉书》和《白虎通》《盐铁论》所录皆为《鲁诗》说，故所收《鲁诗》最多。《齐诗》仅从《汉书·匡衡传》及董仲舒《春秋繁露》中辑得。《韩诗》也多从《文选注》及《外传》中收录，间有数条《一切经音义》《玉篇》《太平御览》的遗说，可见收录范围有限。因班固《汉书·艺文志》有“与不得已，鲁最为近之”之语，而认定班固推崇《鲁诗》，而以班固入《鲁诗》。而此语是有可议之处的，因班固《汉书·艺文志》多抄自刘向《别录》，故此一观点则是《鲁诗》学者刘向的，以此推断班固入鲁可能并不妥当。但因阮元在当时的名气及其学术泰斗的地位，故而叶德辉在《阮氏三家诗补遗叙》中极推之，并力诋陈乔枞以班固归《齐诗》。实际上，对于班氏的归属不能一概言之，盖分属三家。

总之，阮元的《三家诗补遗》在清代三家《诗》学史上的地位和意义，不在于其辑佚有什么突出的特色，而是以阮元的学术重望，在三家《诗》领域的亲力亲为。他创作《三家诗补遗》行为的本身，和他在《清经解》中增刊冯登府的三家《诗》著作，表明了他对于三家《诗》研究的态度，具有引领学术风尚的效动。这才是《三家诗补遗》真正的价值所在。

第二节 《诗考》补正类

清代三家《诗》研究成果，可以说都直接或间接地受到了王应麟《诗考》

的影响，有一批著作针对《诗考》进行了相关的校注、增补工作，可见清人对于三家《诗》首创之作《诗考》的重视和试图完善之意。专门对《诗考》进行补正类的著作，主要有卢文弨《卢抱经增校诗考》、严蔚《诗考异补》、陈屾《诗考异再补》、胡文英《诗考补》、李贻德《诗考异》、赵绍祖《校补王氏诗考》、汪远孙《诗考补遗》、丁晏《诗考补注补遗》、叶裕仁《诗考笺释》、陶思曾《诗考考》、杨晨《诗考补订》。其中，李贻德、汪远孙的著作已经亡佚；赵绍祖有家刻本；叶裕仁《诗考笺释》，张耘田、陈巍主编《苏州民国艺文志》（上册）载叶裕仁《诗》学著作有："《诗考笺释》十二卷，苏州图书馆存。《诗文字考》八卷，苏州图书馆存。《三家诗才笺证》二卷，见《（民国）江苏镇洋县志》卷11，馆存未见，书斋待考。"[①] 今检索苏州图书馆书目，未曾考见《诗考笺释》。《续修四库全书总目提要》收有江瀚所撰《诗考笺释提要》，可以从中略窥一二。

一　严蔚的《诗考异补》和陈屾的《诗考异再补》

1. 严蔚的《诗考异补》

严蔚，字豹人，江苏吴江人。有藏书楼二酉斋，因常借秘本传抄，故多珍本。严蔚的《诗考异补》有清乾隆四十九年（1784 年）二酉斋刻本，分上下两卷。前有王鸣盛序、江声序及严蔚自序。自序云："宋王厚斋尝采群书中引用《韩诗》、《鲁诗》、《齐诗》与《毛诗》异者，并他家异文及逸诗作《诗考》一卷，其用心可谓勤矣。惜搜罗未富，尚多挂漏。曾伯祖思庵先生实好古，留心经学，归田后撰《读诗质疑》四十六卷，内《考异》一卷，盖亦广王氏之意而为之者也。蔚夙承家学，颇饶异闻，有在厚斋所未收而先生所失录者，不忍听其遗忘，依次补入。可见《毛诗》异文散见于古帙者尚多有之，所望信古君子补其未备，则蔚所厚幸也。"[②] 可见严蔚此著乃是承其曾伯祖严虞惇之学而来，受家

① 张耘田、陈巍主编：《苏州民国艺文志》（上册），广陵书社 2005 年版，第 111 页。
② （清）严蔚：《诗考异补·自序》，《四库未收书辑刊》影印本。

学影响，并有感于王氏《诗考》之漏略，而自己坐拥藏书可供补辑，故乃成之。

《诗考异补》不具体区分三家，把《诗考》三家及异字异义部分按照三百篇的顺序排列。凡蔚补之者，顶端冠以“补”字。补录部分多是《释文》《说文》所载异文，亦有从《文选注》《尔雅注》《礼记注》《白虎通》《楚辞章句》《石经鲁诗》等典籍中考入者。伦明《续修四库提要·诗考异补提要》云：“蔚则依经次序，总录其与毛异者，而不拘于三家。”① 由“《毛诗》异文散见于古帙者尚多有之，所望信古君子补其未备”可知，补辑的重点在于三家异文异字，较少涉及遗义。先列篇名、次《毛诗》经文，再次典籍所载异文，考证较少，偶尔及之。在清人三家《诗》辑佚中，特色不显。而其妻弟陈岫的《诗考异再补》因蔚著而来，却很有特色。

2. 陈岫的《诗考异再补》

《（稿本）中国古籍善本书目目录索引》载：“《诗考异再补》二卷，清陈岫撰，稿本。藏清华大学图书馆。”② 经查，《清华大学图书馆藏善本书目》记载是书：“稿本，一册一函，十行二十三字，无行格。《诗考异》，清乾隆严思闇撰，其曾孙严蔚著《诗考异补》，蔚之妻弟陈岫再补，然未付刻，此为稿本。”③ 清华大学图书馆编目载：“《诗考异补》二卷一册，严思闇撰。”此处当误。因书中有署名“东吴严思菴先生元本”者，编目者误以为此著是严虞惇（号思庵）④ 所撰。实际上，是书并未录严氏《诗考异》原文，主要是陈氏以严本为基础的再补考证之作。即此本实乃“《诗考异再补》二卷，陈岫撰”。

有关陈岫的生平资料，笔者目前仅查找到《（同治）苏州府志》卷一百七所载：“徐达源，黎里人。……与达源同时，黎里以诗鸣者陈岫陈赫赫，字二赤，尤豪迈落拓纵酒。岫子钟英，字英多，廪生，研精经学，《周礼郑氏注》能背诵无遗。尝自言‘少时立志不读唐以后书，汉魏至周秦将尽究心，今老，志未逮

---

① 伦明：《诗考异补提要》，《续修四库全书总目提要·经部》，中华书局1993年版，第346页。

② 天津图书馆编：《（稿本）中国古籍善本书目目录索引》，齐鲁书社2003年版，第57页。

③ 《清华大学图书馆藏善本书目》，清华大学出版社2003年版。

④ （清）严虞惇（1650—1713年），字宝成，一字思庵，或作思菴。此处“闇”字或误。

焉’。其笃志如此。”[①] 据此知陈屾为吴江黎里人，又名赫赫，字二赤，子钟英。从下文《诗考异再补》署名，知陈屾又字来青。徐达源生于乾隆三十二年（1767年），卒于道光二十六年（1846年），陈屾盖同时先后也。

严蔚的《诗考异补》有二酉斋刻本，书前载有严蔚自序及王鸣盛序、江声序。陈屾《诗考异再补》前有严氏、王氏、江氏诸序，与严著二酉斋刻本序相同。后有记：“豹人之从事于是编也，予既为叙之矣。刊成后，豹人手贰册以赠其妻弟陈屾。屾，予之女婿也。取而读之，犹以为未备。乃补之补之者，且□于□矣。予卿所谓予所未见者，不一而足，今且更甚，而予学之陋，盖可知矣。予因劝屾付梓，以公同好。而屾（以下阙）。”可知此记当为严蔚父所作，他看到此本的价值，因劝屾付梓。但不知何故，终未如愿。正文中，书名题“诗考异再补”，署“东吴严思菴先生元本，严蔚豹人氏补，陈屾来青氏再补，男钟英校”。所录严蔚《诗考异补》原文署“补”字，并未全录，检摘而取。陈氏所补署“再补”字样，多是补录严氏《诗考异补》中未及之异文，其中诸多小考，很有特点。

与其他诸多三家《诗》补辑考证之作相比，《诗考异再补》的独特之处在于，陈氏在有考、有证的基础上，又针对考证的结果进行议论，从而表明自己的观点，对于考证所涉及的相关问题，态度鲜明，饱含着强烈的感情色彩。这在三家《诗》辑佚史上具有非常重要的意义，表明三家《诗》辑佚已由单纯地对于残丛琐语、饾饤之言的搜罗之学，转变为包含学者学术个性及思想的证议结合之学。这对于研究清代三家《诗》辑佚之学后期的学术走向具有独特的价值。

陈氏就所搜集的《诗经》异文，在严氏等考证的基础上，不仅多角度论证，而且进行概括总结，提出了自己的观点，在清代三家《诗》异文考证方面极具特色。现举例如下，并与其他相关的考证之作相比较，以便考察。

例一，关于《诗经》首篇《关雎》篇名中“雎”字的考释。严蔚《诗考异补》未及，周邵莲《诗考异字笺余》曰：“雎，《左传》作鴡。《释文》雎，七

---

① 中国地方志集成《（同治）苏州府志》卷一百七，江苏古籍出版社1991年版，第714页。

胥反。依字且，边隹。且音字馀反。旁或从鸟。”[①] 陈乔枞《诗经四家异文考》曰：“《关雎》，陆德明《毛诗释文》雎，依字且，边隹。且音字馀反。旁或从鸟。”[②] 两家均注意到了《释文》关于“雎”字的或说，体现了他们注重搜讨辑佚的特点。《诗考异再补》则云：

> 再补：《关雎》，《释文》雎旁或作鸟。
>
> 《释文》虽不全录经文，而《释文》所引即陆氏之定本也。《音义》所言“本亦作某者”，唐时别本也。所云“字亦作某者”，亦唐时士林经用之字也。虽有讹误，来亦古矣。是编故一一收入无遗，虽间一录之，而讹谬所不敢收。[③]

陈山山的补释，不仅辑佚了《释文》中“雎”字的异说，而且进行了进一步论说，将其仅作为《诗经》异文而并非简单地归入某家，可能更符合三家《诗》异文存在的客观事实。

例二，《周南·葛覃》篇“施于中谷”之“于”，陈山山曰：

> 再补：施于中谷，《匡缪正俗》引作“施於中谷”。
>
> 于、於二字义异而音亦不同，然近人则混为一字久矣。是编故略存其一，以见所征之不漏而已。后不复及。

关于“于”“於”二字的不同，诸多治三家《诗》者均未曾涉及，或者并不把“于”“於”作为异文看待，而是如陈氏所言混为一字。实际上，除了字音外，二者在取义上也有不同。陈氏的考证，为后来学者专门研究虚词“于”“於”的用法提供了借鉴。

---

① （清）周邵莲：《诗考异字笺余》卷一，《续修四库全书》影印本。

② （清）陈乔枞：《诗经四家异文考》卷一，《清经解续编》卷一一七一，南菁书院刊本。

③ （清）陈山山：《诗考异再补》，稿本，清华大学图书馆藏。以下《诗考异再补》引文均出此本，不再标注。

例三，《周南·卷耳》篇之“我马虺隤”，陈氏在引用严蔚《诗考异补》之说后，进一步加案语分析：

补：我马虺隤，《释文》“虺”，《说文》作“瘣”；隤，《说文》作“颓”。案《说文》未引此句，并无“瘣”字。（岫案：当作并无颓字。）

再补：《尔雅·释诂》作“虺穨”。

岫曰：《说文》有“隤”字，无“颓”字。陈启源《稽古编》云：“疑《释文》经本作‘颓’，而云《说文》作‘隤’。今本二字互易，是俗儒妄改。”案：长发未见真本《说文》，并未见真本《释文》，而所言极有理。以此推之，则知《释文》所云“诜”，《说文》作“䚬”；“刀”，《说文》作“舠”等，皆是俗儒互易耳。俗儒为谁？其陈鄂之徒欤？

清人在三家《诗》辑佚过程中存在一个明显的误区，即凡遇异文，片言只字，如获珍宝，而不去探究异字产生的原因。陈氏在严蔚考证的基础上进一步补正，提出所谓《说文》《释文》上存在之异文，可能是俗儒妄改所致，需审慎辨之。与某些单纯追求三家异文的辑佚者相比，陈氏的考证态度较为谨慎。

例四，《邶风·泉水》篇之“毖彼泉水”之“毖”，周邵莲、陈乔枞、王先谦等诸家对于《释文》所载《韩诗》异文“祕”均有辑录，但仅是搜集异字，或进一步考证不同异字之间的关系，以便确定本字，很少涉及致异之由。陈岫在补辑《诗考异补》的基础上，又进行了阐释：

《泉水》“毖彼泉水”，《释文》“毖”，《韩诗》作“祕”。（元本误作“秘”。）《说文》作“䀣”。（元本误作“聉”。）

再补：《说文·目部》引作“泌彼泉水”。（小徐本《说文》作“䀣彼”。）

岫曰：《读诗记》引《释文》云“‘毖’，《说文》作‘泌’”。又《诗考》、《玉海》厚斋一人之书，而《诗考》则以为《说文》作“䀣”，《玉海》又以为《说文》作泌。陈长发、程东治皆以“䀣”者为误。愚则谓今之《说文》为二徐所改，二徐之《说文》又为毛扆、张次立所致。今之《释文》为陈鄂所改，皆非真本，必有一误。难可定其孰是孰非也？且陈、程二家以“眍”为误者，皆误《释文》所言之《说文》作某者为引经耳。殊不知《释文》所言《说文》作某，但论字异，非论经异也。《说文》引经自作“泌”，而正文篆字自作“眍”，《释文》《诗考》取其正文之篆，故曰“眍”，不曰“泌”。《玉海》取其经文之文，故曰“泌”，不曰“眍”，而《吕记》之引《释文》从水旁者，亦误会《释文》之意而漫改之耳。知此则即谓今之《说文》、《释文》皆无误亦无不可。

可见，每一异字的形成，绝不仅仅是字形上的不同，可能有其更深刻的原因。只有从源头上了解异字产生的原因，才能正确认识异字，也才能更好地理解三家《诗》。陈氏的推理，从学者较少关注的版本传承中客观存在的问题入手，分析所谓存在不同异字，可能就是版本转刻中的误字，有一定道理。

例五，关于三家《诗》在流传过程中的真伪问题，一些学者宁信其有，不信其无。如任启运云：“然则《申公诗说》存之乎？抑废之乎？曰：读书且无论其真伪，当于心而已。《小序》亦未必其果为子夏也。彼申公者，亦说诗者流也，庸讵知斯人之臆而说者，不弋获于百一也，则知其伪而存之可也。”① 蒋曰豫的《诗经异文》、张慎仪的《诗经异文补释》，都是在明知其伪的情况下，对《子贡诗传》《申培诗说》的异文一并采录。针对于此，陈氏在《卫风·有狐》篇之“有狐绥绥”，征引“《诗考》‘绥绥’，《齐诗》作‘夊夊’”后，曰：

岎曰：厚斋、广川、景迂动言《齐诗》。案，三国时《齐诗》已亡，宋人何由见之？叶石林云：“今《韩诗章句》不存，而《齐诗》犹有存者，然唐人谓之已亡，则书之真伪未可知也。”叶所疑即王、董、晁所信。近世又有伪造《子贡传》、《申培说》者，或云是鄞人丰坊所作。宋世《齐诗》当即此类。宋人既误信《齐诗》，今人又多误信《鲁诗》者矣。呜乎！经学遭此贼妖，谁则

① 任启运：《申公诗说序》，载《清芬楼遗稿》卷二，《续修四库全书》影印本。

嗣始皇之烈焰而除之。此条盖因《玉篇》引“雄狐夂夂”而附会之。

通过上述诸例可以看出，陈屾的《诗考异再补》，不似其姐夫严蔚的《诗考异补》及大多数补辑考证之作，而是代表了清代三家《诗》辑佚研究的新趋向。他的“再补”除了有自己独到的见解，还有更多在其他学者考证基础上的进一步思考。且从版本学的角度较多地关注到异字形成的原因，并注入了较多的感情色彩，这在清代三家《诗》考证之作中是非常有特色的著作。

二　其他诸儒的《诗考》补校

1. 卢文弨的《卢抱经增校诗考》

卢文弨的《卢抱经增校诗考》，实则是臧庸、赵坦等人在此基础上的进一步增辑。北京大学图书馆所藏汪远孙录抄本，署“据卢抱经增校本补辑，武进臧镛堂补辑。后学赵坦重增，泉唐汪远孙录”。卢文弨乃校勘大家，主讲书院多年，致力于学，门生众多，臧庸亦出于其门下，在卢氏《诗考》校本的基础上，增补辑之。而后赵坦又进一步重增。其中亦有汪远孙、冯登府、严照诸家增补，集诸家之所长。虽命之曰《诗考》卷几，实乃是《诗考》补，不录《诗考》原文。主要增补异字异文，注明出处，少有增补异义者，臧庸增补后署“臧”，赵坦增补后署“赵”。扉页有“赵坦曰：《说文》从《毛诗》，虽与今本《毛诗》不同，究当归入诗异字异义中，未可附入《韩诗》内”字样。卷一《关雎》在卢校注后，有冯登府案语：“案：《后汉书注》引《韩诗薛君章句》，止言歆系《关雎》以刺之，未尝指此为文王诗。《汉·杜钦传》、《后汉书·杨赐传》注称《鲁诗》，明以《关雎》为康王诗，不云文王也。又《史记·十二诸侯年表》、《法言·孝至篇》、《列女传》、张超《青衣赋》、蔡邕《协合婚赋》、《琴操》、《潜夫论·班禄篇》说《关雎》、《葛覃》、《鹿鸣》皆三家之说，并不指文王诗。晁何所据，以欺人耶？以《韩诗》为子夏作亦谬。勺园冯登府记。”[①] 实则是校正卢说。

---

① （清）卢文弨：《卢抱经增校诗考》，清抄本，北京大学图书馆藏。

据卢氏《抱经堂文集》卷二所载《增校王伯厚诗考序》可知，一是因《释文》所载《诗》之异同，《诗考》多不引入，并今传本《释文》有许多后人顺毛改误之处，卢氏据通志堂所刊宋本《经典释文》补《诗考》。二是据日本山井鼎所为《七经考文》中所载异文，增补《诗考》。三是改王氏《诗考》之误，《诗考》中有些辑录并非《诗经》异文，而是传写讹误所致，卢氏辨正之。四是吸收丁杰《诗考》校本成果，并采用严虞惇、范家相二家之长，遂使得《诗考》完然大备。

张寿林《卢抱经增校诗考提要》云："卢氏之学，淹洽而不拘汉宋门户，尤邃于校勘。既得《七经考文》，又旁采严思庵、范蘅洲、丁小疋、臧庸堂诸氏之说，为之增校，亦王氏之功臣矣。冯、李、汪、曾诸氏之阅此书也。又广之于类书、梵典，碑刻遗文，各署名标签于上下方。其书眉密行细字，署臧增坦者，尤称精绝。审其笔墨，殆为冯氏别据臧、赵校本过录，意欲以卢书之基础，集王氏之云。乃后海先河，勒为长编，读者于此，盖可以窥见前贤治学之阶梯，致力之涂辙。"[①] 经众人之共同努力，《增校诗考》更加完善。众人为之校阅，也是清代三家《诗》贯穿家法、师承宗旨的具体表现。

臧庸后又著述有《诗考异》，即是因此作而受启发，进一步创作的。

2. 胡文英《诗考补》

胡文英，字质余，号绳崖，江苏武进人。乾隆三十年贡生。除此著外，他的《诗经》学著作还有《诗疑义释》《诗疏补遗》《毛诗通义》等。他的《诗考补自序》中说："王伯厚《诗考》一书，原因精博，足以羽翼圣经。第其书在《玉海》中，先及三家，次及异字异义，次及补遗，次及诗地考。前后或有不伦，重复流传既久，亥豕鲁鱼，茫然难辨。余好诗义数十载，虚心勤力，晚年始克成书，多得力于《诗考》。因念食其本而忘其报，心窃不适，爰取是书细校，倒者顺之，误者正之，复者删之，芜者节之，参差者整之，缺略者补之，搜考援据，既不敢妄立异义，亦不敢砖己守残，犹伯厚氏之意云尔。"[②] 可知，他有感于《诗考》的"亥豕

---

① 张寿林：《卢抱经增校诗考题提要》《续修四库全书总目提要·经部》，中华书局1993年版，第342页。

② （清）胡文英：《诗考补自序》，《四库未收书辑刊》本。

鲁鱼，茫然难辨”，又因自己多年从事诗义研究，多受《诗考》启发，故才会细校《诗考》。亦可知此著成于胡氏完成其他诗学著作后的晚年。“倒者顺之，误者正之，复者删之，芜者节之，参差者整之，缺略者补之，搜考援据，既不敢妄立异义，亦不敢专己守残”，是胡氏自述其补正《诗考》原则。

《诗考补》中，打破《诗考》著述的体例，不具体区分三家，把《诗考》三家及异字异义部分按照三百篇的顺序排列。凡胡氏补之者，冠以“补”字。补录部分除了《释文》《说文》《尔雅》等其他汉代典籍所载三家异文外，还引用诸多宋人有关诗义、诗旨的发挥。如江瀚在《诗考补提要》中所举：“《何彼秾矣》引《六经奥论》云：‘《何彼秾矣》之诗，平王以后之诗也。’又引章如愚曰：‘《何彼秾矣》，言其容色固如棠棣矣，然汝王姬之车，何不肃雍乎？是讥之也。’《驺虞》引欧阳公《本义》曰：‘《驺虞》之虞官，翼五田豕以待射。’《凯风》引逸斋曰：‘先儒以《凯风》为州吁之诗。’《相鼠》引《诗总闻》：‘相，或为拱字’，变韩氏所谓‘礼鼠拱而立’者也。此皆宋人说，若并拦入，将补不胜补矣。”[①] 不仅“补不胜补”，而且有逾此著的体例和录取原则。这些宋人所论，既不是《诗经》的异文，也不是异义，只是研究者自己的观点，故不宜补入。

3. 丁晏《诗考补注补遗》

丁晏（1794—1875 年），字俭卿，号柘唐，一作柘堂，别署柘翁、俭翁、淮亭、晚年号石亭居士等，书斋名颐志斋、六艺堂等。江苏山阳（今淮安）人。一生历乾嘉道咸同光六朝。其幼即治经，性嗜典籍，见典籍即详阅默识心通，勤学不辍。丁晏以康成兼采三家《诗》，宋王氏虽有辑本，传刻舛谬，乃搜宋原书校雠是正，撰《诗考补注》二卷，《补遗》一卷。

丁晏的《诗考补注补遗》相对于其他《诗考》补注著作来说，可谓是真正意义上的针对《诗考》而作。它按照《诗考》的体例和顺序，全录《诗考》原文，丁氏的校正和注释署“晏案”。丁氏因为对毛郑之学研究颇深，有专门的毛郑研究著作，又曾受阮元、王引之等亲授，故学术根柢深厚，经过他的校注，

① 江瀚：《诗考补提要》，《续修四库全书总目提要·经部》，中华书局 1993 年版，第 347 页。

《诗考》更加精粹。之所以补注《诗考》丁氏在《自序》中说，“顾《郑易》有惠氏新本，校勘精详，《诗考》则传写讹舛，莫之是正。且此书为厚斋草创之本，未及审定”[①]，并指出《诗考》中存在诸多的问题，“有前后重出者”，“有编次失当者”，“有援据未精者”，而“近世刊本之讹鲁鱼焉马，触目纷如。”故丁氏“检阅原书，著其所出，凡旧言《汉书注》《文选注》，今皆著某篇，其它皆类此。复者删之，讹者正之，失次者移之，未详者申之，加案字以别于旧，为《补注》二卷。复捃摭其缺，略蒐罗遗轶，为《补遗》一卷”[②]。张寿荣跋称：“言三家《诗》者，盖至是而精核详赡，蔑以增矣。言《诗》之异字异义及逸句逸篇者，亦至是而无不展卷憭如也。斯其裨益学者，岂浅尠哉?”[③] 绝非溢美之词，丁氏的补注校正，确实是清代《诗考》校注系列中的完善《诗考》之作。具体例证不复赘举。

4. 陶思曾的《诗考考》

陶思曾的《诗考考》二卷为未刊刻之抄本，卷首有对《诗考》所引诸家之说的详细说明。正文多对《诗考》的内容进行考证论述。他在卷之一记道：“本朝诸人用功于《诗考》者多矣，大抵移易本文，增补新说，校正固多，传误亦复不少。余为此考，依本文而立新说，发明经义，论撰儒家，盖慎之也。”[④] 因而，发明儒家的《诗》说观念，是在考述《诗考》过程中的鲜明特点。今本藏于浙江图书馆，仅存第一卷，所录为《韩诗考》至《汝坟》篇。

总之，虽然《诗考》校注类著作是围绕《诗考》，为完善《诗考》而作，而体例并不单一，既有陈屾《诗考异再补》的精彩考论，也有丁晏《诗考补注补遗》的精考之作，使王应麟的《诗考》得以完善而无憾。此类著作是《诗考》的影响直接在清代三家《诗》研究中的反映，也是清代三家《诗》成果的重要组成部分。

---

① （清）丁晏：《诗考补注补遗自序》，花雨楼丛书本。
② （清）丁晏：《诗考补注自序》，花雨楼丛书本。
③ （清）张寿荣：《诗考补注跋》，花雨楼丛书本。
④ （清）陶思曾：《诗考考》，清抄本，浙江图书馆藏。

第三节　《诗经》异文类

由于清代考据学贯穿“文字、音韵、训诂”的治学门径，故《诗经》异文研究可以说贯穿有清一代。凡是涉及与三家《诗》有关的《诗经》研究，其中的异文研究基本上都是重要的组成部分。本节着重探讨以三家《诗》异文研究为主的《诗经》异文研究类成果，以附录《清代三家诗著述考》中所涉及篇目为基础，暂不涉及全部清代《诗经》异文类成果。

由于三家《诗》研究的勃兴，《诗经》异文异字的研究，成为清代三家《诗》研究的重要组成部分。其中陆锡谟的《诗经异文考证》、蒋文照的《毛诗诸经引文异同》、柯汝霖的《三家诗异字通证》、曹家驹的《诗三家异文诂》、宋滋兰的《毛诗异文考》、张延功的《诗经异字商榷》已经亡佚。沈淑的《陆氏毛诗异文辑》《毛诗异文补》不拘于三家，遗漏颇多，且大多与王氏《诗考》相同。周中孚《郑堂读书记》评其著曰：“其（《经玩》）搜采虽勤，而不能有所考证，甚至《经典异文补》全引伪《申培诗说》以为《毛诗》异文，尤失考也。”[①] 沈氏的此两种著作虽有较多失考之处，但源自《诗考》，是清代较早时期的著作，亦颇有影响。凌树屏的《诗经异文别说存》和李德淑的《毛诗经句异文通诂》，虽目录记载尚存，笔者未及查阅，故暂缺不述。现就笔者所及作一简要介绍，并选取两篇异文考证为例，总结有关《诗经》异文考证的主要内容和成就。

1. 周邵莲的《诗考异字笺余》

周邵莲，字湘浦。江西奉新人。周氏《诗考异字笺余》乃有感于伯厚《诗考》而作，如其自序所云：“间就伯厚未登者录之，前人论著及管见一二附焉。岁月既久，浸以成衺，自愧眇见不足，少备观览。惟异字一门，较他为详，则义

① （清）周中孚：《郑堂读书记》卷二，商务印书馆1940年版，第31页。

浅而事尤易焉耳。”[①] 重点在于异字的考证上。翁方纲序称“其研经之用意，有出于伯厚所未及者”，“虚怀审慎，不执一说，不偏一家。其间实难以断定者，则以俟善学者加详焉”。[②] 即其所考证阐发，多实事求是，少有臆断，江瀚谓以此说考察此著，“读之信然”[③]。可见此著在异文考证上的特点是态度审慎，少臆断，未安则存疑。

2. 李富孙的《诗经异文释》

李富孙（1764—1843 年），字既汸，一字多沚，晚号校经叟，浙江嘉兴人。嘉庆六年拔贡生。《诗经异文释提要》云：“从祖集乾隆二十八年进士，官湖北郧县知县，精研经学。故富孙学有本原，长游四方，就正于卢文弨、钱大昕、王昶、孙星衍，饫闻绪徐。阮元抚浙，肄业诂经精舍，遂湛深经术。著有《七经异文释》，此其一也。”[④] 与同里冯登府、李贻德交谊颇深。冯登府每著一书，辄与之商榷，所以此著对冯氏的《三家诗异文疏证》“征引特详”。

李富孙著《七经异文释》，“就经、史、传、注诸子百氏所引，以及汉、唐、宋石经，宋、元刊本，校其异同。或字有古今，或音近通假，或沿袭乖舛，悉据古谊而疏证之。而前儒之论说，并为搜集，使正其讹谬，辨其得失，折衷以求一是”[⑤]。由此可知，在《诗经异文释》中，李富孙主要的著述倾向是把三家《诗》和《毛诗》历代传本所造成的异字，就其所见述列出，诸书相参，考证异文之来源与形成原因。《诗经异文释》十六卷引征繁博，考述详尽。冯登府称其“详核奥博，为诂异义者集其大成”[⑥]。关于引征繁复的特点，举一例为证，如：

> “牛羊下括”，唐石经、南宋石经、宋本、岳珂本、《读诗记》、《诗缉》、《毛诗集解》、足利本、胡氏《诗传纂疏》、今殿本《注疏》，俱作“羊牛”。（《生民》“牛羊腓字之”，《御览》五十七引作“羊牛”。）案：

---

① （清）周邵莲：《诗考异字笺余自序》，《续修四库全书》影印本。

② （清）翁方纲：《诗考异字笺余序》，载《诗考异字笺余》，《续修四库全书》影印本。

③ 江瀚：《诗考异字笺余提要》，《续修四库全书总目提要》，中华书局 1993 年版，第 359 页。

④ 江瀚：《诗考异文释提要》，《续修四库全书总目提要》，中华书局 1993 年版，第 373—374 页。

⑤ 赵尔巽等：《清史稿》卷四百八十二《儒林传》，中华书局 1977 年版，第 13261 页。

⑥ 同上。

《文选·北征赋》“睹牛羊之下来”注，引作牛羊。谢灵运《拟邺中诗》注同。是后人从俗本倒易之。顾氏曰：“与上章同义”。唐石经、监本同，今本多作“牛羊”，非。陈氏曰：“《集传》次章经文作牛羊，与《注疏》异，当是传写之误。”①

此条关于今本“牛羊下括”中是“牛羊”还是“羊牛”的顺序问题，李氏引用十种版本和有关诗家著述，证明当为“羊牛”，又考证出今传本《文选注》中的两处“牛羊”的引用，乃是后人从俗本倒置后的结果。由此可以看出，《诗经异文释》的考证态度和考释特点，对于校勘版本很有裨益。

3. 黄位清的《诗异文录》

黄位清（1771—1850年）字瀛波，号春帆，广东番禺人。嘉庆九年（1804年）副贡生。《诗异文录》完成于道光十八年（1838年），道光十九年刻。此著完成于他的另一部《诗经》著作《诗绪余录》之后。他在《自序》中说继《诗绪余录》完成后，认为“尚有足以助见闻，参论说者，则《毛诗》文字之异也”。而《诗经》异文的产生，“盖文字有古今通转之殊，而形声之讹，传钞之误，皆所不免”。在四家《诗》的比较中，总结出：“大抵三家从今文多正字，毛从古文多假字。毛不信纬书，三家多出入于纬。郑先通三家，后改从毛，……经史子集中与毛异字者，虽未能确指其所师承，然汉儒传授多本三家。”② 故著录《诗经》之异文。

关于此著体例，前有例言，云“依经次节录所见”，非全录原文，《诗绪余录》已论者，此著不复及，补《诗绪余录》之未备。“标题之经文，以《集传》为主，异文悉列小注，其无辨论者，止注某书作某，其有辨论者，另列本条后，以冯氏《疏证》之例，其以私意参论者，用‘案’别之，以清眉目。至冯氏未及引之，《说文》及字画间有讹舛，就所见者补订之，庶无遗憾。”而关于朱子《集传》中的经文与毛异者，凡前人如冯嗣京、陈启源等人已校正者，“均悉列

① （清）李富孙：《诗经异文释》卷四，《续修四库全书》影印本。
② （清）黄位清：《诗异文录自序》，《续修四库全书》影印本。

之，以备参考”。

伦明云：“于冯登府《三家诗异文疏证》外，另采范家相之《三家拾遗》、赵佑之《诗细》、阮元之《校勘记》、朱芹之《札记》以至顾炎武、段玉裁、臧庸堂诸家之说，视冯氏为博。惟断制颇简略，无甚阐发。”① 案语多为冯登府《三家诗异文疏证》所未及者，故可视为冯氏《疏证》之补注。考证的过程多为引述他家已有之成果，案语多较简单，表明自己的观点。

4. 蒋曰豫的《诗经异文》

蒋曰豫（1830—1875 年）字侑石，江苏阳湖（今常州武进）人。《诗经异文》四卷，有光绪三年（1877 年）莲池书局刊《蒋侑石遗书·滂喜斋学录》本。《诗经异文提要》云：“其中所采如《子贡诗传》，实明丰坊伪作，不应辑入。他若《邶风》‘泄泄’，开成石经、蜀石经并作‘洩洩’，盖避唐太宗讳，初非异文。又‘养养’引《尔雅·释诂》疏作‘洋洋’，今考《尔雅·释训》：‘洋洋，思也。’邢昺《疏》引《二子乘舟》‘中心养养’，意谓洋洋、养养音义同耳，并未引诗作‘洋洋’。范家相《三家诗拾遗》引《说文》作‘洋洋’，尤误之误者也。方栓补正，引‘新台有泚’，范家相云：‘《齐诗》泚作玼’，未详所出，似亦知其妄。此书以陈乔枞《诗四家异文考》与李富孙《诗经异文释》互相参照，所遗尚多，正无取床上施床耳。”② 可见此著相对于其他几家《诗经》异文研究来说，总体价值不高，不出几家之外。

5. 郭庆藩的《诗异文考证》

郭庆藩（1845—1891 年）本名立埏，字孟纯，湖南湘阴人。诸生。官至江苏道员。《诗异文考证》有稿本，藏湖南图书馆，今仅存两卷。

阳海清主编《中南、西南地区省、市图书馆 馆藏古籍稿本提要》“经部·诗经类”云：“《诗异文考证》八卷，清郭庆藩撰，稿本，一册（存卷一至二）。著者有《说文经字正谊》，已著录。是稿就《诗经》文字之异同，征引四部各家之说（如《文选》《礼记》《尔雅》《汉书》《水经注》等书），进行沟通训诂，发

① 伦明：《诗异文录提要》，《续修四库全书总目提要》，中华书局 1993 年版，第 379 页。

② 同上书，第 407 页。

凡义趣，其词简而赅，义醇而洽。从现存之卷一卷二于《国风》中‘周南’、‘召南’、‘邶风’之诗歌逐句考证，旁征博引，较详辑注，即可窥一斑。尚无刻本，是研究《诗经》者值得重视的参考资料。”①

此著体例是先篇名、诗句，低一格列异文，重点在《诗经》的异字上，而一般不具体区分三家。最后是“庆藩案”，案语一般先“征引四部各家之说（如《文选》《礼记》《尔雅》《汉书》《水经注》等书），进行沟通训诂，发凡义趣”，考证有关异字之渊源，再引用清人相关考证成果予以佐证，所征引者有王念孙、臧琳、冯登府、戴震、段玉裁、钱大昕、陈奂等学者的研究成果。再分析异字产生之缘由，或列其明证。其中，所分析的致异原因有：俗正字、假借字、后起字、古今字、传写讹误字、顺毛而改字、或体字等，几乎涵盖了四家诗异字产生原因的方方面面。可见，其应为《诗经》异文研究的佳作，惜残缺难见全貌。

6. 张慎仪的《诗经异文补释》

张慎仪（1846—1921 年）字淑威，号芋圃。四川成都人。张氏于小学用功甚勤，尤其是对于方言颇有研究。他在《自序》中点明了他对《诗经》异文的思考，总结出导致《诗经》异文的原因，“有声借，有义通，有代字，有或作字，有省形存声字（便文称某某之省），有后起之专字，有隶省，有隶变，有古文，有籀文……尚有俗字，讹字，夺文衍文断句错简，皆与本经不无关系”②，是对异字产生原因的综合分析。针对典籍在流传过程中确实有错讹现象，而四家《诗》在汉代，由于师承不同而字体不同，都是客观存在的现象，因而导致“望文生训”的现象，在当时的研究中时有发生。而清代多有学者参与王应麟《诗考》一书的补订工作之中，但张氏以为“各有胜处，而体例仍未悉”，故其“重温三百篇，乃荟诸书钩考审订，以资讽诵”。

后来，他在《又记》中曰：“是书初名《诗考异》，后读李富孙《诗经异文释》，体例与吾书相似，因重编次，易以今名。每条所标经文悉以阮刻注疏本为准，余与阮本异者采次于下。征引群籍异文，李书有者仍之，误者正之，阙者补

① 阳海清主编：《中南、西南地区省、市图书馆 馆藏古籍稿本提要》，华中理工大学出版社 1998 年版，第 13 页。

② （清）张慎仪：《诗经异文补释自序》，载《诗经异文补释》，薆园丛书本。

之。案语则一主简括，不尚博辩，不袭李按。”[①] 可知，其书可以说是李富孙《诗经异文释》的补正之作。但如江瀚所云：“篇中真能正误补阙者，殊不多见。案语虽主简括，往往有李释已引其朔，而更引其后以为证者，殆不免屋上架屋之讥。”[②] 可见，新出己见，在《诗经》异文考证的后期已不可多得。

张氏在1916年成都茹古书局刻本中跋道：“是书创始于清光绪辛巳粗具规模，因事废阁三十余年，久不省记矣。宣统辛亥鼎革，天荆地棘，不知死所，仓皇稍定，检录得此，如逢故人，不忍决舍。乃复婆娑相撩，理寒燠数周，三易其稿，未尽惬意。傥天假以年，当再修订，使无遗憾焉。”[③] 可见，其书从最初撰稿到成书，中途断搁，历经三十载。

7. 江瀚的《诗经四家异文考补》

江瀚（1883—1931年）字叔海，福建长汀人。著《诗经四家异文考补》一卷，为补陈乔枞《诗经四家异文考》而作，共一百八十六条。先列陈氏《异文考》不载之遗说，然后以详细案语考证异文之由来，凡通用假借、正俗体、传讹误用等。有相当一部分材料来源于新发现的原本《玉篇》、慧琳《一切经音义》及《玉烛宝典》。并对前人搜集异文多有考证，对于无从考证者，以存疑的态度见示。江瀚的《诗经四家异文考补》，在晚期学者辑佚中很有代表性，表明了晚期学者三家《诗》辑佚的走向，即对中期辑佚成果的完善。首先是对前人三家《诗》辑佚成果的增补，补陈乔枞《诗经四家异文考》；其次善于考证前人辑佚之失，误者正之，并善于借鉴前人的成果而运用之；最后是大量运用新发现的材料，补前人之未备。

在对上述诸家概论的基础上，选取两例，以比较诸家在异文考证中的异同与得失。

例一：《关雎》“在河之州”

周邵莲《诗考异字笺余》卷一：

---

① （清）张慎仪：《诗经异文补释又记》，载《诗经异文补释》，薆园丛书本。

② 江瀚：《诗经异文补释提要》，《续修四库全书总目提要》，中华书局1993年版，第435页。

③ （清）张慎仪：《诗经异文补释跋》，薆园丛书本。

“在河之州”。顾炎武《诗本音》：“张弨曰：‘自唐明皇天宝间，以隶写六经，遂杂俗改字，如州复加水，辗为钗讹之类。’”

李富孙《诗经异文释》：

“在河之洲”，《说文·川部》“洲”，引作“州”，云“水中可凥曰州，水周绕其旁，从重川。”徐铉曰：“今别作洲”，非是。案：州，从重川，本州渚字，又为九州。（许氏云：尧民凥水中高土，故曰九州。）以取水周绕其旁意，俗复加水旁以别于九州，字失其义矣。张氏弨曰：“自唐天宝间以隶写六经，遂杂俗改字，如州复加水，辗为报讹之类。”

黄位清《诗异文录》：

在河之洲（《说文》洲作州。）《说文》：“水中可凥曰州，水周绕其旁，从重川。”昔尧遭洪水，民凥水中高土，故曰九州。一曰州，畴也。各畴其土而生也。徐锴云：“古九州字与洲渚字同，会意。”案：州是洲本字。

陈乔枞《诗经四家异文考》：

“在河之州”，许慎《说文·川部》：“水中可居者曰州，水周绕其旁，从重川。《诗》曰：‘在河之州’。”案：此毛氏古文也。加水旁作洲，乃今文俗体耳。

郭庆藩《诗异文考证》：

在河之洲。《说文·川部》引作之州。庆藩谨案：作州者，是也。《说文》：“水中可居曰州，水周绕其旁，从重川。”徐锴曰：“古九州字与洲渚字同”。徐铉曰：“今别作洲，非。”张弨曰：“自唐明皇天宝间以隶写六经，遂杂用俗改字，如州复加水之类。”

张慎仪《诗经异文补释》：

“在河之州”，许慎《说文·川部》引诗“洲”作州。按州古文作𡿧，吴大澂《说文古籀补》云：“𡿧，见《散氏盘》”。段玉裁云：“𡿧，象前后左右皆水。”江沅云：“后人不知州字为重川，象九州之在海中，乃于水中所居义，别制以水洲字。”

例二：《汉广》“不可休思”
周邵莲《诗考异字笺余》卷一：

“不可休思”。(《外传》)《释文》：“‘息’并如字，古本皆然，或作休思。此以意改耳。”《正义》曰：“泳思、方思之等，皆取‘思’为词。疑‘休息’‘息’字作‘休思’也。何则？诗之大体，韵在词上，疑休、求字为韵，二字俱作‘思’。但未见如此之本，不敢辄改耳。”邵莲案：《诗考序》谓朱子从《韩诗》作“休思”，一洗末师专己守残之陋。宋绵初谓：“陆氏、孔氏俱未考《韩诗》”，陈启源谓：“唐初《内外传》及《章句》具在，陆、孔所见本较多，何反无作‘思’者。”今《外传》之文当亦后人以意改耳。今《集传》本仍作“休息”，则又非朱子之旧矣。

李富孙《诗经异文释》：

“南有乔木，不可休息”。《释文》云：“乔，本亦作桥。”(《郑风》“山有桥松”，《释文》本亦作“乔”。)“‘休息’并如字，古本皆尔，本或作休思。此以意改耳。”引《韩诗外传》作“休思”(今本误改为息。)《艺文类聚》(八十八)引同。案：“山有桥松”，《释文》亦作“乔”，毛作桥，王云高也。桥，言乔曲而高也。《伐木》传：“乔，高也。”二字同音义通。

《正义》曰："诗之大体，韵在辞上，疑休、求字为韵，二字俱作'思'。"《毛传》云："思，辞也。"即系乔木之下，则正作"思"字。以"休"、"求"为韵，郑《笺》乃作"止息"解。宋本《集传》引吴氏曰："《韩诗》作思"。据《韩诗》《毛传》则孔是而陆非也。（《列女传》六引作"休息"。）《诗考序》云："朱子从《韩诗》作不可休思"，今《集传》仍作息。（顾氏炎武曰："疑是朱子未定之本。"）惠氏曰："《乐记》：'使其文足论而不息'。"《荀卿子》息作諰，《说文》云："諰、思之意，从言从思。《礼记》多古文，或思、息通也。"

黄位清《诗异文录》：

"休息"，（《外传》"息"作"思"。）冯案息字是思字之误。《释文》云："'休息'并如字，古本皆尔，本或作思。此以意改耳。"《正义》云："诗之大体，韵在辞上，疑休、求字为韵，二字俱作'思'。但未见如此之本，不敢辄改耳。"阮记《正义》说是。案：此当作思为正。

陈乔枞《四家诗异文考》：

"不可休思"，《韩诗外传》一："诗曰：南有乔木，不可休思。"案：《毛诗》，《释文》云"'休息'并如字，古本皆尔，本或作思。此以意改耳。"今考刘向《列女传》一引诗作"不可休息"，又焦氏《易林·萃之渐》云："乔木无息，汉女难得。"是所据诗亦作休息，与《毛诗》古本同。孔氏《正义》曰："《毛传》解乔木之下，先言思辞，然后始言汉上疑经休息之字作休思。诗之大体，韵在辞上，疑休、求字为韵，二字俱作'思'。但未见如此之本，不敢辄改。"臧庸云："案《正义》说当作休思，笺云：故人不得就而止息，思字或因此而误也。欧阳询《艺文类聚》八十八引诗亦作不可休思。"

郭庆藩《诗异文考证》：

"不可休息"，《韩诗外传》引作"休思"。庆藩谨案：传曰："思，词也。"王应麟《诗考叙》云："朱子《集传》不可休思，从《韩诗》本。"今《集传》仍作息，非王氏所见之本矣。戴震曰："经文思作息者，转写之讹。休、求、泳、方各为韵。思皆句末辞助。凡诗中用韵之句，句下有一字或二字为辞助者，必连用之，数句并同。惟'不可休思'思讹作息，及'歌以谇止'止讹作之，遂变其例。（传言思辞，然后始言汉上，则休息字，本作休思，甚明。诗之大体，韵在辞上，疑休、求字为韵，二字，俱作'思'。）"今案：思、息二字形近易讹。《礼记·乐记》"论而不息"，《荀子·乐论》作"辨而不諰"，《史记·乐书》作"论而不諰"，是其证。

冯登府《三家诗异文疏证》：

"不可休思"（毛作息。）（《外传》）

案：息字是思字之误。《释文》云"古本皆尔，本或作思。此以意改耳。"《正义》疑"休息"之字作休思。据陆、孔所见本已讹作休息，毛作传时本作思字也。《诗考序》云："朱子《集传》'不可休思'，从《韩诗》本。"今《集传》仍作息，非王氏所见之本矣。顾氏炎武《诗本音》曰："疑是朱子未定之本也。余考宋本《集传》经文原作息，注云：'吴氏曰：《韩诗》作思'。今本删去是注，大失朱子意矣。"

综上二例诸家所考异文可以看出：

一是，重复。诸家所引用的材料，大致不出所共知的几处。这是由异文考证本身的性质决定的。如例一诸家所引不外《说文》、徐铉、徐锴、张弨等所涉及的相关资料。例二主要是来自《释文》《正义》之说。针对自己著述详略和考证倾向的不同，而对相关材料加以选取。由著作的重复我们可以推知，有些学者的材料来源可能并非自己亲自搜集，或许来自别人已有的研究成果。如例一中对张弨一说的引用，由周邵莲所引我们可知张弨之说最早为顾炎武所引，诸家所引用张说亦来自顾炎武，但有的并未表明引文所出，这种动机我们是应该怀疑的，也可能是那时的著述习惯。

二是，引征旧典以证己说。异文中所涉及的典籍是非常丰富的，虽然仅从上述二例不足以反映全部征引典籍的情况，但由诸多学者从事此项研究可知，凡是有关异文记载的有关资料，无论是先秦旧典，还是唐宋类书，涉及经史子集各个门类，几乎都被清代学者搜集出来，以便考证异文。

三是，引用时贤诸儒的考证成果，或佐己说，或辨正他人的考证成果。在异字考证中，清人非常善于引用时贤的考证成果，这一方面说明他们交游之盛，另一方面也是当时学术风气的反映，引用大家之说，既可以佐证己说，亦可以质疑他家之说，从而亦是考证己说。

四是，从字体讹误、通用假借、古今俗正体等多角度考察异字的形成缘由。如张慎仪在《自序》中所说："有声借，有义通，有代字，有或作字，有省形存声字(便文称某某之省)，有后起之专字，有隶省，有隶变，有古文，有籀文……尚有俗字，讹字，夺文衍文断句错简，皆与本经不无关系。"[①] 异文考证一个重要的任务就是考察致异的原因，即异字的形成缘由。这是理解典籍的基础。

五是，异文考证类的《诗经》研究，虽绝大多数是对《毛诗》与三家《诗》异字的考证，但在具体的考证过程中，与其他三家《诗》类著述相比，强调三家《诗》的意识并不明显，着重在异文的辨析中，而一般不再具体区分三家。所以除冯登府的异文研究命名中有"三家《诗》"字样外，其他诸家基本上都是命之"《诗经》异文"，可见均是在打通四家，而着眼点在异文本身上。

六是，伴随着异字考证中所引用的资料，可以比较这些典籍的今传本与引用本版本之差异。并且据诸家同时引用同一资料，而由其中个别的不同，也可以或者推测诸人所据版本，或者推测由于版刻而导致的差异。这也是正确进行版本校勘的途径之一。

总之清儒对于四家《诗经》异字的一个基本认识是："三家《诗》多今文正

① （清）张慎仪：《诗经异文释自序》，薆园丛书本。

字，毛多古文借字。”这一基本认识，既是在异文考证的过程中形成的，又指导着四家《诗》的异文研究。而其形成亦有原因，陈乔枞总结道：“四家之《诗》，其始口相传授，受之者非一邦之人，人各用其乡音，故有同言而异字，同字而异音者。然而古人文字、声音、训诂，通假之源，未始不可于彼此同异之间，观其会通，触类而引申之，足以举一反三焉。”[①] 如对于臧庸所著的《拜经日记》，王念孙为其撰序，云：“考订汉世经师流传之分合，字句之异同，后人传写之脱误，改窜之踪迹。擘肌分理，剖豪析芒，其可谓辨矣。《日记》所研究者，一曰诸经今古文，二曰王肃改经，三曰四家《诗》同异，四曰《释文》义疏所据旧本，五曰南北学者音读不同，六曰今人以《说文》改经之非，七曰《说文》讹脱之字。”[②] 可知，清儒热衷于这种文字考证，所以四家诗的异文考证在清代取得了骄人的成绩，在此基础上，为理解《毛诗》与三家《诗》提供了更高的台阶。由此进一步把四家《诗》结合起来研究，才能够使得清代的《诗经》研究更加完备。

第四节 《韩诗内传》类

在鲁齐韩三家《诗》中，由于《韩诗》至唐犹在，遗说的留存远较齐、鲁两家为多，这就为《韩诗》专门辑佚之学的形成提供了客观条件。杜堮在为钱玫的《韩诗内传并薛君章句考》所作的《序》中谈道：

> 予尝以为《韩诗》之不可废者有五：夫《诗》教传于子夏，惟毛公韩氏同出西河，自唐以来，均享圣庑，源流既正，著录并崇，一也。世子受爵，毁主合食，《黍离》闵于伯封；《宾筵》悔于睿武；考据是资，禅系特

① （清）陈乔枞：《四家诗异文考序》，《续修四库全书》影印本。
② （清）王念孙：《拜经日记序》，《王石臞先生遗文》卷二，《续修四库全书》影印本。

重，二也。惕惕，悦人之形；瀸瀸，流水之貌；菉竹为绿蓄；唐棣为夫移；证之许、郭，训诂是据，三也。洁蠲本于洁圭；斯秣由于斯枋；衣裼出于衣禘；卓彼起于箌彼；韩为正宗，毛为假借，四也。磬天之妹，《大明》著其训为"鹳鸣于垤"，《东山》通其解，《韩诗》苟失，毛义莫寻，其相为表里，五也。①

杜堮主要从《韩诗》的存在对《毛诗》研究的拓展方面，谈到毛、韩关系密切，《韩诗》的用字、训诂、诗说都有助于发明毛义。这是《韩诗》作用的一个方面。实际上，《韩诗》遗说存在的价值，远远不止杜堮论及的这几点，它在保留汉代《诗》说，认识汉代《诗》学方面的意义大矣。

基于这一认识，清代对《韩诗》的搜集研究成果亦不少，据上章可知有 16 部之多，其中王谟《韩诗拾遗》、王荣兰《韩诗经考》、黄启甲《韩诗拾遗》、严可均《韩诗》、张鉴《韩诗考异》、董沛《韩诗笺》等或亡佚，或不可查考。《（光绪）顺天府志》有对清代《韩诗》遗说研究的总结，云："《诗内传》四卷（《汉志》），存辑本。原书久佚，余姚邵晋涵有《内传考》，稿亦散失。高邮宋绵初《内传征》有梓本。……《韩说》四十一卷（《汉志》），佚。隋唐《志》未著录，近人辑《韩诗遗说》，有金溪王谟、武进臧庸、历城马国翰、阳湖蒋曰豫诸家，而蒋氏为最详备。嘉兴冯登府、侯官陈乔枞加以疏证，（归安严可均《韩诗辑》二十卷，未见传本。）冥搜远引，曲证旁通，虽未能尽复韩氏家法，然由孤文只义推见大略，亦可谓善于考古。马氏从《汉志》，分《韩故》《韩内传》《外传》《韩说》各成一卷，终嫌武断，不如诸家统曰《韩诗遗说》之为当也。"② 其中谓邵晋涵的《韩诗内传考》已经散佚，今发现尚存抄本。现对《韩诗遗说》的成就有一简要综述，下面仅就所存成果各加介绍，以考察其成就及对《诗经》学史的影响。

① （清）杜堮：《韩诗内传并薛君章句考·序》，载钱玫《韩诗内传并薛君章句考》，清抄本，浙江图书馆藏。

② （清）周家楣、缪荃孙编纂：《（光绪）顺天府志》卷一百二十三《艺文志》二，北京古籍出版社 1987 年版，第 6401—6402 页。

一 宋绵初的《古韩诗说证》《韩诗内传征》

宋绵初，字守端，号瓟园，江苏高邮人。支伟成《清代朴学大师列传》曰："学使彭文勤公元瑞、扬州安定书院主讲蒋士铨最知赏之。举乾隆丁酉拔贡，选教职，历任五河、清河诸县教谕，课士多有成。中年无意科名，博览经世书，凡所纂述，似赅洽著称。说经贯串古义，亦为当代经师推服。归筑书种堂训育子弟，以老疾卒。著有《韩诗内传征》四卷，征引翔实，训故明详，深得西汉今文家法。"[①]《中国古籍善本书目（经部）》录宋绵初有《古韩诗证说》九卷，乾隆五十四年（1789年）述古堂刻本，现藏北京大学图书馆。因藏本稀少，学者多未寓目。

此本《古韩诗说证》封面署"古韩诗说证，乾隆己酉镌，述古堂藏版"字样，其中"说证""藏版"四字已残缺。封面后半页有"朱笔翁方纲手校，墨笔陈启源手校"字样。此本一册，半页九行，行十九字，四周单边，单黑鱼尾，版心镌"书名、卷次、页码"。卷前有宋绵初所撰"古韩诗说证叙"，言明他是受王应麟《诗考》的影响，就"王氏所遗者补之，略者详之，疑似者去之，群书相发明者，诸家有考正者，旁搜博采引证，以穷其归趣"，以"备西汉一家之言"。卷一为"韩学谱系"，录《韩诗》传授者共计十二人，并汇录典籍记载这些传授者之出处。卷二是"韩书著录"，为历代书志目录及诸家所论《韩诗》《韩诗外传》的记载，并全录王应麟《诗考序》。从卷三开始为正文，先顶格录原文，其次是低一格录所辑遗说，再次是低二格解释遗说。卷三至卷五为《国风》，卷六、卷七是《小雅》，卷八《大雅》，卷九《三颂》。查阅正文发现，其中的校语很少，共计十处，并没有朱笔校，有两处标明"方纲校"。从校语的笔迹判断，当是翁方纲一人所为，其中有一条"陈启源曰"语，亦是翁氏的引用，并没有陈启源校。故封面后半页不知何人所书"朱笔翁方纲手校，墨笔陈启源手

① 支伟成：《清代朴学大师列传·吴派经学家列传第四》，周骏富辑《清代传记丛刊》，明文书局1985年版，第175页。

校”字样当有误，北大图书馆据此编目亦误。

宋绵初的《韩诗内传征》四卷，《补遗》一卷，《疑义》一卷，《叙录》二卷，有乾隆六十年（1795 年）志学堂刻本，《续修四库全书》影印此本。《古韩诗说证》是《韩诗内传征》的初刻本，从序跋和正文对照中均可以发现这一信息。

首先，《韩诗内传征》将《古韩诗说证》的卷一、卷二合为卷首的卷上、卷下，并把《古韩诗说证》的“韩诗谱系”改为“韩诗叙录”，卷上为《韩诗》传授渊源，卷下录历代史志、书目所载有关《韩诗》著作及宋代诸家如欧阳修、晁公武、洪迈、王应麟、董斯张关于《韩诗》的评论及清代赵怀玉《校刻韩诗外传序》。最后有案语说明该书所载出《韩诗》内外传相发明者，不取传论《外传》之文。对“谱系”进行的调整，以一个人物为单位进行叙录。卷下所录赵怀玉说，《古韩诗说证》未录。因《古韩诗说证》刊刻于乾隆五十四年，当时赵代之书尚未刊刻（《校刻韩诗外传》刊刻于乾隆五十五年），至宋氏修改《古韩诗说证》或《韩诗内传征》时，才得以参校赵书。

其次，比较《古韩诗说证叙》和《韩诗内传征序》可以发现，后者是在前者的基础上，略作增加而成。分析二者可以看出，宋氏认为王伯厚在朱子影响下所著《诗考》，“殊多脱漏，引书则篇卷不明，经文与传注相汨。又仅存字句，既不测其终始，亦莫知其是非”。因著其书，以“备西汉一家之言”，就“王氏所遗者补之，略者详之，疑似者去之，群书相发明者，诸家有考正者，旁搜博采引证，以穷其归趣”，使得“唐宋不传之书，宛然可见”。在《韩诗内传征序》中，宋绵初还提出了三个问题：一是针对当时“君子所讥”以搜掇拾遗为“抱残守己之学”时，指出“朱子《集传》尚已然，‘抑、戒、宾筵、不可休思、是用不就、彼徂者岐’，皆从《韩诗》。”从某种程度上也说明，三家《诗》辑佚在清代的盛行，与清儒对朱子之学的推崇有很大关系。二是认识到了《韩诗》古文古义的存在，有助于厘清部分典籍用字释义的问题。如举例云：“至如《尔雅·释诂》字兼永、羕，《汉书·郊祀》义著鬺、亨，《说文》是正馗音，郭璞不解葋字，考诸《韩诗》，则古文古义粲如。”三是指出两汉文章、六朝典故等中的引用事典，以《韩诗》解之可通。“承学之士，抑又忽诸两汉文章，六朝辞赋、艺林诵习中间引用事典，每与今训枨触不考，《韩诗》则古书之义多不可得而通也。”《韩诗》的存在是唐前文献典籍中不可忽视的客观现象。

再次，今录二处内容进行比较亦可以发现二者之关系。

如：《古韩诗说证》：

> 肃肃兔罝，施于中馗。（《文选注》十一、二十七）
>
> 薛章句曰：中馗，馗中设九交之道也。（《文选注》十一、二十二、十七）
>
> 惠栋曰：逵，《韩诗》作馗。案：《说文》：馗，正字也。逵，或字也。当从《韩诗》。又案《释草》云：中馗，菌。《释文》云：郭音鸠，舍人本作中鸠，是馗有鸠声。与仇协多。绵案：《诗本音》曰，或以为逵当作馗，与仇同音，甚协而经文未可辄改，姑阙所疑，然馗本《韩诗》从之，义甚得也。

《韩诗内传征》：

> 肃肃兔罝，施于中馗。（《文选注》十一、又二十七）
>
> 韩诗章句曰：中馗，馗中设九交之道也。（《文选注》十一、二十、又二十七）
>
> 王念孙曰：施于中馗，《说文》：馗，正字也。逵，或字也。馗为九达之道，当云从首九，九亦声。逵从辵，坴声，逵、馗二字皆尤韵。

通过比较显而易见，《内传征》是在《古韩诗说证》基础上的修改。其一是订正引文出处。“中馗，馗中设九交之道也”，语出《文选》十一鲍照《芜城赋》注、《文选》二十颜延之《释奠会作诗》注、《文选》二十七王粲《从军诗》注，后者对前者的出处之误进行了订正。其二是将《古韩诗说证》“薛章句”，《内传征》改为“韩诗章句”，关于此一修改，在《内传征序》中，宋氏有专门的说明：“《汉志》韩书凡四种，《隋志》止有《内》、《外传》，《内传》益以《薛氏章句》为二十二卷，今载薛注甚多，而统曰《韩诗内传》，从《隋志》

也。”很显然，此一说明是针对《古韩诗说证》中称之为“薛章句”而来。其三是对《古韩诗说证》部分内容进行了修改，再考证。比较二者可以发现，《内传征》中所引王念孙之说，显然比《古韩诗说证》中引用惠栋之说解释“馗逵”二字，更为简练妥当。其四是删除了一些《古韩诗说证》中不必要的案语。此处《古韩诗说证》中的“绵案”，在《内传征》中因引用了王念孙说而显得没有必要，故予以删除。

又如，“不可休思”，征引《释文·毛诗音义》《毛诗正义》《诗考序》之说二者均一致。案语部分，《古韩诗说证》：“绵案：陆氏、孔氏俱未考《韩诗》，王伯厚谓朱子参考三家，一洗末师抱残守己之陋。然今本《集传》仍作‘不可休息’，则亦非朱子之旧矣。”后有翁方纲手校云：“方纲按：《孔疏》亦未见如此之本。则皆孔氏未见《韩诗》邪？此条《韩诗》作思，但当存以备参考耳。”《内传征》中将“绵案”中“绵”字去掉，直接“案”语：“王氏云尔，而今《集传》本仍作‘休息’，则亦非朱子之旧矣。”

通篇对照可以发现，《内传征》整体上是从《古韩诗说证》而来，凡《古韩诗说证》中的“绵案”，均改为“案”，并且删改、增注亦不在少数。这说明《古韩诗说证》刊刻以后，宋氏自己发现本身存在很多的问题，故进一步修订，再考证，六年后又在前书基础上，刊刻成《韩诗内传征》。

最后，二者虽在内容上经过诸多删改，但体例相同。《韩诗内传征》采用《三家诗拾遗》的体例，以三百篇顺序，经文和传注分别排列，收录有关《韩诗》的遗说，材料主要来源于《文选注》及《经典释文》等，全依王应麟《诗考》之《韩诗》部分为基础，遗说出处标注至卷次。并征引前人和时贤相关考证，补充、解释或纠正《诗考》之说，考证精审。洪湛侯先生称：“宋绵初辑《韩诗》一家以为专书，对后来陈乔枞之作《韩诗遗说考》亦多启迪。大辂椎轮，确是功不可没。”[①] 确为至论。

卷末附《补遗》十八条，绵初云：“编纂之书，搜罗贵富，囿于闻见，不无缺失。积日而增，补其未备，别纸录之，以待后得。”指出了辑佚之学所存在的

① 洪湛侯：《诗经学史》（下），中华书局2002年版，第599页。

一个普遍问题，囿于个人的识见和能力，欲遍览典籍所载，几不可得。故诸多学者踵继之，搜补完善之，故三家《诗》的辑佚，诸学者多相互参考，增稽而成。另附《疑义》八条，乃有关《诗经》的无可附考之异义，或三家说也。

卷底有绵初子宊保的《识语》，《古韩诗说证》刊刻时，宋保尚未撰成此文。文中论证了《毛诗》多有与《韩诗》合者，《韩诗》可以正《毛传》相沿之误。又进一步假设："毛公本通《韩诗》，后以其有未安，又见三家互有舛驳，因为诂训，传于其家。自后河间献王得而献之，立于学官。于时学者皆退韩而宗毛，《韩诗》虽存，无传之者，其来自矣。亦安知毛公未立传之先之宗韩学也哉？且夫实事以求其是，斯两说不妨并存。"这一大胆新颖而又看似合理的假设，前提还是基于《毛诗》多与《韩诗》相合，因而搜集、恢复《韩诗》之说有助于补充《毛诗》。以三家《诗》说来补充《毛传》、纠正《毛传》、考证《毛传》，这是清人三家《诗》辑佚最终极的目的，也是清代三家《诗》学者的最基本看法。针对孔颖达所提出的"毛氏字与三家异者，动以百数"的问题，识语云："此古音古义之存，关于文字、声音、训诂之大者。夫训诂生于文字、文字起于声音，古人之文，其音同音近者，义每不甚相远。《韩诗》以引而信之，触类而求之，而声音、训诂之道昭然矣。"以《韩诗》存在之例证，探讨了声音之沿革乃字义之根本问题，这与清代考据学主流所提倡的文字、音韵、训诂之道一以贯之。

盖宋绵初的《古韩诗说证》未为善本，刊刻较少，刊刻后他自己又进行了修改与完善，成《韩诗内传征》一书。故诸家多未知《韩诗内传征》前尚有《古韩诗说证》完书，今亦仅北京大学图书馆藏有此本，特比较如上，以便更好地理解宋绵初《韩诗内传征》所贯穿的思想。

二　其他诸儒的《韩诗内传》辑佚考证成果

1. 邵晋涵的《韩诗内传考》

邵晋涵（1743—1796年），字与桐，号二云，又号南江，浙江余姚人。28岁即乾隆三十六年（1771年）中进士，历任翰林院侍读，入四库全书馆，主持《四库全书》史部的选录和评论，授编修。他博闻强记，涉猎百家，无书不读，尤能追本求源，实事求是。他长于经学、史学，阮元称其“经学、史学，并冠一时，久为海内共推”①。

《韩诗内传考》也是较早的《韩诗》辑佚著作，现存有清沈氏鸣野山房抄本，藏浙江图书馆。主要从《文选注》《释文》及《后汉书注》等中摘录有关《韩诗》遗说，一般不作进一步的考证，所录极为简单。兹举一例，以见全貌。如：“搔首踟蹰，薛君曰：踟蹰，踯躅也。（《文选》颜延之《宴曲水诗》、《思旧赋》注。《琴赋》多‘僾而不见’一句，注多一‘犹’字。）”但由于成书较早，并且由于邵氏本人在学术界的地位，故此著述对后来的《韩诗》学发展也有一定影响，所征引之《韩诗》说，后来学者均多有涉及。

2. 沈清瑞的《韩诗故》

沈清瑞的生平事迹和著述情况，见石韫玉《独学庐稿》二稿卷中《沈氏群峰集序》中的记载，云：

> 亡友芷生既殁之后六年，余始获集其诗古文词而刻之。既成，而不禁慨然乎中也。方芷生之与余缔交也，在角丱之年。芷生少余两岁，余弟视芷生。芷生蚤慧，读书强记，凡古人隐辞僻事，先生长者所遗忘，芷生辄能道其原委，故一时有小鸿博之誉。稍长，与当世缀文之士角逐艺林。其时吴下坛坫正盛，英辞妙墨，蔚荟林立。芷生承父兄之绪，妍词秘旨一出，而凌其济偶。……余既闻芷生之殁，急就其家征遗草。而芷生在时，未尝收拾，丛残零落，散失者什九。余因徧告其所亲为之搜访。昨岁其甥林子衍潮始录其集，寄我于湘中。余以瓜代将归，未及料理。兹乃检校而刬剔之，定为诗二卷，赋一卷，词一卷，《奇耦文合》一卷，《外集词曲》一卷。又《韩诗故》二卷，别为一集。其所著尚有《帝王世本》、《春秋世系考》、《史记补注》、《孟子逸语》等书，皆未成，不及梓。若其诗文，则余所知而亡轶者尚多，观此亦可以知其余矣。芷生文翰，有目者共赏，故不具论，但著其生平本末如此。芷生姓沈，名清瑞。芷生，其字也。乾隆癸卯乡举第一名，丁未进

① （清）阮元：《研经室二集》卷七《南江邵氏遗书序》，中华书局1993年版，第544页。

士。吴郡长洲人。[①]

《沈氏群峰集》刻于嘉庆元年（1796年），据此序文可知，是时沈清瑞已经去世六年，则去世时间为乾隆五十六年（1791年）。作者石韫玉生于乾隆二十一年（1756年），而"芷生少余两岁，余弟视芷生"，可知，沈清瑞生于乾隆二十三年（1758年）。卒年三十四岁。

沈清瑞的《韩诗故》分上下两卷，他在卷首《叙》中说：

> 盖《韩诗》之学，绝于唐代，后之言诗者靡据焉。顾其断章畸句，往往散见群书。清瑞就睹记所及，摭拾而孴集之，以存韩氏之旧，薛氏之《章句》附焉。既而得浚仪王氏《诗考》，则所采已略备矣。因取经文字句与毛异者，皆为详注。所引之书，即条注句下。其有考证别书或参鄙见者，则加案字，名之曰《韩诗故》。[②]

叙述了研究原因及著述体例。他对《诗考》是误者正之，正者用之，不详者论之并存之。先收录《韩诗》说，后加案语详为考证。由于沈氏在艺林词坛颇有所长，故其《韩诗故》中的考证亦多来自文学作品，其案语有的甚为详确，很有特色，堪称独见。试举一例，如下卷《蒹葭》：

> "宛在水中涛"，（涛，毛作沚。）《文选》潘岳《河阳县作诗》注：涛，音之以切。《章句》曰：大渚曰涛。（《河阳县作诗》注）
>
> ［案］《文选》潘安仁《河阳县诗》曰："归雁映兰涛。"故引《韩诗》证之，俗本改诗中"涛"字作"畤"，改注中所引作沚。今考第二十二卷谢叔源《游西池诗》"褰裳顺兰沚"注，引潘安仁诗"归雁映兰涛"，沚与涛同，据此知潘诗实作"涛"也。诗既作"涛"，则注亦作"涛"矣。若仍作

① （清）石韫玉：《独学庐稿》二稿卷中《沈氏群峰集序》，《续修四库全书》影印本。

② （清）沈清瑞：《韩诗故·叙》，清道光间刻本。

沚字，是与毛同。李善何不径引《毛诗》证乎？《穆天子传》曰：“饮于枝洔之中。”郭氏注：“水岐成渚，洔，小渚也，音止。”即此。学者罕见洔字，但知据今改古，并及潘诗，王氏《诗考》引亦未及校正其误，世不复知《韩诗》有洔字矣。

沈氏的这段考证案语，从《文选注》入手，溯及潘岳原诗，证明“宛在水中洔”中，“洔”乃本自《韩诗》说，今《毛诗》作“沚”，但后人不见《韩诗》，故径从毛改《文选注》“洔”为“沚”。此段精彩案语，不仅校正了王氏《诗考》，而且也校正了《文选》注本。在收集遗说的过程中，所据的文本有不同，这些文本有的现在已经亡佚，根据遗说所提供的文字材料，可据以校正今存文本。这也是清儒三家《诗》辑佚在校勘学上的贡献。

3. 臧庸的《韩诗遗说》附《订讹》

臧庸的《韩诗订讹》是清代三家《诗》研究中的一个特例。

赵之谦在《韩诗遗说序》中说：“武进臧君辑《韩诗遗说》二卷，复考正东莱、浚仪两家所述，别为《订讹》一卷。顾千里氏尝言辑《韩诗》者，此为最精；阮文达撰臧君传，亦说斯语。……其钩摘幽隐，别择甄录，致功良深。……（陈氏）《遗说考》叙韩说次第，皆同此本，损益甚微，亦以见臧君所考定为不易也。”① 赵氏在《序》里提到的顾氏、阮氏对《韩诗遗说》的评价，可以说是一语中的。臧氏慎重考辨所摘录的《韩诗》遗说，《韩诗订讹》则就是对前人辑佚的失考之处予以点明纠正。所以说精选、精校是臧氏辑佚的鲜明特点。

《韩诗订讹》共考证二十四条有关《韩诗》之说。

前十二条为订吕祖谦《读诗记》引董逌《广川诗故》中关于《韩诗》说之讹。大致可分三种情况：一是不见所本之讹托。如：“‘卢令令’，董氏曰，‘《韩诗》作卢泠泠’。案：不见所本，此讹托。”② 二是三家之说未明何家，而董逌定为韩说，吕氏从之的。如：“‘吉蠲为饎’，董氏曰，‘《韩诗》作吉

① （清）赵之谦：《韩诗遗说·序》，《丛书集成新编》本。

② （清）臧庸：《韩诗遗说附订讹》，《丛书集成新编》本。

圭’。案：《蜡氏注》作吉圭（《士虞礼》注同）。《疏》曰，‘郑从三家《诗》，贾公彦见与毛不同，故云然耳，未尝言明是《韩诗》也。’” 三是误说者，如：“‘考盤在阿’，董氏曰，‘阿，《韩诗》作干’；《章句》曰，‘地下而黄曰干’。案：《文选注》引《韩诗》，‘考槃在干，地下而黄曰干’；《释文》云‘在涧’；《韩诗》作‘干’，非‘在阿’，异文（涧、干音同，故异）；又《释文》引‘干，墝埆之处也。’是《章句》、《文选注》所引，盖《内》、《外》文，非《章句》也。”

后十二条为订王应麟《诗考》之讹，主要指被王氏采用而不详考之者。

《韩诗订讹》是对三家《诗》辑佚的反思。由于三家《诗》的亡佚，在辑佚三家《诗》的过程中，出现一些误信他说、误引材料、择焉不精的情况是不可避免的，这一点在前面已有论述。对学派师承渊源的认定不同也会出现分属三家不确的问题。无论考证审慎到何种程度的辑佚材料，都有可能存在一些误用的情况，这是辑佚本身的性质使然。但并不是说辑佚材料就不可信，就是信手拈来的，这样的话，也就没有必要进行对亡佚典籍遗说的辑佚了。而是说在辑佚过程中，凭借主客观条件，可以使辑佚材料的可信度达到最高。这是由辑佚者的态度，考证学功底，所具备的收集条件，及材料本身的存在情况等几方面的因素共同决定的。

清儒的学术态度是讲求实证。每个辑佚者都在主观上努力追求准确无误。对于无法考证的情况一般抱着存疑的态度。臧庸的《韩诗订讹》，可以说是清代三家《诗》研究上唯一的专门考订辑佚之误的专著。虽然仅一卷，二十四条，但它代表着研究者对辑佚认识的深化，是对辑佚材料深层次思考的结果。他有意识地专门考订著作，给当今学者一很好的启示，或许我们可以对其他辑佚者的材料予以考证，当然这需要很深的考据功底。

4. 钱玫的《韩诗内传并薛君章句考》

钱玫，生卒年不详，字符杰，号汉村，浙江上虞人，廪贡生。道光元年（1821 年）征举孝廉方正，获六品顶戴。卒年六十六岁。此书版本有稿本，藏复旦大学图书馆；传抄本，藏浙江图书馆，后有道光元年自跋。跋云：“《韩诗》既亡之后，搜掇残剩者，自宋王伯厚始顾《诗考》一书，兼及齐鲁，于韩且有漏遗。国朝范蘅洲（家相）曾经拾遗，学识谫陋，动笔辄讹，吾无取焉。余姚邵二云晋涵有《韩诗内传考》，金溪王仁圃谟有《韩诗拾遗》，韩学于是有专门矣。洪稚存（亮吉）称邵学士所著足正伯厚之失而补其遗。余观其稿，盖未成之书也。《拾遗》虽未经见，然《遗书钞》中所刻《内传》尚多罣漏。兹编仍诸家之旧注，依《毛诗》篇次汇而录之，釐为四卷，凡学韩者另编附录，间采近世说韩之言，疏于各条，颜曰《韩诗内传并薛君章句考》。虽收搜臻广，漏略仍所不免，所采诸说亦未必持平，而体例灿陈，引证明悉，较邵、王二家所著，未知优劣果何如也?”①

可知，钱氏此著亦由王应麟《诗考》而来，他认为范家相的《三家诗拾遗》“动笔辄讹”，实际上，范氏之书成书较早，并且他著述的目的并非张扬三家，故从三家《诗》的角度来审视，中间确实存在诸多的问题，但钱氏一语否定其说，亦未确然。在张扬《韩诗》之学方面，他称赞邵晋涵的《韩诗内传考》和王谟的《韩诗拾遗》，并由此可知，王氏的《韩诗拾遗》此时已不可得见。② 并引洪亮吉称道邵氏之著语。由上文对邵晋涵《韩诗内传考》的分析可知，邵氏之著很是简单，未为完善，而学者的称道盖因其学术地位而言，邵氏之著的影响亦正在此。

《韩诗内传并薛君章句考》四卷，《附录》一卷。首先叙述《韩诗》师承，叙述历代有关对《韩诗》存亡有记载的诸家。然后按照《毛诗》篇次，汇列诗句，标明遗说，后以详细的案语来考证遗说。他对于本朝前贤的考证成果多有收录，不仅引用范家相、邵晋涵等的三家《诗》研究成果，对于陈启源、段玉裁等《毛诗》研究成果也多有借鉴。他叙述的重点也在于引征诸家辑佚三家遗说成果，综合后表明己意。他不同于其他诸家的特点在于，在《韩诗》遗说的收录中，辨明《薛君章句》的部分，这与他的书名也是一致的。

杜堮《韩诗内传并薛君章句考序》云：“予尝以为《韩诗》之不可废者有

---

① （清）钱玫：《韩诗内传并薛君章句考》，清抄本，浙江图书馆藏。

② 笔者怀疑王氏并未曾著录《韩诗拾遗》，如果真正完成了十六卷的《韩诗拾遗》，凭着王谟辑佚大家的地位和当时学界对辑佚之作的重视，不可能现在不可得只言片语，而王氏的《汉魏遗书钞》却保存完好。并且除了王氏自言和此处记载外，并不见他书所云王氏《韩诗拾遗》之作。

五：夫《诗》教传于子夏，惟毛公韩氏同出西河，自唐以来，均享圣庑，源流既正，著录并崇，一也。世子受爵，毁主合食，《黍离》闵于伯封；《宾筵》悔于睿武；考据是资，裨系特重，二也。惕惕，悦人之形；濊濊，流水之貌；菉竹为绿蓄；唐棣为夫移；证之许郭，训诂是据，三也。洁蠲本于洁圭；斯耕由于斯枋；衣裼出于衣褶；卓彼起于箌彼；韩为正宗，毛为假借，四也。磬天之妹，《大明》著其训为'鹳鸣于垤'，《东山》通其解，《韩诗》苟失，毛义莫寻，其相为表里，五也。"杜堮所论及的《韩诗》五不可废者，正是清代三家《诗》学研究的意义所在。并给予此著很高的评价，云："国家经学昌明，网罗群籍，遗编佚简，蔚然并兴。君于是书，独能采摭详备，兼取众说，疏通证明，俾《韩诗》、薛义，粲然复明于世，岂非盛衰显晦，各有其时？君之为功于《诗》学，何止补晦庵、厚斋之缺而已哉？"此著在彰明韩说和薛义方面确实粲然大备。

《韩诗内传并薛君章句考》，《续修四库全书总目提要》署名本著作者钱玟，乃钱玫之误也。孙人和所作《提要》点明了八处之误，辑佚之书，采录未遍，兼有考证不详，乃诸家共有之。钱氏之书，"师承至唐而止，可供考核；疏证《韩诗》，广引先儒之说，亦足以备参稽；引用诸书，如任渊《后山诗注》，俞德鄰《佩韦斋新闻》之属，多为辑《韩诗》者所不措意"[①]。可见他在搜集资料方面的用功之深，范围之广。虽然钱氏之书存在一些不尽完善之处，但总的来说，《韩诗内传并薛君章句考》乃是《韩诗》专门辑佚的一部重要著作，在《韩诗》辑佚中具有独特价值。

5. 陶方琦的《韩诗遗说补》

陶方琦（1845—1884年），字子珍。浙江会稽（今绍兴）人。光绪初进士，授翰林院编修，督学湖南。李慈铭高足弟子。《韩诗遗说补提要》云："是书为补臧庸《韩诗遗说》作也。方琦既据诸书及陈乔枞本，校臧书而刊之，复辑此以补其所未备。所征引诸书，如唐释慧琳《大藏音义》、日本刻唐写《玉篇》零

① 孙人和：《韩诗内传并薛君章句考提要》，《续修四库全书总目提要》，中华书局1993年版，第446页。

卷、《玉烛宝典》、《北堂书钞》等，皆臧氏所未曾见。”[①] 陶氏在《自序》中亦云：“斯世犹知拜经先生所辑《韩诗》，非经左諭，不忘刺取。前从复堂传录是书，赵氏所刻亦此本也。方琦近岁得见唐释慧琳《大藏音义》、希麟《续音义》及日本新刻《玉篇》零部、隋杜台卿《玉烛宝典》，次第补缉《韩诗》一百五十余条，其义为臧氏未采，实逾其半，快睹至宝，亦即补成。”[②]

陶方琦的《韩诗遗说补》，正如他的《序》中所说，利用所获新发现之材料的优势，从“唐释慧琳《大藏音义》、希麟《续音义》及日本新刻《玉篇》零部、隋杜台卿《玉烛宝典》，次第补缉《韩诗》一百五十余条”，用以补充臧庸《韩诗遗说》之未备。

陶方琦在《汉孳室文钞》卷三有《鲁诗故训纂叙》，提出了他建构《鲁诗》遗说系统的设想。并在《韩诗遗说补序》中说：“方琦好为诗今文之学，旧述《鲁诗》历有年，所斟录盈匣。”惜遍查书录，无可考见。盖虽有考述，未曾成书。

6. 顾震福的《韩诗遗说续考》

顾震福，字竹侯，江苏淮安人，清末民初经学家，著有《韩诗遗说续考》四卷。顾氏《自序》：

> 今幸三家遗谊犹时时见于他说，固治《诗》家所亟当考证者，此陈朴园先生所以有《三家诗遗说考》之作也。震福不度沟瞀，欲即群书之引三家《诗》者，拾陈辑之遗以补考之。至宋董逌之《齐诗》，明丰坊之《鲁诗》，皆陋儒伪撰，未足征信。而此外又罕觏焉。惟从原本《玉篇》《玉烛宝典》及慧琳《音义》辑得《韩诗》百数十事。芟其与陈辑复者，仅存百余事，稽撰其说，成书四卷。见《韩诗》之与毛异文，有毛为古文，韩为今文者；有毛为假字，韩为正字者。其义则与毛同者而说较显，与毛异者而说较优。遂益叹《韩诗》之有补于毛，而愈惜其早佚也。然麟凤一毛，龟

---

① 伦明：《韩诗遗说补提要》，《续修四库全书总目提要》，中华书局1993年版，第448页。

② （清）陶方琦：《韩诗遗说补·叙》，清稿本，浙江图书馆藏。

龙片甲，亦甚足宝贵矣。①

由此可以看出，此书为补陈乔枞《韩诗遗说考》而著，就陈氏未及见之新材料增补而成，新材料主要有原本《玉篇》《玉烛宝典》及慧琳《音义》，发展《韩诗》补毛之功用。此点出了三家《诗》辑佚的一个重要作用，补充毛义，丰富诗旨。

顾书共辑佚了《韩诗》遗说一百零一条，其中从原本《玉篇》中辑得五十八条，从慧琳《音义》中辑得四十三条（包括原本《玉篇》与《音义》共有者六条），从《玉烛宝典》中辑得六条。主要是对这些新材料的搜集、吸收，然后加案语考证。段朝端《序》称："是编并详为考核，阐发无遗。于正俗通假诸文，引证尤为赅备，博通精核，卓然传书。"虽为溢美之词，但对所引材料进行翔实考证确是其特点之一。如对于"搔首踌躇"的"踌躇"二字的考证，用了五百余字，可谓翔实。

总之，清代的《韩诗》研究，不仅在三家《诗》通辑类著述中是研究的重点，也有上述专门《韩诗内传》类研究的成果。相比较通辑类成果而言，《韩诗内传》类成果的研究更加全面。在此类成果中，较早的是邵晋涵的《韩诗内传考》，虽著述简单，但却开了此一角度专门研究《韩诗》的先河，其影响是显而易见的。宋绵初的《韩诗内传》研究，从《古韩诗说证》最初撰稿到《韩诗内传征》的完善之作，反映了宋氏对《韩诗》研究认识的深化，至《韩诗内传征》彰显了《韩诗》之义，其考证资料，亦多为后来三家《诗》学者所借鉴。臧庸的《韩诗遗说》和《韩诗订讹》是试图对其他学者所采辑的《韩诗》遗说进行发挥和净化，其出发点是使《韩诗》遗说的搜集更加有据和符合历史的实际，由此一角度展开对清代《韩诗》遗说研究的清理，将是在《韩诗》学史研究中非常有意义的工作。而清代晚期陶方琦和顾震福的《韩诗内传》补录、续考，则多是利用新发现的材料在有限范围内的修、补，大规模的辑佚和考证至此已经完结。但也正是晚期学者的增补，使得清代《韩诗内传》的研究画上了一个圆

① （清）顾震福：《韩诗遗说续考·自序》，清光绪癸巳刊本。

满的句号。

第五节　专事辑佚类

清代的图书市场异常发达，书商活跃，刻书、藏书风气盛行。陈登原说："欲明清学之所以盛者，虽知其由多端，要不能与藏书之盛，漠无所关。"① 大规模辑佚事业的开展，更是得益于藏书事业的发展，辑佚大家首先就是藏书家。丰富的藏书为他们的辑佚研究提供了必要的保证。清代的三家《诗》研究都是在辑佚的基础上开展的，都属于广义上的辑佚研究，本节主要讨论的是专门从事辑佚而不涉考证的三家诗辑佚类成果。这类成果多集中在辑佚大家所辑佚的规模比较大的辑佚类丛书中，如辑佚家王谟、马国翰、黄奭、王仁俊等都有大规模的辑佚丛书问世，其中就包含着三家《诗》遗说的搜集成果。

王谟在《经翼钞序》中说："汉魏以来说经诸书日就散佚，以至于磨灭，虽有好学深思之士，欲从而参互考订，而坠绪茫茫，要不过寻十一于千百而已。"② 有感于斯，故而志以搜集为务。辑得《汉魏遗书钞》五百余种，刊行者有经部一百零八种。其中三家《诗》的辑佚有《鲁诗传》一卷，《韩诗内传》（薛君章句）一卷，《韩诗翼要》一卷。王谟在所辑遗说卷次之前都有《序录》，概言传授渊源，有关史籍，及抄录条数。

马国翰在 1844 年完成《玉函山房辑佚书》，全书分经、史、诸子三编，七百多卷，共辑佚书五百九十四种。其中，关于三家《诗》的有七种十二卷，分别是《鲁诗故》三卷，《齐诗传》二卷，《韩诗故》二卷，《韩诗翼要》一卷，《韩诗内传》一卷，《韩诗说》一卷，《韩诗薛君章句》二卷。马国翰辑佚三家《诗》的一大特点就是按照《艺文志》《经籍志》所载书名，就能分别三家内部不同归

---

① 陈登原：《古今典籍聚散考》，上海书店 1993 年版，第 319 页。
② （清）王谟：《经翼钞序》，载《汉魏遗书钞》（一），《续修四库全书》影印本。

属的分别辑之。故对《韩诗》的辑佚分为《韩诗故》《韩诗翼要》《韩诗内传》《韩诗说》《韩诗薛君章句》五种，分别撰述。

黄奭的《汉学堂经解》，其中收有《鲁诗传》《齐诗传》《韩诗内传》各一卷。有关《韩诗》遗说，虽以《韩诗内传》标名，但在各个遗说之前，分别家派，有《韩诗序》《韩诗内传》《韩诗》《薛君章句》《韩诗翼要》等《韩诗》内部之派别。

王仁俊有《玉函山房辑佚续编三种》，意在增续马国翰《玉函山房辑佚书》。其中收录三家《诗》仅有：《鲁诗韦氏说》一卷，《韩诗外传佚文》一卷，《韩诗翼要》一卷，《韩诗赵氏学》一卷。所谓一卷，也就是一条而已，共收集四条马氏失收之说。

通过几位辑佚大家的增补，使得三家《诗》遗说的片言只字，尽得囊括。并且，每一家诗学内部家派分别更加明晰化，有助于认识在一家《诗》内部所存在的不同。但实际上也存在着严重的重复辑佚的现象，这也是辑佚类著述所不可避免的。专事辑佚的特点决定了重在遗说的搜集，而不作进一步的探讨发挥。梁启超谈到清儒辑佚时说："遂使《汉志》诸书，《隋》《唐志》久称已佚者，今乃累累现于吾辈之藏书目录中，虽复片鳞碎羽，而受赐则既多矣。"[①] 指出了辑佚家的搜集考证之功。

第六节 《齐诗》类

嘉道时期，在三家《诗》学全面复兴之际，有的学者把目光聚焦于《齐诗》翼氏一派，试图揭示两千年之绝学，孔广森的《经学卮言》中略有阐述，除个别学者著单篇论文表明自己的《齐诗》研究观点外，在专著类成果中以迮鹤寿的《齐诗翼氏学》、陈乔枞的《齐诗翼氏学疏证》为代表。

① 梁启超：《清代学术概论》，上海古籍出版社 1998 年版，第 52 页。

一　迮鹤寿的《齐诗翼氏学》

迮鹤寿（1773—?），字兰宫，号青崖，迮朗子，江苏昆山人。清道光六年进士，授池州府教授。常州派今文经学家之一。自少博览群籍，擅长考证，精研古义，比求其原。嗜经学，兼明天算。他认为汉翼少君习《齐诗》，每假天象变异，以警惕人主，无愧通儒。遂著《齐诗翼氏学》四卷，发挥今文《齐诗》的微言大义，并纠正《诗》纬之误。

《齐诗翼氏学》四卷，作于嘉庆十七年（1812 年），主要遵循“四始五际诗篇之部分，值岁之多寡，近代罕有言者，故诠次之，以备观览”① 的创作观念，根据《诗》纬对翼氏一派的诗说观点进行发挥。如果说陈氏的《疏证》旨在说明《齐诗》翼氏派的诗说观点是什么，那么，迮氏则主要是在解说翼氏为什么要这样说的问题。

如《齐诗》“四始”四篇为：《大明》《四牧》《嘉鱼》《鸿雁》，为什么《齐诗》没有选择《关雎》等四篇为始，而以《大明》等为始呢？迮氏分析了原因：

> 十五国风，诸侯之风也；三颂，宗庙之乐也。唯二雅皆述王者之命运、政教。四始五际，专以阴阳之终始济会，推度国家之吉凶休咎，故止用二雅。亥，《大明》也；寅，《四牡》也；巳，《嘉鱼》也；申，《鸿雁》也。“四始”四部，皆雅诗也。

以《大明》等四篇为始，是为了推王道之得失，有鲜明的政治目的。

迮鹤寿在《序》中说：

> 汉翼少君治《齐诗》，元帝时陇西地震，白鹤馆灾，少君上言：“闻五

① （清）迮鹤寿：《齐诗翼氏学·前记》，《续修四库全书》影印本。

际之要《十月之交》篇，知地震火灾。”班孟坚谓其假经立谊，依托象类，或不免乎臆则屡中。然遇灾陈戒，不失直言极谏之道，岂得疑其附会而少之。

他对班固轻视翼氏的灾异附会之说不以为然，认为翼氏的灾异之说是有一定道理的，故他从《汉书·翼奉传》《诗》纬、《后汉书·郎颉传》诸书中，深入考察四始、五际、八部诸范畴，进而研究翼氏以八部与诗篇相配来推度灾异之说。

迮氏诠释翼氏学说以图、表及说解两种方式来进行，如图有四始图、五际图、八部阴阳相乘图等，表有亥部表、寅部表、卯部表、八部阴阳分类表、值岁表、五性表、六情表等。虽名之曰图、表，但为了行文方便，乃是以分列叙述的方式进行的。解说部分则是对《齐诗》的一些有关问题进行阐述，最具特色的有两点：一是将四始五际配合八部，并与《二雅》诗相配，来推演出八部诗篇循环图及值岁表，并结合诗篇次第来言说灾异；二是“诗篇大数解”“诗篇小数解”等结合阴阳五行、先天象数来说《诗》。这是他使用《易》学象数学的方法来推演翼氏学。在卷四部分，迮氏还对《诗纬》的一些说法进行了纠正，如“《诗纬》改戌际为辰际而不云辰为某篇，此必传写者失之”。并提出了自己的看法，“今辰为阳土，遇下已为阳火，亦多一篇于例未尝不符。既增辰际遂删戌际，而酉际自《祈父》至《何草不黄》，凡五十篇而已”。迮氏的推演，可能存在较多臆测的成分，可能与汉代翼氏学的实际还有一段距离，但他把《齐诗》翼氏学与阴阳、谶纬等结合在一起的，探求微旨，其复兴绝学的阐微精神，难能可贵。

二　陈乔枞的《齐诗翼氏学疏证》

“以寻坠绪，扶微学为功”的陈乔枞，在完成《三家诗遗说考》《四家诗异文考》等有关三家《诗》遗说、异文研究之后，收集了已成为绝学的《齐诗》翼氏一派的诗说三十一条。虽不能“足张一帜”，但也可以窥得一二。陈寿祺在《左海经辨》中关于《齐诗》及《诗有六情五际解》的考述，是启发陈乔枞关注

《齐诗》翼氏学的原因之一。《齐诗翼氏学疏证·自叙》中说，先大夫尝言："汉儒治经，如《易》有孟、京卦气之侯，《春秋》有《公羊》灾异之条，《尚书》有夏侯、刘氏、许商、李寻《洪范五行》之论，莫不明于象数，善推祸福，著天人之应。"① 受此启发，乔枞谓："翼氏之治《诗》，精通乎律历阴阳，以穷极性命。告往知来，夫非圣门言诗之微旨与?"故而"疏通而证明之，其佚见于他说者，并为采录"，成《齐诗翼氏学疏证》两卷。

《齐诗翼氏学疏证·自叙》云：

> 顾《齐诗》之学，宗旨有三：曰四始，曰五际，曰六情。皆以明天地阴阳终始之理，考人事盛衰得失之原，言王道治乱安危之故。其间微言有线未绝，独赖《汉书·翼奉传》一篇，存什一于千百而已。

在陈氏看来，"四始""五际""六情"是《齐诗》学的基本观点，由于《齐诗》亡佚，只有《汉书·翼奉传》中所保留的翼奉诗说最能体现《齐诗》宗旨。由于翼奉师事后苍，后苍师夏侯始昌，并与萧望之、匡衡等同门，故《汉书》中与翼奉有关的人物传中所保留的诗说资料，都可以作为翼氏学的佐证。《诗》纬虽是纬书，但与《齐诗》结合紧密，清代学者辑佚的《诗》纬中的一些说法可以用来发挥翼氏学，并且陈氏本人就有《诗纬集证》一书，故运用《诗》纬探讨《齐诗》之说得心应手。《汉书》注中也保留了一些翼氏派的观点。翼奉一派将《齐诗》与阴阳五行结合起来，故隋萧吉据汉代五行思想所撰《五行大义》中，有部分《齐诗》翼氏派的观点。另外还有一些典籍如《礼记》《乐记》《白虎通义》《后汉书》的人物传及《开元占经》等都被陈氏采用，共辑得三十一条。

由于《齐诗》翼氏一派晦涩难懂，故在每一条材料后都附有疏证，引录各种有关文献及前人、时人的说法，加以"案"语。有的疏解文字旁征博引，长达数千字，目的在于详细阐述翼氏之学，便于后学对翼氏学的理解。如关于翼奉的"五行""六情"之说，从《汉书·翼奉传》《五行大义》中辑录，并以张晏

---

① （清）陈乔枞：《齐诗翼氏学疏证·自叙》，《续修四库全书》影印本。

注、匡衡语、孙渊如说及附《白虎通义》进行疏解，旨在说明“五际”即“五行”；“五行”即“五性”，仁、义、礼、智、信。《诗》本性情而出，所以要本性而律情，要从仁义礼智信来理会诗义。陈氏认为这是翼氏《诗》说的基本原则，故开篇即为疏证。

陈乔枞的《齐诗翼氏学疏证》，可谓可以凭借的研究翼氏学最完备的资料。借此可以更好地理解《齐诗》的“四始”“五际”“六情”之说。与此前不久成书的迮鹤寿的《齐诗翼诗学》相比较，陈氏的疏解更为详博。

《齐诗》与阴阳五行结合，其“四始”“五际”“六情”的基本观点存留在汉代史籍中，而具体内涵及结合方式难以考索。清代两部专著的出现，使得后学得以窥见翼学之门径，发轫扶微之功，自不待言。正如陈庆镛在《齐诗翼氏学疏证叙》中所说：“翼氏之学，自汉以后绝响，今得衍而传之，可为翼氏功臣，可为辕固生功臣，而孔孟传授宗旨亦可以会矣。”[①] 迮、陈二书，扶微继绝，开创了《齐诗》翼氏学研究的新篇章。

另外，《诗》纬与《齐诗》有着某种天然的联系。陈氏著有《诗纬集证》，在《自序》中谈到，汉代《齐诗》学者，亦有“《诗》出于纬”的认识，郑玄在笺《诗》时，就有对纬说的具体运用。“齐学湮而《诗纬》存，则《齐诗》虽亡而犹未尽泯也。《诗》纬亡而《齐诗》遂为绝学矣。”[②]《诗》纬与《齐诗》共存亡。“经明其义，纬陈其数；经穷其理，纬究其象。”对《诗》纬的研究，能更好地认识《齐诗》之学。因而《诗纬集证》的最终成书和《齐诗翼氏学》的著述，使得《诗》纬与《齐诗》之学相得益彰。并且《诗纬集证》中的论说有时与《齐诗翼氏学》及《三家诗遗说考》中的诗说互为考证，具体实践着“《诗》出于纬”的认识。

---

① （清）陈庆镛：《齐诗翼氏学疏证·叙》，《续修四库全书》影印本。

② （清）陈乔枞：《诗纬集证》，《续修四库全书》影印本。

第三章　清代三家《诗》文献辑佚研究（下）

陈寿祺、陈乔枞父子的《三家诗遗说》以及冯登府多角度辑佚考证和阐释三家《诗》，成为清代三家《诗》辑佚研究中具有转向作用的代表性著作，本章前两节将作为个案专节探讨，后一节将对清代三家《诗》学的辑佚所呈现出来的特征进行考察。以辑佚为主要特征的三家《诗》学在清代全面复兴，是清代辑佚学发展的重要组成部分，与三家《诗》本身的特点相结合，形成了三家《诗》学在辑佚方面的一系列特征。本书将从辑佚材料的来源、对辑佚的认识、辑佚过程中家法归属的纠结和辑佚考证方法四个方面，考察这些辑佚特征，并对相关问题展开进一步的考证。

第一节　冯登府的三家《诗》学

一　冯登府其人其学

冯登府（1783—1841 年），字云伯，号勺园，又号柳东，自号小长芦旧史，浙江嘉兴人。嘉庆二十五年进士，改庶吉士，散馆。授福建将乐县知县，仅七十五天，闻母病，即辞官归里。后改就教职，选补宁波府教授，历时达十年。鸦片战争爆发后，宁波沦陷的消息传来，登府忧愤交加，病剧而卒。《清史列传》

《清儒学案》中专门立传，总结其学术；其门生史诠撰有《冯柳东先生年谱》[1]，是了解其生平事迹较为详细的资料。

冯登府一生以著书立说为业，不为仕途所羁绊。对经史百家无不广闻博记，而经学造诣尤深。登府古文宗桐城派，诗宗朱彝尊，兼工词。并精篆刻，喜声律，兴趣广泛，尤其谙熟金石掌故，又专于训诂学。他一生著述极富，有《石经补考》十二卷、《三家诗异文疏证》六卷《补遗》四卷、《论语异文疏证》十卷、《金屑录》四卷、《石余录》四卷、《金石综例》四卷、《浙江砖录》四卷、《唐宋词科题名》一卷、《酌史岩摭谭》十卷、《玉台书史补》六卷、《梵雅》一卷、《闽中金石志》十四卷、《石经阁诗文集》八卷、《拜竹龛诗存》十卷及续集二卷、《种芸仙馆词》四卷、《钓船笛谱》一卷，所编有《曝书亭外集》八卷、《冯氏清芬集》八卷、《邝砚倡酬集》一卷、《梅里词辑》六卷。冯登府劬书媚学，也是一位藏书家，藏书达万余卷，且多精品。如其所藏宋本《六臣注文选》（残本）、《玉台新咏》《隶释》《隶续》《隶韵》，旧抄本《舆地纪胜》二百卷为四库未著录者，毛刻本《中吴纪闻》六卷、手校旧抄本《诗考》、朱彝尊手写《曝书亭文稿》、元本《柳文》、抄本《旗峰诗集》均极珍贵，可见其藏书之精。

冯登府一生交谊广泛，不仅与同里友人交相切磋，而且和当时学界诸多学术大家都有交游。从他三家《诗》著述的角度来说，其与阮元和李富孙交游最为密切。《清史列传》记载冯登府"尝从仪征阮元游，元重其学，契洽甚至"。阮元曾为冯登府的《三家诗异文疏证》作序，言：

> 柳东太史，潜研经史，精邃博综，实欲突过前哲。其言三家多今文，毛多古文，三家多正字，毛多假借，按之群书，无不融合。又推原传授诸儒，有以知其说之所宗，一一派别而騠证之。由形声而得训诂，由训诂而得义理，俾千古微学，一旦揭日月而列星辰，则三家虽亡犹存也。夫自有宋以来，学者类沿于空疏之病，王氏独能网罗载籍，实事求是，阐发许、郑之

[1] 国家图书馆藏有民国间抄本。《北京图书馆藏珍本年谱丛刊》第138册影印，北京图书馆出版社2001年版。

言，顾尚有待于后人之补正。柳东以名翰林出为县令，不三月以亲老解组归，而教授伯厚之乡，得其流风绪纶，益肆力于学，可不谓好学守道者与？曩余在广州开学海堂，集说经之书为《皇清经解》千四百卷，而独缺三家《诗》、石经，今于滇中始得见之，爰亟为编入续编，并叙而归之。柳东尚有《论语》诸经说，何不尽出而观之也。[①]

他不仅推崇冯登府的三家《诗》研究，而且将其所著《三家诗异文疏证》补收入《皇清经解》，以光大其学说。可见，阮元的提携对冯登府的三家《诗》传播产生了很大的影响。

而他与李富孙，则是同里。《清史列传》载："与同里李富孙交尤密，每著一书，辄与商榷，富孙以为钱大昕、全祖望之比。"[②] 冯登府的诸多著述都有李富孙作序或与之校刊。如其生平最后的著述《三家诗遗说》，今存天津人民图书馆抄本，就是李富孙校抄。比较国家图书馆所藏原稿可以发现，原稿中诸多的删涂不明处抄本中多有校正，较原稿精善，也便于进一步的研究。

二　冯登府三家《诗》著述考

目前学界关于冯登府三家《诗》辑佚之研究仅有台湾学者贺广如先生的《冯登府的三家〈诗〉辑佚学》一文，其中概述冯登府的三家《诗》研究，"主要成果有二：一曰《三家诗异文疏证》，一曰《三家诗遗说》"[③]。笔者经过查阅，发现冯登府的三家《诗》研究是随着其认识的深入，辑佚观念和辑佚态度的转变而逐步开展的，并形成了一系列的三家《诗》研究成果。以著述时间为序，主要有：《三家诗异字诂》不分卷、《三家诗异文释》三卷《补遗》三卷、《三家

① （清）阮元：《冯柳东〈三家诗异文疏证〉序》，《揅经室续集》卷一，丛书集成续编69册，第49页。

② 《清史列传》，王钟翰点校，中华书局1987年版，第5595页。

③ 贺广如：《冯登府的三家〈诗〉辑佚学》，《中国文哲研究集刊》第二十三期，2003年9月，第305—336页。

诗异文疏证》六卷《补遗》三卷、《诗异文释》六卷《补遗》一卷、《三家诗遗说翼证》二十卷、《三家诗遗说》不分卷，以上六种，笔者经过多方查找得以寓目。现就所见各加介绍。

（一）《三家诗异字诂》不分卷

李贻德校，稿本，藏浙江省图书馆。一册。半页10行，行字数不等。封面题"《韩鲁齐三家诗异字诂》"，分为《韩诗》《鲁诗》《齐诗》三部分。其中，《韩诗》部分内容最多，其余两家仅若干条。卷端署"汉三家诗异字诂，嘉兴冯登府、子芸甫学"。子芸或为冯登府一别署号。天头有李贻德的增校，正文时有朱墨点断，及随文删改夹注。卷末署校记"己巳十一月长至前五日较"，"长至"即冬至，是李贻德在嘉庆十四年（1809年）冬至前五日的校稿。由此可知是稿最晚成于嘉庆十四年（1809年）底前。书底有李贻德跋，跋中称赞其为"深宁之功匠"，并点明补注若干条。据笔者统计此校稿中，共增注六十一条，署"贻按"。此跋是贻德在嘉庆十四年（1809年）"嘉平月"（农历十二月）所作。由此校验贺广如文注[①]，可知李氏所跋书名非"《齐鲁韩异文释删减》"，并仅据李氏跋文，亦不能获知"此书系《三家诗异文疏证》之前身"。

（二）《三家诗异文释》三卷《补遗》三卷

李富孙校，稿本，藏浙江省图书馆。一册。半页10行。钤有黑文方印"石经阁"和朱文方印"冯登府学"。卷端署"浚仪王应麟集考，嘉兴冯登府云伯学"，其中"云伯学"二字删改为"疏证"，不知是冯氏自改抑或李富孙校改。由此删改可以看出，此《三家诗异文释》（以下简称《异文释》）亦即冯登府关于三家异文的疏证，与后来成书的《三家诗异文疏证》（以下简称《异文疏证》）有密切的关系，下文的比较也证实了这一点。书前有张昌衢序。天头有李富孙校

① 贺广如《冯登府的三家〈诗〉辑佚学》注释："据陈鸿森《清代三家〈诗〉著述考》（未刊稿）得知，云伯同里李贻德曾校跋云伯《齐鲁韩异文释删减》一书，李氏之跋今存于浙江图书馆中，据其跋文，知此书系《三家诗异文疏证》之前身，并且此书又是自《三家诗异字诂》一书修改而来，因此，由《三家诗异字诂》，到《齐鲁韩异文释删减》再到《三家诗异文疏证》，乃一层累的增修过程，三书的内容主要均着力于三家《诗》异文的考证上，足见云伯于此所下功夫颇深，而其成果主要则呈现于《三家诗异文疏证》一书之中。"贺广如：《冯登府的三家〈诗〉辑佚学》，《中国文哲研究集刊》第二十三期，2003年9月，第306页。

注。卷末有校记“壬申四月廿五日较一过”及钤印“子云图书”，此“子云”或与《三家诗异字诂》（以下简称《异字诂》）署名“子芸”一也，乃冯登府别号，即嘉庆十七年（1812 年）四月二十五日，冯氏校后所记。书底校记“丙子六月李富孙校读一过于吴门馆舍，大暑后一日挥汗书”，是李富孙嘉庆二十一年（1816 年）六月大暑后一日的校记。在卷一《韩诗》的末尾有校记“丁丑二月寒食夜校改定字”，当是李富孙嘉庆二十二年（1817 年）二月的寒食夜又对个别字句进行了校定。

《冯柳东先生年谱》中记载：“嘉庆十八年（1813 年），《三家诗异文考证》成，张尧民为之序，属史生诠校录。”尧民，即张昌衢号。此《三家诗异文考证》当为《异文释》，据稿本校记可知应当成书于“壬申四月”，即嘉庆十七年（1812 年）前，《年谱》稍误。

（三）《三家诗异文疏证》六卷《补遗》三卷

刻本，藏上海图书馆。封面题“汉三家诗异文疏证”。半页 11 行，行 22 字，左右双边，粗黑口，象鼻，单黑鱼尾，版心镌书名、卷次、页码，书牌记“道光庚寅年六月四明学舍开雕止十月竣工”，可见刻于道光十年。

书前有张昌衢序[①]、陈寿祺序、冯登府自记及总目。陈序称赞是书“辨形声，核诂训，未有如此编之精博不刊者也”。冯登府《自记》云与范家相等人的三家《诗》辑佚之作相比，此作乃“不欲为雷同之学”而“专疏异文”，据王应麟《诗考》“所引三家异文略有疏证”，并明确“订正”结果“厘为六卷、《补遗》三卷”。可见此《自记》作于《补遗》完成之后，故我们可以推测《异文疏证》的成书时间最晚应在撰成《自记》的“嘉庆二十二年春正月”之前，因而贺广如推测著作时间“最晚应在于道光十年左右”[②]欠妥。冯氏所著《石经阁文

---

① 此张序与《异文释》中是同一序。《三家诗异文疏证》六卷《补遗》三卷，稿本亦藏上海图书馆，其中张序署名为“勺园旧史冯登府自叙”，并钤有“冯登府”和“得庵”二方印。从《异文释》及《年谱》记载可知此序为张昌衢作，稿本署“冯登府自叙”之原因待考。

② 贺广如《冯登府的三家〈诗〉辑佚学》：“根据学海堂所编《皇清经解》的道光九年初刊本未能收入是书，以及张祝平记载四明学舍所刊的《三家诗异文疏证》刻于道光十年（1830 年）等讯息判断，应可推测《疏证》的著作时间，最晚应在于道光十年左右。”贺广如：《冯登府的三家〈诗〉辑佚学》，《中国文哲研究集刊》第二十三期，2003 年 9 月，第 309 页。

初集》中录有《〈汉三家诗异文疏证〉自序》，与上述《自记》相比，除个别字句有所更改外，在段前增述道："夫汉、魏以来诸书所引，惟韩独多，而蔡邕之石经、《独断》，孔安国之《书传》，司马迁之《史记》，班固之《汉书》《白虎通》，刘向之《说苑》《新序》《列女传》，包咸、何晏之《论语》，并本《鲁诗》；匡衡、翼奉、萧望之及景鸾图纬之说，皆为《齐诗》，其古义尚可考见。"① 而"其序文中所言归属于《鲁诗》的诸书，其实并未在《疏证》中全然实现，反而是在《遗说》一书才具体落实了此一作法"②。可见此《自序》撰于《异文疏证》成书后。并由道光十年本只刊《自记》并未刻《自序》亦可知，《自序》的增改应该在刻本刊定之后，否则，在刻本中就不会刊刻修改前的《自记》了。并就诗家归属推知，刊刻《异文疏证》后，冯氏对于三家《诗》"古义"又有了新的认识，故思考着关于三家诗异义的问题，并最终在《三家诗遗说》中得以体现。

在《总目》中，卷一至卷四为《韩诗》，卷五是《鲁诗》，卷六是《齐诗》，共六卷。《补遗》三家各一卷，共三卷。又有《三家诗异文综补》六卷、和《三家诗异义综补》四卷，均标示"嗣出"，即这两部分尚未完成或此次未刻，以俟他日补刻。有字数标识"《异文疏证》六卷都三万零六百六十一字，《补遗》三卷都一万二千六百七十九字"。署刻工"四明沈大业写样，蒋文照镌字"。卷末署"门人史诠、陈文垣，弟登隽，男家士、家侯，孙男稻生覆校"。

三书相比较，不同如下：

其一，《异字诂》每家诗前均有"提要"，即《韩诗提要》《鲁诗提要》《齐诗提要》；《异文释》则没有"提要"。《异字诂》不分卷；《异文释》则分为三卷，每一家诗即为一卷。并有三家《补遗》部分，内容很少，均为数则。

其二，《异字诂》在诗篇名后多收录有一段此家关于全诗宗旨的概括，《异文释》篇名后没有全篇主旨性的论述，直接是对相关异文的疏释。

其三，《异文释》吸收了《异字诂》中李贻德的增校，进行了局部的调整，

① （清）冯登府：《石经阁文初集》卷一，清道光十一年刻本，上海图书馆藏。

② 贺广如：《冯登府的三家〈诗〉辑佚学》，《中国文哲研究集刊》第二十三期，2003 年 9 月，第 324 页。

在原文和天头有较多校改之语，增补了一些引文的出处，当为李富孙增校。《异文疏证》则承袭《异文释》而来，并对其进一步作了修改、整合。

以《召南·甘棠》为例：

甘棠

昔召公述职，当民事时，舍于棠下而听断焉。是时人皆得其所，后世思其仁恩，至虖不伐甘棠。（《汉书·王吉传》，吉学《韩诗》）①

传曰：自陕以东者周公主之，自陕以西者召公主之。召公述职当桑蚕之时，不欲变民事，故不入邑中，舍于甘棠之下而听断焉，陕间之人皆得其所。是故后世思而歌诔之，善之，故言之；言之不足，故嗟叹之；嗟叹之不足，故歌咏之。（《说苑》）

蔽茀（毛作芾）甘棠。（《外传》）

按：芾音费，木盛貌。茀，寘韵，亦费通作芾。

眉批处贻德增校：

贻德案：芾通韨。《诗》"朱芾斯皇"，《传》："芾，韠也。"韨，又通绂，绂又通绋。《庄子·逍遥游》注："使谓是以缨绂其心矣。"《释文》或作绋。《汉书·丙吉传》："上使人加绋而封之。"颜注："绂，系印之组也。"《李翊碑》"考忧释绋"，《尧庙碑》"印绋相承"，皆其证也。而绋、茀又相通。《左·宣八年传》"始用葛茀"注："茀，所以引柩。"伏注作绋，则芾、韨、绂、绋、茀同音而通借也。又按《既济》"妇丧其茀"，京作绂。绂即芾。《易》"朱绂"，《诗》作"赤芾"，皆命服也。《易》"豐其沛"，《子夏传》作"芾，云小也。"《诗》"茀禄尔康"矣，毛训茀为小，亦芾、茀相通之证。《张迁碑》"蔽沛棠树"，顾南原云："以蔽沛为蔽芾"，盖芾亦音费。故亦得从沛。

① 小括号内注文原文小字双行排列，下凡引原文均同。

以上《异字诂》。

甘棠

蔽茀（毛作芾）甘棠。（《外传》）

贻按芾通韨。《诗》“朱芾斯皇”，《传》：“芾，韠也。”韨，又通绂，绂又通绋。《庄子·逍遥游》注：“使谓是以缨绂其心矣。”《释文》或作绋。《汉书·丙吉传》：“上使人加绋而封之。”颜注：“绂，系印之组也。”《李翊碑》“考忧释绋”，《尧庙碑》“印绋相承”，皆其证也。而绋、茀又相通。《左·宣八年传》：“始用葛茀”注：“茀，所以引柩。”伏注作绋，则芾、韨、绂、绋、茀同音而通借也。又按《既济》“妇丧其茀”，京作绂。绂即芾。《易》“朱绂”，《诗》作“赤芾”，皆命服也。《易》“豊其沛”，《子夏传》作“芾，云小也。”《诗》“茀禄尔康”矣，毛训茀为小，亦芾、茀相通之证。《家语·庙制篇》亦作“蔽茀”，《张迁碑》又作“蔽沛”。

以上《异文释》。

可见，《异文释》融合了《异字诂》中贻德的增校，并进行了局部的调整。再如《邶风·终风》：

终风，西风也，浪起也。（《释文》）时风又且暴，使已思益隆。（《文选注》《薛君章句》）

（毛作曀）其阴，天阴也，尘也。（董氏云，《说文》同）

按：曀，《说文》：“阴而风也。”《尔雅·释天》：“阴而风曰曀。”《释名》：“曀，翳也。”言掩翳日光使不明也。壇，《说文》：“天阴沉也。”《诗》：“壇壇其阴”，与董氏合。《韩诗》曰：“云壇，天阴沉也。”按阴风与阴沉义稍别。”（曀音翳，音瘞。）《广韵》：“壇，阴貌。”《毛传》：“如常阴，曀、壇，义亦通也。

以上《异字诂》。画线部分为李贻德夹注增加的内容，斜体部分为其删除的内容。

终风

（毛作曀）其阴，天阴尘也。（见董氏《读诗记》四，《说文》同）

按：曀，《尔雅·释天》："阴而风曰曀。"《释名》："曀，翳也。"言掩翳日光使不明也。壇，《说文》："曀，阴而风也。"于壇下引诗"壇其阴"，即本《韩诗》云："云壇，天阴沉也。"按阴风与阴沉义亦不殊。

以上《异文释》。李富孙把原稿中"董氏云"删除，增加具体出处"见董氏《读诗记》四"。实则董氏所云见吕祖谦《吕氏家塾读诗记》卷四。斜体部分内容被富孙删除。

据内容比较可知，三者基本部分同者十之八九。《异文释》是在《异字诂》基础上修改而来的，二稿均有较多的删改圈涂痕迹，说明此二稿均为未定本。据著述时间和版本所传递的讯息可知，《异字诂》和《异文释》是《异文疏证》付刊前的初稿、二稿，《异文疏证》则是最后的定稿。从文本内容上来说，前两稿可能价值有限。但从了解冯登府三家《诗》辑佚研究发展的轨迹及其《诗》学思想发展的角度来说，意义颇为重要。

检视三稿本的完善过程，我们可以得出：

第一，《异字诂》是冯登府关于三家《诗》研究的初步思考，故完全仿照王应麟《诗考》体例，而到进一步修改成《异文释》时，随着研究的深入，发现完全仿照《诗考》会造成体例不一，因而删除了每家诗前的"提要"及三家关于诗篇总旨的论述。虽然关于篇旨遗说的论述与对异文考证的体例不太符合，予以删除，但他并没有忽视这些遗说的存在，故后来又著述《三家诗遗说》。可见，关于三家《诗》遗说的思考贯穿冯氏三家《诗》研究的始终。

第二，《异文释》吸收了《异字诂》中李贻德的增注，而《异文疏证》又吸收了李富孙的校改。并且在具体异文疏证过程中，间有引用时贤的成果。如在初稿《异字诂》中，冯氏并没有运用金石文字材料进行考证，到二稿《异文释》

中，就吸收了李贻德运用金石文字的增注，而在最后的定稿《异文疏证》成书时，冯氏在金石学方面已经有了相当的积累，故更加积极运用金石碑传资料考释三家异文，成果显著。因此可以说，友人的启发，查漏补苴，完善着冯登府的三家《诗》研究，也可以看出当时学者的交游切磋之情谊。

第三，从三稿本辑佚材料的选取来看，前两稿仅从《释文》《文选注》《汉书》等典籍中，先列出所存在的异字，然后运用《尔雅》《说文》《玉篇》《集韵》等一些字书、韵书中的相关记载，进行考证。然初创之作，所考证多较简单，并有一些失考之处。到《异文疏证》不仅引用一些字书、类书、史籍、传注等相关的记载，而且青铜铭文、碑传资料及一些佛经音义的运用更加娴熟。在借鉴时贤考证成果的同时，间有指瑕其失当之处，如《韩诗·君子偕老》，冯氏考证云："媛本有援义，援训助，取当是助之误。范家相谓邦人之取法，盖不知取是助之讹而强释之。"指出范家相失考之处。与前两稿相比，《异文疏证》疏释更为翔实，考证更为精审，所涉及资料也更广泛，亦是其超越前两稿乃至最后定刊的原因。

第四，前两稿本的存在，说明冯登府《异文疏证》的完成，从最初的创作到最后的刊刻，至少经过了三次大范围修改，历经十余年，并吸收了李贻德、李富孙二人的校注成果。可以说，《异文疏证》是冯登府长期积累，几经修改，对三家《诗》辑佚研究反复思考的结果，这在清人三家《诗》辑佚中，乃至《诗经》研究史上都是不多见的。可见，冯氏治学之严谨，亦可知阮元为何见之即亟编入《经解》中了①。如果说《异文疏证》重在"由形声而得训诂"，尔后的《三家诗遗说》则是"由训诂而得义理"之作，两相结合，成就了"千古微学"三家《诗》的"虽亡犹存"。

（四）《诗异文释》六卷《补遗》一卷

稿本，藏复旦大学图书馆。三册。扉页识语"先将《诗异文补》先后录一

① 阮元主持编纂《皇清经解》，由广东学海堂刊刻，至道光九年完成。当时并没有收录冯登府的《三家诗异文疏证》，今所见《皇清经解》中所录冯登府《三家诗异文疏证》在千四百零七、千四百零八二卷，乃后来续刻。阮元《冯柳东〈三家诗异文疏证〉序》云："曩余在广州开学海堂，积说经之书为《皇清经解》千四百卷，而独缺三家《诗》、石经。今于滇中始得见之，爰亟为编入续编，并叙而归之。"

本，王氏异文原文录一本。补齐、鲁廿条”。后题“是卷尚多误处，未经校过，丙戌冬月记”，钤印“得庵”，得庵是冯登府一别署号。由此记知是稿成于道光六年（1826 年）。据上文知，此时《异文疏证》已经完成。卷端署“浚仪王伯厚辑，嘉兴冯登府释”，后有钤印“登府手校”。天头处有臧寿恭、汪远孙、赵坦的增注。

对照《异文疏证》可以发现，凡是《异文疏证》所疏之异文，《诗异文释》一般不再考证。《诗异文释》重点在与《毛诗》比较上，先列出有三家异文的诗句，而不具体区分某一家，然后注明毛作某，以案语疏释。此稿反映了冯氏对辑考三家《诗》的进一步思考。三家师承比较复杂，在《异文疏证》中的严格区分三家可能也并非汉代实际。故在完成《异文疏证》后，解决典籍中遗存与《毛诗》不同而又难归属三家中某一家的异文，是冯氏面临的治三家《诗》的一个难题。《诗异文释》就是为了解决这一难题而进行的努力。该稿没有最后成书，亦说明此一著述方式及呈现的结果不能实现冯氏三家《诗》研究的目标。但这一不具体区分三家的体例，以及对三家异义的思考，启发着冯氏下一部著作《三家诗遗说翼证》，故才有《三家诗遗说》的完成。因而，此稿亦在了解冯氏三家《诗》发展轨迹中扮演着重要的角色。如冯氏所言是稿“尚多误处，未经校过”，故仅有此孤本，而鲜为人知。

（五）《三家诗遗说翼证》不分卷

残稿本，藏复旦大学图书馆。四册，无卷次。卷末署校记：“丙申（道光十六年）五月二十九日李富孙校过”；“丁酉（道光十七年）七月望日柳东亲校定，时目疾初愈”，钤“柳东”印；“己亥七月廿四日校过，可作定本，即付清缮。八月丁□未日三校定”，后有“登府”印，道光十九年（1839 年）《三家诗遗说翼证》（以下简称《遗说翼证》）定本以成；“庚子六月至十一月止，即将此书以类分编，成《三家诗余论》，详于义理而略于训诂，已成初稿，将付史生书之，此书竟可废。有清本在汪又村适处，请元和陟石甫校定，已阅年矣，将索归，□至前十日觉老人记。”“觉老人”亦冯氏自指。道光二十年（1840 年），冯氏又对《遗说翼证》进行分编，此本遂废，今所存残本仅从《大雅・文王》开始。

《遗说翼证》体例以三百篇顺序编排，从其他典籍中征引有关诗说、诗评，系于诗句之下，以呈现与毛说的不同，不具体强分三家。与《三家诗遗说》相比较，有些辑佚内容二者完全相同；有些则《遗说翼证》更为烦琐，比较杂乱，系统性和条理性不强，有资料堆积之嫌，并有明显圈改删涂痕迹；而《三家诗遗说》则结构统一、条理清晰，并“详于义理而略于训诂”。

示例如下：

荡

盪盪上帝，《尔雅·释训》案：《易·系辞》上“八卦相盪”，惠氏栋曰：“《说文》为涤当，从九家作荡。后汉惟蔡湛碑以盪为荡，从俗本也。”据此则“荡荡上帝”，不得作盪盪矣。《论语》奡盪舟。《说文》作汤，汤荡古通。

疾威上帝，其命多辟。《说苑》曰：“公生明，偏生暗，端悫生达，诈伪生塞，诚信生神，夸诞生惑，此六者，君子之所慎也，而禹桀之所以分也。诗云：‘疾威上帝，其命多僻。’言不公也。”（《至公篇》）

其命多僻。（《说苑·至公篇》、《释文》）

其命匪谌。（《外传》五）

天命匪忱。（《说文》）案：“天”字误叶“本”。《集韵》仍作“其”。

靡不有初，鲜克有终。班固曰：“言人行终始不能若一，故据其终始从可知也。”（《白虎通·谥法篇》）《韩诗外传》曰：“官怠于宦成，病加于少愈，祸生于懈惰，孝衰于妻子；察此四者，慎终如始。诗云云。”

以上《三家诗遗说翼证》。原稿中“天命匪忱。（《说文》）案：‘天’字误叶‘本’，《集韵》仍作‘其’”句，标示删除。所引“官怠于宦成……”句，见《说苑·敬慎篇》，非《韩诗外传》，冯氏误。《三家诗遗说》沿此误。

荡

厉王暴虐，任有掊克之臣，下民怨咨，流言日兴。此诗极言其无道，皆有所指。诗人痛哭流涕时矣。

其命多辟,《说苑》:“言不公也。”(《至公篇》)

靡不有初,鲜克有终。《韩诗外传》:“官怠于宦成,病加于小愈,祸生于懈惰,孝衰于妻子。察此四者,慎终如始。诗云云。”

以上《三家诗遗说》。

故《遗说翼证》卷末所云“分类摘编”而成的“《三家诗余论》”即是《三家诗遗说》。因而,《遗说翼证》是《遗说》的前期成果,是完成《异文疏证》及尝试著述《诗异文释》仍觉不理想后,既苦于强分三家的不妥,又发现三家《诗》不仅有大量异字存在,而且异义遗说也非常值得探讨,故三家综合编排,形成一些具体的三家遗义,而成就了《三家诗遗说》。可见《遗说翼证》仅是废除之草稿,而后来学者多未考其详。如《书目答问注》所载冯氏“别有《三家诗异义遗说》二十卷,未刻”[①],即为未刻的《遗说翼证》二十卷。当今学者亦有云:“对于汉以后就已亡佚的齐、鲁、韩三家学说的搜集,清嘉道以后著述日多。有冯登府《三家诗异文疏证》九卷,《三家诗异义遗说》二十卷。”[②] 此二十卷的《三家诗异义遗说》当指《遗说翼证》,而殊不知《遗说翼证》乃残废稿,其成果在《三家诗遗说》中得以体现。

(六)《三家诗遗说》不分卷

稿本,藏国家图书馆。三册,半页 11 行。前两册为冯登府《三家诗遗说》(以下简称《遗说》)的誊清稿,也即定稿,但涂改仍比较多。有钤印“冯氏伯云”,后署完成日期“庚子十一月十八日”,即道光二十年(1840 年)十一月,与《遗说翼证》识语中分编成《三家诗余论》的“庚子六月至十一月止”时间是一致的,亦可证明摘编而成的《三家诗余论》即此稿也。第三册是初稿,从《东方之日》开始,其中所录多不完整。后有识语:“此卷依前后次序,尚总数数说未成。此书成于红夷滋事之时,司马公所谓废愤成书也。未起何日得清一

---

① (清)张之洞著,范希增补正:《书目答问补正》,北京燕山出版社 1999 年版,第 18 页。

② 陈其泰、李廷勇著,张立文主编:《中国学术通史・清代卷》,人民出版社 2004 年版,第 219 页。

稿。此卷自二日初始清稿，大计二十前后可举再补总论数篇，复可成书。多抄即心烦，只好日限三纸，二十日、十八日定也。”钤印“甬生”，即登府。可见，定稿即为在初稿完成后的誊清稿。完成于“红夷滋事”，即鸦片战争开始之际。当是冯登府官居宁波府，心有郁结，发愤著述。但身体每况愈下，故只能“日限三纸”。

《遗说》按照三百篇的顺序编排，共涉及《诗》二百一十九篇，并有四篇总说：《周南召南说》《鲁颂说》《商颂说》《齐诗说》。主要是从典籍记载中钩辑三家遗说，从而进一步解释三家训《诗》之义。除有明确归属某家者外，一般以“用三家说”等统言之，不强分三家，反映了三家遗说存在的客观现实。

与《异文疏证》及《遗说翼证》等前期著述相比较，《遗说》一个鲜明的特点就是增加了一些三家《诗》说与毛义优劣的判定，多以三家胜毛。此一明确态度亦是在今文经学思潮兴起的学术背景下，受魏源等今文三家《诗》学思想的影响而逐渐形成的。书中除较多引用“我友魏源”之说外，还引用了其他诸多学者之成果，如称阮元为“我师阮仪征”“吾师仪真相国”“我师阮仪真”；称王引之为“先师王尚书”“先师王文简”；称李富孙为“我友李富孙”等，从称呼中亦可看出受他们影响之深。从上述著作中诸同里友人的增校及此著中的诸多引证时贤成果，可以说，冯登府的三家《诗》研究是与众友人交游切磋的结果，亦可得窥当时学者学术交流及学术风气形成之一斑。

另《三家诗遗说》八卷，《补》一卷。李富孙抄校，藏天津图书馆。《续修四库全书》影印此本（第76册）。半页11行，行23字。后校记云：“壬寅人日，李富孙校过，时年七十有九。为之泫然挥涕，亦不负病时所属也。”“壬寅人日”，即道光二十二年正月初七，李富孙在冯氏去世后不久，以七十九岁高龄，遵好友嘱托校抄完成。门人史诠“元黓摄提格小春月”（即道光二十二年十月）誊抄。并在第八卷附有《三家诗遗说补》一卷，是关于《齐诗》的增补，有记：“我师于辛丑春抄自四明官舍，寄命校录，嗣增草稿，陡主蓉城。今秋晓畊世兄出示遗集中有几叶在所增之外，恭誊以附八卷之后，门人史诠百顿首谨注。”

综观上述冯登府三家《诗》著述六种，前四种大致可以概括为异字疏证系统，后两种属于遗义探究系统。在异字疏证系统中，以刊稿《异文疏证》为代表，《异字诂》和《异文释》分别是初稿和二稿，《诗异文释》是著述成《异文疏证》后，为弥补三家归属问题的反思之作，虽未补憾，亦唱响了遗义探究的前奏。在遗义探究系统中，以《遗说》最终成书，《遗说翼证》仅是《遗说》的草创之作，并未有完稿存在。

从《异文疏证》到《遗说》，二者的不同及其中所透露的讯息，展示了冯登府三家《诗》学思想发展的轨迹及道光年间学术思潮的发展变化。概括如下：其一，从结构上看，由三家分说到不强分三家，反映了冯氏依王应麟《诗考》体例深入研究时，遇到了困境，并找到了解决这一难题的方法，即三家综合编排。此亦是范家相等诸多治三家《诗》学者遇而未决的难题。其二，从辑佚角度的选取来看，由对异文的考证到对遗义的探究为主，反映了冯氏对乾嘉考据学派“由小学以通经明道”[①] 学术宗旨的贯彻，此亦是乾嘉学者治学之圭臬。其三，在辑佚材料的选取上范围不断扩大，辑佚方法不断拓展，“由原先最可靠的直引法，发展出师承法及推臆法，使辑佚内容较原先丰硕”[②]。表明了冯氏对三家《诗》之“家法”“师法”有了新的认识，这也是清代学者传承汉学中一直探讨的问题。其四，在辑佚态度上，由《异文疏证》中对四家《诗》的客观比较，到《遗说》中三家多胜毛的判定，既反映了随着研究的深入，对三家《诗》认识的逐步深化，亦表明受到魏源《诗古微》中张扬三家大义的今文治经观念的影响，透露了社会思潮对学术研究的冲击。总之，冯登府的三家《诗》研究，既受乾嘉汉学传统学术方法的指导，又受嘉道间兴起的今文经学思潮的影响，汇集了众多学者的考证成果，交织着嘉道间诸多的学术信息，在三家《诗》研究史上占有重要的地位，不应被忽视。

关于《三家诗异文疏证》和《三家诗遗说》二书的具体比较，贺广如先生《冯登府的三家〈诗〉辑佚学》一文有比较详细的考述，可参阅。

---

① “经之至者，道也。所以明道者，其词也。所以成词者，未有能外小学文字者也。由文字以通乎语言，由语言以通乎古圣贤之心志，譬之适堂坛之必循其阶，而不可以躐等。”戴震：《古经解钩沉序》，见《戴震文集》卷十，中华书局 1995 年版，第 146 页。

② 贺广如：《冯登府的三家〈诗〉辑佚学》，《中国文哲研究集刊》第二十三期，2003 年 9 月，第 335 页。

通过上文考述可知，冯登府的三家《诗》著作是清代个人著述三家《诗》最多的代表，而其中所透露出的三家《诗》辑佚学的变化也是最丰富的，通过分析，有助于了解清代整个三家《诗》辑佚学的发展。

第二节　陈寿祺陈乔枞的三家《诗》研究

一　陈寿祺生平及其学风的形成

陈寿祺，字恭甫、介祥、苇人，号梅修、左海，晚年自号隐屏山人。福州闽县（今闽侯县）人，生于乾隆三十六年（1771 年），卒于道光十四年（1834 年），终年 64 岁。

陈寿祺天资聪颖，他五岁读书，九岁遍群经，为童生后，“即淹贯群籍，一览辄解。文藻博丽，有六朝三唐风格。其乡先生陈秋坪谓之曰：‘当以千秋自命，勿争名一时。’”后又师从孟超然，在学期间深得孟师器重，待以国士，语人曰：“十年后，福州有通儒起，陈生其是也。”[①] 可见其嘉许之心。

乾隆五十四年（1789 年），陈寿祺时年十九，中举人，嘉庆四年（1799 年）二甲进士，选为翰林院庶吉士。科举考试中，受正、副考官朱珪、阮元的赏识。嘉庆六年，寿祺返乡时，阮元先已出任浙江巡抚，并于嘉庆六年创办了诂经精舍，因此聘请寿祺主讲杭州敷文书院，同时兼课诂经精舍。时阮既校正《十三经》《经籍籑诂》，思荟萃群经古义，成《经郛》一书，多得力于陈氏之协助。虽仅在杭州讲学两年，但却奠定了陈氏后半生的治学方向。

寿祺自四十岁退出官场，后二十多年间，先主讲泉州清源书院十一年，道光三年后又主讲福州鳌峰书院十一年，终成一方巨儒，造就人才无数，并对福建学术风气产生了深刻的影响，被时人目为嘉道间闽省学界开风气的人物，“国朝闽

① （清）阮元：《隐屏山人陈编修传》，载陈寿祺《左海文集》，《续修四库全书》影印本。

大儒，其通经泽古，躬行粹然，必以嘉庆间左海陈先生寿祺为巨擘矣”[①]。生平事迹见高澍然《陈寿祺先生行状》、阮元《隐屏山人陈编修传》、周凯《陈恭甫先生家传》（《碑传集》）、《清史列传》等。

陈寿祺的学术成长历程可以分为五个阶段：

第一阶段是早年师从孟超然，治宋儒心性之学。此理学之影响贯穿一生，后虽治汉学，终不废宋儒之说，“未尝鄙薄宋儒”也。

第二阶段是嘉庆四年二十九岁时，会试中试，赐进士出身。朱珪爱其才，尤重视之，与其门下张惠言、王引之、鲍桂星等齐名。此时专治汉学。

第三阶段是嘉庆六年，省亲途中，阮元延课诂经精舍。其间，阮元倡纂群经古义为《经郛》，陈寿祺因上《经郛义例十条》，“探原本”“钩微言”“综大义”“存古道”“存汉学”“证传注”“通互诠”“辨勦说”“正缪解”“广异文”。此十端，实为治汉学之大略。可见此时，陈寿祺对于汉学的思考已经相当成熟。

陈寿祺在《西湖讲舍校经图记》中道：

> 其夏，师（阮元）选校官及高才生十有六人，采唐以前说经文字，亲授义例，纂为《经郛》数百卷。属稿具，寿祺与编校焉，辄稽合同异，以俟吾师之审定。日寝馈六艺中，弗暇游，亦弗暇吟咏也。时座主文侍郎师为学使者，寿祺亦恒以间请业。绵力薄材，闻见黔浅，幸乃亲经师人师陶化染学。复因与邦之贤俊往来论辩，非古不述，盖所以长神智者多矣。不游越，余何以得此哉！[②]

可见此次学术经历，阮元及其他儒者对寿祺学术风格形成的影响。

第四阶段是再次入京求仕，以阮元文坛座主故，与钱大昕、段玉裁、王念孙、程瑶田诸儒交游，交相切磋，而学亦精博。

第五阶段是自嘉庆十五年起，归养不仕，主讲泉州清源书院、鳌峰书院。与

① （清）陈康祺：《郎潜纪闻初笔二笔三笔》（下册），晋石点校，中华书局 1984 年版，第 722 页。

② （清）陈寿祺：《左海文集》卷八《西湖讲舍校经图记》，《续修四库全书》影印本。

诸生言修身励学，教以经术，一洗空疏之习，德教广布。《清史稿·儒林列传》载陈寿祺平常课士，“不一格”，就其资材裁成，“游其门者，若仙游王捷南之《诗》《礼》《春秋》、诸史，晋江杜彦士之小学，惠安陈金城之汉《易》，将乐梁文之性理，建安丁汝恭、德化赖其燠、建阳张际亮之诗、古文辞，皆足名家。”① 而胶州柯蘅，从寿祺受许、郑之学，卓然自立。

陈氏治学，有兼收博览之愿，又有怀疑求真之精神，尝自云：“治经之道，当实事求是，不可党同妒真。”② 早年崇尚理学，入仕以后所处的文化氛围和学术交游为他“精研汉学”提供了契机。于汉学，他主张兼采古今，作为乾嘉汉学的承继者，他用古文学家的眼光，考证今文经学的研经取向。他本人“恬然寡交游”，又为他从事考据提供了主观条件。他的“精研汉学，治经重家法，辨古今文”的学风，使得他成为汉宋兼通的一代儒学大师。

寿祺一生，著述颇丰，其解经，得两汉大义。每举一事，必有折中。上溯伏生，下至郑、许，靡不通彻。所著有《五经异义疏证》三卷、《尚书大传定本》三卷、《洪范五行传辑本》三卷，咸较旧校为胜。《左海经辨》四卷、《左海文集》十卷，其精者多收入《学海堂经解》。《左海骈体文》二卷、《绛跗堂诗集》六卷，亦沉博绝丽，有六朝三唐风格。又有《欧阳夏侯经说考》《齐鲁韩诗说考》《礼记郑读考》《说文经诂两汉拾遗》《遂初楼杂记》等未竟遗稿。

陈寿祺治今文三家《诗》，编撰《三家诗遗说考》的缘由，可以归纳为以下几点：

一是受阮元的影响。阮元是汉学大师，以缀辑古今遗说为使命，撰有《三家诗补遗》。阮元对陈寿祺有知遇之恩，会试中向朱珪举荐，在杭州期间，寿祺又亲受业聆听阮氏教诲，对阮氏之学，心向倾之，自然不能不受其影响。刘锦藻《清朝续文献通考》中说：“陈寿祺《三家诗遗说考》其撰书次第多与是书（注：阮元《三家诗补遗》）同，寿祺为元嘉庆己未会试所得士，渊源具在，固有所受之也。”③

二是乾嘉学派复古的追求，学术界已经形成的辑佚风气，影响着他对三家

① 赵尔巽等：《清史稿》卷四百八十二《儒林列传》，中华书局 1977 年版，第 13249—13250 页。
② （清）陈寿祺：《答翁覃谿学士书》，见《左海文集》卷四，《续修四库全书》影印本。
③ （清）刘锦藻：《皇朝续文献通考》卷二百五十八，浙江古籍出版社 2000 年版，第 10028 页。

《诗》遗说的认识。他所结识的友人中，不乏汉学大家，如王引之、段玉裁、陈奂等，在复汉之古的学术追求中，他要求复兴《诗经》的更古之学，那就是对西汉鲁齐韩三家《诗》的研究。

三是他对“经世之学”的重视与推崇，也间接地影响了他对今文经学的关注。他在《答高雨农舍人书》中云：“寿祺窃以为治文词而不原本经术，通史学而不究当世之务，则其言不足以立。虽然，文必本六经，固也。”[①] 撰有《拟请郡县广行乡饮酒礼议》，盖欲正其本，唯有制之以道，返之以礼教而已。可见，这是他在研治汉学中能会通古典，究心实务，与西汉今文《诗》学所倡导“通经致用”是一致的。

四是学宗许、郑，这是陈氏从事辑佚三家遗说的重要导源之一。陈寿祺在杭州诂经精舍期间，撰《五经异义疏证》，推崇许、郑之学，其《上仪征阮夫子请定经郛义例书》云：“许君《五经异义》，今学古学粲然眉列。……洵所谓博问通人，允而有证，解缪误，达神旨者也。”[②] 可见寿祺极其称赞汉代经师学通古今、师尊多家，是能够“总群师之言，稽合同异而不偏废”的“通儒”。由此可以看出陈寿祺的学术追求。

五是受编纂《经郛》的影响，虽然由阮元发起的《经郛》最终未能编纂成书，但陈寿祺所制定的《经郛》“十例”中的“探原本”“钩微言”“综大义”“存汉学”这些宗旨，都直接启发了他从事今文经学的研究。而《经郛条例》的制定亦甚有功于汉学，成为授学者之指归。其中所涉及的辑佚根本立足点“考家法”，辑佚的范围遍及汉魏诸儒著作及各家之注，辑佚的体例“卷首叙录，稽家法”等均在《三家诗遗说考》中得以体现。可见，《经郛条例》的完成对进一步稽考三家《诗》遗说起着指导作用。而《三家诗遗说考》的主导思想和体例的勾勒，陈寿祺在撰写《经郛条例》时，都已经建立起来了。他在《三家诗遗说考自序》中云：“两汉《毛诗》未列于学。凡马、班、范三史所载，及汉百家著述所引，皆鲁、齐、韩诗。异者见异，同者见同，绪论所存，悉宜补缀，不宜取此而弃彼也。”[③]

① （清）陈寿祺：《答高雨农舍人书》，见《左海文集》卷四，《续修四库全书》影印本。

② （清）陈寿祺：《上仪征阮夫子请定经郛义例书》，见《左海文集》卷四，《续修四库全书》影印本。

③ （清）陈寿祺：《三家诗遗说考·自叙》，《续修四库全书》影印本。

正是从辑佚三家《诗》的角度，对《经郛义例》中所列条例的贯彻。

二　陈乔枞生平及其学风的形成

陈乔枞（1809—1869年），字朴园，一字树滋，恭甫次子。道光五年举人，二十四年以大挑知县分发江西。历官分宜、弋阳、德化、南城诸县，署袁州、临江、抚州知府。同治七年，年六十一，卒于抚州官舍。谢章铤撰有《左海后人朴园陈先生墓志铭》，云：

> 以经术饰吏治，居官有声。而先生独居深念，抚其先世遗著，辄慨然曰："昔先大夫病革，有言曰：'吾四十归田，生平无他嗜，惟以书为性命，疲于文字之役，纂述匆匆未尽就。尔好汉学，治经知师法，他日能成吾志，九原无憾矣！'小子虽无状，敢不勉诸。"乃于簿书之隙，紬绎旧闻，次第勒为定本。于时政，和民宜，而素业亦告成焉。有《礼堂经说》二卷，《毛诗郑笺改字说》四卷，《礼记郑读考》六卷，《鲁诗遗说考》六卷，《齐诗遗说考》四卷，《韩诗遗说考》五卷，《齐诗翼氏学疏证》二卷，《诗纬集证》四卷，《鲁齐韩毛四家诗异文考》五卷，《今文尚书经说考》三十四卷，《欧阳夏侯经说考》一卷…… 凡先生所论列，实事求是类如此。其它书或创于编修未亡之日，经其指示；或成于编修既殁之后，准其遗训。而一时名公硕彦，莫不引为畏友。仪征阮文达公以为"析前人所未析"，萧山汤文端公以为"见博而思精"……年六十一，同治己巳卒于抚州官舍，身后萧然，惟书籍刻板百有余箧而已。①

陈寿祺钩稽三家《诗》说遗义，未竟而就，临终前嘱继续其业。又曾经对乔枞云："《诗》有三家鲁齐韩，犹《春秋》之有《公羊》《穀梁》，不可偏废。

① （清）谢章铤：《赌棋山庄集》文七，《谢章铤集》，吉林文史出版社2009年版，第67—68页。

二传存而三家《诗》亡，说经者之不幸也。”[①] 故“撰述多准寿祺遗训”。不负父望，搜讨群籍，旁征博引，终于成书。

另，林昌彝有云：“昔仪征阮文达公撰左海师《隐屏山人传》，邮寄其嗣君朴园太守，外附一短札，云：‘尊大人当日若出山领封圻，位卿相，官阶显耀，著述无闻，至今观之，与草木同腐矣。然则出处之间，果孰得孰失乎?’”[②] 陈寿祺辞归隐于书院，潜心著述方式的选择，和阮元言语之间流露的赞许之情，可能也触动了乔枞潜心著述，完成父业。

陈乔枞的成果得到许多学者的普遍赞赏。皮锡瑞称：“乾嘉崇尚今文，《齐诗》久亡，孤学复振，采辑三家《诗》者甚多，陈乔枞《鲁齐韩诗遗说考》尤备。”[③] 马宗霍的《中国经学史》把陈寿祺父子列为今文经学家之列，对陈乔枞评价甚高，谓古文经学所以传，“今文为之先驱，今文所无辄废，是又为闽中之今文学”，这“闽中今文学”也就是乔枞承其父训而治的三家《诗》及《今文尚书》等。[④] 他对于《今文尚书》和三家《诗》材料的搜集，可谓竭其精神，旁搜博引，几无余剩。

有学者言：“于汉学，陈寿祺本来持兼习古今的立场，即尊古文经学而不排斥今文经学，但他播撒下的是兼尊古今经学的种子，收获的却是今文经学偏长的硕果。其子乔枞秉承家学，把乃父关于今文经学方面的研究心得发扬光大，成为咸同时期的今文经学名家。”[⑤] 陈寿祺兼尊古今、以古为主的治学取向，由其所编定的《经郛》“十例”多是汉学家的考据功夫也可以看出。不同的是，其子乔枞把主要精力放在了今文经学的研究上，成为一代今文经学名家。当然，他对今文经学的研究与同时代的龚自珍、魏源关于今文经学研究“微言大义”“通经致用”是不同的，如果说后者是纯粹的今文经学的研究，那么陈乔枞只能说是对今文经学的古文研究。周予同先生曾经这样评价说：

---

① （清）陈乔枞：《诗经四家异文考序》，《续修四库全书》影印本。

② （清）林昌彝：《林昌彝诗文集》卷十四《陈恭甫先生传》，上海古籍出版社 1989 年版，第 317 页。

③ （清）皮锡瑞：《经学通论·诗经通论》，中华书局 1954 年版，第 2 页。

④ 马宗霍：《中国经学史》，上海书店 1984 年版，第 150 页。

⑤ 史革新：《陈寿祺与清嘉道年间闽省学风的转变》，《福建论坛》（人文社科版）2002 年第 6 期。

> 当时对于今文学的复兴，还有一支有力的援军，那便是辑佚之风很盛，关于西汉今文博士的遗说，考辑颇备；如冯登府的《三家诗异文疏证》、迮鹤寿的《齐诗翼氏学》、陈寿祺的《三家诗遗说考》和其子乔枞的《今文尚书经说考》、《尚书欧阳夏侯遗说考》、《诗经四家异文考》、《齐诗翼氏学疏证》等书，都给予今文学者以有力的援助。不过这些学者仅仅考证今古文学的不同，并非力主今文而排古文，所以我们不能称他们是今文学者。①

因而，陈乔枞等虽从事的是今文《诗》学的研究，但他们采用的则完全是古文经学的手法，故与传统意义上发挥“微言大义”的今文学者是不同的。

三　《三家诗遗说考》及其相关问题研究

（一）《三家诗遗说考》成书、版本及体例

陈寿祺《三家诗遗说考·自序》撰于主讲清源书院的嘉庆二十四年（1819年）仲春，道光九年跋冯登府《三家诗异文疏证》云：“向亦略有所记，疲于文字之役，久未卒业。”直至道光十四年（1834年）他病逝之际，嘱子乔枞继承遗志。即从嘉庆二十四年他撰自序开始，至道光十四年，陈寿祺撰述《三家诗遗说考》十六年，未竟卒业。如果说他在撰写《经郛条例》以后就开始留意于三家《诗》遗说的话，时间可能更早。乔枞承父之训，乃“䌷绎旧闻，次第勒为定本”。据《三家诗遗说考》卷前陈乔枞自序可知，《鲁诗遗说考》成于道光十八年（1838年），《韩诗遗说考》成于道光二十年（1840年），《齐诗遗说考》成于道光二十二年（1842年）。乔枞道光二十三年（1843年）以大挑分发江西，可知，陈乔枞去江西之前《三家诗遗说考》已经全部完成。可见，《三家诗遗说考》从最初陈寿祺撰述，到后来乔枞完书，父子两代踵继，历时二十多年。

林新图光绪八年（1882年）《三家诗遗说考序》云：

① 周予同：《周予同经学史论著选集》，朱维铮编，上海人民出版社1986年版，第20—21页。

恭甫先生吾乡老名宿也。幼即过目成诵，淹贯群籍。乾隆己酉，举于乡。嘉庆己未，成进士，登馆选，常以千秋自命，不争名一时。暮年著述等身，几于充栋。其行世者，《左海经辨》《五经异义疏证》《尚书大传定本》《洪范五行传》《东越儒林传》《诗文骈体》共十种。尚有《鲁齐韩诗说考》《四家诗同异考》《礼记郑读考》《今文尚书考》《毛诗改字说》《齐氏翼诗学》等书未刊。海内之士求其书不可得。哲嗣朴园先生能读父书，以名进士筮仕江右，加以所著经说等书，合成《后左海十种》，付之梨枣。适遭粤匪下窜，旧藏印本一炬而空。（新）少时略通经史，即爱是编，从人借观，常以未窥全豹为憾。辛巳秋月，忽晤先生后裔访，知大集散失，出其残板，尚幸十存七八。新盥薇登受，出赀添修，亡者补之，讹者刊之，藉以永前人之精神，备后人之闻见，亦儒林一助也。至先生搜罗之富，考据之精，阅者自能辨之，固无庸赘述耳。①

张之洞《书目答问》云："《陈氏八种》。（陈寿祺、陈乔枞，未尽。）" 范希增补曰："寿祺撰《左海全集》，道光癸未家刻本，十一种。乔枞撰《左海续集》，光绪壬午刻本，十种。《续集》一名《小琅嬛馆丛书》。"② 刘锦藻《清朝续文献通考》："侯官陈氏所著书十二种一百二卷，陈寿祺、乔枞同撰。""寿祺自少读书即以千秋自命，晚年著述等身，几于充栋。其子乔枞能读父书，即以己所著经说等书，先后付梓，成左海诸种。嗣遭粤寇，光绪八年林新图访其后裔，得其残板，刊成《小琅嬛馆丛书》十种，然非若原本之完善矣。"③

可知，道光癸未年（1832 年），陈寿祺已完成著作刊行于福州，世称"三山陈氏家刻"，即《左海全集》10 种 36 卷。这部书，虽名"全集"，其实并不全，故在他逝世后，陈乔枞续父之业成书后，在江西任上，继续刊刻其父遗集和自己

① （清）林新图：《三家诗遗说考序》，载《三家诗遗说考》，《续修四库全书》本。
② （清）张之洞撰，范希增补：《书目答问补正》，上海古籍出版社 1983 年版，第 336 页。
③ （清）刘锦藻：《清朝续文献通考》卷二百七十一，浙江古籍出版社 2000 年版，第 10154 页。

的著作，即《左海续集》①。《清史列传》记载，同治七年，陈乔枞卒于任上时，“身后萧然，只书籍刻版百有余箧而已”，可知，他的所有官俸收入，实际上都用到了购书和刻书上。因原本是“光绪八年林新图访其后裔，得其残板，刊成《小琅嬛馆丛书》十种”；所以我们今天看到的左海续集本《三家诗遗说考》，即是林新图据原本刊刻而成的，王先谦光绪十四年（1884 年）收入《皇清经解续编》。另外，光绪十五年，上海蜚英馆有石印本。

据陈乔枞《三家诗遗说考序》可知，他最后撰成《鲁诗遗说考》六卷，《齐诗遗说考》四卷，《韩诗遗说考》五卷，并且“至《外传》中引诗者，皆散附各篇，其于诗文无所附者，别为一卷，著录于末”，即《韩诗内外传逸文》一卷。《皇清经解续编》编为四十九卷附一卷，即五十卷。

《续修四库全书》据华东师范大学所藏《左海续集》本，各家《叙录》及《韩诗外传附录》《韩诗内外传补逸》，均在遗说正文之前。而国家图书馆所藏《左海续集》本上述均在遗说正文之后。而据陈乔枞序推知，各家《叙录》当在遗说正文之前，而《韩诗外传附录》和《韩诗内外传补逸》在正文后。这一不同可能是由于林新图覆刻《左海续集》而产生的，故与陈乔枞原安排有所不同。

《三家诗遗说考》的编撰体例及框架都是陈寿祺定制的，内容大部分由陈乔枞增补而成。故清刻《左海续集》本署名为陈寿祺撰，陈乔枞述。张之洞《书目答问》亦题为陈寿祺撰。所辑佚文顶格排列，前标篇名，后列考释文字。凡寿祺原有之案语直接标一“案”字。陈乔枞随文增补，在补入的部分加“补”字，在自己所述案语前标明“乔枞谨案”。

《三家诗遗说考》卷前《叙录》中，从史传及百家著述中，详细钩稽各家的传授源流，论述采择各家佚文、遗说的根据。正文就是从这些人的著述及言论中汇辑而来的。正文前的叙录为陈乔枞所叙，他贯穿《经郛条例》中的治经方法，仿《经典释文》之例而考述渊源。这也是在后文遗说辑佚中贯穿师法、家法奠定基础的。如《鲁诗遗说考》卷一“遵彼汝坟”，陈乔枞在案语结尾云：“魏晋

① 《左海续集》总目：《鲁诗遗说考》六卷，《齐诗遗说考》四卷，《韩诗遗说考》五卷，《诗经四家异文考》五卷，《今文尚书遗说考》三十二卷，《礼记郑笺改字说》四卷，《齐诗翼氏学疏证》二卷，《诗纬集证》四卷，《礼堂经说》二卷。

以来，解经好自立说，淹没前义，使古注善本沦丧无存，如王弼注《周易》而孟京、荀虞诸家之注废，梅颐作《孔传》而伏、贾、郑、王诸家之注废，杜预注《左传》而贾、郑、马、服诸家之注废，《尔雅》自景纯注出而舍人樊光、李巡、孙炎之注亦废矣。若此之类不一而足，幸而百家引述。其佚时见于他说，所谓存什一于千百者，则片词只字，其宝贵宜何如也。"[①] 此处表明一个汉学家的使命感和责任感。

(二)《三家诗遗说考》内容

陈氏父子在借鉴王应麟及范家相等辑佚成果的基础上，对三家《诗》进行了全面的搜集与研究，内容丰富。

其一，明确渊源，贯穿师法、家法。

《三家诗遗说考》分别在《自序》及《叙录》中，详考三家《诗》在两汉传授的师法、家数。这既是三家《诗》在两汉形成传播过程中所具有的基本特征，又是搜集亡佚了的三家《诗》的首要前提。胡朴安在《诗经学》一书中说："陈氏之书，虽未免稍有误入，然其大致，则固明于两汉之家法者也，观其《三家诗叙录》可知。而其《三家诗遗说考叙》，亦颇能明三家《诗》之源流。"[②] 因清代的三家《诗》遗说搜集就是在清人所理解的汉代师法、家法的基础上而来的，从范家相开始，众多学者著述中都有关于三家《诗》传授渊源的考述，相比较而言，陈乔枞所作的《三家诗遗说考·叙录》进行了最为全面的汉代三家《诗》学传授源流考述，这不仅是清人进行三家《诗》研究的基础，也是今天我们研究汉代三家《诗》学必不可少的借鉴。陈乔枞或据史籍明文所载，或据渊源考证，叙录三家《诗》传授渊源。

《鲁诗》叙录中，陈乔枞分别从《史记》《汉书》《后汉书》《风俗通》《蔡朗碑》《隶释》等六部史籍中采得传授《鲁诗》者，共六十余人。

《齐诗》叙录中，共涉及《齐诗》传授者 29 人，分别从《史记》《汉书》《后汉书》《东观汉纪》《经典释文》等中考出。

---

① （清）陈寿祺、陈乔枞：《三家诗遗说考》，《续修四库全书》影印本。以下《三家诗遗说考》引文均出此本，不再标注。

② 胡朴安：《诗经学》，载《胡朴安学术论著》，浙江人民出版社 1998 年版，第 164 页。

《韩诗》叙录共涉及《韩诗》传授者58人。分别从《史记》《汉书》《后汉书》《隶释》《三国志》《沈约集》《华阳国志》《隋书·经籍志》以及欧阳修《集古录》、赵明诚《金石录》等十部史籍中考述。

虽然陈氏以前的辑佚三家《诗》者，也有追溯三家《诗》源流的，如范家相《三家诗拾遗》卷首就有"三家诗源流考"，但其考证颇为简单，没能反映出史籍有载三家《诗》传授的全貌。而《遗说考》之《叙录》，可谓深识三家《诗》传授师法、家法，使得渊源明晰了然，为后学正确认识三家《诗》遗说的归属提供了认识上的方便。

贯穿师法、家法，是陈氏父子辑佚考证三家《诗》遗说的基础，陈氏不仅在卷首详述源流，并在此基础上，对具体诗句的考证条目也贯穿师法、家法的源流宗旨，并在必要处予以案说。如《鲁诗遗说考》卷三：

> 《鹤鸣》："鹤鸣于九皋，声闻于野。"
>
> 补：《后汉书》杨震上疏曰："野无鹤鸣之士，朝无小明之悔，大东不兴于今，劳止不怨于下。"又杨赐对书曰："速征鹤鸣之士，内亲张仲，外任山甫。"
>
> 乔枞谨案：赐为杨震之孙，杨秉之子。《秉传》言"少传父业"，《赐传》言"少传家学"。赐治《鲁诗》，则知震及秉亦皆治《鲁诗》也。

陈氏这里根据家法，由杨赐治《鲁诗》，推知其祖父杨震，及父杨秉并治《鲁诗》，从而辑得《鲁诗》之说。关于《三家诗遗说考》中以师法家法来钩稽遗说，所运用的推求遗说的方法，相比较其他学者，更加全面，至此，清代三家《诗》辑佚中推求遗说的方法已全面完结。

其二，钩沉遗说，范围广泛，内容丰富。

陈氏钩稽三家遗说，在前之学者搜讨的基础上，范围更加广泛，所搜集内容更加全面。陈寿祺在《自序》中谈到，"马班范三史所载及汉百家著述所引"，皆在搜集之列。陈乔枞更是在其父所涉范围的基础上，广泛吸收利用前人辑佚三家《诗》的成果。不仅今文学家的三家《诗》研究多有吸收，古文学家在研究《诗经》的过程中涉及三家《诗》说者陈氏也多有采录。在稽考三家《诗》遗说的过程中，凡有助于探求《诗》说的成果，无论今古，一并收之。如清代汉学家陈启源、马瑞辰、陈奂、胡承珙、郝懿行等的研究成果，陈氏均有利用。

陈氏依据三家传授源流，从大量典籍史书中搜集遗说、异文。据洪湛侯先生统计，《鲁诗》辑佚用书71种，《齐诗》36种，《韩诗》46种。所辑佚文，《鲁诗》1700余则，《齐诗》800余则，《韩诗》600余则。[①]《鲁诗遗说考》的辑佚之书主要有《尔雅》《荀子》及王逸《楚辞注》《史记》《汉书》《后汉书》《列女传》《说苑》《淮南子》《白虎通》等书。《齐诗遗说考》辑佚所用之书频率较高者有《汉书》《易林》《盐铁论》《礼记注》《仪礼注》《春秋繁露》等。《韩诗遗说考》征引最多的为《韩诗外传》，因为《韩诗外传》也是韩婴《诗》学思想的体现，并且是现存唯一的有关三家《诗》的著作。其他频率较高的还引自《释文》《文选注》《玉篇》《后汉书注》《太平御览》《三国志注》等。

陈氏的钩稽之功，得到后世学者的普遍赞赏。刘肇隅《重刊阮氏三家诗补遗序》说："阙后辑三家《诗》者，则以陈乔枞《遗说考》征引最为繁富。陈氏赓续父书，用力至专且久，宜其赅综诸家矣。"[②] 胡朴安《诗经学》中认为，王（应麟）、范（家相）、丁（晏）、冯（登府）、阮（元）、陈（乔枞），"数家之中，陈氏之书，最为丰富，乔枞本其父寿祺之学，寿祺为阮氏元之弟子，既渊源之有自，复用力之颇勤，故其书极为可观也"[③]。

其三，考订精审，内容涉及多方面。

《三家诗遗说考》中，陈氏父子不仅钩稽三家遗说，而且对所辑之遗说加案语，予以考证。陈寿祺是兼治今文经学的古文大家，出自阮元之门，乾嘉学者所深识的考据功夫，在陈寿祺那里都有所体现。乔枞，子继父业，治学门径也多有继承，故《三家诗遗说考》在对辑佚材料的考订上，陈氏在每条所辑得的材料下加以案语，或校勘，或比较，或疏证，用力颇深，具有乾嘉考据学派的风范。如《鲁诗遗说考》："《鹤鸣》，鹤鸣于九皋，声闻于天。"陈乔枞从《荀子·儒效篇》、东方朔《答客难》以及《论衡·艺增篇》引用材料，表明《鲁诗》之义，

① 洪湛侯：《诗经学史》，中华书局2002年版，第600—601页。

② （清）刘肇隅：《重刊阮氏三家诗补遗序》，丛书集成续编本。

③ 胡朴安：《诗经学》，载《胡朴安学术论著》，浙江人民出版社1998年版，第164页。

并进一步加案语考证，曰：

荀子、东方生、王仲任说《鹤鸣》诗，并以为喻君子德修于身，名闻于远，意旨相同。《史记·东方朔传》为褚少孙所补，褚氏亦治《鲁诗》者也。又案《东方生传》及《论衡》引诗“鹤鸣九皋”句无“于”字。钱氏大昕谓：“《白帖》《文选注》《初学记》所引皆然。然《唐石经》始增‘于’字。”今观《风俗通·声音篇》《艺文类聚·天部》及《群经音辨》并同，益见古本之如此也。

论证了古本关于“鹤鸣于九皋”之说，陈乔枞既增补了大量材料，又对增补材料进行考证，使得辑佚材料确信可靠。并且其在考证中的态度是审慎的，有师说渊源，能够考证出的，就详细考证；可以通过考证推测出来的，就在大量考证的基础上，据师法、家法推测而定；实在没有资料可以凭借的，就以“未详”论定，客观求证地对待材料。

具体来分析，陈乔枞考证之特点涉及以下几方面。

一是善于比较。首先善于与毛郑比较，在比较中，虽不言毛与三家的优劣，但把自己推崇三家《诗》义的观念，融汇到具体的考证之中。其次也善于在三家诗之间进行比较，或证鲁韩同，或证鲁齐异等。其对三家《诗》异文的考证就是与《毛诗》比较的过程，如《齐诗遗说考》：

《邶·柏舟》：“汎彼柏舟，亦汎其流。耿耿不寐，如有殷忧。”

补：《易林·屯之乾》，“汎汎柏舟，流行不休。耿耿寤寐，心怀大忧，仁不逢时，复隐穷居。（《咸》之《大过》同）”

乔枞谨案：《毛诗》“如有隐忧”，《韩诗》作“殷忧”，见李善《文选注》，又高诱《淮南注》，王逸《楚词注》引诗并作“殷忧”。高与王皆用《鲁诗》，是鲁韩文同。今据《易林》云“心怀大忧”，与王逸以“殷忧”为“大忧”说合，足证《齐诗》之文亦作“殷忧”也。此诗，鲁家以为“卫寡夫人所作”，《毛序》以为“卫顷公之时，仁人不遇，小人在侧”。二说迥异。今详《易林》“仁不逢时，复隐穷居”云云，与《毛序》语合，则是《齐诗》之说与毛同义矣。

这则案语，先是在用字上论证三家《诗》并作“殷忧”，毛作“隐忧”；又在诗义上比较鲁、毛说异，并齐、毛同义。他从具体材料出发，论证齐说与毛同，而并没有因齐、鲁为今文而妄同三家，强分今古。

在四家《诗》的比较中，凡不与其他三家同者，陈氏归入第四家。如《鲁诗遗说考》卷一“匏有苦叶”，“深则濿，浅则揭”，乔枞案语有云：“又《说文·水部》云：‘砅，履石渡水也。’引诗曰：‘深则砅。’砅或作濿，许所偁诗作砅，与鲁、韩、毛文不同，疑为《齐诗》异文也。”凡《说文》所载不同鲁、韩、毛者，均入《齐诗》。

《三家诗遗说考》在考证郑玄《诗》说时，在《鲁诗遗说考》中，对郑《笺》中与毛不同的笺释，证其“多本鲁训”，“或顺鲁申毛”；在《齐诗遗说考》中，把郑玄《礼》注中所引用的《诗》说，归入《齐诗》说；而在《韩诗叙录》中，把郑康成定为《韩诗》学者，郑笺中诸多说法，与既已确定《韩诗》说同的，则定为《韩诗》文。实际上，郑玄《诗》说之所以独树一帜，就是因为他能够融汇四家，所以郑玄之说，凡与毛不同者，直接归入三家，而不进一步强分则较为妥当。陈乔枞的这种强分，可能并不能反映郑玄《诗》说的实际。郑玄《诗》说确实比较复杂，可能陈氏自己也感觉到这种强分并不妥当，故后来成书的《礼记郑读考》，当以此时的研究为契机。

二是在考证的过程中，时时不忘把对师法、家法的推崇贯穿其中。

有时陈乔枞的案语就是为自己的家数归属寻找证据支持，鲁韩两部著作的考证归属多是在引用诗说开始时申说。如《关雎》篇，引王充《论衡·谢短篇》后云：“乔枞谨案，《论衡·书解篇》言诗家，独举鲁申公，是仲任治《鲁诗》之明证。”引张衡《思玄赋》后，陈寿祺案曰：“平子用《鲁诗》，观《东京赋》说《斯干》，与刘向合，是其明验也。”引陆贾《新语·道基篇》后，“乔枞谨案：陆贾时，尚未有齐、韩、《毛诗》，今采其说诗者附于鲁”。

且不说上述三家之说是否归鲁，具体看来，王充之说，因言诗家独举鲁申公，就将《论衡》诗说入鲁，“独举鲁申公”，可能因《鲁诗》产生较他家为早。而扬雄之说之一出与刘向合，且不说刘向之说是否全出鲁家，而《东京赋》说《斯干》一说与刘向同，可能采用鲁家，而他处未必全是。陆贾之说，因产生较早，他家未曾流播而定入鲁，也是值得推敲的。虽然有如此诸多的问题，而陈氏在案语中，反复强调家法归属，一方面这是他派入三家的基础，另一方面他把汉代的三家《诗》传承看作一成不变的，而忽视其中诸多的不确定性和流传性。无论是有意为之还是无意为之，都是因为此一家数归属是他从事《三家诗遗说考》的基础，不如此归属，可能这一研究就无法进行，而陈氏的反复考证，正说明虽然他如此安排归属，实在心多未安。而在《齐诗遗说考》中，由于许多的归属是乔枞自己的推测，其他学者多未有涉及，故而这种家法归属在全文中需时时考察证明。

三是考证异文异字的形成，分析出有：假借、省转、省文、古今、通用、正俗、顺毛改、转写讹误等。其他学者也多从这些方面考证三家异字的形成。但陈乔枞一个比较明显的特点，以《鲁诗》为例，就是凡是确定了《鲁诗》之说，确定了《鲁诗》用字，而按照师法、家法的原则，应归入《鲁诗》说的在用字上不同于既定的《鲁诗》用字，则乔枞一般定性为顺毛改字而导致的异字。这种定性方法其实也是有待商榷的，因为异字的造成是不是顺毛而改成的只是一种推测，并没有明确的证据。后来成书的《毛诗改字说》，当是这一想法的发展和具体实践。

在《三家诗遗说考》中，由于着眼点在于遗说的搜集与考证，所以对于《诗经》的异字问题没有完全展开，故后来又著述《诗经四家异文考》。

四是考证过程中，既善于运用前代学者和时贤的考证成果，又进一步考订所引用的成果，指出或纠正他家之误。

陈乔枞对待遗说材料和前人成果，态度审慎，多辩证地吸收利用，正者用之，误者改之。纠正了大量的前人误说，为后来之研究提供了帮助。由于陈氏对前人的遗说是广泛收集的，所以经他纠正的误说也涉及历代之说。这种例子是很多的，仅举一二略察之。

如《鲁诗遗说考》，《齐风·鸡鸣》“无庶予子憎”。在案语后，云：“《诗正义》云：定本予作與。非，盖失考耳。”点明《毛诗正义》的失考之处。又如“《泽陂》‘展转伏枕’，［补］高诱《淮南·说山训注》，《诗》曰：‘展转伏枕’。乔枞谨案：今本《淮南注》作‘展转伏枕，寤寐咏叹’。疑高注本引此《诗》‘寤寐无为，展转伏枕。’而后人转写颠倒错误也”。校勘今传高诱注本。再如，《韩诗遗说考》“《小雅·谷风》‘将安将乐，弃予如遗。’［案］臧镛堂辑《韩诗》引《外传》云：‘弃予作遗’。考元刻本《外传》‘弃予女乍遗’，坏字也，不当采入，臧改为‘作’字，殊误”。不仅指出了臧庸的误说，而且考校了元刻本《韩诗外传》的版本。可见陈氏有辨明古籍失考的，有纠正时人误说的，有对在传抄流传过程中产生的错讹予以指正的。

五是考证在流传过程中，所形成的诸多版本的问题，即版本校勘。

版本校勘是乾嘉汉学考证的基本方面之一，《三家诗遗说考》中，就有诸多对版本的考证。我们正可借此了解诸多著作在版本流传过程中所形成的讹误、脱漏、删改等问题。

如《鲁诗遗说考》卷一：

> 威仪棣棣，不可选也。
>
> 陈乔枞补：朱穆《绝交论》：《诗》云：“威仪棣棣，不可选也。”（《后汉书》本传注）乔枞谨案：朱穆以《伐木》为刺诗，与蔡邕说合，盖亦用《鲁诗》。王氏《诗考》载朱穆《绝交论》引诗作“不可算也”，今本《后汉书注》引仍作“选”字，盖所见本有不同耳。选、算双声，古文通用，《论语》“何足算”，《汉书》作“选”，可证也。

考证了王应麟《诗考》所据本与今本的不同。

又如：《鲁诗遗说考》卷一“無使龙也吠”，陈乔枞补：“《尔雅·释畜》：‘龙，狗也’。郭璞注：‘《诗》曰：無使龙也吠。’”“乔枞谨案：‘無’，宋本作‘无’字。”考证了宋本中“無”已经作“无”，说明了“無”“无”二字的混用由来已久。

六是考证过程中，在诗说归属中，也经常运用一些不确定的词语，表明了归纳三家《诗》说存在许多无法确定的因素。如在考证中，多出现“盖从《鲁诗》”，“或从《齐诗》义”，“当为《韩诗》所本”等，如《齐诗遗说考》卷二：

大侯既抗，弓矢斯张。射夫既同，献尔发功。

《汉书·吾邱寿王传》："大射之礼，自天子降及庶人，三代之道也。诗云：'大侯既抗，弓矢斯张。射夫既同，献尔发功。'言贵中也。"

乔枞谨案：吾邱寿王从董仲舒受《春秋》，则其称诗亦当为齐学也。此章《毛传》云："有燕射之礼"，郑《笺》则云："将祭而射谓之大射"。下章言"烝衎烈祖"，其非祭与？今据吾邱寿王说，明以此《诗》为大射之礼。知郑《笺》云云，盖从《齐诗》之义。

这些"当为""或从""盖本""疑出"等之类不确定词语运用在考证中，一方面表明了考证态度的谨严；另一方面也透露出陈氏在运用师法、家法进行归属三家时，所遇到的问题。而其考证的诗说，尚需进一步的检验。

七是案语的考证中，也有一些发挥三家大义的阐释，以表明其不忘三家《诗》今文经学注重发挥大义的特点。如《鲁诗遗说考》卷一，"莫慰母心"，先引《后汉书·东平宪王传》："肃宗赐书曰：'以慰《凯风》寒泉之思。'"再案曰："《后汉书·姜肱传》：'肱性笃孝，事继母恪勤，感《凯风》之义，兄弟同被而寝，不入房室，以慰母心。'《诗》之有益人伦如此，孔子所谓'《诗》可以兴，可以观者'，比类是也。"陈乔枞虽然从严格意义上来说也不能算作今文学者，但三家《诗》今文的特性，他也是无法忽视的。

其四，分述三家的著述方式，存在诸多问题。

由于采用了分述三家的著述方式，故在搜集文献和案语考证中也存在着一些问题，当然这虽然有作者主观方面的原因，更多的还是因为三家《诗》存在的实际情况，使得在分述时必然存在这样或那样的问题。兹将《三家诗遗说考》中关于《邶风·泉水》"饮饯于坭"的辑佚和考证罗列于下，以便考证：

《鲁诗遗说考》卷一：

泉水

出宿于济，饮饯于泥。女子有行，远父母兄弟。

补：《列女传》一："诗云：'出宿于济，饮饯于泥。女子有行，远父母兄弟。'"

补:《尔雅·释邱》:"水潦所止泥邱。"

乔枞谨案:《式微》篇《鲁诗》说不以"中路"为邑名,则"泥中"亦非邑名,与《毛传》说异。然则《尔雅》所释"泥邱",当指此《诗》饮饯之地。郑注《士虞礼》引诗"饮饯于泥",可证也。《毛诗》"祢",《释文》云:"《韩诗》作'坭'。"《尔雅》"泥邱",《释文》云:"又作坭。""坭"与"泥"字通,故《初学记》及《白帖》引诗并作"泥邱"。盖三家皆今文,与毛字殊。《列女传》用《鲁诗》,当作"饮饯于泥",今本作"祢"者,此后人顺毛改之。

《齐诗遗说考》卷一:

出宿于济,饮饯于泥。

补:《仪礼·士虞礼》郑注:"饯,送行者之酒。诗云:'出宿于济,饮饯于泥。'"

乔枞谨案:"济",《毛诗》作"泲"。"泲、济"字同。《文选注》二十及二十八、《初学记》十八、《白帖》三十四、《太平御览》四百八十九引诗并作"济"。《禹贡》:"济河惟兖州,浮于济、漯,达于济。"东流为"济",《汉书·地理志》皆作"泲"。"泥",《毛诗》作"祢",《韩诗》作"坭"。"泥、坭"古通。《尔雅》"泥邱。"《释文》云:"本又作坭",可证也。郑注"于泥",《释文》本作"于祢,音乃礼反。"又载刘昌宗本作"泥",音同。今注疏本亦作"祢",皆后人顺毛改字耳。马瑞辰曰:"'泥'即《式微》之'泥中',在汉黎阳,今卫辉府浚县地,与须、曹之在滑县者相近。"

《韩诗遗说考》:

饮饯于坭

薛君《韩诗章句》曰:"送行饮酒曰饯。"(《文选》二十谢灵运《送孔令诗》注,又四十六颜延之《曲水诗序》注)

《毛诗释文》："祢，地名。《韩诗》作坭。"

乔枞谨案：郑注《士虞礼》引诗"饮饯于祢"，《释文》"祢"，刘本作"泥"。作"泥"者，三家《诗》之异文。段氏玉裁曰："《泉水》之'祢'，《韩诗》作'坭'，当即'泥中'之地。《广韵》：'坭，地名。'"段说是也。《水经注》以'泥中'在濮阳郡治。又《尔雅》"泥邱"，《释文》云："本又作坭"。是"泥、坭"字同之证。

分析上文可以看出，《三家诗遗说考》在分述三家《诗》存在以下几方面的问题：

一是三家互补。《鲁诗》遗说材料来源于《列女传》和《尔雅》，《齐诗》说来源于《仪礼·士虞礼》郑玄注，《韩诗》说来源于《文选注》所引《韩诗章句》和《释文》中的诗说。来源材料的选取方面相互补正。各家案语考证的主体是围绕所辑遗说材料中的诗说展开的，故侧重点各不相同，这也是互补的方面。三家如果均存在同样问题，一家言之，则其他两家均予以忽略。如"济，《毛诗》作泲"，在《齐诗》考中有证，而其他两家则不再点明。

二是重复过多。这就导致在三家归属方面有欠妥当。如《仪礼·士虞礼》的郑注、《尔雅》之说、《释文》之说，均是三家同时出现。如《仪礼·士虞礼》郑注既已入齐，而在《鲁诗遗说考》中又用来证明《尔雅》之说，在《韩诗遗说考》中又用来证明《韩诗》之说。《释文》说既已归之于韩，而在《齐诗》《韩诗》的考证中均有运用。这些重复如果不放在一起对照很难发现，而相互比较后，就发现重复度太高，从而导致怀疑其关于三家《诗》归属方面的可信度。

三是时有矛盾。有时说法不一，有欠考证。如对郑注《士虞礼》引用的诗说，鲁、齐两家均作"饮饯于泥"，而到《韩诗遗说考》则作"饮饯于祢"。再如在《鲁诗遗说考》中云："坭与泥字通，故《初学记》及《白帖》引诗并作'泥邱'。"而《初学记》和《白帖》用诗，凡不同毛者，归之于韩，已成为学界的共识。即使要证明"坭与泥字通"，"三家今文，与毛异"，也是放在《韩诗遗说考》中较为合适，可见此处考证有欠妥当。对他人之说的援引针对性不强。如《齐诗遗说考》中引用马瑞辰之说，放在其他两家中也均可。

通过对照可以发现，《三家诗遗说考》在对三家遗说进行分别考述时，确实存在着一些问题。而为了使得考证贯通，有时一些重复是在所难免的，三家合辑就避免了这些问题的产生。故而从这一角度来看，我们推测王先谦的《诗三家义集疏》将三家《诗》综合考察，而综合汇辑中又分别表述，正是在《三家诗遗说考》的基础上，为了避免《三家诗遗说考》在处理这些问题上的两难，而采取的全新的注疏体的方式进行考证三家《诗》义。这也是《诗三家义集疏》的体例优于《三家诗遗说考》的表现。

上述《三家诗遗说考》的体例，所贯穿的师法、家法的宗旨及遗说材料的来源和多方面的考证，表明了《三家诗遗说考》一书丰富的内涵。在考证过程中，不乏精彩之论，这些成就和关于三家《诗》遗说的总结，都足以说明它在三家《诗》学界所处的地位。

（三）《三家诗遗说考》的贡献及意义

清末学者缪荃孙有言："乾嘉之间，大师耆儒咸孜孜焉弗倦，校益勤，刻益精，藉以网罗散逸，掇拾丛残，续先哲之精神，启后学之涂轨，其事甚艰而其功亦甚巨。"① 虽然缪氏这里是就乾嘉汉学的成就而言，但用以概括陈氏父子辑佚三家《诗》之功是再合适不过的了。陈氏父子的《三家诗遗说考》，在广泛汇集前人遗说的基础上，多有创获。不论是从征辑文献，还是从采撷条目来看，都是辑佚三家《诗》各家中最多者，可谓三家《诗》辑佚的扛鼎之作。自此以后，除少数学者对三家《诗》遗说增补寥寥数条之外，大规模的三家《诗》辑佚工作已经完成。可以说没有陈氏《三家诗遗说考》，就没有晚清学者王先谦《诗三家义集疏》集大成之作的出现。王先谦的《诗三家义集疏》多采陈书，其于《序例》中也说："穷经之士讨论三家遗说者，不一其人，而侯官陈氏最为详洽。"②

陈氏的《三家诗遗说考》因搜集之完备，成为后世研究三家《诗》必备之作。他在《自序》及《叙录》中所述的三家《诗》源流，使得后人对汉世三家《诗》的师法、家法有了全面的了解。陈氏父子，世业继踵，集两代人数十年之力而成的《三家诗遗说考》，虽不能再现近两千年前的三家《诗》全貌，但却使中断了千年的三家《诗》传承得以延续，在《诗经》学史上具有不可替代的

① （清）缪荃孙：《艺风堂文集》卷五《积学斋丛书序》，载沈云龙主编《近代中国史料丛刊》第九十五辑，文海出版社 1986 年版，第 389 页。

② （清）王先谦：《诗三家义集疏·序》，吴格点校，中华书局 1987 年版，第 5 页。

作用。

陈氏辑佚，成就卓著，但存在一些有待改善之处也不能不察。如为后世学者多有指责的以《尔雅》入《鲁诗》，定班固之说为《齐诗》，这些都有待商榷。当然，辑佚之学的诸多困难，使得遗憾在所难免，陈氏考证的欠妥之处不少，但至于徐复观先生所说："乃陈乔枞《齐诗遗说考》，特划定《仪礼》、《戴记》、《汉书》、荀悦《汉纪》、《春秋繁露》、《易林》、《盐铁论》、《申鉴》诸书中有关《诗》的材料，作为《齐诗》的范围，采集以成《齐诗遗说》，可谓荒谬绝伦。"① 并非公允，有失偏颇。在当时条件下，能网罗遗说如此之备，已实为难能。清末王先谦《诗三家义集疏》在采录陈说的过程中，多有指正陈氏之误，后文详之。

清代三家《诗》的辑佚，贯穿于有清一代，取得了丰硕的成果，继千百年亡佚之绝学，有功于《诗》学大矣。它在清代学术发展中扮演着重要的角色，因而章学诚所抨击的俗儒之为和梁启超所概括的"抄书匠之能事"，都是偏颇之论。三家《诗》辑佚的多种方法、重要成果及巨大贡献，给予他们以有力的回击。

第三节　清代三家《诗》辑佚特征

清代三家《诗》辑佚取得了一系列研究成果，也形成了独特的研究特征。

一　三家《诗》辑佚材料来源

丰富的可稽资源可供利用，是搜集、研究亡佚之书的前提条件。在清代，对三家《诗》进行研究，首先要进行辑佚，这就牵涉到辑佚材料的选择问题。清代学者在选择材料上立志于求广、求真、求新。在具体的运用过程中，先是在考

① 徐复观：《中国经学史的基础》，台湾学生书局 1982 年版，第 148 页。

证的基础上选择材料，然后对选择的材料进行再考证。双重考证，使三家《诗》的搜集在求真的领域走得更远，也更符合清儒“实事求是”的治学宗旨。

清代学者在收集三家《诗》遗说的过程中，十分重视对材料来源的全面把握，只言片语，如获珍宝。如较早的三家《诗》研究者范家相言：“片语只词，纵无关于经义，残篇蠹简、岂有废于搜寻。学者览之，将毋色然而喜乎。”[①] 徐堂在撰写《三家诗述》时，“尝以《毛诗》得列注疏，齐鲁韩之不显于世也，荟萃古书，刺其字句。涉此者，片义单辞，靡不甄录。”[②] 清代的三家《诗》研究者就是抱着这样的态度，广泛搜讨有关典籍遗存。综而述之，清代三家《诗》遗说材料的来源主要有：汉代的原始典籍，有关史注、文注，唐宋以来的类书、字书，碑刻金石材料，释道遗籍及前辈先贤所考辑的成说，等等。丰富的材料来源，为亡佚之学三家《诗》在清代的全面复兴，提供了有力的保障。

《诗三百》“以其讽诵，不独在竹帛故也”，而免于秦火之厄。汉初废除“挟书律”，广泛搜讨先秦典籍，鲁、齐、韩三家《诗》适时出现。三家《诗》之说皆学有本源，故许多先秦典籍所载，凡与《毛诗》异者而与三家《诗》同者，皆被清儒作为搜集三家《诗》的资料来源。如朱士端在《强识编》有“班固、郑康成皆习《鲁诗》，解与《荀子》同”，以荀子之说入鲁。又言：“韩、鲁授受源流皆出于《荀子》。”[③] 《荀子》之说被采录为鲁、韩遗说。另外，还有《左传》《吕氏春秋》等典籍所引诗说。而与三家《诗》先后同出的汉代典籍中的引诗，则成为清儒在辑佚中的第一手材料。如贾谊的《新书》，刘向的《说苑》《新序》《列女传》，刘安的《淮南子》等所引诗说，都成为三家诗遗说的重要来源。

我国有撰史的传统，在历代史著中保存了大量的历史文献资料，成为后学研治学术的宝贵资源。特别是对于已经佚失不传的典籍来说，这些史料更是弥足珍

① （清）范家相：《三家诗拾遗》卷二，《丛书集成新编》本。

② （清）董兆熊：《徐君澹人墓志铭》，《清碑传合集》（三），上海书店出版社 1988 年版，第 2842 页。

③ （清）朱士端：《强识编·强识编续》，清同治元年刻本。

贵。三家《诗》在西汉初期就立于学官，有汉一朝盛况空前，三家《诗》传播之广，涉及人物之多，汉代史书多有记载。虽然其文本已经亡佚，但“马班范三史所载，及汉百家著述所引，皆鲁、齐、韩《诗》。”① 司马迁《史记》、班固《汉书》、范晔《后汉书》等正史所载，刘珍《东观汉纪》、荀悦《汉纪》等别史著述，其他汉家著述如桓宽《盐铁论》、张衡的汉赋著作、扬雄的著作、王符《潜夫论》、王充《论衡》、焦赣的《易林》等所引，皆可以视为三家《诗》遗说的留存。

我国的许多史籍、文籍是与注疏结合起来的，注赖史传，文以注显，文史著作与它们的注疏结合在一起，共同构成了我国典籍流传史上的亮丽风景。许多典籍的注释已经是典籍不可或缺的一部分，注释中所保存的大量文献资料是对史料的有益补充。就三家《诗》研究来说，对王应麟辑佚《诗考》有重要启发影响的，则是朱子所云“《文选注》多《韩诗章句》”，由于唐代《韩诗》尚存，李善在注《文选》时，其中涉及《诗经》的注解多采用汉代薛汉所撰《韩诗章句》之说。唐代颜师古在注《汉书》时引用了许多魏晋时人，如应劭、服虔、李奇等的注说，其中有关《诗》说部分也保留了一些三家《诗》说。清儒对唐以前注家所采用的三家《诗》之说是非常重视的，如高诱《吕览注》《淮南注》，郭璞《尔雅注》，王逸《楚辞注》，颜师古《汉书注》，李贤《后汉书注》等，都是清儒搜集三家遗说的重要来源。

类书经常被人们称作百科全书，保存了大量的文献资料，清儒在收集三家《诗》遗说的过程中，对于唐宋以来类书所存资料，遍考搜讨。主要引用的类书，有唐代欧阳询奉敕编撰的《艺文类聚》、徐坚奉敕编撰的《初学记》、虞世南撰《北堂书钞》、白居易撰《白氏六帖》；宋代李昉等奉诏编纂的《太平御览》及王应麟纂辑的《玉海》等；明成祖永乐年间编纂的大型类书《永乐大典》中也有少量三家《诗》资料；这些类书也为清儒三家《诗》遗说的收集提供了文献支持。

有关字书、韵书，如《说文》《尔雅》《广韵》《广雅》等所载《诗经》

① （清）陈寿祺、（清）陈乔枞：《三家诗遗说考·自序》，《续修四库全书》影印本。

异文异义均被采录。南朝梁顾野王的《玉篇》，是我国文字学上一部重要的字书、韵书，虽仅存残卷，也多为清代学者所引用。并且清代又从日本传回了原本《玉篇》，与现存残本多不同，清代学者在采集的过程中如获珍宝。由日本抄回的我国隋朝杜台卿的《玉烛宝典》，也被清末治三家《诗》者所引用。

宋代洪适的《隶释》最早关注《诗经》石经材料，录有熹平年间所刻《鲁诗》残石所存近二百字。清代金石学异常发达，“金石碑刻等文字，可与经史相表里，故受乾嘉学者高度重视。当时除传世金石材料外，地不爱宝，金石古器，往往而出，治金石之学者甚众”[①]。有的三家《诗》研究者，同时也是金石学家，如冯登府。因而在三家《诗》搜集中，石经碑文所存也在学者的收录范围之内。王初桐的《齐鲁韩诗谱》中，专列“《鲁诗》刻石”，在此条目下，辑得七处有关《鲁诗》石经的记载。嘉庆四年王述祖在《齐鲁韩诗谱跋》中谈道：“独于《鲁诗》石刻残碑一鳞半甲，务存原旧，如拨云雾而见青天矣。”[②] 由于石经碑文具有比较固定、不易篡改的特点，对于三家《诗》的原貌有较好的保存，颇受辑佚研究者所青睐。对于魏石经、蜀石经、唐石经及汉代众多碑文中所引用的三家《诗》说，清儒也都尽其所能，一一收录考证。这也正是王国维“二重证据法”的先行。

清代学者重视经学，崇信儒术，对于儒教之外的佛、道二教是持排斥态度的。但他们所排斥的主要是与儒家思想相抵触的释道教义，而对于释道文献中所保留的有助于训诂的音义资料，以考据为能的清代学者往往也是如获至宝。所以“在校勘儒籍时，也往往引据释道资料以比勘考校”[③]。“在彼则自为彼教用，而在我亦得取以为吾教用。”[④] “资源共享”，正是清代三家《诗》研究者对释道典籍中音义资料的录用所采取的态度。因而在辑佚三家《诗》的过程中，对于释道资料多有收录。如唐僧释慧琳的《一切经音义》、辽释希麟的《续一切经音义》、唐释慧苑的《华严经音义》等，存有不少汉魏时人的旧注旧音，这些

① 漆永祥：《乾嘉考据学研究》，中国社会科学出版社 1998 年版，第 269 页。
② （清）王述祖：《齐鲁韩诗谱跋》，见王初桐《齐鲁韩诗谱》，《巏嵍山人杂著》五种本。
③ 漆永祥：《乾嘉考据学研究》，中国社会科学出版社 1998 年版，第 269 页。
④ （清）卢文弨：《抱经堂文集》卷二十一《与谢金圃学使书》，《四部丛刊》初编本。

不同于《毛诗》的《诗经》音义，正是对《韩诗》佚失音义的保存。相信逐渐被发现的敦煌卷子，将会为今天的学者研究三家《诗》提供更多的可资利用的信息。

清代经学重视师承，学说多有渊源，对三家《诗》的研究多受先贤影响，在具体的研究中对先贤的成果多有借鉴。清代三家《诗》研究者借鉴最多，批判继承最多的，当数开三家《诗》辑佚研究的先河之作——南宋王应麟的《诗考》。清代三家《诗》研究所采前人成果，不仅仅局限在三家《诗》著作之内，也有不少是对《毛诗》研究成果的借用。以清代三家《诗》辑佚最完备之著，陈寿祺、陈乔枞父子的《三家诗遗说考》为例，所涉及的清人既有范家相、冯登府等三家《诗》研究者之成果，也有戴震、段玉裁、马瑞辰、胡承珙等《毛诗》大家的研究成果。清代三家《诗》研究就是在不断继承中发扬光大的。对他人著述的采择颇多，一方面是由于著述的性质决定的；另一方面是他们学术交游盛况的反映。

清儒在研治三家《诗》的过程中，在征引先贤研究成果与搜集汉儒遗说方面有很大的不同，即对汉儒遗说的搜集以广博为主，对前贤成果的运用以详证为主。在对待汉儒遗说方面甚为宝之，恐搜之不及，而借鉴本朝前辈成果方面则持择有度，恐证之不周。这也正反映了清儒以考据为主的治学取向。

总之，清代三家《诗》辑佚材料涉及范围广泛，从先秦典籍到同时代学者之著述，凡是有关三家《诗》遗说，或有助于考证三家《诗》说的材料，均被清儒采摭运用。这样，一方面经过众多学者的通力合作，使得三家《诗》遗说搜讨殆尽；另一方面，也反映了清儒在对待辑佚和考证材料方面求全的主观态度和客观要求。

二　清代学者对三家《诗》辑佚的认识

清代学者积极从事三家《诗》的辑佚考证研究，由王应麟《诗考》而来的“扶微学，寻坠绪，广异义”，是他们对三家《诗》辑佚研究的基本认识。

杜堮云："汉儒释经，精微深造，不可泯灭。"[①] 陈乔枞在《齐诗遗说考·自叙》中云："夫以二千余年湮没无传之绝学，坠绪茫茫，苟能获其单辞只义，已不啻吉光片羽，良可宝贵。况乎沿流溯源，尚有涯涘之可寻，则虽未足以尽梗概，而其佚时时见于他说者，犹存什一于千百，抑不可谓非幸也？"[②] 在这一基本思想指导下，由此而来的诸种直接导致他们从事三家《诗》辑佚研究的认识，也构成了清代三家《诗》学辑佚特征的一部分，具体可以从以下几方面来讨论。

（一）辑佚三家，乃是为了见重《毛诗》。

虽然三家《诗》的研究在清代取得了全面的复兴，但《毛诗》研究依然是清代《诗经》学的主角。而《毛传》自宋代朱子《集传》以来，受到了严重的挑战，特别是清初朱子学发展势头较猛，这时一些学者开始寻求《毛诗》衰落的原因，因而关注到了三家《诗》，发现三家《诗》作为一个历史的存在是无法回避的，故而在完成《毛诗》著述后，辑佚三家《诗》。这一代表是范家相的《三家诗拾遗》，他在序中说："今使三家书与毛俱存，则朱子之驳三家者当甚于毛，唯仅存一二，见其存，弥觉其可重。然则三家之说之是者固当信从，其非者亦不妨任其两存也。余因毛、郑《笺》《传》之不行于世，而有感于三家之亡，于是就深宁王氏之《诗考》，更为搜补，稍为推论其得失。"[③] 他之所以著述三家《诗》，因为如果三家俱存，朱子驳三家当甚于毛，很明显的言外之意是，三家实则不如毛，因其唯存一二，故被朱子重视。关于范氏的这一观点，前文已经论述，他著述的目的是推崇《毛诗》。但他也无法忽视三家《诗》，故云："三家之说之是者固当信从，其非者亦不妨任其两存也。"以醉翁之意不在酒的心态，著述三家《诗》之最终目的则是推崇《毛诗》，这在清代三家《诗》研究史上也算是一个特例。

（二）因残剩而宝之，三家之遗说典籍遗存，历历在目，任其散亡，殊甚可惜，故辑而复之。

---

① （清）杜堮：《韩诗内传并薛君章句考序》，载《韩诗内传并薛君章句考》，清抄本，浙江图书馆藏。

② （清）陈乔枞：《齐诗遗说考自序》，《续修四库全书》影印本。

③ （清）范家相：《三家诗拾遗序》，《丛书集成新编》本。

受复古思潮的影响，清代辑佚之学得到极大的发展，特别是对于秦汉旧典，拾而宝之。如汪师韩在《诗四家故训序》中说："今夫玉于阗三河之所产，载以连车，岂无粹美远过前代者。而世贵古玉，古玉或不大逾指重，惟铢两而价十倍，以其所从来远也。夫经亦犹是也，贵之乃以求之得之，因而宝之已矣。昔贾逵撰三家与毛氏同异，崔灵恩采三家为集注，董逌据毛氏以考三家而作《诗考》，王应麟汇三家以广朱《传》而作《诗考》，贾、崔、董氏书皆无传，王《考》后出而仅存。余孳孳焉宝其残剩，以是为博依，安《诗》之一助?"[①] 正是这一思想的表现。虽其为残剩之学，但亦可以为《诗》一助，即对于全面理解《诗》之古义和本义有助也。王鸣盛在《诗考异补序》中亦云："鲁、齐、韩且以《毛诗》之行而遂废，此之谓传者未必皆非，亡者未必皆是也。虽然三家固不及毛氏矣，要之其出亦古，零落可悯，好事者搜而惠存之，不亦可乎?"[②]

（三）毛与三家，可以两存。

在《诗考》补注类著作中，作者之著述大多是由《诗考》直接出发，而在对待三家与《毛诗》上，没有明显的倾向，往往乃是"不忍听其遗忘"而辑佚之，以使二者可以并存。卢文弨《增校王伯厚诗考序》："噫！诸君子之勤勤掇拾者，非欲申三家以抑毛而夺朱也，义可断章，辞无达诂，是在善读者意逆而微会之耳。苟其不然，即陈古以讽一语亦为祸阶，致令末世子孙不欲人颂飏其先世之美，而以为《鱼藻》之义，则诗之为教几可废矣。"[③] 表明掇拾三家的目的并非抑毛夺朱，而是"诗无达诂"，善读者可据三家之义而会意诗教也。这也是诸多学者在完成《毛诗》著作后，进而进行三家《诗》辑佚的原因之一。

宋保《韩诗内传征跋》云："毛公本通《韩诗》，后以其有未安，又见三家互有踳驳，因为诂训，传于其家。自后河间献王得而献之，立于学官。于时学者皆退韩而宗毛。《韩诗》虽存，无传之者，其来自矣。亦安知毛公未立传之先之宗韩学也哉？且夫实事以求其是，斯两说不妨并存。"[④] 虽然"毛公本通《韩

---

① （清）汪师韩：《诗四家故训序》，《上湖分类文编》卷四，《续修四库全书》影印本。
② （清）王鸣盛：《诗考异补序》，见《诗考异》，《四库未收书辑刊》本。
③ （清）卢文弨：《增校王伯厚诗考序》，《抱经堂文集》卷二，中华书局1990年版，第15—16页。
④ （清）宋保：《韩诗内传征跋》，《续修四库全书》影印本。

诗》”之说值得商榷，但“两说并存”也是其基本主张。

牟廷《雪泥书屋杂志》卷四有云：“《毛诗》与鲁、齐、韩《诗》，不可强同，固宜两存，其说不以抵牾为病。”[①] 虽然是说郑玄注《礼》用诗，也是清人对四家诗的认识。

（四）三家之辑佚，可以与毛相发明，补充毛义。这一认识在三家《诗》辑佚中不在少数，也是从事三家《诗》研究的主要动因之一。

关于三家《诗》的存在足与《毛诗》相发明，清代许多学者都有这样的认识，并且秉承着这一想法而从事三家《诗》的辑佚研究。陈乔枞云：“三家训诂大义，多足于毛相发。”[②] 杜堮在为钱玫《韩诗内传并薛君章句考》所作的序中说：“《韩诗》苟失，毛义莫寻，其相为表里。”[③] 可以说正是《韩诗》与《毛诗》相发明之原因。

不仅三家《诗》学者认为掇拾三家《诗》可以补充《毛诗》，许多《毛诗》学者也有这一意识。清代三家《诗》遗说的搜集为《毛诗》校勘提供了必要的文字支持。许多《毛诗》学者在研经的过程中，自觉地选取三家《诗》的有关《诗》说，来解决《毛诗》中出现的一些问题。《毛诗》学者当借助于毛、郑之义而不能解决问题，不能获得满意之说时，他们关注到了运用三家《诗》说，可以使《毛诗》的一些说法明晰了然，可以更准确地把握《诗》旨。因而他们在研究《毛诗》的过程中，对有助于发挥毛义的三家《诗》说一并采录。如杨椿在《毛诗考后序》中说：“考之于毛氏，参之以三家，则世或可论，人或可知，兴观群怨之道亦在是。若以《毛序》难信而概欲去之，或专信毛氏而废三家之说之仅存者，均未见其可也已。”[④] 马瑞辰在《毛诗古文多假借考》中，针对《毛诗》的假借情况谈道：“《毛诗》为古文，其经字类多假借。《毛传》释《诗》，有知其为某字之假借，因以所假借之正字释之者，有不以正字释之，而即以所释正字之义释之者。说《诗》者必先通其假借，而经义始明。齐、鲁、

---

① （清）牟廷：《雪泥书屋杂志》卷四，《续修四库全书》影印本。

② （清）陈乔枞：《诗经四家异文考序》，《续修四库全书》影印本。

③ （清）杜堮：《韩诗内传并薛君章句考序》，清抄本，浙江图书馆藏。

④ （清）杨椿：《孟鄰堂文钞》卷五《毛诗考后序》，《续修四库全书》影印本。

韩用今文，其经文多用正字，经传引《诗》释《诗》，亦多有用正字者，正可籍以考证《毛诗》之假借。”[①] 利用三家《诗》之文字，以考究《毛诗》之用字，进求《诗经》之本旨，是清儒在三家《诗》研究实践中的认识。补充毛义，丰富《诗》义，是搜集三家《诗》说的一个主要用途，也正是从这一方面来达到完善《诗经》研究的目标。

（五）对三家遗说的收集和阐发，可以考三家之大旨，发扬温柔敦厚的诗教观。

三家《诗》产生于《诗》学经典化之初，其诗说、诗旨代表了汉代的诗学、诗教观，可惜已经亡佚。而清人的辑佚和阐发，正可以考其大旨，从而发扬汉代以来所形成的“温柔敦厚”的诗教观。王昶《汪少山齐鲁韩诗义证序》：“吾友汪君翊青以为未备也。网罗遗佚，抉摘琐细，殆无遗者。又取诸书之说旁推而曲证之，凡成书六卷，欲考三家之大旨者备于是矣。世人抱残守匮，见古义古字之异，辄色然以骇，不知七十子之微言，有存什一于是者，不可不宝也。”[②] 虽然汪照的《义证》已经亡佚，我们无法从中考见他对三家《诗》大旨的发挥，但他以考见大旨为著作追求的态度是显而易见的。

徐璈在《诗经广诂·例言》中云：“隋、唐以前，说诗之言见诸简册者，虽未著为何家之传，谁氏之学，要其根荄萌芽，多本于三家之指趣。”[③] 在这一认识的基础上，他“从千百年后，收集散亡，凡古言古字，片语单辞，靡不穷源探委，以期有裨于兴观群怨之旨”[④]。亦是欲以发扬三家之大旨。

董兆熊论徐堂《三家诗述》之著述：“尝以《毛诗》得列注疏，齐鲁韩之不显于世也，荟萃古书，刺其字句，涉此者，片义单辞，靡不甄录。著古人之说于右，而自系其说于左。遇有沈晦，不惮数千百言，譬喻晓解，求合于圣贤之意而后止。”[⑤] “求合于圣贤之意”，正是徐堂对三家《诗》温柔敦厚诗教观

① （清）马瑞辰：《毛诗传笺通释》，陈金生点校，中华书局2005年版，第23页。
② （清）王昶：《汪少山齐鲁韩诗义证序》，《春融堂集》卷三十六，《续修四库全书》影印本。
③ （清）徐璈：《诗经广诂·例言》，《续修四库全书》影印本。
④ （清）洪颐煊：《诗经广诂序》，《续修四库全书》影印本。
⑤ （清）董兆熊：《徐君澹人墓志铭》，《清碑传合集》三，上海书店出版社1988年版，第2842页。

的追求。

三家《诗》虽然百不存一，但经过众多学者的辑佚，和在此基础上对三家大义的阐发，我们还是对曾经盛极一时的三家《诗》之大旨有了一定的认识，这不仅有助于了解汉代《诗》学，亦是探究我国传统经典形成之初的汉代学术发展的重要途径。

（六）通过辑佚，进而与毛义相比较，以表明三家义优于毛，三家胜毛的观点。

洪颐煊《诗经广诂序》："余尝谓古人读经之法固贵专精，尤资博览；非专精无以举其要，非博览无以集其成。许叔重撰《说文解字》，诗称毛氏，亦兼及三家。郑康成作《毛诗笺》，往往据三家以改《毛传》。他如《白虎通》所引，熹平石经所写，樊光注《尔雅》，皆是《鲁诗》，而不用毛氏。《齐》《韩诗》亦各有师承章句，是终汉世四家未尝偏废，此其学所以大也。"① 博与专的结合，乃能承其大。这种要求就使得三家《诗》的发展在学术昌盛的清代成为必然。又谓："迨典午中朝，专立《毛诗》郑氏，利禄所在，士争趋之，而三家始微。"此种关于毛、郑之学立，乃是由于利禄使然，而有意忽略三家《诗》本身在发展过程中所产生的不利于自身持续发展的因素，实则是推崇三家《诗》以打击《毛诗》的表现。

而这种推崇三家《诗》说，以三家诗义优于毛义，在与《毛诗》的比较中处处彰显三家之义的代表，则是清代晚期三家《诗》的集大成著作——王先谦的《诗三家义集疏》。在《诗三家义集疏·序例》中，王先谦就通过质疑毛说的语气表明了自己的观点，云："盖毛之诂训，非无可取，而当大同之世，敢立异说，疑误后来，自谓子夏所传，以掩其不合之迹，而据为独得之奇，故终汉世少尊信者。魏晋以降，郑学盛行，读郑《笺》者，必通《毛传》。其初，人以信三家者疑毛，继则以宗郑者昵毛，终且以从毛者屏三家，而三家亡矣。众煦漂山，聚蚊成雷，乃至学问之途，亦与人事一辙。君子观于古今盛衰兴亡之故，可不为

① （清）洪颐煊：《诗经广诂序》，载徐璈《诗经广诂》，《续修四库全书》影印本。

长太息哉!”[①] 王氏认为《毛传》是“立异说”“疑误后来”，而其之所以流传开来，最终取代三家，乃是因为郑《笺》的盛行。他在其后的序例中，在引用魏源《诗古微》说后，案曰：“考毛之不为人信者，以序独异故，脱有如蔡邕之录《周颂序》者，但使齐、鲁、韩皆存其序，三家虽亡犹若未亡。而任其散失，不一顾念者，则今古相仇，意见横出之过也。《毛诗》之在西汉，自杜钦（钦说《小弁》用《毛诗》，盖亦言不纯师者。）、贾捐之外，鲜肄业及之者。郑《笺》一出，学者靡然。以当时众所不信之书，特起孤行，又值魏晋不甚说学之朝，肃、谧之徒见而生心，竟起作伪，致圣人雅言之教并蒙其殃，宜其流至朱明，尚有《子贡诗说》出也。”[②] 又云：“《毛传》巨谬，在伪造周召二《南》新说，羼入《大序》之中，及分邶、鄘、卫为三国。二南疆域，三家具存其义，若如毛说，是十五《国风》不全也。……秦汉之际，经亦几亡，《毛传》乘隙奋笔，无敢以为非者，古文勃兴，永为宗主。幸三家遗说犹在，不可谓非圣经一线之延也。”[③] 总结王氏之意，即毛说不可信，由于特定的历史条件，如古文勃兴、魏晋不学等，导致三家亡佚而《毛传》盛行，今三家遗说，才是真正的圣经之延，才是真正的承继先秦《诗》学精神而来的，能反映圣贤之意的诗说。在具体考述诗篇的过程中，他结合考证，一般认为《毛诗》为非，三家《诗》说为是，并举例证明三家《诗》说与先秦古义相符，三家《诗》说更符合诗篇本旨，这样的举证频频皆是。如《召南·草虫》，注疏所引为鲁、毛两家之说，两家之义明显不同。接着，王氏又引《左传》《文选》、刘孝标言、徐干《中论》等，以证与鲁说相合，而毛说为非之义自显。可以说《诗三家义集疏》一书，就是在抑毛扬三家的精神指导下完成的。

张佩纶《陈春麓读诗识小录序（代）》一文云：“国朝诸儒之说《诗》也，乾嘉以前执毛、郑以攻朱，乾嘉以后复执三家《诗》以攻毛、郑，挟其最古者以求胜，其弊或至于党同妒真，而温柔敦厚之旨漓矣。”[④] 王先谦的《诗三家义

---

① （清）王先谦：《诗三家义集疏·序例》，吴格点校，中华书局1987年版，第1页。

② 同上书，第16页。

③ 同上书，第17页。

④ （清）张佩纶：《涧于集》文卷上，民国十五年涧于草堂刻本。

集疏》中，就有许多刻意所为之“执三家《诗》以攻毛、郑”，这是我们在运用《诗三家义集疏》中必须厘清的。

（七）通过辑佚，进而发扬三家《诗》说之微言大义，以求有关于世道人心。

三家《诗》在汉代属于今文经学派，注重发挥微言大义、通经致用，如《鲁诗》就有“以三百篇为谏”说。而道咸以降的清世晚期，内忧外患，此时的魏源欲借复兴今文经学的大旗，为社会呐喊。其《诗古微》之作，便是为了发扬三家《诗》说的微言大义，以求实现通经致用，试图为社会寻求出路开一剂良方。他对学术研究有一明确的主张，即“贯经术、故事、文章为一”，他在《两汉经师今古文家法考叙》中指出：“今日复古之要，由诂训、声音以进于东京典章制度，此齐一变至鲁也；由典章制度以进于西汉微言大义，贯经术、故事、文章为一，此鲁一变至道也。”[1] 就是以复古的名义，推崇西汉的今文经学，从而为社会服务。

他在《诗古微序》中说：“《诗古微》何以名？曰：所以发挥齐、鲁、韩三家《诗》之微言大谊，补苴其罅漏，张皇其幽渺，以豁除《毛诗》美、刺、正、变之滞例，而揭周公、孔子制礼正乐之用心于来世也。”[2] 可见，发挥三家《诗》微言大义的最终目的是“揭周公、孔子制礼正乐之用心于来世”。李瑚先生也谈道：“魏源作《诗古微》的目的，在于阐发三家《诗》的微言大义，用以辟毛郑《传》、《笺》的肤说泛议，以前史为鉴，以《诗经》当‘谏书’，以达到政治清明，人民幸福的目的。”[3] 以《诗经》为谏，服务政治，真正实现经世致用的学术主张。

刘逢禄《诗古微序》中说：“邵阳魏君默深治经好求微言大义，由董子《书》以信《公羊春秋》，由《春秋》以信西汉今文家法。……于《诗》则表章鲁、韩坠绪，以匡《传》、《笺》。既与予说重规叠矩，其所排难解剥，钩沉起废，则又皆足干城大道，张皇幽眇。申先师败绩失据之谤，箴后汉好异矫诬之

① （清）魏源：《两汉经师今古文家法考叙》，《魏源集》（上），中华书局 1976 年版，第 152 页。
② （清）魏源：《诗古微序》，载《诗古微》，何慎怡校点，岳麓书社 1989 年版，第 131 页。
③ 李瑚：《魏源〈诗古微〉臆说》，载《魏源研究》，朝华出版社 2002 年版，第 713 页。

疾。使遗文湮而复出，绝学幽而复明。其志大，其思深，其用力勤矣！”[①] 杨守敬《诗古微序》亦言：“魏先生默深《诗古微》，张皇幽眇，归之大道；向之弃之如遗，噤不敢出口者，至此大声疾呼，旷若发蒙。盖二千年之绝学，天实启之，非霻言也。先（王）生[②]尝谓西京微言大义之学坠于东京，东京典章制度之学绝于隋、唐，两汉故训声音之学熄于魏、晋。今日由故训声音以进于东汉典章制度，此齐一变至鲁也；由典章制度以进于西汉微言大义，此鲁一变至道也。知言哉！知言哉！”[③] 都是极力推崇魏源《诗古微》在发挥三家微言大义，以有志于道方面的努力。

（八）在当时辑佚考据盛行一时的学术大背景下，有感于王应麟《诗考》的诸多不完善而补充、修订之，顺应时代潮流而为之，“不执一说，不偏一家”。

王应麟的《诗考》所开创的辑佚之功，学者多有论述。皮锡瑞认为：“宋王应麟辑三家《诗》、郑氏《易注》，虽搜采未备，古书之亡而复存者实为首庸。”[④] 章学诚《校雠通义·补郑篇》曰：“昔王应麟以《易学》独传王弼，《尚书》止存伪《孔传》，乃采郑玄《易注》、《书注》之见于群书者，为郑氏《周易》、郑氏《尚书》注。又以四家之《诗》，独《毛诗》不亡，乃采三家《诗》说之见于群书者，为《三家诗考》。嗣后好古之士，踵其成法，往往缀辑逸文，搜罗略遍。”[⑤] 在当时辑佚考据盛行一时的学术大背景下，学者多顺应时代潮流而为之，他们有感于王应麟《诗考》的诸多不完善而补充、修订之。在辑佚过程中，针对《毛诗》和三家，重在对异文异字的搜集，没有明确的倾向性。即使对于搜集到的异文异字，一般也不具体区分三家，而是统言之《诗经》异文。这一认识反映在异文异字类研究成果和《诗考》补注类成果中最为明显。

如周邵莲的《诗考异字笺余》是“间就伯厚未登者录之，前人论著及管

① （清）刘逢禄：《诗古微》，载魏源《诗古微》，何慎怡校点，岳麓书社 1989 年版，第 880 页。
② 此处“先生”盖指魏源，原作“先王”误。
③ （清）杨守敬：《诗古微》，载魏源《诗古微》，何慎怡校点，岳麓书社 1989 年版，第 878—879 页。
④ （清）皮锡瑞：《经学历史·经学复盛时代》，中华书局 2004 年版，第 241 页。
⑤ （清）章学诚：《校雠通义通解》，上海古籍出版社 2009 年版，第 34 页。

见一二附焉”。翁方纲序中称曰：“因王伯厚《诗考》而作也。其所考诸条，固有增于伯厚矣。然吾谓其研经之用意，有出于伯厚所未及者。”[①] 被翁氏所称赞的出于伯厚之外者，就是周氏的“虚怀审慎，不执一说，不偏一家。其间实难以断定者，则以俟善学者加详焉”，故而“能不惑于所趋而有资于研索”。胡文英的《诗考补》，针对王应麟《诗考》：“倒者顺之，误者正之，复者删之，芜者节之，参差者整之，缺略者补之，搜考援据，既不敢妄立异义，亦不敢砖己守残。”[②] 丁晏的《诗考补注补遗》，针对《诗考》原书，“复者删之，讹者正之，失次者移之，未详者申之”[③]。此类著作都是态度较为审慎的不执一家之说之作。

综上所述，虽然最终的结果是三家《诗》的辑佚和研究得以复兴，但清人在从事这一工作的过程中的认识是多角度、多方面的。通过这诸种认识，我们可以发现三家《诗》在清代学者心目中的地位，可以了解三家《诗》在清代《诗经》学研究中扮演着什么样的角色。只有这样，才能正确看待三家《诗》学在清代的复兴，才能对清代《诗经》学的发展有更深一层的认识。

三　清代学者的三家《诗》师法、家法问题

“师法”一词见于《荀子》，《荀子·儒效》：“有师法者人之大宝也，无师法者人之大殃也。”[④]《荀子·修身》：“礼者所以正身也，师者所以正礼也。无礼何以正身，无师吾安知礼之为是也。……故非礼，是无法也，非师，是无师也。不是师法而好自用，譬之是犹以盲辨色……故学也者，礼法也，夫师，以身为正仪而贵自安者也。”杨倞注云：“效师之礼法以为正仪，如性之所安，斯为贵也。”[⑤] 荀子的师法是随师而以正礼法。皮锡瑞《经学历史》云：“先有师法，而后能成

① （清）翁方纲：《诗考异字笺余序》，载周邵莲《诗考异字笺余》，《续修四库全书》影印本。
② （清）胡文英：《诗考补自序》，《四库未收书辑刊》本。
③ （清）丁晏：《诗考补注补遗自序》，花雨楼丛书本。
④ （清）王先谦：《荀子集解》，中华书局1988年版，第143页。
⑤ 同上书，第33—34页。

一家之言。师法者，溯其源；家法者，衍其流。”① 余嘉锡：“家者合父子师弟言之，父传之子，师传之弟，则谓之家法。六艺诸子皆同，故学有家法。称述师说者，即附之一家之中……其学虽出于前人，而更张义例别有发明者，则自名为一家之学。如《儒林传》中某以某经授某，某又授某，繇是有某某之学也。其间有成家者，有不能成家者。学不足以名家，则言必称师，述而不作。虽笔之于书，仍为先师之说。”② 虽然师法和家法是不同的，但并非本书论述的着眼点，故不具体细分。

先对汉代师法、家法的具体情况进行分析。《后汉书·章帝纪》建初四年诏书：“汉承暴秦，褒显儒术，建立五经，为置博士。其后学者精进，虽曰承师，亦别名家。”李贤注曰：“虽承一师之业，其后触类而长，更为章句，则别为一家之学。”③ 可见，汉儒是遵循师法、家法的。《后汉书·鲁丕传》记载和帝时鲁丕上疏云：“臣闻说经者，传先师之言，非从己出，不得相让；相让则道不明，若规矩权衡之不可枉也。……法异者，各令自说师法，博观其义。”④ 汉人多以不承师法为非，《后汉书·徐防传》：“（防上疏）曰：‘伏见太学试博士弟子，皆以意说，不修家法，私相容隐，开生奸路。……今不依章句，妄生穿凿，以遵师为非义，意说为得理，轻侮道术，浸以成俗，诚非诏书实选本意。……若不依先师，义有相伐，皆正以为非……’诏书下公卿，皆从防言。”⑤ 学通师法还可受到荐举，如萧望之荐举张禹：“奏禹经学业有习，有师法，可试事。”⑥ 反之，不守师法者就不被任用，如宣帝时博士缺人，“众人荐（孟）喜，上闻喜改师法，遂不用喜”⑦。

但实际情况是，汉儒中并非全部都见重师法、家法的。《汉书·儒林传》载：“而董生为江都相，自有传。弟子遂之者，兰陵褚大、东平嬴公、广川段仲、

---

① （清）皮锡瑞：《经学历史》，中华书局2004年版，第91页。
② 余嘉锡：《四库提要辨证》卷十一，中华书局1980年版，第608页。
③ （南朝宋）范晔：《后汉书》卷三《章帝纪》，中华书局1980年版，第137—138页。
④ （南朝宋）范晖：《后汉书》卷二十五《鲁丕传》，中华书局1980年版，第884页。
⑤ （南朝宋）范晖：《后汉书》卷四十四《徐防传》，中华书局1980年版，第1500—1501页。
⑥ （汉）班固：《汉书》卷八十一《张禹传》，中华书局1962年版，第3347页。
⑦ （汉）班固：《汉书》卷八十八《儒林传》，中华书局1962年版，第3599页。

温吕步舒。大至梁相，步舒丞相长史，唯嬴公守学不失师法，为昭帝谏大夫，授东海孟卿、鲁眭孟。”① 可见，董仲舒四个弟子中，“唯嬴公守学不失师法”，其他则失守师法。《后汉书·郑玄传论》云：“汉兴，诸儒颇修艺文；及东京，学者亦各名家。而守文之徒，滞固所禀，异端纷纭，互相诡激，遂令经有数家，家有数说，章句多者或乃百余万言，学徒劳而少功，后生疑而莫正。”② 东汉时的师法、家法大不同于西汉，而导致“异端纷纭”。徐复观先生论述道：“‘师法’观念在博士的统绪中流布出来以后，当然也影响到在此统绪以外的儒生，有时也加以应用。但终汉之世，这是非常有弹性的观念，即是，除了思想型的儒者不讲这一套以外，在博士统绪中，他们有时重视，有时并不重视；有时讲，有时并不讲。其特别加以重视的，多半是把它当作排挤、统制的武器加以应用，这在东汉更加明显。”③ 这才是汉代师法、家法传承的实际情况。

汉代四家《诗》学皆与荀子有深厚的渊源关系，在经学的传承中产生了明确的师法、家法概念。并且三家《诗》作为当时的显学，是最早立为官学、设立博士的，其传播之广、门徒之众史籍多有记载。

《汉书·儒林传》记载《鲁诗》传授，“申公，鲁人也。少与楚元王交俱事齐人浮丘伯受《诗》。……弟子自远方至受业者千余人”④。《儒林传》还记载了申公的弟子及再传弟子，博士十余人，皆声名显赫。如王臧、赵绾、孔安国、瑕丘江公、鲁许生、免中徐公、韦贤，及张、唐、褚氏之学等，形成了声势浩大的《鲁诗》学派。陈乔枞在《鲁诗遗说考自叙》中云：“是三家之学，鲁最先出，其传亦最广。有张、唐、褚氏之学，又有韦氏学、许氏学，皆家世传业，守其师法。终汉之世，三家并立学官，而鲁学为极盛焉。”⑤

《汉书·儒林传》记载《齐诗》传授为：“辕固，齐人也。以治《诗》孝景时为博士，诸齐以《诗》显贵，皆固之弟子也。昌邑太傅夏侯始昌最明，……后苍

---

① （汉）班固：《汉书》卷八十八《儒林传》，中华书局 1962 年版，第 3616 页。
② （南朝宋）范晔：《后汉书》卷三十五《郑玄传》，中华书局 1980 年版，第 1212—1213 页。
③ 徐复观：《中国经学史基础》，台湾学生书局 1982 年版，第 96 页。
④ （汉）班固：《汉书》卷八十八《儒林传》，中华书局 1962 年版，第 3612 页。
⑤ （清）陈乔枞：《鲁诗遗说考·自叙》，《续修四库全书》影印本。

字近君，东海郯人也。事夏侯始昌。始昌通《五经》，苍亦通《诗》、《礼》，……授翼奉、萧望之、匡衡。……衡授琅邪师丹、伏理斿君、颍川满昌君都。……由是《齐诗》有翼、匡、师、伏之学。满昌授九江张邯、琅邪皮容、皆至大官，徒众尤盛。”①

《汉书·儒林传》记载《韩诗》传授，“韩婴，燕人也。孝文时为博士，景帝时至常山太傅。婴推诗人之意，而作内、外《传》数万言，其语颇与齐、鲁间殊，然归一也。淮南贲生受之。燕、赵间言《诗》者由韩生。……《韩诗》有王、食、长孙之学。丰授山阳张就，顺授东海发福，皆至大官，徒众尤盛。”②

可见，汉代学者三家《诗》在传授过程中是遵守师法、家法的，但正如上文所言汉代师法、家法的实际传承并不十分严格，而是“有弹性”的，三家《诗》在传承和贯彻师法、家法方面也有多种情况。胡念贻先生说：“汉代的《诗经》学并非都是墨守最早传授者某一个人的‘师说’。齐、鲁、韩三家就各分出那么多家来。它们都是不断地分化和发展的。《齐诗》的翼氏之学，专讲阴阳灾异，不独战国所无，汉初也未必有。新说不断产生，《齐诗》和《韩诗》在东汉时代还在写章句。”③ 不仅“新说”不断产生，家族诗学和个人的诗学主张也是在变化中的，如薛氏家族，薛广德治《鲁诗》，五世至薛汉，而薛汉、薛夫子父子皆习《韩诗》，并著《韩诗章句》；郑玄治礼时先通韩、鲁之学，后笺《毛诗》，并在《笺》中多融合三家之说。对汉代三家《诗》的师法、家法传承情况有了一定的了解，我们再来认识清人是如何看待三家《诗》传授过程中的师法、家法渊源问题的。

（一）清代学者对三家《诗》师法、家法的认识

如何利用师法、家法来辑佚三家《诗》，对所搜集到的三家《诗》又如何运用具体的师法、家法来进行三家归属？这是摆在三家《诗》辑佚者面前的首要问题。

---

① （汉）班固：《汉书》卷八十八《儒林传》，中华书局1962年版，第3612页。

② 同上书，第3613—3614页。

③ 胡念贻：《论汉代和宋代的〈诗经〉研究及其在清代的继承和发展》，《文学评论》1981年第6期。

从传授渊源上来进行三家《诗》辑佚，轫始之功恐怕不能不归之于朱熹的“专门法”之说。朱熹在《学校贡举私议》一文中明确说道：“其治经必专家法者：天下之理固不外于人之一心，然圣贤之言，则有渊奥尔雅而不可以臆断者，其制度、名物、行事本末，又非今日之见闻所能及也。故治经者必因先儒已成之说而推之。借曰未必尽是，亦当究其所以得失之故，而后可以反求诸心而正其谬，此汉之诸儒所以专门名家，各守师说，而不敢轻有变焉者也。”①“以往的制度名物、行事本末已不可闻见，因而只能通过前辈‘专门名家’所著之书才能了解大概情况，即使有谬误之处，也可以‘究其所以得失之故’。”因此，“各守师说而不敢轻有变”的“专门名家”甚为可贵。朱熹对宋代学者中存在的对“汉世专门之学，议者深斥之”的状况是不满的，认为“百工曲艺，莫不有师”，而“至于学者尊其所闻，则斥以为专门而深恶之，不识其何说也”。由此，他主张“各立家法，而皆以（汉儒）注疏为主”，强调“训诂，则当依古注”，并参以唐宋诸儒之说，如此便可能有师承之家法，又避免汉儒“守之太拘而不能精思明辨”的缺陷。② 而朱熹也是启发王应麟从事三家《诗》辑佚研究的第一人，而其《玉海》中已谈到《韩诗》的传授渊源，不能不说影响渊源来自朱子。

清人是如何看待三家《诗》传授中的师法、家法问题？又是如何利用师法、家法而从事辑佚研究的呢？先来看清代学者有关经学传承中对师法、家法的认识。

《四库全书总目》卷三二《经部·孝经类存目·孝经问提要》：

> 汉儒说经以师传，师所不言，则一字不敢更。宋儒说经以理断，理有可据，则六经亦可改。然守师传者，其弊不过失之拘；凭理断者，其弊或至于横决而不可制。王柏诸人，点窜《尚书》、删削《二南》，悍然欲出孔子上，

---

① （宋）朱熹：《学校贡举私议》，载严佐之等主编《朱子大全》第 23 册，上海古籍出版社 2002 年版，第 3360 页。

② 汤勤福：《朱熹的史学思想》，齐鲁书社 2000 年版，第 143 页。

其所由来者渐矣。①

惠栋在《九经古义序》中说道：

汉人通经有家法，故有五经师训诂之学，皆师所口授，其后乃著竹帛。所以汉经师之说，立于学官，与经并行。五经出于屋壁，多古字古言，非经师不能辨。经之义存乎训，识字、审音、乃知其义，是故古训不可改也，经师不可废也。②

阮元云：

夫汉人治经，首重家法，家法亦称师法，前汉多言师法，后汉多言家法。至唐承江左义疏，惟《易》《书》《左氏》为后起者所夺，其余家法未尝忘也。自有破樊篱者，而家法亡矣。③

此说源于王鸣盛《十七史商榷·师法》条，云："汉人说经重师法……又称家法，谓守其一家之法，即师法也……盖前汉多言师法，而后汉多言家法。不改师法，则能修家法矣。"④

蒋湘南《七经楼文钞》卷一《经师家法说》：

师法、家法皆本于古之官法。古者设官必有师……师者，即其官之长，以所掌之法传人者也。有官必有法，有法必有学，有学必有业。凡在官之执业者，皆学于其长，奉之为师，而习其法。……学于官者谓之师法，世其官

---

① （清）永瑢等：《四库全书总目》，中华书局1965年版，第266页。

② （清）惠栋：《九经古义序》，文渊阁《四库全书》本。

③ （清）阮元：《研经室二集》卷七《王西庄先生全集序》，中华书局1993年版，第545页。

④ （清）王鸣盛：《十七史商榷》卷二十七，上海古籍出版社2013年版，第292—293页。

者谓之家法……官守学业，源出于一……儒生之师法仍本在官之师法……[①]

刘逢禄云：

经之有师传者，惟《礼·丧服》有子夏氏，《春秋》有公羊氏而已。汉人治经，首辨家法，然《易》施、孟、梁邱，《书》欧阳、大小夏侯，《诗》齐、鲁、韩，师说今皆散佚，十亡二三。世之说经者，于先汉则古《诗》毛氏，于后汉则今《易》虞氏，文辞稍为完具。[②]

皮锡瑞《经学历史》三“经学昌明时代”中曾云：“汉人最重师法。师之所传，弟之所受，一字毋敢出入，背师说即不用，师法之严如此。”[③] 可见，汉儒说经重师法、家法，是清代学者对汉代经说的基本认识。由此推展开来，那么作为最早立为经学博士，影响较大的三家《诗》的传承亦必遵循师法、家法。

我们再来看三家《诗》学者的相关论述。

范家相《诗渖序》：“（西汉）盖经生最重师传，而时良无巨儒出而正之。即《鲁诗》亦取《春秋》，采杂说，非尽无稽，不可以卒废也。”[④] 洪颐煊《诗经广诂序》：“许叔重撰《说文解字》，诗称毛氏，亦兼及三家。郑康成作《毛诗笺》，往往据三家以改《毛传》。他如《白虎通》所引，熹平石经所写，樊光注《尔雅》，皆是《鲁诗》，而不用毛氏。《齐》《韩诗》亦各有师承章句，是终汉世四家未尝偏废，此其学所以大也。”[⑤] 四家《诗》学所以在汉代能够发扬光大，据洪颐煊之意，是因为其众多的门徒遵守师法、家法而传承。

陈乔枞的《三家诗遗说考》就是建立在固守师法、家法的基础上才得以完成的，所以他在《自叙》中，反复强调三家守家法，今所辑佚，可以考见家法。

① （清）蒋湘南：《七经楼文钞》，《中州名家集》，中州古籍出版社 1991 年版，第 8—9 页。
② （清）刘逢禄：《公羊春秋何氏解诂笺叙》，《皇清经解》卷一千二百九十，道光九年学海堂刊本。
③ （清）皮锡瑞：《经学历史》，中华书局 2004 年版，第 77 页。
④ （清）范家相：《诗渖》，文渊阁《四库全书》本。
⑤ （清）洪颐煊：《诗经广诂序》，载徐璈《诗经广诂》，《续修四库全书》影印本。

如《鲁诗遗说考·自叙》："是三家之学，鲁最先出，其传亦最广。有张、唐、褚氏之学，又有韦氏学、许氏学，皆家世传业，守其师法。终汉之世，三家并立学官，而鲁学为极盛焉……互证而参观之，夫固可以考见家法矣。"[①]《韩诗遗说考·自叙》："汉世褒显，儒术建立，五经为置博士，一经之学数家竞爽，几别名家者。皆增置博士各以家法教授，所以扶进微学，尊广道艺也。后之人因陋就简，安其所习，毁所不见，师法既失，家学就湮，岂非学士大夫之过欤？"[②]《齐诗遗说考·自叙》："先大夫尝言汉儒治经最重家法，学官所立，经生递传，专门命氏，咸自名家。三百余年，显于儒林。虽诗分为四，《春秋》分为五，文字或有异，训义固殊，要皆各守师法，持之弗失，宁固而不肯少变，斯亦古人之质厚贤于季俗之逐波而靡也。……渊源所自，同一师承，确然无疑……夫以二千余年湮没无传之绝学，坠绪茫茫，苟能获其单辞只义，已不啻吉光片羽，良可宝贵，况乎沿流溯源，尚有涯涘之可寻。"[③]《齐诗翼氏学疏证·自叙》："汉儒说经最重家学，文景之际，言诗者，鲁有申培公，齐有辕固生，燕有韩太傅婴，三家并立学官。《鲁诗》有张、唐、褚氏之学，又有韦氏学、许氏学，《齐诗》有翼、匡、师、伏之学，《韩诗》有王、食、长孙之学，皆家世传业，守其师法。"[④]虽然陈乔枞据汉儒师法、家法而进行的三家归属，后来学者亦有诸多不同观点，但毫无疑问，作为最为完善的三家《诗》辑佚之作，《三家诗遗说考》是贯彻师法、家法最为彻底的。

杨守敬在《诗古微序》中云："汉人勤搜博采，三家并立博士，各守家法，不敢逾越。后世俗学遍天下，安其所习，毁所不见，众力之所趋，贲、育不能障之，遂使先圣之微言大义不传于代。"[⑤]三家《诗》传授，本亦各守师法、家法，无奈后学逾越此藩篱，乃至"先圣之微言大义"不可得见。故魏源《诗古微》乃是秉持汉代师法、家法，来发挥微言大义的。另外，顾震福《韩诗遗说续考·

① （清）陈乔枞：《鲁诗遗说考·自叙》，《续修四库全书》影印本。
② （清）陈乔枞：《韩诗遗说考·自叙》，《续修四库全书》影印本。
③ （清）陈乔枞：《齐诗遗说考·自叙》，《续修四库全书》影印本。
④ （清）陈乔枞：《齐诗翼氏学疏证·自叙》，《续修四库全书》影印本。
⑤ （清）杨守敬：《诗古微序》，载魏源《诗古微》，岳麓书社1989年版，第878页。

自序》云："夫有汉之世，三家《诗》早立学官，两汉儒林，递传家法，莘莘济济，称极盛焉。"① 段朝端为其作序亦云："齐、鲁、韩、毛四家《诗》，汉儒递相传述，各守师法，多以章句名家。"②

但也并非都是如此，徐璈在《诗经广诂·例言》中说：

> 汉人如刘子政之世习《鲁诗》，匡稚圭之专师齐学，皆有明文。故王氏、范氏径目之为《齐诗》、《鲁诗》。后此如班孟坚云"说诗者鲁为近之。"《汉书》义似多出鲁。郑康成云"注《记》、《传》时，未学《毛诗》"，《三礼注》与《笺》异者，多兼出韩、鲁。章怀、李善、小颜、陆德明，其时韩书未亡，两汉、《文选》、《释文》注义多出韩。许叔重本传未云习何家诗，凡《说文》所引，一章数义，一字数解者，盖并存三家，不专彼是也。外此若三伏（伏黯、伏恭、伏理定《齐诗章句》）、二许（许生、许晏撰《鲁诗章句》）单宗独派者，已无片义。而焦赣、贾生、扬子云、桓宽、高诱、王潜夫、何休、蔡邕、王叔师、赵台卿、韦曜、郦善长、杜元凯、贾公彦、杨倞之伦，时时称述古义，今幸留于甲乙部书，可以采辑者，无虑百余家，要未能悉其师承，亦不敢强定流派也。③

他对"未能悉其师承"者，不"强定流派"。

但总的来说，清儒在三家《诗》传授上的基本认识是汉儒遵守师法、家法。为什么要如此强调三家《诗》师法、家法呢？陶方琦的《鲁诗故训纂叙》云："方琦因推两汉授受之渊源及乾嘉以后经师之遗说，摅书明恉，理而董之。"④ 遂欲纂成《鲁诗授受源流考》及《传诗表》一卷、《石经鲁诗考》一卷、《鲁诗佚文考》一卷、《刘氏鲁诗学》二卷、《郑氏鲁诗学》二卷、《高氏鲁诗学》一卷、

① （清）顾震福：《韩诗遗说续考·自序》，清光绪癸巳刊本。
② （清）段朝端：《韩诗遗说续考·序》，载顾震福《韩诗遗说续考》，清光绪癸巳刊本。
③ （清）徐璈：《诗经广诂·例言》，《诗经广诂》，《续修四库全书》影印本。
④ （清）陶方琦：《鲁诗故训纂叙》，载《汉孳室文钞》卷三，《续修四库全书》影印本。

《蔡氏鲁诗学》一卷、《史公诗学考》一卷、《班氏诗学考》二卷、《说文诗考》二卷、《尔雅鲁诗绎》二卷、《广雅鲁诗释》二卷、《楚辞王注鲁诗学》一卷、《汉碑诗考》一卷、《鲁毛同谊述》一卷、《鲁韩同义述》一卷、《群书集证》八卷、《鲁诗通论》二卷。今查阅书目发现，陶氏最终并未撰成上述诸书。但是从他的论述和所列书目看，很明显其前提认识在遵循汉代的师法、家法。因为只有从师法、家法的角度入手，才有可能从事三家《诗》辑佚的工作。

从汉“经生最重师传”，各守师承进行传授，这也是能够对所辑之三家《诗》说进行归属分派的原因。而清儒在三家《诗》辑佚过程中，把家法、师承作为辑佚方法的首要选择亦在于此。也就是说，如果欲将采辑到的三家遗说进行区分归属，必须从师法、家法的角度入手。从另一方面看，如果将这一认识绝对化，而忽视汉代三家《诗》在传承过程中的实际情况，也会影响对三家《诗》的正确认识，而导致在具体归属中存在诸多问题。

（二）清代学者的三家《诗》归属问题

这一部分先就分属三家的代表性三家《诗》著述的具体归属进行统计，然后总结其归属的方法，即辑佚方法，最后查考其中存在的问题，和清儒自身面对这诸多问题时的纠结心态。

存在三家《诗》家数归属问题的三家《诗》著述，主要在三家《诗》通辑通说类成果中，因其有明确的区分三家《诗》的意识，故在具体归属三家时，也存在诸多问题。兹以其中七部著作为例，其三家分属列表如下①：

---

① 说明：(1)《史记》《汉书》《后汉书》本传所引三家《诗》传授者渊源有自，各依师承，派入三家，如匡衡入齐、王吉入韩等，此表不录。

(2) 齐鲁两家亡佚以后，唐宋典籍、类书中所存《毛诗》异说出韩，如《文选注》《艺文类聚》中所载均为《韩诗》，诸家无异议，故此表不录。

(3)《韩诗外传》归《韩诗》，《诗》纬归《齐诗》，汉石经归《鲁诗》等此之类，归属明确，诸家无异议，此表不录。

(4) 此表所录重点为四家《诗》并存时代，即汉代典籍。

表 3－1　**清代学者三家《诗》著作三家分属表**

	范家相《三家诗拾遗》	徐璈《诗经广诂》	徐堂《三家诗述》	阮元《三家诗补遗》	朱士端《齐鲁韩三家诗释》	冯登府《三家诗异文疏证》	陈乔枞《三家诗遗说考》
刘向《说苑》《新序》《列女传》	鲁	鲁	鲁	鲁	韩	鲁	鲁
班固《汉书》	鲁齐韩	鲁	鲁	鲁	鲁	鲁	齐
《白虎通》	鲁齐韩	鲁	鲁	鲁	鲁	鲁	鲁
董仲舒	鲁齐韩			齐			齐
《史记》	鲁					鲁	鲁
郑玄《礼注》	鲁齐韩	韩鲁		鲁齐韩	韩		鲁齐
贾谊	鲁齐韩			鲁	鲁		
扬雄	鲁（齐韩）				鲁		鲁
《尔雅》郭璞注			鲁	鲁	鲁		鲁
高诱《吕览注》					韩		鲁
王逸《离骚注》					鲁		鲁
桓宽《盐铁论》				鲁	韩		齐
《说文》		鲁齐韩			鲁齐韩	鲁齐韩	
《释文》	韩	韩	韩		韩		韩
蔡邕	鲁			鲁		鲁	鲁
荀子					鲁		鲁
王肃					韩		
《潜夫论》				鲁			鲁
《淮南子》				鲁			
汉武帝制诗				鲁	鲁	齐	
伏谌	鲁					齐	
《论衡》	韩			鲁			鲁
《易林》							齐

从表3-1中可以看出有如下的不同：刘向《诗》说，除朱士端入韩外，其他诸家均入《鲁诗》。班固《汉书》，范家相在《三家诗拾遗》中因难以断定，故统言三家。而陈乔枞入齐，其他几家入鲁。郑玄《礼注》争议最多，范家相、阮元归入三家，徐璈归入韩鲁，陈乔枞归入鲁齐，而朱士端将其归入《韩诗》。贾谊、扬雄之说，范家相统言三家，并且范家相对扬雄诗说的认定，存在矛盾，而其他学者均入《鲁诗》。桓宽《盐铁论》阮元入鲁、朱士端入韩，陈乔枞入齐，三家派入各不相同。高诱《吕览注》，朱士端入韩，陈乔枞入鲁。汉武帝制诗，阮元、朱士端入鲁，冯登府入齐。伏谌说范家相入鲁不妥，冯登府入齐。《论衡》范家相入韩，朱士端、陈乔枞入鲁。

下面分析表中七家的分歧所在。

范家相《三家诗拾遗》产生较早，对三家归属的认识尚不明确，分属三家的意识尚不强烈，故在具体的归属中，凡是没有明文可据的，他一般统言之三家，非不欲为之分，实不能也。且往往在分属中也会有前后矛盾的现象，如扬雄之说，卷一“三家《诗》源流”中云：“扬雄《法言》《商颂·闷宫》之说乖异，大抵亦出三家。”卷三又云：“诗始萌芽，申公训故，单行于世，故孔安国、司马迁、刘向、扬雄诸生，皆宗《鲁诗》。”徐璈在《诗经广诂》中，本着“未能悉其师承，不敢强定流派”的态度，对“焦赣、贾生、扬子云、桓宽、高诱、王潜夫、何休、蔡邕、王叔师、赵台卿、韦曜、郦善长、杜元凯、贾公彦、杨倞之伦”，不强定流派，以《诗经》古义诂之。徐堂《三家诗述》重在阐述“圣贤之意”，除一些本传所载外，《鲁诗》部分主要取自刘向《说苑》《新序》《列女传》之说，《韩诗》部分主要来自《韩诗外传》，而《齐诗》则借重《诗》纬。其他诸典籍多为涉猎，是由其著述的着眼点所决定的。阮元《三家诗补遗》则是本着“凡不知为某家者，皆当括于《鲁诗》，以《鲁诗》为初祖故也”的原则展开辑佚，故多家皆入于鲁，故所载《鲁诗》独多。朱士端则相反，把刘向、郑《礼注》、高诱《吕览注》及《盐铁论》诸家所引诗说，均入《韩诗》，故辑《韩诗》所占独多。冯登府对诸家归属态度还是较为审慎的，故无论是《三家诗异文疏证》还是晚年的《三家诗遗说》中，都尽量做到不强分。陈乔枞大概是为了还原汉代《齐诗》的辉煌，以形成三家鼎足的局面，故其他学者所辑甚少的《齐诗》，在陈乔枞《三家诗遗说考》中几乎可以和鲁、韩等量齐观。他把班固《汉书》、董仲舒《春秋繁露》、桓宽《盐铁论》及《易林》诸典籍所载诗说均括入齐。总之，诸学者之所以在三家归属上会产生分歧，除了三家《诗》辑佚归属本身的特点所决定的外，学者本人在辑佚过程中所贯穿的辑佚思想和论述倾向也决定了他们对三家的认定。可见，就诸学者来说，他们认为自己是在遵循汉代的实际而从事辑佚归属，而事实上，则加入了太多的主观因素，这就影响了归属三家的客观可信度。

关于三家归属的依据，即所辑三家《诗》派入方法，大致有以下几种。

一是有明文可据的，直接括入某家，一般诸家无异议。如《史记》《汉书》《后汉书》等，有明确记载某学者习某诗者，其本传中诗说归入某家，此诸家引用较多，而在归属中又无异议的。匡衡习《齐诗》，故《汉书》本传中，匡衡诗说归入《齐诗》。《韩诗外传》所载为《韩诗》说。凡此之类，可以说是最直接的三家《诗》说来源。

二是因他诗不存派入法。这种观点主要针对《韩诗》的归属，《韩诗》遗说的研究也是三家《诗》著述的主要成果之一。《韩诗》亡佚较晚，至唐犹存，故唐代典籍、唐人诗说，有关类书中所引《毛诗》异说，当归入韩，这是诸学者无异议的归属。所涉及唐宋典籍有：《释文》《玉篇》、李善《文选注》、颜师古《汉书注》、贾公彦《周礼疏》及《初学记》《北堂书钞》《白帖》《艺文类聚》《太平御览》《一切经音义》《华严经音义》等典籍所载有关诗说，凡与毛异者，均入韩。故《韩诗》所存独多。

三是家族师承派入法。如某一家族之中有一人习某诗，其后世子孙据家法派入某家。如刘向习《鲁诗》，陈乔枞《鲁诗遗说考·自叙》云：“刘向父子世习《鲁诗》，高邮王氏《经义述闻》以向为治《韩诗》，未足征信。考《楚元王传》言：‘元王好诗，诸子皆读诗，王子郢客与申公俱卒业，申公为《诗》传，元王亦次之，号《元王诗》。’向为元王子休侯富曾孙，汉人传经最重家学，知向世修其业，著《说苑》《新序》《列女传》诸书，其所称述必出于《鲁诗》无疑矣。”贾谊学《鲁诗》，朱士端《齐鲁韩三家诗释》卷十一《鲁诗·驺虞》中说：“《新书》所云与《鲁诗》无异。贾谊为逵之九世祖，盖亦世为《鲁诗》学者。”

四是诗说相同派入法。如果汉代某人的诗说与三家中某家相同，则认定某人习某家。如朱士端《齐鲁韩三家诗释》卷十一《鲁诗·甫田》“莠乔乔（扬子)”，“扬雄习《鲁诗》,《谷永传》曰：‘扶服捄之’，雄《解嘲》亦云‘扶服入橐’，是其证”。

五是转引宋说派入法。宋代学者，如晁说之、董逌、吕祖谦、王应麟等所引均有一些不明出处的三家《诗》说。如董逌所云《齐诗》之说，而徐堂《三家诗述》、朱士端《齐鲁韩三家诗释》等，还有其他诸多学者，不加辨别，亟引入之云。当然也有一部分学者提出了质疑，丁晏《诗考补注序》云：“有援据未精者，董逌《诗故》所称《齐诗》，吕东莱《读诗论》所引崔灵恩《集注》，皆后人赝作，厚斋引以入书，失之矣。”而陈乔枞《三家诗遗说考》则摒弃其说，云：“晁说之、董彦远说往往持论不根，难以征信”，不再视其为考察遗说的对象。

这五种三家家数归属的方法，前两种属于直接认定法，也是最为稳定，诸家均无异议的归属方法，是清代学者所辑三家《诗》的主要来源之一。最后一种非但对三家遗说之辑佚无助，而且经不起推敲。中间两种可以说是间接认定法，即通过某种率先认定的隶属关系，来推定家法归属。这种方法经过朱士端和冯登府的尝试，到了陈乔枞《三家诗遗说考》中，又进一步细化，寻求的依据也更加全面。现对陈乔枞所运用的间接认定法进一步分析，又可以分为如下方法：

第一是渊源溯推法：即 A 传某诗，而其原祖乃 B，故 B 之诗入某家。如荀子入鲁，“《鲁诗》传授源流，《汉书》章章可考，‘申公受《诗》于浮邱伯者，荀卿门人也’。刘向校录孙卿书亦云：‘浮邱伯受业于孙卿，为名儒。’是申公之学出自荀子。凡《荀子》书中说《诗》者，大都为《鲁训》所本，今故缀之列于《鲁诗》，原其所自始也。”

第二是师承递推法：即 A 师某人某家，而 B 师 A，则 B 诗说与某人某家为一。如孔安国从申公，司马迁从孔安国，故司马迁《史记》诗说入鲁。“‘孔安国从申公受诗，为博士，至临淮太守。’见《史记·儒林传》。太史公尝从孔安国受诗问业，所习当为《鲁诗》。观其传儒林，首列申公，叙申公弟子首数孔安国，此太史公尊其师，《传》故特先之。”又如二戴《礼记》入齐：“夫辕生以治《诗》为博士，诸齐以《诗》贵显者，皆固之弟子，而昌邑太傅夏侯始昌最明。始昌通《五经》，后苍事始昌，亦通《诗》《礼》，为博士。讫孝宣世，礼学后苍最明，戴德、戴胜、庆普皆其弟子。三家立于学官，《诗》、《礼》师传既同出自后氏，则《仪礼》及二戴《礼记》中，所引佚《诗》，皆当为《齐诗》之文矣。郑君本治《小戴礼》，注《礼》在笺《诗》之前，未得《毛传》，礼家师说均用《齐诗》，郑君据以为解，知其所述，多本《齐诗》之义。”这一递推，把师说看成僵死而一成不变的，因《齐诗》学者夏侯始昌通五经中有《礼》，而其弟子，再传弟子，乃至凡沿袭礼者，均传《齐诗》，是经不起推敲的，置史之明文，“郑玄先从张恭祖受《韩诗》”于不顾，而以郑玄《礼注》入齐。至于原因的解释上文已言，乃陈乔枞欲恢复齐说，使得三家等量齐观，而忽视其他。

第三是家族递推法：即 A 之祖师某家，故 A 师某家。如上文提到的刘向习《鲁诗》，还有班固《汉书》入齐：“《齐诗》有翼、匡、师、伏之学，班固之从祖伯少受《诗》于师丹，诵说有法，故叔皮父子世传家学。《汉书·地理志》引‘子之营兮’及‘自杜沮漆’，并据《齐诗》之文，又云‘陈俗巫鬼，晋俗俭陋’，其语亦与匡衡说《诗》合，是其验已。”

第四是地域递推法：A 所属地域与三家之祖中某人同一地区，即 A 所习为某人所传之诗。如：“《尔雅》亦《鲁诗》之学，汉儒谓《尔雅》为叔孙通所传。叔孙通，鲁人也。”

第五是诗说层递法，即上文所讲诗说相同推定法。A 中诗说与 B 中诗说合，而 B 中诗说已据前面诸法推定入某家，故 A 中之语亦为某家。如：“若夫张衡《东京赋》‘改奢即俭，制美斯干’之语，与《刘向传》说诗义合。王逸《楚词注》‘繁鸟萃棘，负子肆情’之解，与《列女传》歌诗事同。至如‘佩玉晏鸣，《关雎》叹之’，臣瓒谓事见《鲁诗》，而王充《论衡》、杨雄《法言》亦并以《关雎》为康王之时。‘仁义陵迟，《鹿鸣》刺焉’，史迁盖语本鲁说，而王符《潜夫论》、高诱《淮南注》亦均以《鹿鸣》为刺上之作。互证而参观之，夫固可以考见家法矣。”所谓互证而参观之，可以考见家法，即是由诗说相同认定为《鲁诗》。

第六是学派臆推法：由学派渊源推定诗说，如："至如公羊氏本齐学，治《公羊春秋》者，其于《诗》皆偁齐，犹之穀梁氏为鲁学，治《穀梁春秋》者，其于《诗》亦偁鲁也。董仲舒通五经，治《公羊春秋》，与齐人胡毋生同业，则习齐可知。……渊源所自，同一师承，确然无疑。孟喜从田王孙受《易》，得《易》家候阴阳灾异书，喜即东海孟卿子焦延寿所从问《易》者，是亦齐学也。故焦氏《易林》皆主《齐诗》说。"

第七是排除递推法：某说与四家诗中三家均有异，故入第四家。如："若夫桓宽《盐铁论》以《周南》之《罝兔》为刺，义与鲁、韩、毛迥异。以《邶风》之'鸣雁'为'鸣鳱'，文与鲁、韩、毛并殊，又其显然易见者耳。"显而易见，与鲁、韩、毛异，同《齐诗》也。

陈乔枞《三家诗遗说考》中特别强调三家源流，三家分属，这与其分别辑佚三家《诗》的著述态度和宗旨有关。从这些递推法我们可以看出，清代三家《诗》学者把按照师法、家法承继诗学作为归属家数的出发点，无限放大了其中的承继性，而忽视或无视其中因社会和个体差异所产生的在承继中的变数。由上文汉代三家《诗》师法、家法继承的实际情况可知，诸多的变数是存在的，某一著作乃至某个人的用《诗》情况不能简单划一。但这种忽视或无视，其实有诸多的无奈，也反映了清代学者在归属中内心的纠结。这一状况本身，清代学者自己亦有一定的认识。

（三）三家归属中的纠结与无奈

清代学者在进行三家归属中，存在诸多的纠结与无奈，具体表现在：

一是清代学者贯穿家族师承法有时并不是很彻底。如朱士端《齐鲁韩三家诗释》卷十二《行苇》案语："班伯学《齐诗》，彪、固学《鲁诗》，班氏一门习三家《诗》者多矣。"有的甚至前后矛盾，如上文提到的范家相对扬雄诗说的认定。

二是一些学者在著述中，一方面不能不遵循师法、家法的原则去搜集诗说，进行归属；另一方面却又意识到简单地归属派入三家将存在一定的问题，实属无奈为之，如宋绵初《韩诗内传征序》云："至郑氏虽从张恭祖受《韩诗》，但其学该博，不名一家。如笺《诗》宗毛，有不同则下己意，注《礼》时，未得

《毛传》，大率皆韩、鲁家言。若确然定为《韩诗》之说，恐未必然也。”[1]

三是一些学者在为他人序跋时，已经指出这一问题，如：叶德辉在《阮氏三家诗补遗叙》中，对阮元与陈乔枞在三家归属中存在的差异进行了比较，云：

> 范、丁分别家数，略依王氏原书；冯则概言三家，亦自矜慎。惟陈钩稽子史，各述师承，最为治经家所推重。阮氏撰此书时，仅引范氏《拾遗》，其余诸家晚出未见，故去取颇有异同。偶取陈书校之，如陈书叙录《齐诗》，据《儒林传》“班伯少受《诗》于师丹，师丹受《诗》匡衡”，以班固入《齐诗》；而此则列入《鲁诗》。按《诗·烈祖》，《正义》引《五经异义》云：“《诗》鲁说丞相，匡衡以为殷中宗”。则匡衡亦未尝不兼通《鲁诗》。且固撰《汉书·艺文志》，有“与不得已，鲁最为近之”之语，则固又明明推重《鲁诗》者，知阮说不为无本矣。《艺文志》叙次《诗》家，曰“鲁、齐、韩，《韩诗》后亡”。故宋以前群书所引者，皆有明文，又有《外传》为之左验。……余尝谓辑三家《诗》，凡不知为某家者，皆当括于《鲁诗》，以《鲁诗》为初祖故也。今阮氏正是此意，庶无骑墙之病。至于郑氏《礼注》，凡说《诗》义多与《诗笺》不同，《郑志》答炅模以为《记注》时，就卢君先师亦然，后乃得毛公传记。是郑氏初学三家《诗》，本有明证，但其孰为鲁、孰为齐？则不可辨。陈书均并入《齐诗》，未免臆断。阮氏仅略采数事入齐，较有抉择固非不备也。[2]

当然，由于叶德辉师出阮门，故存在明显的推崇阮说的倾向，但还是点明了存在三家归属不同的症结所在。

钱熙祚《三家诗拾遗跋》亦云：

> 齐鲁两家，存者寥寥，中如刘向世习《鲁诗》，即以其说属之鲁；匡衡

① （清）宋绵初《韩诗内传征序》，《续修四库全书》影印本。

② （清）叶德辉：《阮氏三家诗补遗叙》，载阮元《三家诗补遗》，《丛书集成续编》本。

学《齐诗》，即以其说属之齐，非有明文可据。《汉书·地理志》引《齐诗》曰“子之营兮，遭我乎嶩之间兮”，此与上文郑诗、陈诗句法正同，乃十五国风之齐，非三家之齐也。而颜师古注遽云，“《毛诗》作还，《齐诗》作营”。又谓“《绵》诗‘自土漆沮’，《齐诗》作自杜”。《齐诗》魏代已亡，不知颜氏何从得之？董逌《诗故》又出颜氏后，乃引《齐诗》“四国是匡”为“下国骏駹”，岂乡壁虚造乎？抑从他书展转援引而得之乎？①

四是清代其他一些学者在著作和札记中，也发现了在辑佚三家《诗》的过程中进行家数归属时，所存在的问题，如王端履《重论文斋笔录》卷五云：

《说苑·君道篇》：“‘未见君子，忧心惙惙。亦既见止，亦既觏止，我心则悦。’诗之好善道之甚也如此。”王应麟《汉书·艺文志考证》：“刘向《说苑》《新序》《列女传》间引诗以证其说。向为楚元王交之孙，交受诗于浮邱伯，刘向之学《鲁诗》之流也。”端履案：此说实非。《新序》《说苑》《列女传》引诗证明之说，实多袭《韩诗外传》文，其不皆《鲁诗》，一证也。《汉书·儒林传》：“鲁人申公受诗于浮邱伯，以《诗》为训故以教，亡传。”是《鲁诗》本无传，今《说苑》所引诗说多冠以“传曰”字，其非《鲁诗》，二证也。又《儒林传》：“向以故谏大夫通达待诏，受《穀梁》。”而《新序》《说苑》中多杂引《公羊》《左氏》二传文，知所引诗亦当杂齐鲁韩三家之说，其不皆《鲁诗》，三证也。三家《诗》久亡，学者无从分别，幸《韩诗外传》尚存，得以寻间求索，亦一快也。②

可见，清代学者对他们关于三家《诗》家数归属的问题，也是边辑佚、边审视、边完善。这一家数归属问题的纠结也贯穿清儒辑佚的始终。

当今学者对清儒的师法、家法也有诸多不同看法，民国学者胡朴安在《诗经

---

① 钱熙祚：《三家诗拾遗跋》，载范家相《三家诗拾遗》，《丛书集成新编》本。
② （清）王端履：《重论文斋笔录》，清道光二十六年授宜堂刻本。

学》一书中谈道：“惟是搜采三家《诗》，有一事须先辨之极明者：即两汉学之家法是也。三家《诗》既亡，今从群书中录而出之。使不明两汉之家法，则本《鲁诗》也，或入之于齐，本《齐诗》也，或入之于韩。惟深明两汉之家法，知某氏之学，授之于某；某氏之学，为某氏之所自出。”① 认为重视师法、家法是辑佚三家《诗》，明确三家《诗》的归属，并进一步研究的首要条件。而徐复观《两汉思想史》（第三卷）则说：“王先谦《诗三家义集疏》，对三家诗即妄分门户，引刘向所著《新序》、《说苑》、《列女传》及其他文字引用及《诗》的，以属于《鲁诗》，又展转迂曲附会，以立《齐诗》，使与《韩诗》并立，一若其上更无共同的根据，实不可信。”② 此是对王先谦依据师法、家法以立门户的指责，虽有些言过其实，但也指出了清代学者在归属三家方面所存在的共同问题。

关于三家《诗》归属的问题，可能今天我们也不能给予一个明确的定性，对这诸多的争议问题也不能明确解答，惟有存而不论。那么我们应该如何来评判清人的三家《诗》研究成果呢？一方面，他们的研究辑佚为今天认识两汉时期的三家《诗》提供了许多可资借鉴的资料，是当今学者从事三家《诗》研究的基础；另一方面，他们在辑佚过程中也确实存在许多值得商榷的问题。如由于他们分辑三家的需要，所以对收集而来的三家《诗》遗说资料往往进一步强分三家，他们在既定的归属程式下，对三家遗说强行分归。他们不是由所收集到的《诗》说的具体内容出发，而是在自己已有观念下，已认定某人属于某家，故与其相关的典籍中的《诗》说固当属之某家。他们没有从具体的内容而进行三家的归属，或许三家《诗》本身并无诸多内容的不同，或许他们同出一源，或许根本没有必要进行细分。

四　清代三家《诗》辑佚特点

三家《诗》辑佚，是清代辑佚学发展的重要组成部分，而其所呈现出来的

① 胡朴安：《诗经学》，《胡朴安学术论著》，浙江人民出版社 1998 年版，第 164 页。

② 徐复观：《两汉思想史》（第三卷），华东师范大学出版社 2001 年版，第 8 页。

辑佚特点，表现了清代学者对三家《诗》学辑佚的独特思考。清代三家《诗》的辑佚特点，可以从外部和内部两个视角来考察。外部特征包括辑佚的范围、体例和方法等；内部特征则是在辑佚的过程中，所建立的辑佚与辨伪、校勘、考证的诸关系，等等。

（一）清代三家《诗》辑佚的外部表现

从外部表现来看清代三家诗的辑佚特点，有三方面。

1. 辑佚范围广泛

从上文三家《诗》遗说材料的来源可以看出，清代三家《诗》的辑佚范围相当广泛，内容涉及经史子集各部，而辑录年代也从先秦、汉代原典直至唐宋诸家、诸书所引《毛诗》异说。涉猎范围如此之广，与清儒“凡古必真，凡汉皆好”的崇古尚古观念有很大关系。可以说，在三家《诗》辑佚上，能够利用的材料已被清儒穷尽，在没有新的材料发现之前，想在三家《诗》辑佚上有所作为，恐怕是不可能的了。从下面几点说明中，更可以看出三家《诗》辑佚范围之广。

其一是在三家遗说的搜集上，不仅着眼于各典籍所载诗说，并且对凡与遗说有关联的，或有助于解释遗说的材料，也被搜集过来，佐证遗说。如《广雅》《一切经音义》等字书、音韵学书，所载只要是与三家有关的片言只字，均在采辑之列。

其二是对于金石材料的利用。金石学源于宋代，王应麟《诗考》中《鲁诗》遗说就辑有汉代石经《鲁诗》材料。清代金石学全面发展，洪迈《隶释》中所载汉碑、墓志铭等与三家遗说有关的材料，均被清儒采辑，用以考证三家遗说。有一些三家《诗》学者本身即是金石学家，如冯登府等。所以说对金石材料的关注和利用，也表现了三家辑佚范围的扩大。

其三是对于新材料的利用。除了新出土的文献外，由国外传回的我国旧典，其中所保存的三家遗说也被清代学者采录之。如南朝顾野王的《玉篇》，清代仅存残卷，而由日本传回的《玉篇》，与我国所存残卷有诸多不同，很显然是国内本在流传过程中曾遭讹改，故传回本被称为原本《玉篇》，清代学者宝而用之。另外，还有隋朝杜台卿的《玉烛宝典》，国内很久已不见传本，清朝由日本传回，其中有一些《韩诗》遗说可利用。而日本山井鼎的《七经考文》，所载三家异说也较多，也被清儒作为遗说搜集和考证的资料。如陶方琦的《韩诗遗说补》，即补臧庸的《韩诗遗说》，补辑材料的来源多是这些新发现的材料。他在《韩诗遗说补·自序》中，记下了获得由日本传回的我国旧籍时的喜悦心情，云："方琦近岁得见唐释慧琳《大藏音义》、希麟《续音义》及日本新刻《玉篇》零部、隋杜台卿《玉烛宝典》，次第补缉《韩诗》一百五十余条。其义为臧氏未采，实逾其半，快睹至宝，亦即补成。"① 陶方琦征引所见，著成《韩诗遗说补》，反映了清末学者对待新材料的态度。

把上文三家《诗》遗说材料的来源和上述三点结合起来看，清代三家《诗》辑佚范围广泛的特点更加显而易见了。

2. 辑佚体例多样

清代三家《诗》的辑佚体例与三家《诗》成果的最终形式密切相关，清代三家《诗》成果受王应麟《诗考》影响深远，总的来说是对王氏《诗考》的继承与发展，代表着一种学术走向。因而清代三家《诗》辑佚最明显的体例就是沿着《诗考》所开创的体例，在此基础上，进行修补。贯穿此一体例的著作，从书名中就可以看出：如卢文弨增校《诗考校注》，严蔚《诗考异补》，胡文英《诗考补》，臧庸《诗考》，周邵莲《诗考异字笺余》，丁晏《诗考补注》，杨晨《诗考补订》等，这些命名直接来自王应麟的《诗考》，并也都是围绕《诗考》而进行的增、补、考、校。其辑佚体例与《诗考》并无二致。

除此之外，清代三家《诗》辑佚，在围绕王氏《诗考》进行创作的基础上，结合清代《诗经》研究发展的实际情况，在辑佚体例方面又表现出了不少新的创造性特征，使得清代的三家《诗》辑佚体例呈现出了多样化趋势，颇多创获。

从编排形式上看，有三种情况。

一是三家合辑。如冯登府的《三家诗遗说》，按照《诗经》的顺序编排，搜集三家遗说。除原文有明确归属某家者注明，一般以"用三家说"概括，三家合辑在一起。

---

① （清）陶方琦：《韩诗遗说补·自序》，稿本，复旦大学图书馆藏。

二是分辑三家，并详为论证。这种鲁、齐、韩三家《诗》的遗说，分开编排，以陈寿祺、陈乔枞父子的巨著《三家诗遗说考》为代表。他们把《鲁诗》《齐诗》《韩诗》三家遗说，分别辑录，分别编排。陈氏父子的著述，成为三家《诗》辑佚用功最深、搜集最为完备、影响最大的研究成果。具体讨论见相关部分。

三是辑佚一家，单独成书。主要指专门的《韩诗》辑佚成果。这主要因为鲁、齐两家亡佚较早，故所存遗说也较少，而《韩诗》亡佚最晚，唐人著作、宋人类书中，多可考见，故遗说保留最为丰富。这种方式由宋绵初的《韩诗内传征》开创，后有邵晋涵、沈清瑞、钱玫、陶方琦、顾震福等继之，可谓《韩诗》专门之学。因而《韩诗》的辑佚、考证，相对于鲁、齐两家更为完备。

从三家《诗》辑佚涵盖内容上看，也有三种情况。

一是专收三家《诗》遗说，而不作进一步考证或考证极略。清代三家《诗》辑佚一般是与考证联系在一起的，胪列材料后以案语的形式进一步考证，是许多著作中共有的特征。而这一类主要是以收集遗说为主，收集的过程已间作考证。如阮元的《三家诗补遗》，王初桐的《齐鲁韩诗谱》等。

二是专门异文异字的综合研究。王应麟《诗考》有“异字异义考”，许多学者受此启发，而专门对三家《诗》中的异字进行分辑，可以说形成了《诗经》研究的“异字学”。这种是以对异字的考辨为主，先列示异字出处，然后从通用、假借、正俗、古今、省体、或体等相关方面进行考证。如周邵莲的《诗考异字笺余》、冯登府的《三家诗异字诂》等。还有许多对三家《诗》遗说与《毛诗》进行综合的对比研究，着眼点也在异文的搜求、考证上。这种研究一般来说考证更为翔实，对于时贤的辑佚成果引证也较多。如李富孙的《诗经异文释》、冯登府的《三家诗异文疏证》、黄位清的《诗异文录》等。在《诗经》的形成、传播过程中产生异文是必然的，详细分析这些异文的产生及正确看待异文的存在，是他们辑佚研究的重点。

三是遗说收集与发挥大义并重。这种著述是在三家《诗》遗说搜集的基础上，探求三家《诗》义。如徐璈的《诗经广诂》和徐堂的《三家诗述》。辑佚《诗》说与发挥义理相结合的形式，可以说是把研究的形式与目的结合在一起，因而在三家《诗》辑佚研究中走得更远，取得的成果也更大。

以上概括了清代三家《诗》辑佚在体例、内容方面所表现出来的多样化的特点。前三个方面主要是编排形式上的表现，后三个方面则主要是从内容安排上来分的，都是三家《诗》辑佚体例在清代的多样化发展。

3. 辑佚方法多种

清代学者采用多种方法，辑佚三家《诗》遗说，使得后世学者得以借此，以窥三家全貌于一斑。

一是辨明源流。三家《诗》在汉代产生以后，形成了强大的传播优势，门徒众多，在汉代史籍中多有记载。为了全面认识三家《诗》，明确三家《诗》的传授渊源是最直接方便的途径。并且今文经学注重师法、家法的特点，为三家《诗》渊源系统的再现提供了保障。这种溯源的叙述，既是对今文学派遵从师法、家法精神的继承，又与清代汉学派复古的要求一致。秉持汉代师法、家法是清代学者进行三家《诗》辑佚的基本原则，师法、家法一节已经论述。遵守这一原则的具体表现就是在辑佚过程中采用辨明三家源流的方法。有两种方式：一是在著述之首追溯三家诗传授渊源。从范家相《三家诗拾遗》首溯“三家诗源流”开始，宋绵初从《古韩诗说证》的“韩诗谱系”到《韩诗内传征》的“韩诗叙录”，都是对诗家传授源流的追溯。后来王初桐《齐鲁韩三家诗谱》中，“于三家之授受师承，网罗而次第之，补元恪《诗疏》之缺亡，广伯厚《诗考》之未备”①。朱士端《齐鲁韩三家诗释》卷十六有“三家诗源流”一卷，徐璈在《诗经广诂》的例言部分《诗诂纲领》中，考述出《鲁诗》传授者五十人，《齐诗》传授者十八人，《韩诗》传授者四十一人，《毛诗》传授者四十四人，较前两者为详。而这一追溯三家传授渊源和学者的著述方式至陈乔枞《三家诗遗说考》中各家叙录部分，可以说凡是史籍有载，与三家《诗》传授，哪怕辗转有些许关系的学者，可以说也被发掘殆尽。陈氏共考述出《鲁诗》传授者六十余人，《韩诗》传授者五十四人，《齐诗》传授者二十七人。我们今天想要对汉代

① （清）王述祖：《齐鲁韩诗谱跋》，载王初桐《齐鲁韩诗谱》，《巏嵍山人杂著》五种本，上海图书馆藏。

的三家《诗》学进行研究，恐怕还是要从清儒已考证出的这些三家《诗》学者入手。

除了上述单列集中表明源流外，辑佚过程中，在具体材料的运用上，也采用明确渊源的方法。如朱士端《齐鲁韩三家诗释》中，上文已经谈到，在搜集遗说归入某家时，总是多方搜求相关佐证材料以证某说当入某家。因此说，辨明源流，是清儒三家《诗》辑佚过程中所采用的一个重要方法。

二是注明出处。梁启超认为鉴定辑佚书之标准有四，其中之一云："佚文出自何书必须注明，数书同引，则举其最先者。能确遵此例者优，否者劣。"[①] 清代三家《诗》的辑佚，可以说都能遵循此例。而在注出处时，有两种情况：一部分著述与王应麟《诗考》一样，只注明出处书名，如仅注《释文》《说文》《汉书》《文选注》等书名，而不进一步详示。而另一部分则是学者不满王应麟的仅注篇名，不明卷数，如宋绵初《韩诗内传征·序》中云："王伯厚因其意，辑《诗考》，于《韩诗》盖详，用以扶微学、广异义，叹古人之用心勤也。然其中殊多脱漏，引书则篇卷不明，经文与传注相汨，又仅存字句，既不测其终始，亦莫知其是非，无征不信，学者懵焉。"[②] 故清代学者在辑佚时，即对这一脱漏予以弥补。不仅增注《诗考》时表明书名、篇名卷次，而且对具有不同出处的同一则材料，往往多方举证，一一注明出处。如《韩诗内传征》，辑《柏舟》"耿耿不寐，如有殷忧"后，注"《文选注》十六、二十五、三十七、五十七"。又如《卷耳》"金罍"引《韩诗》说后，又说明"金罍，大夫器……"注明"《诗正义》一之二、《周礼疏》二十、《尔雅疏》四"。无论具体与否，清代三家《诗》的辑佚每部著作都是注明出处的，这与清初学者顾炎武主张的"无一事无出处，无一事无来历"的治学精神是一致的。

三是比较异同。三家《诗》辑佚风气的盛行，引起了一些专事《毛诗》学者如陈奂等的不满，称三家《诗》为残碎之学，可尽废焉。三家《诗》百不存一的局面确实可称为残碎之学，三家《诗》的原貌已经不可能再现。但如何发

---

① 梁启超：《中国近三百年学术史》，东方出版社1996年版，第330页。
② （清）宋绵初：《韩诗内传征序》，《续修四库全书》影印本。

挥所辑得的三家《诗》说的最大作用，则是把这残碎之学变废为宝的关键。与《毛诗》研究的结合，就是在辑佚方法上寻求的新突破。清代三家《诗》在辑佚过程中，除考列三家佚文外，还时时与《毛诗》相对照，一般是在考出三家异文后，注明“毛作某”，甚至有的著作虽是在辑三家佚文，但在罗列《诗经》诗句原文时，却通篇采用《毛诗》之文，然后再辑三家异文。这有三方面原因：其一是因为三家《诗》百不存一，要想更加全面地体现三家《诗》，必须借助现存《毛诗》。其二是只有在与《毛诗》的对比中，才能更好地总结三家《诗》的特征。而清代三家诗学者共同的认识“三家今文，多正字；《毛诗》古文，多借字”，就是在这种比较异同中总结出来的。其三是由于全面恢复三家《诗》说已经不可能，而辑佚三家《诗》的价值和意义就在于补充毛义，有助于全面理解诗旨。冯登府在《三家诗异文疏证・自记》中，就说其所疏证三家异文，“与《传》《笺》互相发明”，这也是三家《诗》辑佚的必然取向。

对于《毛诗》与三家《诗》的研究来说这种比较是相得益彰的。既使三家《诗》说的作用充分施展，三家《诗》义尽收眼底，又使《毛诗》的解说更为完善，对于全面理解《诗经》更向前推进一步。可以说没有一部纯粹的只就三家《诗》而进行辑佚的研究著作，对于三家《诗》的辑佚总是要借助于现存《毛诗》。只不过有的是把辑佚的成果与《毛诗》并列研究，有的是以三家《诗》的辑佚研究为主，参照《毛诗》的相关内容进行考证。前者如陈乔枞的《诗经四家异文考》，后者如陈氏的《三家诗遗说考》。与现存《毛诗》的结合研究，成为清代三家《诗》研究在辑佚方法上的最大突破。

四是加案语。清代三家《诗》辑佚的一般步骤是先列诗句，然后辑异文遗说，注明出处，最后加案语予以考证。除了专事辑佚的著作之外，大部分著述中“案语”都是必不可少的部分，用来考证、补充与所辑遗说有关的一些问题。只不过有的案语多，有的案语少，有的考证详细，有的考证简略。而案语的具体内容则是对所辑遗说的进一步解释与考证，虽然不同学者考证的具体倾向不同，但大致表现在以下几方面：第一是考异说之来源，或与《毛传》、郑《笺》相比较；第二是考异字之形成，或与《毛诗》异文相比较；第三是从家派渊源的角度以定其诗说归属；第四是引证宋人或清代时贤之考证成果，进行再考证或佐证所辑之说。

（二）清代三家《诗》辑佚的考证方法

清代经师非常重视实事求是之学。王引之论曰：“古之治经与史者，每博求之方言、地志、律象、度数，证之诸子、传记，以发其旨。自讲章时艺盛行，兹学不传久矣。国初诸儒起而振之，若昆山顾氏、宣城梅氏、太原阎氏、婺源江氏、元和惠氏，其学皆实事求是。”① 正如王引之所言，清代考据学家在研治经史时，莫不博求广证，“证之诸子”，“以发其旨”。钱大昕云：“通儒之学，必自实事求是始。”② 阮元云：“我朝儒者，束身修行，好古敏求，不立门户，不涉二氏，似有合于‘实事求是’之教。”③

“实事求是”的根本在于考证，清代三家《诗》的辑佚就是伴随着考证同时展开的。首先三家《诗》亡佚年代久远，这种存在状态，决定了在三家《诗》辑佚过程中，对于辑佚材料的选取要经过辨别、考证，以防择焉不精、误入误归的现象发生。辑佚材料的选取过程中进行考证这是第一步。其次则是对已经辑佚的材料进行再考证，以证实三家遗说，再现三家诗说。这种考证大多是通过加案语的方式进行的。再次，清代三家《诗》辑佚中还引用了较多前人和时贤的辑佚考证成果，而从不同角度，对这些引用已有辑佚考证成果进行再考证，也是三家《诗》辑佚研究中，进行考证的一部分。有的是在三家《诗》研究的专著中逐一考辨前贤之说，有的则是在文集、别集中零星记载，以辨误说。可见这种考辨前人成果，已在当时三家《诗》研究者群体中，形成了一种共识。而清儒在辑佚三家《诗》的过程中，对于无法就现有资料进行考证的，一般以“未详所见”“其说无据”“未可考”等客观求实的态度予以标示，而不强为之说，表明了其考证过程中的审慎态度。

余英时在《论戴震与章学诚》一书中说：“清儒决不是信手摭取某一段文字

---

① （清）王引之：《王文简公文集》卷四《詹事府少詹事钱先生神道碑铭》，《续修四库全书》影印本。

② （清）钱大昕：《潜研堂文集》卷二十五《卢氏群书拾补序》，《四部丛刊》初编本。

③ （清）阮元：《研经室三集》卷五《惜阴日记序》，邓经元点校，中华书局 1993 年版，第 687—688 页。

来施其考证的功夫。”① 从这一句话可以看出两个信息：一是清儒注重考证；二是清儒对考证的材料有一定的要求。三家《诗》的辑佚研究也是如此。首先是确定辑佚对象为三家《诗》；其次是按照汉代三家《诗》传授的师法、家法，锁定辑佚材料的范围；再次是遍检材料搜集遗说；最后是在所辑遗说后详加案语予以考证。这也是清代三家《诗》辑佚与考证的结合。

清代三家《诗》辑佚考证，是在清代考据学发展的背景下形成的，其所运用的考证方法，正是清代学者考据学方法的具体实践。概括起来主要有：

1. 比较法。在考证三家《诗》的过程中，比较法最明显的运用就是与《毛诗》的比较。在辑考三家异字时，与《毛诗》经文异字比较；在考证三家异义时，与《毛传》、郑《笺》比较。另外，比较还运用于三家《诗》内部以及同一遗说在不同典籍的记载。

2. 溯源法。追本溯源是与对汉儒师法、家法的重视分不开的。三家《诗》学者不仅在遗说的家数归属上溯源推求，在具体考证异文遗说时，也推求异文产生之源，探求三家遗说之本义。

3. 归纳法。台湾学者郑吉雄提到乾嘉学者治经方法之一为“归纳法”，即“向内返求经典，以本经、他经，以及其传、注、疏，为范畴，以贯串《六经》、发明本义、阐释圣贤道理为务，所用的方法以本证为主，在逻辑学上为‘归纳法’”②。按照此意，三家《诗》研究中，从经传注疏等多种典籍中搜集三家遗说材料，即是这种归纳法的表现。

4. 征引法。清代三家《诗》研究者，非常重视对前人辑佚研究成果的征引。可以说清代的三家《诗》辑佚著作没有一部不是在前贤的影响下，并借鉴前贤著作成果而形成的。有三种情况：其一是直接对前人研究成果的增补、校注。如江瀚的《诗经四家异文考补》是对陈乔枞的《诗经四家异文考》的增校。张慎仪的《诗经异文补释》是对李富孙《诗经异文释》的补增，当然后者逊于前者。

---

① 余英时：《论戴震与章学诚》，生活·读书·新知三联书店2000年版，“增订本自序”第2—3页。

② 郑吉雄：《乾嘉学者治经方法与体系举例试释》，载《乾嘉学者的治学方法》上册，“中央研究院”中国文哲研究所筹备处2000年版，第109页。

其二是借鉴前人考证的成果，并与前人相互发明。这类是以自己的研究心得为主，互相阐发。如冯登府的《三家诗异文疏证》，陈寿祺、陈乔枞的《三家诗遗说考》等。这类著述是清代三家《诗》辑佚研究的主流，是三家《诗》研究主要成就的代表。其三是以徐璈《诗经广诂》、徐堂《三家诗述》为代表的辑佚发挥型，这种较前面两类对前人的成果收录较少，而以发挥自己对三家《诗》说的理解为主。但他们对前贤之说也适当录取。如徐璈也说："今咸参校诸家，证其来径。凡所采录诸目，亦皆浏览，本书随时刺取，著其篇卷。"[①] 其《诗经广诂》引前贤之说也不在少数，以引范家相之说为最。可以说，通过征引，我们了解了许多学者的三家《诗》考证成果，虽然他们可能没有三家《诗》专著，如戴震、段玉裁、王引之等大家的考证成果，通过众多学者的征引我们可以了解更多，按图索骥，可以更加全面认识清代三家《诗》的考证成果。

在对清代三家《诗》辑佚特点和考证方法有了比较明确的认识的基础上，我们来分析清代三家《诗》研究考证与义理的结合，即由考证入手，进而探求义理的情况。

清代三家《诗》研究出现考证与义理的结合，是由多方面原因促成的。清代的考据学极为发达，三家《诗》也进入了考据学家的视野，因而从古文考证的角度来辑佚和研究三家《诗》，成为考据学风下的必然。但是三家《诗》本身在汉代是今文经学，注重发挥经说之微言大义，是通经致用之学。这一本质特性虽然受学术大环境的影响暂时表现不太明显，但一旦具备条件就会显现出来。这就使得清代三家《诗》的研究在考证与义理结合中呈现三种形式：一是以考证为主而很少涉及义理探求的著述。在考据学盛行的学术背景下，这种倾向的三家《诗》著述可以说是贯穿清代，从早期范家相的《三家诗拾遗》，到中期众多三家《诗》学者的辑佚考证，以陈寿祺、陈乔枞的《三家诗遗说考》为代表，再到晚期如顾震福等学者的查漏补苴，都是以考证为主的三家《诗》著述。这些著作中都是先考证遗说异文，对于三家《诗》义的探讨是通过所搜集到的训诂遗说表现出来的，很少表现出揭示诗旨以寻求三家大义的倾向，属于以考证为主

① （清）徐璈：《诗经广诂·例言》，《续修四库全书》影印本。

的三家《诗》著述。二是考证与义理相结合的著述。清代治学的途径和宗旨，即通过文字、音韵、训诂，而最终却落实在义理的挖掘上。特别是在戴震《孟子字义疏证》以后，这种探求经说义理的倾向在学术界表现得非常强烈，他经均有表现。在三家《诗》研究上就出现了欲通过考证遗说以求三家《诗》旨的著作，以徐璈的《诗经广诂》和徐堂的《三家诗述》为代表。这两部著作，虽然也是从考证三家遗说入手，但最终的目的是在求符合圣贤之旨的三家之大义。所以在遗说的选取上就表现出和以考证为主的著作不一样的倾向，不再侧重于对异字异文的考究，而是选取有助于发挥大义的遗说，从而探求诗旨。三是随着时代的发展，到了嘉道间，现实社会内忧外患，学术界由庄存与所倡导的，以研究公羊学为主的常州今文经学派崭露头角。同样是今文经学的三家《诗》也被一些学者关注，开始从三家《诗》遗说中发挥微言大义，阐发其中的“道”，以求有关于世道人心，代表作就是魏源的《诗古微》，使得三家《诗》研究真正展现了它的今文经学特性。虽然我们说，魏源所揭示的三家大义，亦非两汉三家大义，而是清代嘉道间的三家《诗》之大义。

总之，清代三家《诗》在考证与义理结合方面，就是随着时代的发展逐步推进的。但我们说，没有不涉义理的纯粹考证，凡是考证，总是在试图证明用某字某义更合适某理；同样，没有不涉考证的义理，三家《诗》是亡佚之学，不在考证的基础上探求义理将是游谈无根的。所以，清代三家《诗》的研究考证和义理总是结合在一起，只不过侧重点有所不同罢了。

第四章　清代三家《诗》遗说的大义阐释

两汉经学是与通经致用紧密结合在一起的。这与当时的政治气候有很大的关系，“自武帝立五经博士，开弟子员，设科射策，劝以官禄，讫于元始，百有余年，传业者寖盛，支叶蕃滋，一经说至百余万言，大师众至千余人，盖禄利之路然也”[①]。元帝“少而好儒，及即位，征用儒生，委之以政，贡、薛、韦、匡迭为宰相”[②]。“自后公卿之位，未有不从经术进者。青紫拾芥之语，车服稽古之荣。黄金满籯，不如教子一经。以累世之通显，动一时之羡慕。”[③] 两汉三家《诗》就是伴随着通经致用而产生的，《鲁诗》有申公的“为治者不在多言，顾力行何如耳”，王式的“以三百篇为谏”；《齐诗》有辕固的“汤武受命”；《韩诗》有韩婴在武帝前论难董仲舒。而三家《诗》弟子更是以《诗》学显贵，官居要位，《汉书·儒林传》中有较为详细的论述。以发挥微言大义来实现通经致用是两汉三家《诗》发展的实际，清代的三家《诗》研究，由上文可知，多是从辑佚的角度考证三家《诗》遗说，成就斐然。三家《诗》作为经学鼎盛时期的存在，其中所蕴含的经典义理，作为曾经盛极一时的历史存在，在经学阐释中发挥了重要的作用。而清代学者的三家《诗》辑佚和考证，归根结底也离不开三家《诗》中的经学内涵。可以说回归三家《诗》经典的义理阐释，是清代三家《诗》辑佚研究的必然归途。只不过三家《诗》百不存一、残缺过甚的现实状况，使得学者首先不得不专注于辑佚与考证，在此基础上，进而求之，寻求遗

---

① （汉）班固：《汉书》卷八十八《儒林传》，中华书局 1962 年版，第 3620 页。

② （汉）班固：《汉书》卷九《元帝纪》，中华书局 1962 年版，第 298—299 页。

③ （清）皮锡瑞：《经学历史》，中华书局 2004 年版，第 65 页。

说中所蕴含的义理，以便有助于世道人心。这一途径也正符合戴震所言的“经之至者，道也”，在文字、音韵、训诂等考证的基础上，进而探求经典中的“圣贤之道”的学术主张。

清代三家《诗》遗说的发挥可以分为两大类。一类是在辑佚考证的基础上，探求三家《诗》义，发挥其中的“圣贤之道”，实现辑佚与发挥大义的结合。这类著作以徐璈的《诗经广诂》和徐堂的《三家诗述》为代表。另一类则是借助于发挥“所谓”三家《诗》中的微言大义，实则是明己志。“所谓”二字表明，此类著作对三家《诗》义理的理解，并非来自科学严谨的考证，而是与今文经学思潮相结合，以求实现“经术，即道术也”，实践经世致用。这一类以魏源的《诗古微》为代表。

第一节　发挥“圣贤之道”

徐璈的《诗经广诂》和徐堂的《三家诗述》虽均是在搜集遗说、考证诗旨的基础上，试图阐发三家之旨归，但二者的学术路径也有着明显的不同。

一　徐璈的《诗经广诂》

徐璈（1779—1841 年），字六骧，号樗亭。安徽桐城人。嘉庆十九年（1814年）进士，授户部主事，后以迎养乞改官浙江寿昌知县，旋迁授临海知县。

徐璈的学术取向，可以从以下几方面来分析：首先在清代学术发展的大背景下，徐氏自己的学术追求。方东树在为他所撰的《墓志铭》中说：“君少好学问，于书靡无所窥，矻矻钻研，期为不朽之业。”[①] 钻研学问的主动追求主观上促进了《诗经广诂》的创作。其次是来自家乡桐城的学术熏染。安徽桐城学术渊源深厚，形成了独具特色的桐城派文化，徐璈生活的年代正是桐城派发展的鼎

---

① （清）方东树：《阳城县知县前户部候补主事徐君墓志铭》，《清碑传合集》（三），上海书店出版社 1988 年版，第 2482 页。

盛时期，他与诸多桐城派弟子颇有交谊，并且自己也可以算作桐城派一员，学术渊源来自于此，可无疑义。而桐城派又是以宋学相标榜的，与理学有着千丝万缕的联系，在这样的学术影响下，无怪乎《诗经广诂》，无论是在搜集遗说还是徐氏自己的案语中，都是以诗义的搜集和诗旨的探究为主。再次，进士出身的徐璈，广交当时学术大家。徐寿昌《清儒学案·墨庄学案》附“徐璈”，载：“（璈）官京师时，墨庄先生尝两为北海郑公生日祀于万柳堂，先后同祀者有郝兰皋、朱兰坡、洪孟慈、马元伯、胡竹村、陈石士、陈硕甫、钱衎石、张彦惟、魏默深，多绩学之士，而先生皆与焉。”① 通过类似的学术聚会等方式，徐璈得以与众多学术大家广泛结交，学术的相互促进亦是必然。最后，浙江是清代学术文化的中心、江南文化的代表，前文已有论述。徐璈曾官浙江寿昌、临海，受此处文化熏染亦是必然。

（一）《诗经广诂》的撰述及体例

《诗经广诂》三十卷，有清道光十年（1830 年）序刊本。卷前有道光十年洪颐煊序及例言、诗诂纲领、诗家源流。正文署名曰“桐城徐璈辑录”，可知此著重点在辑，而所述较少，故魏源称之为“案而不断”②，李慈铭谓之“搜集古义，以为证左而不加论断”③。实则在“案”中，表明己见。因而江瀚在《续修四库全书总目提要》中云：“今观其书，征引虽繁，发明殊鲜。”④ 未尽然也。

《诗经广诂》卷前“例言”中，明确了自己的三家《诗》观及此著的体例。他对于三家《诗》的关注渊源，远承王应麟《诗考》，近受范家相、宋绵初、余萧客、王谟等人的影响。在这些人中，既有通辑三家者范家相，又有专注《韩诗》者宋绵初，合著钩沉古诗义者余萧客，专事辑佚之学者王谟。可见，其接触前人之三家《诗》研究较为全面，故才能成就《诗经广诂》之“专与博”。“今之采辑，较诸王、余、范、宋之书，盖增益十之六七，或与毛、卫异趣，或与郑、孔殊途，或韩、鲁已有主名，或申、齐未著明证，颜曰《广诂》，取诸昔人

① 徐寿昌：《清儒学案》卷一百三十八卷，中华书局 2008 年版，第 5472 页。

② （清）魏源：《诗古微·目录书后》，见《魏源全集》第一册附录，岳麓书社 2005 年版，第 736 页。

③ （清）李慈铭：《越缦堂读书记》，上海书店出版社 2000 年版，第 39 页。

④ 江瀚：《诗经广诂提要》，见《续修四库全书总目提要·经部》，中华书局 1993 年版，第 373 页。

‘诗无达诂’之义，庶以备解颐者之一隅耳。”[①] 也是因前人著述已较为全面，徐氏才能在《广诂》中发扬光大。“隋唐以前，说诗之言见诸简册者，虽未著为何家之传，谁氏之学，要其根荄萌芽多本于三家之指趣。”点明了徐氏的三家《诗》学观，其实也基本上是清儒的共识。

徐璈在辑佚古诗义过程中，在三家《诗》的分属上，除史有明文所载家法归属和能够推定某家者，一般是不强定流派，不强分三家。如他认为刘向习《鲁诗》、匡衡习《齐诗》“皆有明文”。而因班固《汉书》中所载“说诗者鲁为近之”，而定“《汉书》义似多出鲁”，实则有误。班固《汉书》所载“鲁说最近”，乃是袭刘向《别录》而来，非班氏己见。而《汉书》中所载诗说应是三家皆具，非一家也。以郑玄《三礼注》“多兼出韩、鲁”，殊为有见，较归之于韩一家之说为确。而唐代诸书所载与《毛诗》异者，以当时《韩诗》尚存，归属《韩诗》，亦当不误。其他汉唐诸儒著述所载诗说，如“焦赣、贾生、扬子云、桓宽、高诱、王潜夫、何休、蔡邕、王叔师、赵台卿、韦曜、郦善长、杜元凯、贾公彦、杨倞之伦”，因“要未能悉其师承，亦不敢强定流派也”。相比较一些学者胶固师法，强分三家的做法，此一做法值得肯定，可以避免强分三家所带来的一些归属上的纠结和无奈。如“关关雎鸠”，引“《列女传》曲沃媍曰：‘雎鸠之鸟，未尝见乘居而匹处也。’”注云：“罗愿曰：《思玄赋》‘雎鸠相合’，《归田赋》‘交颈颉颃’，是乘居匹游也。”璈案曰：“据《列女传》所释，是毛与鲁同。平子征用，殆齐、韩义也。”反映了徐璈在三家《诗》遗说归属上的观点，即凡不与毛同者，归入三家。三家中未能定为何家之说者，统言之不强分。

从搜集的范围来说，十分广泛。除了百余家唐前旧典诗说古义“备录于卷”外，“赵宋以后，说诗家暨鄙见所及，有与旧诂相证发者，附注于下，都成一编”，并且宋元至清朝的百余家“根柢古笈，推阐前言”之说，“咸参校”之。所引同时代学者有魏源、姚鼐、郝懿行、臧庸、王念孙、戴震、李富孙、段玉裁、叶酉、徐与乔等诸家之说，亦可见其推阐之心。因而，洪颐煊序中称：“上

① （清）徐璈：《诗经广诂·例言》，《诗经广诂》，《续修四库全书》影印本。以下《诗经广诂》引文均出此本，不再标注。

自《春秋内外传》，先秦、两汉诸子以及齐、鲁、韩三家、王肃申毛之论，孙毓异同之评，莫不兼综条贯。其有诗义未尽者，复引宋、元、明诸家之说以补之。”又言：“今此书复从千百年后收集散亡，凡古言古字，片语单辞，靡不穷源探委，以期有裨于兴观群怨之旨，厥功甚伟。”[1] 徐氏对于先唐有关诗说的古字古义，广搜博采，力争探究其源，并进一步发挥之，以求发展诗篇“兴观群怨”之旨。

《例言》之后的《诗诂纲领》，是他对《三百篇》本身及历代《诗》说的认识，由他选取的这些诗评纲领也可以看出其治《诗》取向。他对四家《诗》传授渊源，了如指掌，考述出《鲁诗》传授者五十人，《齐诗》传授者十八人，《韩诗》传授者四十一人，《毛诗》传授者四十四人。可议者，如“例言”已言康成《三礼注》“兼出韩、鲁”，此处又以其入韩，殆为自相矛盾。以崔灵恩入《毛诗》亦可讨论，史载灵恩“集注诸家”，可知非专《毛诗》也。但此传授综述，是为了表明其渊源有自，推崇三家之意可见。

《诗经广诂》正文按照三百篇的顺序，在诗句后，先征引先唐旧说，注明出处，但未具体至卷次。然后以小字征引宋元至清朝诸儒之说，以有助于解释先唐旧诗说。凡对所辑之古诗说及他家旧说需进一步解释者，以案语形式予以考证，并详细论述，进一步申发《诗》义。注释中除了按三家渊源能够明显归属三家的，注明某一家外，绝大部分是把遗说材料直接胪列于诗句之后，点明出处，不强分三家。这是对遗说材料无法具体归属某一家时的折中选择，也是许多学者阐发无法归属的三家《诗》遗说时的著述取向。徐氏通过案语，发挥己见，形成了《诗经广诂》的显著特色。

（二）《诗经广诂》的内容特色

《诗经广诂》虽意在搜集，而在搜集考证的过程中，也注重探求诗旨。“例言”中云：“今所辑录，要自《正义》以前，惟明引《诗》文，从而训释之词，虽单文只义，随在广取，咸可引申。又《左氏传》曰：‘赋诗断章，予取所求焉。’观《内》《外传》及周、汉诸子之赋诗见志，于兴观群怨之旨别有启发。”通过所辑之古义，引申诗旨，探求兴观群怨之旨，是徐氏著述的主要目的。可

① （清）洪颐煊：《诗经广诂序》，《续修四库全书》影印本。

见，《诗经广诂》非“案而不断”也，乃断自在案中也。通过对徐璈案语的考查，可以发掘《诗经广诂》的内容特色，及概见徐氏的《诗经》学观。

一是，通过迂曲互证的方式，发挥诗义。

如“南有樛木，葛藟纍之”，辑征王逸曰：“葛藟虆之。藟，巨荒也。虆，缘也。”注引何楷曰：“文王之德，远及南方，如樛木之荫下，小国有所归依，如葛藟之得所系。”徐璈案语曰：“墨子云：‘昔者，文王封于岐周，与其百姓兼相爱，交相利，近者安其政，远者归其德。闻文王者，皆起而趋之，处而愿之。是以天鬼富之，诸侯与之。未殁其世而王天下。’足与此诗之义相证明也。”（卷一）这里引用墨子之语与何楷所述诗义相证，实则是在表述自己关于此诗主旨的认识。通过这种征引互证的方式，使得所阐述的诗义更具有说服力。

二是，通过征引诗义，阐发己见，表明自己的儒家诗学观。

如“采采芣苢，薄言襭之”条，引《列女传》曰：“夫采采芣苢之草，虽甚臭恶，犹始于将采之，终于怀襭之。浸以益亲，况于夫妇之道乎？”徐璈案语：“《芣苢》之事夫，与《汝坟》之事君，皆处变而不失其正，故并列于《周南》。观刘向所述，盖鲁与韩同其旨趣矣。”（卷一）通过与《列女传》所引相印证，揭示了《芣苢》的主旨为“事夫”，又表明了自己的观点“处变而不失其正”，并表明了自己所支持的诗旨即是鲁、韩诗说，其尊崇三家说显而易见。这既是对诗旨的阐发，同时也是徐氏自己的行事原则，所以其所到之处才能皆有“惠政”。

又如“汉有游女，不可求思”，引刘向《列女传》曰：“不可求思，言其以礼自防，人莫敢犯。”案语：“无宁宁也，不显显也。此诗两不可，犹言岂不可也。求者，男下女，必备婚姻之礼，乃云可耳。次三章‘秣马’‘秣驹’正谓其礼之备也。”（卷一）不仅明确了《汉广》一诗的“婚礼”主旨，实际上阐明了自己儒家观念规范下的婚姻伦理观。

三是，对有关征引诗说，探本溯源。

为所辑之诗义探本溯源，是徐氏《广诂》的重要内容，也是徐氏《诗经》学观的表现，即重视三家《诗》。《广诂》中对于许多征引的诗说，多推本溯源，义归三家，其《诗》学态度由此可见。如《汉广》“翘翘错薪，言刈其楚”。引《文选·思旧赋》李善注曰：“翘，茂盛貌。”吕延济曰：“翘，英也。”注云：

“王念孙曰：‘翘翘，众多之貌。’言于众薪之中，刈取其高者耳。《广雅》：‘翘翘，众也。’义盖本于三家。”（卷一）再如《甘棠》“召伯所说”，引《艺文类聚》载孙楚赋曰：“昔在召伯听讼，述职《甘棠》作诵，垂之罔极。”张缵赋曰：“伊宗周之令望，巡召南而述职。”徐璈案曰：“述职之义，盖出鲁家，观孙、张所引用，是齐梁人犹遵守鲁义也。”（卷二）

四是，进一步阐释所征引之说，亦有较多新颖之处。

《广诂》中，对征引之说的进一步探究，对诗旨的发挥，较多新颖独到之处。如：“《草虫》（三章）”，引“刘向曰：‘《诗》之好善道之甚也。’《说苑·君道篇》引‘未见君子，忧心惙惙。亦既见止，亦既觏止，我心则说。’范家相曰：‘刘以思君子为好善道，则非大夫妻所作矣。’”徐璈案曰：“玩刘氏之说，与子展赋诗之意，则此篇与《杕杜》《隰桑》同指其陟山。《采薇》既有仰高之慕，而《草虫》鸣，而阜螽从，是亦鹤鸣子和之象也。”（卷二）徐氏这里结合刘向的“好善道”之说，进一步引申发挥《鲁诗·草虫》之义，得出“鹤鸣子和之象”。这种探讨，对于理解三家《诗》说，进而理解诗篇之本旨都是有益的，是三家《诗》辑佚研究中的重要创新和突破之处，是辑佚研究的提升。

再如“《静女》（三章）”，引“《易林》曰：‘季姬踌躇，待孟城隅。终日至暮，不见齐侯。’”徐璈案曰：“焦氏述诗之意，则似卫女适于齐，齐侯有所惑而不见亲礼者。然曰城隅，则非常处也。曰终日，非久俟也。贻管归荑，盛称卫女之贤美，则惑可释而礼终备。其事盖有所传述，而于诗解亦较他说为安矣。”又注：“戴震曰：‘此媵俟迎之礼。诸侯冕而亲迎，惟嫡夫人耳。媵则至乎城下，以俟迎者而后入。’”徐璈案曰：“此与《易林》之说足相证发。《礼》：‘诸侯娶一国而二国往媵之。’寻诗之意，是卫国之女为齐侯妇人所媵者，同姓故。曰季姬。季，少也。媵，少女也。曰我者，夫人自称之词。曰女者，其来媵之妃妾也。诗旨思贤惠下，情辞□然，有《关雎》好逑之风，《车舝》德音之慕矣。”（卷三）此番阐述，从儒家诗教观的角度，确立了《静女》一诗的主旨。

五是，阐释诗义中，亦有牵强以就己见之处。

关于《诗经广诂》中，徐氏牵强征引之说，以就己意之处，江瀚在《续修四库提要》中多有指正，现抄录如下：

> “汉有游女”，载“《韩诗内传》曰：‘郑交甫遵彼汉皋台下，遇二女’”，云云。注谓：“游女之为汉神，犹《楚辞》之有湘君、湘夫人”，此亦迴护之词。《韩诗》于“有狐绥绥”，亦曰：“狐，水神也。”何其好语怪邪。（见《太平御览》九百九）“山有枢”，载“马融曰：‘《蟋蟀》、《山枢》之人，并刺国君，讽以太康驰驱之节。’”此融《广成颂》语。并其上文曰：“臣闻孔子曰：‘奢则不逊，俭则固。奢俭之中，以礼为界。’”故《后汉书》李贤注云：“僖公以太康贻戒，昭公以不能驰驱被讥，则融盖以太康驰驱。分属二诗，固不以《蟋蟀》为刺俭也。”“时维姜嫄”，载陈寿《魏志·甄后传》，而不引刘向《列女传·母仪篇》，殊属不解。“耆定尔功”，载“《韩诗》曰：‘耆，恶也。’”注云：“《广雅》：‘诸，怒也。’当即‘耆’字。所谓一怒而安天下之民。”殆亦曲为之说。[1]

从上述所述例证可以看出，《广诂》非仅为搜辍之作，其中徐氏对诗义的发挥，即明显的再创作。可以说是在清代特定学术背景下，在三家《诗》辑佚复兴的思潮中，所实现的辑佚考证与诗义发挥相结合的典范之作。虽然其中对于诗旨的探讨，不脱传统的儒家诗教观，但其中结合三家《诗》而进行的诗旨探讨，对于理解三家《诗》义，突破仅从搜集拾遗、饾饤考据的角度关注三家《诗》，是一种有益的尝试。徐璈的这种在全面搜集诗说古义的基础上，征引考订相关诗说，肯定三家《诗》旨，并进一步阐释、发挥的著述，对后来魏源《诗古微》的创作产生了很大的影响。所以说，徐璈的《诗经广诂》在清代三家《诗》学的发展过程中，是一个重要的过渡，即对三家《诗》说从通辑考订到大义发挥的过渡。虽然徐璈的诗义发挥还是在一定的范围内进行的，有一定的局限性，但这种尝试精神是难能可贵的，其产生的学术影响在三家《诗》学史上也是广泛的。

虽然从搜集古旧诗义的范围来看，严格来说，《诗经广诂》不能算作三家

---

① 江瀚：《诗经广诂提要》，《续修四库全书总目提要》，中华书局 1993 年版，第 373 页。

《诗》专著，但正如魏源所云：“桐城徐璈之《诗经广诂》出，而三家遗文坠义，凡见《春秋内外传》及汉初诸儒所称引，无字句之不搜，而三家《诗》佚文几大备矣。”① 从其对三家遗义搜集的效果和影响来看，其属于三家《诗》著述无疑。魏源的《诗古微》，就是受此影响，而引申“三家大义微言”。洪颐煊曰：“先生通籍官户曹，以迎养乞改令寿昌，调剧临海，所至皆有惠政。《记》有曰：‘温柔敦厚，诗教也’，知其得力于经义者深矣。”② 是今文三家《诗》“经世致用”之“微言大义”的实践。思想影响行动，而这思想，正是在著述《诗经广诂》中得以体现出来的。从这一点来说，可能他在发挥三家《诗》今文大义方面比魏源走得更远。

二　徐堂的《三家诗述》

在以辑佚与考订如日中天的乾嘉学术氛围下，徐堂的《三家诗述》③ 可谓三家《诗》研究的一个另类，突破了三家《诗》因为亡佚而成为残从之学所带来的在探求诗旨古义方面的局限，在探求三家《诗》之“古圣贤之义”方面走得更远。因其仅有稿本、抄本存在，流传范围不广，并且徐堂本人英年早逝，其为人又“不苟与人”，与学术界结交有限，故知之甚少。

南京图书馆所藏《三家诗述》抄本前有同乡吴元相所撰《徐仲升传》，《清碑传合集三》有董兆熊撰《徐君澹人墓志铭》，是目前笔者查阅到的关于徐堂的较为详细的资料。《徐仲升传》侧重二人的交谊和徐氏的治学，《墓志铭》重点回溯徐氏一生。综合二者所提供的信息，我们可以对徐堂一生的为人和为学有个大致的了解。

徐堂，字仲升，自号澹人，江苏吴江人，诸生。生于嘉庆二年（1797 年），

---

① （清）魏源：《诗古微·目录书后》，《诗古微》，何慎仪点校，岳麓书社 1989 年版，第 889 页。

② （清）洪颐煊：《诗经广诂·序》，徐璈《诗经广诂》，《续修四库全书》影印本。

③ 注：今复旦大学图书馆所藏本，复旦大学图书馆编目和《（稿本）中国古籍善本书目》均注为“《韩诗述》六卷”，笔者查阅发现，实则为十卷本的《三家诗述》，非仅《韩诗述》也。南京图书馆所藏抄本《三家总义》《鲁诗述》《齐诗述》笔迹一致，与《韩诗述》笔迹不一，可见为不同人所抄。

卒于道光十七年（1837 年），年四十一岁。《墓志铭》记其“少失母，独与父居。父遇之严，家贫无仆，赁使提壶，出酤小，不如旨，大杖击，君走避，噤不敢出一语”[①]。可知，其从小受到的家教是非常严厉的。其性至孝，父亲殁后，他“言必流涕”。在为人方面，“笃于友朋”，“其为人敦行谊，重廉耻，不苟与人”。《墓志铭》和《徐仲升传》都提到他和杨秋原交谊颇深。其中年辞世，学林悲摧。

关于徐堂治学的经历，《墓志铭》曰：“君以宋儒之学研精性命，名物象数在其所略。慨然以汉氏为宗，闭门考索，不得其解弥月不出，一朝得之，亦必数削其稿，而后属之于简。”[②]《传》载：“始仲升弱冠时，为呫哔帖括之学，欲以赴当世功名，数年列于邑之校，颇有名。久之，屡取乡举，屡不得逞，稍稍弃而为诗。其五七字古作等篇，深沉之气，精悍之色，虽不得与有唐诸子揖让俯仰，使更学之数年，亦足以扳嘉州之壘，而挝柳州之扉矣。乙酉以还，就馆郡城，复弃去。为汉氏之学，专精壹志字雠句讼，时乙乙列汉魏诸家残简。独坐板床，一灯荧然，左揖班扬，右对京韩。中罍父子，季长师弟，杂然如聚语一室者，且十余年。”[③] 无论是“闭门考索，不得其解弥月不出”，还是“独坐板床，一灯荧然，左揖班扬，右对京韩。中罍父子，季长师弟，杂然如聚语一室者，且十余年”，都很形象地描绘了徐氏汉学的学术追求和从事研究时的情景。而其毕生志在汉学。“然仲升于经疏家确有所发，尝语余曰：‘儒先有云：三氏而下，说经者当依汉氏两京。违古不遥，专门有传，非若后之师儒私智臆撰，掇拾于碎蠹之余，而矜新博者。’其言非妄，故其所说，魏晋而下不宗焉。”[④] 表明了其复汉之古的治学取向。

关于徐堂的学术成果，《传》载：“今岁春，仲升过余，言‘予欲更为《尚书汇说》，而有所未遑。’余深喜其业之专，而翼其书之就也，颇为之勉力，而屡怂之。乃无何仲秋之暮，归自白门，忽焉遘痢，傫然伏枕。余一再就视，扶床

① （清）董兆熊撰：《徐君澹人墓志铭》，《清碑传合集》三，上海书店出版社 1988 年版，第 2842 页。
② 同上。
③ （清）吴元相：《徐仲升传》，见南京图书馆藏《三家诗述》抄本前。
④ 同上。

把语，犹以为暑毒偶然，而孰知其遽然奄忽也。悲哉！"[①]《墓志铭》载有"《书古训》若干卷"。可知，其《尚书汇说》即为《书古训》，未竟而卒，故仅有若干卷。

关于三家《诗》著作，吴氏《传》载："仲升学于齐鲁韩三家《诗》义、京虞《周易》异文，特为精良。甲午乙未之际，复与杨君秋泉往复辨证，其说益该。二书有成编矣。……仲升著《三家诗述》八卷，《周易考异》二卷，《周易郑氏爻辰图说》一卷，《五凤楼诗稿》一卷，《续清异录》一卷，俱稿存，未刊行。"[②] 董氏《墓志铭》载："尝以《毛诗》得列注疏，齐鲁韩之不显于世也，荟萃古书，刺其字句，涉此者，片义单辞，靡不甄录。著古人之说于右，而自系其说于左。遇有沈晦，不惮数千百言，譬喻晓解，求合于圣贤之意而后止，久之成书，名《三家诗述》，凡十有六卷。"[③] 吴氏载《三家诗述》八卷，董氏载《三家诗述》十六卷。《（同治）苏州府志》卷一百三十八载"徐堂《齐鲁韩三家诗述》八卷"。今《三家诗述》共十卷，包括《三家总义》一卷、《鲁诗述》二卷、《齐诗述》一卷、《韩诗述》六卷，盖卷次分编不同也。

综上所述，我们可以窥见徐堂治三家《诗》的宗旨，"荟萃古书，刺其字句，涉此者，片义单辞，靡不甄录"，此意在辑佚。"著古人之说于右，而自系其说于左。遇有沈晦，不惮数千百言，譬喻晓解，求合于圣贤之意而后止"，此意在发挥所辑古义之大义，而使之"合于圣贤之意"，即所发挥大义不出传统《诗》学之范围。查考全书发现，《三家诗述》在发挥所辑之诗义方面，与徐璈《诗经广诂》是截然不同的，徐璈的发挥是建立在考证的基础上，借助他家和自己考证的成果，对诗说略有发展。而徐堂则是结合所辑诗说古义，进一步发挥诗旨，以求与先秦古说、圣贤之道相合。

南京图书馆所藏《三家诗述》之《三家总义》在署名"吴江徐堂仲升氏辑"后，有"吴元相子襄订"，可知抄本中的删涂校改之语，乃吴元相所为。在《三家总义》中，所辑大部分是关于诗篇主旨及相关旧典所载诗说古义，少有进一步

① （清）吴元相：《徐仲升传》，见南京图书馆藏《三家诗述》抄本前。

② 同上。

③ （清）董兆熊：《徐君澹人墓志铭》，《清碑传合集》三，上海书店出版社 1988 年版，第 2842 页。

的论证。《鲁诗述》中，所辑《鲁诗》说，基本上都来自刘向的《列女传》《说苑》《新序》。《齐诗述》中所辑《齐诗》说，多来自史有明文所载的《齐诗》学者《汉书》中本传所云诗说，故篇幅较少，仅为一卷。《韩诗》因亡佚较晚，唐宋旧典中时有称引，故所辑较多，取自典籍有《韩诗外传》《释文》《文选注》及宋以后学者著述中所征引的《韩诗》之说，如李樗、黄櫄《李黄集解》以及范处义《诗补传》。从徐氏所择诗说来源可见，他所选择的三家遗说，都是基本确定，明文有载，而较少以推测臆说来推定遗说归属的。此种直接确定的辑佚之法虽然对所辑遗说材料有所限制，但所辑诗说多无异议。这样，作者在根据所辑之诗旨而发挥圣贤之义时，就更有说服力，而所述诗旨就更为可信。从这一点可以推测，徐氏所辑遗说的原则建立在其著述原则之上，即为了使得所阐述的诗旨达到合乎圣贤之旨，他的“荟萃古书，刺其字句，涉此者，片义单辞，靡不甄录”，并没有跟从当时学界之风，或盲目求全责备，而是建立在能否有助于发挥诗旨的基础上。他结合所辑而发挥诗旨，从传统注疏学的角度，达到了发挥三家《诗》义的目的，是真正意义上的三家《诗》义的发挥，在这一点上，比徐璈走得更远。这也许就是徐堂以“述”命名之所在。

《三家诗述》在体例上是首列篇章诗句，后辑遗义，最后加案语申述。与所辑遗说相对应的诗旨发挥，是他案语的主要内容。因而他不同于前人的注重于文字、训诂的考证，而是通过与遗说相印证，重在发挥《诗》义和表明己见。下面具体分析建立在其著述原则上的内容特色。

一是，在所辑遗说之后，案语中论证毛郑之说与三家异同，从而来证明三家《诗》说。实则是发挥三家《诗》说的迂曲展现方式，构建在三家《诗》说基础上有别于《毛传》的诗旨大义，从而达到发挥诗义的目的。但一般只是展现其中之不同，不评判三家与毛孰优孰劣，而优劣自在所述之中。这种只点明毛郑与三家异同，或确定三家之义的形式，在《三家诗述》中比比皆是，是其“述”的主要方向。

如《韩诗述》卷一：

《关雎》，《诗考补遗》引诗曰：“《韩诗序》云：《关雎》刺时也。”“关关雎鸠，在河之洲。"《后汉书·明帝纪》注引《薛君韩诗章句》曰："诗人言雎鸠贞洁慎匹，以声相求，隐蔽于无人之处。故人君退朝入于私宫，后妃御见有度。应门击柝，鼓人上堂，退反燕处，体安志明。今时大人内倾于色，贤人见其萌，故咏关雎，说淑女，正容仪，以刺时。"《冯衍传》注引薛夫子《韩诗章句》曰："诗人言雎鸠贞洁，以声相求，必于河之洲蔽隐无人之处。故人君动静退朝入于私宫，后妃御见，去留有度。今人君内倾于色，大人见其萌，故咏关雎，说淑女，正容仪也。"

［案］《韩诗外传》卷五，子夏问曰："《关雎》何以为《国风》始也？"孔子曰："《关雎》至矣乎！夫《关雎》之人，仰则天，俯则地，幽幽冥冥，德之所藏，纷纷沸沸，道之所行。大哉！《关雎》之道也，万物之所系，群生之所悬命也。天地之间，生民之属，王道之原，不外此矣。"子夏喟然叹曰："大哉《关雎》，乃天地之基也。"据此则《韩诗》本义不以《关雎》为刺诗，明矣。详《鲁诗述》。①

徐氏在案语中引用《韩诗外传》中发挥《关雎》大义的话，是为了证明"《韩诗》本义不以《关雎》为刺诗"，而对于两则《关雎》刺诗说予以反驳、辨证。案语实则是对遗说的考证，而这种考证则是通过更为巧妙的，以遗说解遗说的方式展现出来的。由徐氏此则考述可知，《韩诗》关于《关雎》刺诗的说法，非《韩诗》本义，乃是《韩诗》后学的观点，对认识《韩诗》说非常有助。

徐氏的《三家诗述》不同于他家从文字、训诂的角度，对三家《诗》遗说进行严密的考证，而是就选取的遗说材料，充分发挥三家之义。它不是对于个别字句的考证论说，而重点在于由三家遗说而申发论述的诗义上。

又如《鲁诗述》卷一《行露》篇，在引《列女传》所载"召南，申女者，申人之女也……"后，案曰："毛序：'《行露》召伯听讼也。'而此实以申酆两

① （清）徐堂：《三家诗述·韩诗述》，抄本，复旦大学图书馆藏。以下此书原文出处均见此本，不再注释。

姓之事，较毛氏尤为详明。”《鲁诗述》卷二《大明》“大任有身，生此文王”，先引《列女传》“周室三母传”说，又案曰：“此言大任胎教之事，可补毛郑所未备。”实均是在证明三家之义。

二是，直接据所辑三家之义，来发挥诗旨。

如《韩诗述》卷二：

《雄雉》“雄雉于飞”。

潘岳《射雉赋》注引《章句》曰：“雉，耿介之鸟也。”

按：韩以“耿介之鸟”取兴，当是宣公之朝，有怀高洁而去位者。而在位之人率多贪害之行，故诗人举以为讽。首章叹其去而不能相从；二章言己思之深；三章望其来之切；末章结出正意。“百尔君子”，指当时在位者有忮求之心，而无耿介之操，故曰不知德行。末二句作婉讽语，所以深责其不然也。马融《论语注》亦以此为疾贪恶忮害之诗，殆本韩义欤。

此案语乃分章论述了《雄雉》一诗的《韩诗》之义，完全达到了“求合于圣贤之道”的著述目的。此种申发亦使得诗旨畅然。

又如《鲁诗述》卷一《邶·柏舟》：

《列女传》四曰：夫人者，齐侯之女也。嫁于卫，至城门而卫君死。保母曰：“可以还矣。”女不听，遂入，持三年之丧，毕，弟立，请曰：“卫，小国也，不容二庖，愿请同庖。”终不听。卫君使人愬于齐兄弟，齐兄弟皆欲与后君，使人告女，女终不听，乃作诗曰：“我心匪石，不可转也。我心匪席，不可卷也。”厄穷而不闵，劳辱而不苟，然后能自致也，言不失也。然后可以济难矣。诗曰：“威仪棣棣，不可选也。”言其左右无贤臣，皆顺其君之意也。君子美其贞壹，故举而列之于诗也。（《御览》正作卫寡夫人。）

案：卫寡夫人，不详时代，当在春秋以（笔者注：以，误作已）前，俗本误“寡”为“宣”，说者多以宣姜当之，亦知操行不符。遂为宣姜始则守贞，继则改节之说以通之。而不知按之《左》、《史》，无一可通。且《列女传》以卫寡夫人入贞顺传，以宣姜入孽嬖传，其为两人判然无疑。或以向《上封事》论宏显倾谄，正人引诗曰："忧心悄悄，愠于群小。"又曰："小人成群"，亦是愠也。与《毛序》："仁人不遇"之旨合。谓向自歧其说，又不然也。向释"威仪"二句，明言左右无贤臣，皆顺其君之意，则下文群小正指此辈。言彼不能止君以礼，而反以己之不从于君为非，故曰"愠于群小"。《封事》与《列女传》意义一例，朱子以群小谓众妾，非向旨也。安得以此疑向尔？《潜夫论·断讼篇》曰："真女不二其心，故有匪石之诗。"说与刘同，盖皆本《鲁诗》也。

以兼及考证的形式发挥了《鲁诗》之义。

三是，在所辑三家《诗》说的基础上，引证时人之说，从文字、音韵等不同的角度，来考证三家《诗》之形成。如对段玉裁、臧琳之说的征引，表明了徐氏对二位学者的推崇。如《韩诗述》卷一《汉广》：

不可休思。（思，毛作息。）

《外传》卷一引诗作"思"。

按：诗中凡韵在句中者，韵下用字不得或异。如《齐风·还》章，以还、间、肩、儇为韵，住脚皆用"兮"字。《著》章，以著、素、华（读若敷）为韵，住脚皆用"而"字，此其例也。此诗以"休求"为韵，则作"休思"者是。段玉裁曰："毛氏《葛生》《民劳》，传皆曰'息，止也。'此若作'息'，则当有传，然则毛与韩同作'休息'者，讹字也。"

再如：

南有枓木。

《释文》云：马融《韩诗》本并作枓。

按：《毛传》："下曲曰樛"，《尔雅·释木》："下句曰朻"，《释文》曰：

"一本作樛"，是朻即樛之假借也。而《说文·木部》"樛"字注曰："下句曰樛"，"朻"字注曰："高木也"。则樛、朻义别。臧玉林曰："《说文》'朻'字，疑即'樛'之重文，今本是后人窜改。"此说甚是。详见《经义杂记》。

这已是与当时的显学考证融为一体，是对三家《诗》异字的考证。

四是，结合所辑诗说，来发挥三家《诗》的文学性特征。这一特征的表现可能与徐氏本人的诗学素养有关，亦是三家《诗》研究的新动向。

如《韩诗述》：

"终风且暴"，《毛诗》，《释文》引《韩诗》云："终风，西风也。"

《文选》，陆机《为顾彦先赠妇诗》注引《薛君章句》曰："时风又且暴，使己思益隆。"

[案]《韩诗》既以《日月》篇斥州吁，则此篇当是伤已之不见答于庄公，否则辞复矣。陆士衡《为顾彦先赠妇诗》注曰："隆思乱心曲。"正用《韩诗章句》，亦是夫妇之辞。则《韩诗》之义为庄公，不为州吁也，明矣。朱子《辨说》云，详味此诗，有夫妇之情，无母子之意。堂案，司马相如《长门赋》与此诗辞意极似。《赋》曰："天漂漂而疾风"，即《诗》"终风且暴"也。曰："言我朝往而暮来兮，饮食乐而忘人。"曰："伊予志之慢愚兮，怀贞悫之欢心。"即《诗》"莫往莫来，悠悠我思"也。曰："浮云郁而四塞兮，天窈窈而昼阴。雷殷殷而响起兮，声象君之车音。"即《诗》"曀曀其音，虺虺其雷"也。陈后、庄姜，事本相类，相如《赋》意殆本于《韩诗》欤？

把对《韩诗》之说的理解与文学作品结合起来，这种类似于文学抒情性质的评论，在三家《诗》研究领域具有启发性意义。徐堂在这里把历来被当作经学之作来研究的三家《诗》，纳入文学评论的行列，并由此而阐释，此举在三家《诗》研究史上意义重大。他展示了三家《诗》研究的另一方面的作用，不仅是对《毛诗》之经义的补充，而且文学作品中的许多创意、寓意都来源于此。这既开拓了三家《诗》研究的新途径，又为文学的研究提供了新的构思材料来源，在三家《诗》的文学研究领域具有重要作用。在考证的基础上进行发挥、联想，结合史著予以推解，此创举当然也受到了明代以来从文学评点的角度研究《诗经》的影响。但他更善于把文学的阐释与经学的解说贯通起来，这样既便于发挥经学的作用而又能使文学的性质尽现，这对后来三家《诗》的研究，《诗经》的文学研究都很有借鉴意义。如后来吴敬梓的《诗说》等，在阐释三家《诗》的文学作用方面走得更远。但三家《诗》毕竟作为经学的产物，因其文学色彩的内在不足，其文学方面的表现就平淡得多。

鲁、齐、韩虽然分别成卷，但徐氏在遗说的搜集及考证中，往往注明互见，详见其他两家诗述。这种互见的方式也是三家大义相通的一种反映。

徐璈《诗经广诂》发挥三家《诗》义是据"温柔敦厚"之旨，徐堂的《三家诗述》乃"求合于圣贤之意"，他们对三家《诗》义的发挥都是在传统儒家《诗》教观的背景下进行的，都是对三家《诗》的经学阐释。二者相比较，在阐释三家大义方面，《三家诗述》较《诗经广诂》走得更远。它结合三家《诗》说，所阐释的诗旨，几与《毛诗》之义相发明。而它的发挥是结合三家古义，建立在一定考证基础上的，又不似《诗古微》中关于三家之微言大义的开拓。可以说《三家诗述》是清代三家《诗》研究在传统诗教范围内，发挥诗篇之大义的代表。

第二节　魏源《诗古微》的大义申发

三家《诗》大义申发在晚清学坛上的兴起，是与当时整个社会思潮及三家《诗》的发展状况紧密结合在一起的。梁启超所认为的道咸以后清学分裂，主要指今文经学研究热潮的兴起。他说："有发于本学派之自身者，有由环境之变化所促成者。”①“发于本学派之自身者”，主要指今文经学通经以致用的特点；“由环境之变化所促成者”，则指道咸以后经世致用的社会思潮。两者的结合，相得益彰，形成了晚清以经世致用为主体特征，今文经学盛行的学术研究局面。具体来说，主要包括以下几个方面的原因。

其一，经世思潮的兴起。道咸以降，清代社会由盛转衰。鸦片战争爆发，外国列强肆意入侵，国家陷入内忧外患的境地。随着社会局势的急剧变化，一批进步的知识分子，相率“以经世自任”，相互“以经世学相切劘”，逐渐形成一种社会思潮。学术研究也由乾嘉时埋首故纸的考据之学，转向崇尚经世致用的实学。如果说古文经学重训诂的特性适应了考据学的发展，那么今文经学则与经世致用之学相适应。发挥今文经学的微言大义以针砭时弊，成为一批有思想的学者的学术追求。在《诗经》研究中，“以《三百篇》为谏”，发挥微言大义，实现治世的理想，也就成了有识之士的治学宗旨。因而经世思潮的兴起，直接促进了三家《诗》大义申发的开展。

其二，三家《诗》辑佚为大义的发挥奠定了基础。宋代王应麟开三家《诗》辑佚先河以来，经清代众多学者的通力合作，三家《诗》辑佚成果蔚然可观。虽仍残缺过甚，但三家《诗》说的大旨以此得窥。三家《诗》说本身注重发挥大义的特点，及前贤学者所辑三家《诗》遗说，存在着大量名物制度的考证及史实资料，这些都有利于义理的发挥与探讨。在三家《诗》辑佚的基础上，结合时代思潮，发挥今文三家的大义，就成了晚清学者的治《诗》取向。蔡长林说：“今文经典的辑佚工作为今文学的研究提供了最基本的助益。”② 三家《诗》学的辑佚，为晚清今文三家《诗》大义的发挥与研究，提供了必要的资料支持。

其三，对乾嘉考据学积弊的反动。乾嘉在逐步发展过程中，其积弊也日益明显，为越来越多的学者所诟病。汪廷珍就指出乾嘉学者，“或好古而不求其是；或专己而不观其通；或矜奇而不轨于正；或务博而不得所归；又或读书不多，于前人已有之说而复衍之，于前人已驳之说而复拾之。求其心平学邃、识明理确

---

① 梁启超：《清代学术概论》，上海古籍出版社1998年版，第70页。

② 蔡长林：《清代今文经学派发展的两条路向》，载彭林编《经学研究论文选》，上海书店2002年版，第80页。

者，曾不数人"[1]。章学诚认为："近日学者风气，征实太多，发挥太少，有如蚕食桑叶而不能抽丝。"[2] 也指出了乾嘉考据学所存在的弊端。稍后的岭南汉学家陈澧更认为：

> 盖百年以来，讲经学者训释甚精，考据甚博，而绝不发明义理以警觉世人。其所训释考据，又皆世人所不能解。故经学之书，汗牛充栋，而世人绝不闻经书义理。此世道所以衰乱也。[3]

面对着这种状况，乾嘉汉学内部出现了整治积弊、寻求创新的要求。陈居渊先生言道：

> 凌曙、陈寿祺都从阮元问学，走的也都是"明训诂"，"详考证"的东汉古文经学的路子。但他们对今文经学表现出浓厚的兴趣，也都从事对今文经学的研究……因此，从经学史的角度考察，清代乾嘉之际汉学更新运动已呈现出对古文经学自身否定的态势。[4]

为寻求对古文经学的突破而着眼于今文经学的研究成为一种趋势。因而，今文经学在清代的复兴，"最初是因于考证学之途穷，无发展之余地，学界才智之士，欲打破多年之因袭，另辟一新境地"[5]。在《诗经》的研究领域，就导致了发挥今文三家大义的盛行。

清末浙江名士李慈铭读了魏源的《古微堂外集》后，感慨道："自道光以来，经学之书充栋，诸儒考订之密，无以复加。于是一二心思才智之士，苦其繁

---

① （清）汪廷珍：《实事求是斋遗稿》卷二《秋槎杂记》，清嘉庆汪氏家刻本。

② （清）章学诚：《与汪龙庄书》，载仓修良编《文史通义新编》外篇三，上海古籍出版社 1993 年版，第 563 页。

③ （清）陈澧：《陈兰甫先生澧遗稿》，《岭南学报》第二卷第三期，1932 年第 6 期。

④ 陈居渊：《论乾嘉汉学的更新运动》，《中国史研究》2002 年第 4 期。

⑤ 蒋维乔：《中国近三百年哲学史》，中华书局 1932 年版，第 93 页。

富，穷年莫殚。又自知必不能过之，乃创为西汉之说。”[1] 李慈铭虽有明显的尊古抑今的倾向，所言并不能概括道光间今文经学复起的原因，但也指出了今文经学研究思潮的兴起正是面对乾嘉汉学日炽局面的反思。

其四，常州今文学派的开创、兴盛，对三家《诗》大义申发的进展产生了重要影响。由庄存与所开创的常州今文学派，以发挥“公羊”大义为主。一些学者从早期常州派学人发挥“公羊”大义的研究中，受到启示，进而发挥今文三家《诗》的微言大义，如魏源的《诗古微》。无论是三家《诗》大义的发挥，还是三家《诗》研究者，都与常州学派有着千丝万缕的联系，可以说常州今文学派的兴起，对于三家《诗》的大义申发，起了先导作用。

上述原因的共同作用，并与三家《诗》本身善于发挥今文大义的特性相结合，造成了晚清三家《诗》大义申发局面的盛行。这种以阐发三家《诗》的“微言大义”，来达到“通经以致用”的目的，试图恢复西汉三家《诗》学特性的著述，以魏源的《诗古微》为代表。这既建立在清代三家《诗》学辑佚考证的基础上，又是在此基础上寻求到的突破。而这一突破给清代三家《诗》研究带来了怎样的变化？能够走多远？而魏源本身又进行了哪些转变的努力，其他学者又是如何来看待这一突破的？这些都是本节藉魏源《诗古微》一书要探讨的问题。

一　魏源生平及学术渊源

（一）生平经历

魏源，原名远达，字良图，号默深。湖南邵阳人。生于乾隆五十九年（1794年）。魏源自幼聪慧好学，寡嬉笑，常独坐，幼年在叔父魏辅邦所开设的族塾中读书。嘉庆十八年（1813年），魏源二十岁，读书于长沙岳麓书院，后被湖南学政汤金钊录取为拔贡。次年，北上求学，沿途所见到的北方人民生活的疾苦穷迫，在一定程度上刺激了他变法、治世、安民思想的形成。在北京的几年间，他

---

① （清）李慈铭：《越缦堂读书记》（下），中华书局2006年版，第869页。

广泛参加各种学术交流活动，与许多经学大家相交谊，如胡承珙、姚学塽、刘逢禄、龚自珍等均于此时结识，并受到奖掖，对其学术思想的形成产生了很大的影响。在嘉庆二十二年（1817年），回邵阳完婚。二十四年（1819年），又回北京，同年七月初五，应胡培翚之邀，于京师万柳堂参与祭祀郑康成之活动，结识陈奂。道光二年（1822年），于京师水月庵以所注《大学古本》就教于姚学塽，姚指其失，源恍悟，请执弟子礼，姚固辞不受。后与邓传密至古北口杨芳家中，教读弟子。三年（1823年），居京师，识姚莹。冬，归江南，自此魏源离开北京，开始了他江苏幕府的生涯，其间，他为贺长龄选编《皇清经世文编》，并参与江苏的盐、漕大政的改革，表现了一个改革家的远见卓识。道光八年（1828年），魏源游杭州，学释典，潜心禅理，求出世之要。道光二十年（1840年），鸦片战争爆发，魏源毅然投笔从戎。道光二十一年（1841年），与林则徐会晤，并受其托嘱完成《海国图志》，提出了“师夷长技以制夷”的著名思想。后又在江苏上任，做了一些有益于当地人民的事情。道光二十七年（1847年）至二十八年（1848年），魏源游览各地。晚年逃俗遁禅。咸丰七年（1857年），病逝杭州西子湖畔，终年六十有四。生平主要著述有《古微堂集》《古微堂诗集》《老子本义》《孙子集注》《诗古微》《书古微》《元史新编》《圣武记》和《海国图志》等。

（二）学术渊源

魏源的经学取向，受社会学术思潮发展之客观环境及自身学术追求的一些主观原因的共同影响。

其一，湖湘学风的影响 。

魏源出生于具有深远文化渊源的湖湘之地。这里曾经是伟大爱国主义诗人屈原的故乡，具有鲜明地域色彩的楚文化是它的源头；宋明理学的开山始祖周敦颐生于斯，长于斯；清初思想家，经学家王夫之更是湘地英杰，具有伟大的爱国主义情感和经世济民的思想；这里有学术渊源深厚的岳麓书院，培育了一批批学术精英，这些都影响了魏源学术品格的形成。

爱国传统是湖湘文化的特质，为国家忧的魏源继承并进一步发扬这种精神品格。理学气韵的熏陶，又使他对于经书义理的探讨心向往之。清初王夫之，重视经世务实的学术观念，为魏源学术道路的选择指明了方向。在《诗古微·目录书后》，魏源谈道："又得乡先正衡山王夫之《诗广传》，虽不考证三家，而精义卓识，往往暗与之合。"① 可见，从思想观念到具体创作，王夫之都对魏源有一定影响。湘学讲求义理、注重经世致用的传统与今文经学的一些特征是相符合的。

魏源十五岁时就究心阳明心学，他年轻时就读的岳麓书院，代表着湖湘学派的主流学风，南宋时朱熹曾经两次亲至此地讲学，其中乾道三年（1167 年）与张栻在此会讲，对于当地理学的发展具有重要意义。可见，岳麓书院深厚的理学传统熏染着他，他在这里与李克钿、何庆元相识相交，切磋宋儒之学。可以说，魏源虽然在岳麓书院求学时间不长，但这里是他的学术根柢和发源之所。

其二，师友影响。

纵观魏源一生，许多经学大家，与他亦师亦友。和魏源有深厚交谊的学界名流中有许多是他的同乡，如陶澍、贺长龄等，都对他思想的形成和学术道路的选择产生了重大影响。魏源在《默觚》中说：

> 土非土不高，水非水不流，人非人不济，马非马不走。绝世之资，必不如专门之夙习也；独得之见，必不如众议之参同也。巧者不过习者之门，合四十九人之智，智于尧、禹，岂惟自视欿然哉？道固无尽臧，人固无尽益也。是以《鹿鸣》得食而相呼，《伐木》同声而求友。②

表明了在与友人的相互切磋中，相互启发、相互促进的交友观，也是他的切身体会。

魏源子魏耆在《邵阳魏府君事略》中，介绍魏源在初次入京时问学从师的情况，云：

> 嘉庆癸酉二十岁，举明经。明年侍春煦公起复入都，遂留从胡墨庄先生

① （清）魏源：《诗古微·目录书后》，岳麓书社 1989 年版，第 889 页。

② （清）魏源：《默觚下·治篇一》，《魏源集》（上），中华书局 1976 年版，第 35 页。

问汉儒家法。周石芳侍郎系英，偶见府君诗篇敦雅，四出揄扬，数日名满京师，中朝公卿争纳交焉。是时，问宋儒之学于姚敬塘先生学塽，学《公羊》于刘申受先生逢禄，古文辞则与董小槎太史桂敷、龚定庵礼部自珍诸公切磋焉。①

上述人物在魏源学术思想的形成期，都起了重要的引导作用。可见，在他思想形成的早期，就受到了古文汉学家、宋学家、今文经学家等各派思想的影响。面对社会现实，他选择了今文经学作为自己的治学方向。在今文经学主导思想的支配下，他的著述融汇各家之长，自成一说，对晚清经学界影响深远。

其中，对魏源今文经学思想影响最大的是刘逢禄。刘逢禄是今文经学大师，他的外祖父庄存与，舅父庄述祖，都是今文经学名家。刘逢禄著有《公羊春秋何氏释例》《尚书今古文集解》《诗声演》《易象赋》等，对于魏源的经学思想和创作都产生了很大影响。刘逢禄《诗古微序》中说：

邵阳魏君默深治经好求微言大义，由董子《书》以信《公羊春秋》，由《春秋》以信西汉今文家法。……于《诗》则表章鲁、韩坠绪以匡《传》《笺》，既与予说重规叠矩。其所排难解剥，钩沉起废，则又皆足干城大道，张皇幽眇。申先师败绩失据之谤，箴后汉好异矫诬之疾。使遗文湮而复出，绝学幽而复明。其志大，其思深，其用力勤矣！②

魏源的创作得到了刘逢禄的赞许，他们的著作也是“重规叠矩”，一脉相承，其影响由此可见。如果说《诗古微》初刻本中，推求三家大义的思想还没有完全表现出来，那么到二刻本中，魏源将这一思想发扬光大，详见后文。

张舜徽先生谈到魏源的今文经学思想时，说他“和龚自珍一道，同受《公羊春秋》于刘逢禄，复张西汉微言大义之绪，以从事于经世致用之学。”③ 王家

① （清）魏耆：《邵阳魏府君事略》，《魏源集》（下），中华书局1976年版，第848页。

② （清）刘逢禄：《诗古微序》，载魏源《诗古微》，何慎仪点校，岳麓书社1989年版，第881页。

③ 张舜徽：《清儒学记》，齐鲁书社1991年版，第323页。

俭说："魏源治经，承常州学派之余绪，著《书古微》《诗古微》《公羊古微》《董子春秋发微》等，力申今文，以张公羊之说。"① 综上可知，刘逢禄对魏源思想形成产生了重要影响。魏源今文三家《诗》的治学取向，明显来自于刘逢禄的熏染。

魏源虽然从事西汉今文经学著作的阐发，但在许多方面他还是非常重视运用汉学考证的手法的，这一思想显然多是来自其汉学老师胡承珙的影响。特别是他治经从《诗经》入手，很显然与胡承珙致力于《毛诗》的研究有关，在《诗古微》初刻本完稿后，魏源请教于胡氏，胡在所撰《与魏默深书》中，提出自己的意见和看法，更是直接促使魏源进一步修改初刻本，胡氏的意见在二刻本中得以贯彻，其影响显然可见。

另外还有其他友人，如陶澍、陈沆、贺长龄、钱仪吉、梁章钜、林则徐、李兆洛、邓显鹤、陈奂等，也都或多或少地影响了魏源学术道路的选择。李柏荣先生的《魏源师友记》中，记录与魏源交往的友人二百多位，都与魏源在学术上相互切磋，思想上相互交流。魏源的主观努力和师友的影响，成就了魏源一代思想家、经学家的学术地位，并成为晚清今文经学研究的重镇，对中国近代学术思潮的形成做出了重要贡献。

其三，经世思想与今文经学研究。

魏源强烈的经世之志是他从事今文经学最为直接的动因。魏源"贯经术、故事、文章为一"的主张，是实现"通经以致用"思想的基本途径。《书古微》《诗古微》《董子春秋发微》的著作，是他"通经以致用"思想的具体实践。

在魏源生活的六十余年间，清朝社会由盛转衰，外国列强肆机入侵，内忧外患的局势愈演愈烈。面对这种社会局面，魏源致力于经学研究，宣传经世致用，提倡变法图强。他对当时经学界的状况极为不满，认为："饾饤为汉，空腐为宋。"② 从而提出以通经致用之今文经学来解决汉学之烦琐、宋学之空疏的弊病。他说："读黄、农之书，用以杀人，谓之庸医；读周、孔之书，用以

① 王家俭：《魏源年谱·谱前小识》，台湾"中央研究院"近代史所1967年版。

② （清）魏源：《武进李申耆先生传》，《魏源集》（上），中华书局1976年版，第361页。

误天下，得不谓之庸儒乎？”[1] 又言：“道形诸事谓之治，以其事笔之方策，俾天下后世得以求道而制事，谓之经。”[2] 可见，读经书以治天下，是他研治经学的主要目的。张舜辉先生称他“很想通过今文经学的复兴，去代替脱离现实的考证学派”[3]。

道光五年（1825年），魏源开始为贺长龄编选《皇清经世文编》，本着经世致用的原则，他从本朝人文集及其他著述中选录有关“治世”的文章共两千多篇，编成一百二十卷。清末的经世类著作多受此影响，如盛康依仿其例，辑《皇朝经世文编续编》，《叙》中有言：“《皇朝经世文编》百二十卷，巨典宏规于斯焉，萃言经济者宗之。”[4] 由于在编选过程中，魏源阅读了大量有益于世的文章，这使他的经世思想得到了进一步的发展，坚定了他寻求“通经以致用”的决心。

魏源在《两汉经师今古文家法考叙》中指出：

> 今日复古之要，由诂训、声音以进于东京典章制度，此齐一变至鲁也；由典章制度以进于西汉微言大义，贯经术、故事、文章为一，此鲁一变至道也。[5]

他的“贯经术、故事、文章为一”的主张，就是以复古的名义，推崇西汉的今文经学，从而与当时社会上盛行的古文经学相抗衡。他对于当时学界的流弊有清醒的认识，在《默觚·学篇九》中谈道：

> 曾有以通经致用为诟厉者乎？以诂训声音蔽小学，以名物器服蔽《三礼》，以象数蔽《易》，以鸟兽草木蔽《诗》，毕生治经，无一言益己，无一

---

① （清）魏源：《默觚下·治篇六》，《魏源集》（上），中华书局1976年版，第49页。

② （清）魏源：《默觚下·学篇九》，《魏源集》（上），中华书局1976年版，第23页。

③ 张舜徽：《清儒学记》，齐鲁书社1991年版，第323页。

④ （清）盛康：《皇朝经世文编续编·叙》，载沈云龙主编《近代中国史料丛刊》第八十四辑，文海出版社1966年版。

⑤ （清）魏源：《两汉经师今古文家法考叙》，《魏源集》（上），中华书局1976年版，第152页。

事可验诸治者乎？乌乎！古此方策，今亦此方策；古此学校，今亦此学校；宾宾焉以为先王之道在是，吾不谓先王之道不在是也，如国家何？[1]

可见他认为古文经学家所热衷的训诂音韵、名物制度之学无益于世。而研治经学的目的在于通经以治世，以有益于国家，也只有这样才能够充分发挥《三百篇》的微言大义。他倡导今文经学在于通过复古以达到革新的目的，以《诗古微》的具体创作实践着这一理论主张。

二　《诗古微》的成书与刊刻

《诗古微》有初刻本及二刻本两个版本。关于《诗古微》初刻成书时间，王家俭和黄丽镛《魏源年谱》系于道光九年（1829 年），所据乃胡承珙和刘逢禄的书信。胡承珙《答陈硕甫明经书》云："魏默深闻刻《诗古微》二卷，不知其去岁曾到杭州，顷已寄书都中，向索所著矣。"[2] 又《与魏默深书》云："自丙戌奉书后，旷焉三载，山川间之，无繇通问，鸡鸣风雨，我劳如何？前承大著《诗古微》一册，发难释滞，迥出意表，所评四家异同，亦多持平，不愧通人之论。"[3] 由此可知，从丙戌再下推三载为己丑，即为道光九年，胡承珙在道光九年以前读到《诗古微》二卷本。刘逢禄曾为《诗古微》作序，而刘卒于道光九年，他作《诗古微序》亦当在此以前。由此可以推断，初刻本《诗古微》成书并刊刻于道光九年之前。龚自珍在道光十一年九月《与张南山书》中记道："魏君源居忧吴门，其所著《诗古微》，颇悔少年未定之论，闻不复示人。"[4] 这些记载均表明《诗古微》初刻本成书于道光九年以前。李瑚《魏源诗文系年》将其与《公羊春秋古微》《两汉今古文家法考》《董子春秋发微》《书古微》《诗古微》《易象微》等书均系于道光二年。其所据亦刘逢禄序，云："此文无年月，按刘逢禄卒于道

---

① （清）魏源：《默觚下·学篇九》，《魏源集》（上），中华书局 1976 年版，第 24 页。

② （清）胡承珙：《求是堂文集》卷三《答陈硕甫明经书》，《续修四库全书》影印本。

③ （清）胡承珙：《求是堂文集》卷三《与魏默深书》，《续修四库全书》影印本。

④ （清）龚自珍：《与张南山书》，载张维屏《花甲闲谈》卷六，四库未收书辑刊影印本。

光九年，此文当作于道光初。文中所举魏源著作，必曾见之。”[①] 因并未能考出确切的时间，又云：“另据《宝庆府志》卷一〇一，《艺文略》载有《易象微》六卷，《大戴礼微》五卷，大约亦魏源此时著作。其后即从事《皇清经世文编》等著作。从其思想发展来看，此数种书似亦应作于道光五、六年以前。”[②] 可见，李先生虽将《诗古微》系于道光二年，并不确定。贺广如先生受此启发，据魏源《与邓传密信》所载，“（魏源）去冬握别，本拟今春再叙，乃以军门调任，不获如愿，真意外事也。源二月末自苏赴常德，三月抵署，兼携四舍弟来念书，一切平安。春间两晤申溪先生来江阴，荷蒙谆谆诲诱，兼为拙著《诗古微》作叙，已付刻矣！”[③] 考证初刻本李兆洛的《诗古微序》的作年在道光四年春天，因而“李兆洛所叙的《诗古微》初刻本，刊刻于道光四年”。[④] 又据陈世镕《秦淮旅喜晤魏默深同年源……》诗注：“君所著《诗古微》乃三十以前作”，考证出“《诗古微》作于道光三年稍前，而于道光四年春天求序于李兆洛”。[⑤] 与前说亦合。结合魏源的行踪，可以推测，《诗古微》初稿的创作盖在道光二年就教于姚学塽后，居直隶总督杨芳家中教子弟之时，至道光三年冬归江南时，《诗古微》初稿已经完成，故于道光四年春求序于李兆洛。而此后不久由修吉堂刊刻成书。刻成后，随着魏源受刘逢禄、胡承珙的影响，对《诗经》诸多问题产生了更深入的思考，遂“颇悔少年未定之论，遂不复示人”。而此后直到道光二十年（1840 年），魏源在扬州寓所，始完成《诗古微》定稿。

《诗古微》初刻本为修吉堂刊，分上下二卷。[⑥] 二刻本有十六卷、十七卷、二十卷、二十二卷本，而以二十卷本为定本。复旦大学珍藏清道光庚子（1840 年）刊本，目录及《序》中均为二十二卷，而正文实只二十卷。该本有魏源据

---

① 李瑚：《魏源诗文系年》，中华书局 1979 年版，第 33 页。

② 同上。

③ （清）魏源：《与邓传密书》，《古微堂内外集·古微堂诗集补录》，《魏源全集》第 12 册，岳麓书社 2004 年版，第 751 页。

④ 贺广如：《魏默深思想探究》，“国立台湾大学”出版委员会 1997 年版，第 101 页。

⑤ 同上书，第 102 页。

⑥ 据何慎怡《〈诗古微〉版本述略》知，两卷的修吉堂本现藏于湖南省图书馆及湖南师范大学图书馆，两馆所藏的版本在下卷《齐鲁诗发微合篇》中，有一小段文字略有出入，盖系后来补版改动。

刻本手改为二十卷之墨迹，即：下编原刻“五”改为“三”，“其四演外传”之“四”改为“二”，“凡廿有二卷”改为“凡为卷二十”。据此可以推测可能二十二卷本当与二十卷本同，并未有传本。十六卷本为光绪十一年（1885 年）乙酉杨守敬飞青阁重刊本，内容与二十卷本同，是杨氏据二十卷本重新编排的。十七卷本为光绪南菁书院刻《皇清经解续编》本和光绪十五年（1889 年）上海蜚英馆石印本，内容篇次均同二十卷本，而缺卷首及下编《诗外传演》上下两卷，故为十七卷。

三　《诗古微》的内容分析

初刻本卷上包括《正始篇》二，《诗乐篇》四，《三家发凡》三，《毛诗明义》五，共十四篇；卷下包括《三家发微》二，《齐鲁诗发挥合篇》一，《鲁诗发微》二，《韩诗发微》二，《三家通义》《三家同义》《三家异义》各一，《集传初义》一，共十一篇。从篇名上可以看出魏源意在发挥三家之义，而间明毛义。魏源在二刻本序中概括全书，云：“上编六卷，并卷首一卷，通语全经大谊；中编十卷，答问逐章疑难；下编三卷，其一辑古序，其二演外传：凡为卷二十。”① 也就是说，上编六卷，包括卷首一卷，叙述三家《诗》传授源流；其他五卷通论四家《诗》的一些问题，如四家异同、诗乐、四始、风雅正变等。中编以答问的方式，具体解决三百篇中有待决疑的问题。下编包括：《诗序集义》部分搜集《诗序》之说，三家无者以毛补之；《诗外传演》上卷辑前人演义之说；下卷仿王夫之《诗广传》之例，发挥《诗》说。而二刻本的上编则可以说是初刻本内容的融合和进一步扩充，而中下两编的内容则完全是后来增加的部分。从初刻本到二刻本，在两卷的基础上增加到了二十卷，不仅充实了内容，更表明了魏源思想的发展。

具体来看，《正始篇》《诗乐篇》中，魏源对《诗经》之“四始”“诗乐”“删诗”“笙诗”进行了考察，既有因陈旧说，又有创新之见。如开篇“四始”

① （清）魏源：《诗古微》，何慎仪点校，岳麓书社 1989 年版，第 131 页。

的论述中，他把“四始”与“三篇连奏”结合起来，云：“三篇连奏，皆上下通用之诗，皆周公述文王之德，皆夫子所特定，义至深，道至大也。”[①] 又云：“‘四始’则又夫子自卫返鲁正乐之时，特取周公述文德者各三篇，以冠于四部之首，固全《诗》之裘领，礼乐之纲纪也。”[②] “故‘四始’者，周公达孝之极思，而仁至义尽之作也。”[③] “三篇连奏”孔广森《诗声类》已言之，魏源进一步发挥。并由“周公述文德”“礼乐之纲纪”“周公达孝之极思，而仁至义尽之作”等论述可知，魏源之所以首述“四始”之义，在于欲申周公、孔子之用心，兹事体大，事关全书之思想，故首述之。而到二刻本中，则以“四家诗传授考”为卷首，其中亦透露了魏源思想的某些变化，反映了此时他明确三家《诗》大义的意识已经较初刻本有很大的增强，虽同要发挥周公、孔子之用心，而到了著述二刻本时，已意识到从传授渊源来看，三家《诗》义更有助于揭示周孔之意。

关于《毛诗》，魏源指出：“经师各有例，明其例而后说可通；例有所泥，破其例而后经可明。《毛诗》宜破者曰‘美刺’之例，‘世次’之例。美刺龃龉于《风》，世次扞格于《雅》、《颂》。”[④] 魏源认为“美刺”“世次”是《毛诗》的两大问题。在解决这两大问题时，魏源多与三家《诗》对举，又提出了许多新的观念，如在讨论“美刺”中，关于“作诗之义”与“编诗之义”的讨论。

初刻本前有李兆洛序。李序云：“无独是之见者，不可与治经，蔽于所不见也。众喙若雷，此挽彼推，颓靡而已。守独是之见者，不可与治经，蔽于所见也。盛气所铄，不顾迕错虚诡而已。魏子默深之治《诗》也，钒割数千年相传之篇弟，掊击若干年来株守之《序》《笺》，无独是之见者然乎？然而其所钒割者，所掊击者，质之以传记，平之以经文，比窾别腠，左右交会。其综之也博，其择之也卓，其会之也密，其断之也悫，守独是之见者然乎？”[⑤] 指出了《诗古微》初稿的精髓在于“钒割数千年相传之篇弟，掊击若干年来株守之《序》《笺》”，

① （清）魏源：《诗古微》，何慎仪点校，岳麓书社 1989 年版，第 19 页。
② 同上书，第 20 页。
③ 同上书，第 22 页。
④ 同上书，第 54 页。
⑤ 同上书，第 17 页。

具体在对于株守《序》《笺》的抨击，无论是在明《毛诗》之义，还是在发微三家之义时，在掊击《序》《笺》方面，魏氏都是不遗余力的。如论述卫序：

> 三家亡而毛独传，然毛之本义则固不尽传于天下。非疑毛者亡之，而祖述毛者亡之也。古今孰不以《诗序》为毛之祖义，郑笺为毛之功臣乎？夫《诗序》之说，不见于《史记》、《汉书》，即《毛传》亦绝无序字，……而《后汉书》始称卫宏"作《毛诗序》，善得风雅之旨"。成氏伯璵因以今序首语、次语为别。然则今序首句与笙诗一例者，毛公师授之义；其下推衍附益者，卫宏所作之序明矣。其失毛义十之五六，后人概信而概訾之，遂为经之蔀障，毛之赘瘤而不可去。予谓欲明《毛诗》之本旨，必先正义与序之名而后可。①

论郑《笺》：

> 至于郑《笺》，则一惟卫氏之《序》是守是从。故郑训诂异毛者不下数百，而释诗异于卫序者无之。……予谓欲明《毛诗》之本旨，必先分《传》与《笺》之实而后可。②

可见，魏氏之意以为世人对于《毛传》的抨击，乃是因为卫序，因为郑《笺》没有分清传与序、笺而混而一之，才导致世人对《毛传》进行抨击。

而对于三家《诗》与《毛诗》，魏氏云："《诗》之出也，鲁最早，而其亡也，韩最后。故汉初诸人所说莫多于《鲁诗》，唐后诸书称引，莫多于《韩诗》。而韩、鲁又多同……而可与毛并存也。"③ "于是而毛与三家会通之故可得而言也。夫三家之于毛，犹《左氏》、《公羊》之于《穀梁》，或毛所未被而三家补

① （清）魏源：《诗古微》，岳麓书社 1989 年版，第 63 页。
② 同上。
③ 同上书，第 103 页。

之，或小异而大同，或各义不妨两存，在善读者之引申而已。”[1] 意在调和毛与三家。这其实是魏源在初刻本中对待《毛诗》与三家《诗》的根本态度。而到二刻本中，虽然此一态度未变，但论述中刻意调和的意图明显淡化。正如魏源自序所云：“余初治《诗》，于齐、鲁、韩、毛之说初无所宾主；顾人之既久，碍于此者通于彼，势不得不趋于三家；始于碍者卒于通，三家实则一家。积久豁然，全经一贯，朋亡蔀祛，若牖若告，愤、悱、启、发之功也，举一反三之功也；学问之道，固不可浅遇而可深逢者也。”[2] 初刻本中这一刻意调和的态度就是“无所宾主”的表现。而后来“三家实则一家”，建立在这一认识基础上，其论述毛与三家来更加畅然。

但是，无论是初刻本，还是二刻本中，魏源推崇三家之说的观念没有变，只不过二刻本中发挥三家大义的意识更加明显。而以考证的方式进行论述，发挥三家《诗》的微言大义，是魏源《诗古微》的根本特征。魏源以“古微”命之，就表明了他意在发挥今文《诗》学的微言大义。他在《诗古微序》中说：

> 《诗古微》何以名？曰：所以发挥齐、鲁、韩三家《诗》之微言大谊，补苴其罅漏，张皇其幽渺，以豁除《毛诗》美、刺、正、变之滞例，而揭周公、孔子制礼正乐之用心于来世也。[3]

可见，发挥三家《诗》微言大义的最终目的是“揭周公、孔子制礼正乐之用心于来世”。即通过《诗》说，发挥三家幽渺之义，澄清《毛序》、郑《笺》的一些很有影响的说法，来揭示周、孔之用心，为统治者治世提供一些借鉴。与三家《诗》辑佚相比较，可以说，魏源《诗古微》的大义申发才是真正意义上的阐幽发微之作。当代学者李瑚先生也谈道：“魏源作《诗古微》的目的，在于阐发三家《诗》的微言大义，用以辟毛郑《传》、《笺》的肤说泛议，以前史为

---

① （清）魏源：《诗古微》，岳麓书社 1989 年版，第 110 页。

② 同上书，第 131—132 页。

③ （清）魏源：《诗古微序》，岳麓书社 1989 年版，第 131 页。

鉴，以《诗经》当‘谏书’，以达到政治清明，人民幸福的目的。”[①] 以《诗经》为谏，服务政治，真正实现经世致用的学术主张。

魏源在发挥三家之义的时候，绝不空发，都是在结合具体考证的基础上予以证明。他贯穿清代考据学家“孤证不为定说”的治学宗旨，多以“请列多少征以明之”标示，罗列证据，详为考证，旁征博引，信而有征，以据定论。他不仅自己遍考史籍旧典，而且广泛借鉴前人的研究考证成果，其中有驳有立。对于固守毛说者，多在考证的基础上表明否定性的意见，如对于陈启源《毛诗稽古编》的说法。而对于倡言《诗》之大义者，则在考证的基础上进一步发挥，如对于王夫之《诗广传》的某些说法。在二十卷本的卷首，叙述四家《诗》传授考，表明随着他经学根柢的日益深化，考证之功也更加扎实。

魏源在发挥三家之说时，虽然他不反对毛说，但也不时指出其违误。如首先从传授渊源上就流露出与三家《诗》的传授相比较，《毛诗》的传授源流不可信。在考证三家《诗》时，都有明确可据的传授渊源。而《毛诗》的传授则采用《经典释文》引徐整言，注明徐乃“三国吴人”；及陆玑《草木鸟兽虫鱼疏》言，又注明陆氏“亦三国吴人”。意在说明三国时期以前，并没有人谈到《毛诗》的传授源流。如果真如二者所言《毛诗》传自子夏，那么为什么三国以前的文献没有记载呢？并且二者所记源流不一，这也增加了《毛诗》传授源流的不可信性。一个连传统渊源都无法考证的学派，它的诗说又怎能服人？因而当四家不同时，当然以三家为是毛为非了。

其次指出《毛诗》的篇次多有误，如在二卷本《齐鲁诗发微合篇》云：“《毛诗》篇次、世次，莫乱于《小雅》，莫甚于宣王南仲之诗。而世次莫确于鲁，篇次莫详于齐。”[②] 接下来引十三征以明之。最后以《诗纬·泛历枢》所记，推演考定《齐诗》篇次，以与《毛诗》篇次相对照。在二十卷本的《小雅宣王诗发微》以《齐诗纬》“四始”“五际”篇弟求之，言：“今以《采薇》《出车》次《六月》、《采芑》之后，情事次弟，昭然相承，既合《齐诗》乐章，亦补宣

① 李瑚：《魏源〈诗古微〉臆说》，《魏源研究》，朝华出版社 2002 年版，第 713 页。

② （清）魏源：《诗古微》，何慎仪点校，岳麓书社 1989 年版，第 84 页。

王诗史。”① 《毛诗》以《采薇》《出车》为文王时诗，魏氏所证为宣王时诗。

再次指出《毛诗》的一些说法违误。如《鲁颂韩诗发微》云：

> 《鲁颂·駉篇》《毛序》谓“季孙行父请命于周，而史克作是颂”。故《閟宫》末章之“奚斯所作”，《毛传》谓作庙，而《韩诗》则谓奚斯作诗。浅人皆以毛说为顺，诚深求之，则知韩义不可易，有八端焉。②

接下来遍考史籍，举例八种失利，以证毛非韩是，并谓《毛序》为孤说，又引《鲁诗》以证《韩诗》之说。最后谓：“近世武进庄氏、曲阜孔氏、金坛段氏、偃师武氏，皆尝据韩疑毛而谊终未著。吾故暴而白之，俾知古谊之不可浅遇而可深逢有如斯者。”③ 以明自己是承众家之志，决非虚言。在说《驺虞》之诗时，在考证三家以驺虞为官名为长，毛以为兽名为非的基础上，引申发挥道：“《麟趾》、《驺虞》，王道之成也，自家及国，风化美而贤才多，察乎天地。”④ 也是针对治世安国而言。在《邶鄘卫答问》中，列举八例以三家之说来证《毛序》刺、淫说之失，等等。这也是魏源发挥三家大义，以明周、孔治世之志的重要部分。

在《诗序》问题上，魏源认为，三家《诗》皆有古序，并且这些古序多与《左传》《仪礼》之说相合，而《毛诗》则往往与之抵牾。他认为《诗序》首句为毛公之义，余皆为卫宏《续序》。他认为《续序》“失毛义十之四五，后人概信而概訾之，遂以蔀经而累传”⑤。并举《风诗》十八例以辨别续《序》之失，因而谓：“《序》《笺》半毛之缀旒，三家固毛之益友。”这就表明了魏源认为《毛传》是受了卫宏续《序》的牵连，被后来之说《诗》者误用的。“《毛传》亦绝无‘序’字，……毛公名‘义’而不名‘序’……欲明《毛诗》本旨，必

---

① （清）魏源：《诗古微》，何慎仪点校，岳麓书社 1989 年版，第 319 页。
② 同上书，第 398 页。
③ 同上书，第 402 页。
④ 同上书，第 450 页。
⑤ 同上书，第 157 页。

正‘义’与‘序’之名而后可。”[①] 因而他对于《毛序》，即续《序》的驳斥是不遗余力的。

通篇观览《诗古微》，我们可以发现，虽然全书有不少地方证明《毛诗》之失，但也有许多以三家之说发明毛义的。这表明了魏源并不是全然否定古文《毛诗》，而是发挥三家之说，以争得三家与毛同等的经学史地位，打破《毛诗》一统的局面，以实现通经以致用的学术理想。梁启超论魏源的《诗古微》："不特反对《毛序》，而且根本反对《毛传》，说全是伪作。”[②] 有失魏旨。

针对从初刻本到二刻本，魏源在发挥三家大义方面的发展，贺广如先生结合刘逢禄序进行了非常精彩独到的论述。他先从质疑二刻本中不刊刘序入手，分析刘逢禄在序中，“一意以经学之今古文标准为其判断，凡从今文者其学深，家法俱在；而从古文经者便是凿空不实，充其量不过是聊备一格”[③]。刘逢禄论述魏源治经时云：“邵阳魏君默深治经好求微言大义，由董子书以信《公羊春秋》，由《春秋》以信西汉今文家法，……于《诗》则表章鲁、韩坠绪以匡《传》、《笺》，既与予说重规叠矩；其所排难解剥，钩沉起废，则又皆足干城大道，张皇幽眇，申先师败绩失据之谤，箴后汉好异矫诬之疾，使遗文湮而复出，绝学幽而复明，其志大，其思深，其用力勤矣！予向治《春秋》今文之学，有志发挥，成一家言，作辍因循，久未卒业，深惧大业之陵迟，负荷之陨越，幸遇同志勇任斯道，助我起予，昔之君子，其亦有乐于斯乎？”刘氏以魏说与其“重规叠矩”，而刘序中所畅论的《春秋》大义，董仲舒的“三统”说与何休的“三科九旨”，在《诗古微》初刻本中并没有凸显。贺文论道：“根据前文对于《诗古微》初刻本的讨论，默深固然受到逢禄一定程度的影响，但书中所呈现的观点，却往往与逢禄有着相当的差距；且默深所采取的调和三家《诗》与《毛诗》的态度，显示其对今古文经学之分，似乎不甚在意，倒是对于西汉《毛诗》与东汉《卫序》、《郑笺》的不同说法，默深则是极力分辨其间高下，此中意旨，颇堪玩味。故默深虽然努力提升三家《诗》的地位，但却与逢禄‘貌合神离’，两人的用心

① （清）魏源：《诗古微》，何慎仪点校，岳麓书社 1989 年版，第 157 页。

② 梁启超：《中国近三百年学术史》，东方出版社 1996 年版，第 230 页。

③ 贺广如：《魏默深思想探究》，“国立台湾大学”出版委员会 1997 年版，第 125 页。

其实不尽相同，逢禄‘同志’之称，默深岂真以为然？”[①] 可以推测，刘逢禄序与魏书初刻本的不同意旨促使着魏源进一步思考。特别是道光十年，魏源在刘逢禄去世后，整理其遗集，对其所阐发的公羊义法有了更进一步的接触和了解，故而，在二刻本中，魏源对《春秋》大义的阐扬，与刘逢禄的影响是分不开的。

另一个促使魏源对《诗古微》进行再创作的恐怕就是胡承珙了。胡承珙在道光九年读魏源所奉《诗古微》后，致信魏源，云是书“发难释滞，迥出意表，所评四家异同，亦多持平，不愧通人之论”[②]。但由于“承珙于诗，墨守《毛传》，惟揆之经文，实有难通者，乃舍之而求他证”，故在信中虽然没有直接反驳魏书之言，但我们能够从中读出他并不太赞成魏源的观点，故云：“仆读足下之书，不欲为异，亦不敢为苟同。惟书中有一二失检者。”胡承珙是魏源的亲师，引领其入汉学家法门径。魏源对老师的这一评价自是十分在意，故在二刻本中，中编部分的“答问篇”，恐怕都是接受胡氏的观点，而又结合自己对于三家《诗》的研究，而从汉学考证的角度考论三百篇。当然，我们说魏源的考证只是相对的，其发挥三家大义的主旨并没有变，但胡承珙此书信的影响自亦不可忽视。

与初刻本相比较，二刻本更注重结合具体的历史事实，发扬“以三百篇为谏”的今文传统，并提出了许多治理国家的措施，也对最高统治者提出了一些建议，这些都是在初刻本中不曾谈到的，表明了魏源思想的进一步发展。如在二十卷的《通论豳风》中，针对《毛诗序》“鸱鸮，周公救乱也”，他发挥说：“《毛诗序》曰：‘鸱鸮，（周公）救乱也。’若全诗皆为周公自救，何与于救国家之乱乎？”[③] 这样，就把救乱之说，引向了拯救国家、确保国家稳定的更高层次上来，因而对于统治者提出了应以国家为重的要求。实际上他是从关注社会现实的角度出发，结合具体的三家《诗》说，断章取义，这既符合传统经学的解《诗》方法，又表达了关心国家治乱，重视变法求强的治世主张。

魏源在具体的诗篇论述中，始终贯穿着“以三百篇为谏”的观念，有的时候在阐发议论中，直接表露出来。如《周南答问》中，解《麟趾》，《毛传》“公

① 贺广如：《魏默深思想探究》，“国立台湾大学”出版委员会 1997 年版，第 128 页。

② （清）胡承珙：《求是堂文集》卷三《与魏默深书》，《续修四库全书》影印本。

③ （清）魏源：《诗古微》，何慎仪点校，岳麓书社 1989 年版，第 289 页。

姓，公同姓”时，引《左传》襄公十二年“同姓于宗庙，同宗于祖庙，同族于祢庙”后，发表感言道：

《周南》当殷之末世，其故家遗俗，流风善政之仅存者，经纣数十年之荡涤，已无复存。及文王积功累仁，移风易俗，人材蔚兴，变凉德为敦庬，变贪竞为推让。盖南国之宗族，皆有盛世之休祥，非独美周国之公子也。①

这实际上是对当朝统治者施政的谏言。《召南答问》言《甘棠》赞召公“鞠躬尽瘁，死而后已”，也是在树立勤政为民的形象。

《秦风答问》中，在“《蒹葭诗》何以为刺襄公”之后，说：

不知自强之道，在于求贤。其时故都遗老，隐处薮泽，文武之道未坠于地，在人。特时君尚诈力，则贤人不至，故求治逆而难；尚德怀，则贤人来辅之，故求治顺而易，溯洄不如溯游也。②

此段议论，对统治者选用贤才提出了要求。君主的用人态度，决定着国家的命运前途，为统治者提供了教益，这正是他以经术为治术理想的表现。总之，魏源“揭周公、孔子制礼正乐之用心于来世”，发挥三家微言大义而著述《诗古微》，目的就在于“以《三百篇》为谏”，从而提出自己的施政箴言。

晚清的三家《诗》学，既脱不了乾嘉汉学重视考证的影子，又有紧密结合实事发挥“微言大义”的经世之用，也就是王国维所总结的“兼具乾嘉专门之学，及清初诸老经世之志”③。《诗古微》就是在扎实考证的基础上，来发挥三家

---

① （清）魏源：《诗古微》，何慎仪点校，岳麓书社1989年版，第426页。

② 同上书，第534页。

③ 王国维：《观堂集林》卷二十三《沈乙庵先生七十寿序》，载《王国维遗书》，上海书店出版社1992年版，第583—584页。按：王国维《沈乙庵先生七十寿序》有言：“道咸以降，学者尚承乾嘉之风。然其时政治风俗已渐变于昔，国势亦稍稍不振，士大夫有忧之而不知所出，乃或托于先秦西汉之学，以图变革一切，然颇不循国初及乾嘉诸老为学之成法，其所陈夫古者，不必尽如古人之真，而其所以切今者，亦未必适中当世之弊，其言可以情感，而不能尽以理究。如龚璱人、魏默深之俦，其学在道咸后，虽不逮国初、乾嘉二派之盛，然为此二派之所不能摄，其逸而出此者，亦时势使之然也。”

《诗》的今文大义。可以说，二刻本正是在初刻本基础上，进一步联系现实、深化三家大义的结果。这种变化，正体现了魏源经世思想的发展。

清代学者的三家《诗》研究，从某种角度来说，只有魏源的《诗古微》是独创性的著作。如果说与魏源同时代的陈寿祺、陈乔枞父子，使三家《诗》遗说的收集得以完备，稍后的王先谦对三家《诗》遗说进行疏释，而魏源三家《诗》大义的发挥，则使泯灭逾千年的两汉三家《诗》结合社会现实、注重今文发挥的特征得以复活。魏源谈道：

> 辑齐三家《诗》古谊者，始于南宋金华王应麟伯厚氏。至明何楷元（玄）子《诗经世本古谊》，始多创获，扩人胸臆。至本朝桐城徐璈《诗经广诂》，片言必搜，尤大详备。顾皆案而不断，无以发《风》《雅》《颂》之大谊，赋、比、兴之微言。天诱愚衷，沉潜研究，十载于兹，窔奥幽深，靡不洞启，愤悱洞辟，若翼若相，神其来告，圣人复起，不易吾言，凡得书二十卷。①

可见，魏源的《诗古微》在于“发《风》《雅》《颂》之大谊，赋、比、兴之微言”，以突破三家《诗》研究“案而不断”的困境。或许其发挥于两汉时期的三家《诗》说有所偏离，但最大贡献在于张扬了晚清时期的三家《诗》说。杨守敬《重刊诗古微序》云：

> 有泥古之士，缀辑于散佚之余，若宋之王伯厚、国朝之范家相、徐璈，皆三家功臣。然齐、鲁诗最先亡，遗说仅有存者。《韩诗》虽有称引，亦诂训为多，只义单辞，固难贯穿周浃，张三家之焰，而与《毛诗》并行。最后乃得魏先生默深《诗古微》张皇幽眇，归之大道。向之弃之如遗，噤不敢出口者，至此大声疾呼，旷若发蒙。盖二千年之绝学，天实启之，非霿

① （清）魏源：《龚橙批校本诗古微识语》，《诗古微》，《魏源全集》本，岳麓书社 2004 年版，第 737 页。

言也。[①]

杨守敬充分肯定了魏源《诗古微》启两千年绝学之功用。可以说，魏源《诗古微》，既具有古文经学家的考证功底，兼有宋明理学注重义理的睿智，并拥有今文经学家发挥微言大义的特性。

魏源对于三家大义的发挥，在二卷本中，是通过一系列的与《春秋》大义相关联的，富有今文微言大义的议题而揭示出来的。有学者论道："在《诗古微》的初刻本中，魏源著述主旨在于彰显三家《诗》，关于《春秋》的微言大义，主要体现在调整十五国风的次第，从而阐扬《春秋》尊王大义。在二刻本中，随着魏源学术思想的深化和对《诗经》研究的精深，魏源将《诗经》四始以及《春秋公羊传》倡导的'尊王攘夷''三统循环''夷夏之辨''复仇'等微言大义，一一呈现在二刻本中。"[②] 总之，围绕着这些议题，二刻本中，魏源充分彰显了今文三家的微言大义。因而"整部《诗古微》二刻本的论说框架，几可说是为发扬三家《诗》说以推阐《诗经》中的《春秋》大义所精心设计，而其中大多数的考证之作，均亦呈现出或多或少的目的导向"[③]。正因如此，二刻本中魏源不仅发挥三家《诗》大义，而且在对《毛诗》相关问题的探讨和借此解说诗义时，也多是意在证周公之心，圣人之志。所以，如果说清代学者的三家《诗》辑佚是用古文考证的手段来研究今文三家《诗》，而魏源这里则是用发挥大义的今文手法来探求古文《毛诗》之旨。

魏源对三家同源论的认识，归结于"三家实则一家"。魏源在《序》中说：

> 余初治《诗》，于齐、鲁、韩、毛之说，初无所宾主，顾入之既久，碍于此者通于彼，势不得不趋于三家；始于碍者卒于通，三家实则一家。积久豁然，全经一贯。朋亡蔀祛，若牖若告，愤悱启发之功也，举一反三之功

① （清）杨守敬：《重刊诗古微序》，《诗古微》，岳麓书社 1989 年版，第 877—878 页。
② 曹志敏：《学术探求与春秋大义：魏源〈诗古微〉研究》，社会科学文献出版社 2011 年版，第 257 页。
③ 贺广如：《魏默深思想探究》，"国立台湾大学"出版委员会 1997 年版，第 140 页。

也。学问之道，固不可浅遇而可深逢者也。[1]

可见，魏源“三家实则一家”的认识，是在研治《诗经》过程中逐步形成的。

在《齐鲁韩毛异同论上》中，以三家皆有古序，驳斥程大昌所说：“三家不见古序，故无以总测篇意。毛惟有古序以该括章旨，故训诂所及，会全诗以归一贯”后说：

且三家遗说，凡《鲁诗》如此者，韩必同之；《韩诗》如此者，鲁必同之；《齐诗》存什一于千百，而鲁、韩必同之；苟非同出一原，安能重规叠矩？三人占，则从二人之言。[2]

三家同源是魏源贯穿全书发挥大义的立足点。以一家之说推其他两家之义，以两家之说定一家之义，魏源经常以此来推求三家，发挥微言。

魏源的三家同源论，既是在考证基础上的认识，又是他面对三家亡佚之说，发挥大义时采取的一种补救措施。“积久豁然，全经一贯”，可见是他长期思索的结果，也只有这样他才能充分地发挥三家大义。但有时过于强调三家之同，而忽视了三家《诗》说本身的不同，被学者指责为妄论三家同源，不能不察。

《诗古微》中有许多对《诗经》文学色彩的讨论，在经学研究领域可以说是表现了可贵的探索精神。《诗古微》中对《诗经》所寓含的文学因素的探讨，是从经学的角度挖掘《诗经》本身的文学性质，其创新多被后来学者采用。在《齐鲁韩毛异同论中》说：

夫《诗》有作《诗》者之心，而又有采《诗》、编《诗》者之心焉；有说《诗》者之义，而又有赋《诗》、引《诗》者之义焉。作《诗》者自

① （清）魏源：《诗古微》，何慎仪点校，岳麓书社1989年版，第131—132页。

② 同上书，第161页。

道其情，情达而止，不计闻者之如何也；即事而咏，不求致此者之何自也；讽上而作，但蕲上寤，不为他人之劝惩也。至太师采之以贡于天子，则以作者之词，而谕乎闻者之志，以即事之咏，而推其致此之由，则一时赏罚黜陟兴焉。国史编之以备蒙诵、教国子，则以讽此人之诗，存为讽人人之诗，又存为处此境而咏己、咏人之法，而百世劝惩观感兴焉。[①]

《诗》为作诗者之性情观念的表露，是对“诗以言志”文学传统的阐释。魏源所强调的“作诗者之心”“采诗、编诗者之心”，及“正义”“旁义”的一些理论，都极具文学色彩。皮锡瑞《诗经通论》中发展了这一说法。

他又在《毛诗义例篇中》以更直接的方式，表明了《诗》对文学产生的影响。云：

自国史讽《诗》述志，于是列国大夫有赋《诗》之事，自夫子录《诗》正乐，于是齐、鲁学者有说《诗》之学。然说《诗》者旨因诗起，即旁通触类，亦止依文引申，盖诗为主而义从之，所谓“以意逆志”也；赋诗与引诗者，诗因情及，虽取义微妙，亦止借词证明，盖以情为主而诗从之，所谓兴之所之也。“以意逆志”者，志得而意愈邕，故其后为传注所自兴；兴之所至者，兴近则不必拘所作之人、所采之世，故其后为词赋之祖。[②]

说《诗》之学，乃为“词赋之祖”，这一文学源头的追认，从《诗经》的文学研究层面上来看，具有很大的学术价值。

他在《三家发微下》云：

夫诗之道，今古一同，志有所之而形于言，岂有抒写怀抱之作十不一二，而篇篇美刺他人者？欢愉哀怨，不病代呻，是今有性情，古无性情也。[③]

---

① （清）魏源：《诗古微》，何慎仪点校，岳麓书社1989年版，第166页。

② 同上书，第213页。

③ 同上书，第81—82页。

表明了他对《诗》为抒发性情之作的认识。梁启超谓魏源的这些论述，深合“为文艺而作文艺”之旨。[①] 从对近代文论影响的角度，点明了魏源《诗古微》中富有文学色彩的论述的价值。

四　《诗古微》的贡献及学者评论

魏源对三家《诗》的大义发挥，是真正意义上今文三家《诗》的复活。《诗古微》也因此成为清代后期三家《诗》研究的重要著作。无论是其考证成就还是学说影响，在《诗经》研究史及清代学术史上都具有重要的意义。

当时亦有学者对魏源的创作价值予以充分肯定，如郭嵩焘说：“默深先生喜经世之略，其为学淹博贯通，无所不窥，而务出己意，耻蹈袭前人。”[②] 肯定了魏源治经世之学，而“务出己意”的创新精神。清末梁启超在《清代学术概论》中说：“今文学之健者，必推龚、魏，……故后之治今文学者，喜以经术作政论，则龚、魏之遗风也。”[③] 龚自珍、魏源二人的今文经学研究，对晚清今文经学者如廖平、康有为产生了很大的影响。以经术作治术是他们今文经学研究的特点。

梁启超谈到《诗古微》创作的影响时，说：“前此治今文者，则《春秋》而已。至魏默深乃推及它经，著《诗古微》、《书古微》。”[④] 又言：

> 今文学复活，古文的《毛氏诗》当然也在排斥之列，最初做这项工作者，则为魏默深之《诗古微》。……默深这部书，偏激的地方不少，但亦有许多崭新的见解，可以供将来新诗学之参考。[⑤]

---

① 梁启超：《清代学术概论》，上海古籍出版社 1998 年版，第 76 页。

② （清）郭嵩焘：《魏默深先生古微堂诗集序》，载《魏源集》（下），中华书局 1976 年版，第 846 页。

③ 梁启超：《清代学术概论》，上海古籍出版社 1998 年版，第 76 页。

④ 梁启超：《论中国学术思想变迁之大势》，上海古籍出版社 2001 年版，第 126 页。

⑤ 梁启超：《中国近三百年学术史》，东方出版社 1996 年版，第 230—231 页。

魏源不仅扩大了今文经学研究的范围，从公羊学到今文三家《诗》及今文《尚书》，而且壮大了今文经学研究的队伍，给古文经学派以有力的打击。梁启超既认识到了魏源为发扬其学说主张，存在着一些偏激之论，又肯定了其中有"许多崭新的见解"，在《诗经》学研究上有重要价值。

但魏源在当时的影响却未能充分显示出来，齐思和先生在《魏源与晚清学风》一文中，论魏源与顾炎武、戴震一样，"皆集前修之大成，开一时之风气，继往而开来，守先而待后，系乎百余年学术之升沉者也"。但与顾、戴二氏"日丽中天"的声名相比，"魏氏则或厕诸刘、龚之间，或附见于文苑之末，皆以文士或文章之儒视之"，学术地位不受重视。对此，齐先生感言："呜呼，此岂先生之志哉？夫晚清学术界之风气，倡经世以谋富强，讲掌故以明国是，崇今文以谈变法，究舆地以筹边防。凡此数学，魏氏或倡导之，或光大之。汇众流于江河，为群望之所归。岂非一代大儒，新学之蚕丛哉？"[①] 魏源实为一代通儒，他在经学界、史学界、子学界、文学界及实学界都有重要的影响，开一代学术之风气，学术界并没有给予他相应的赞赏与关注。齐先生评价道："以前辑三家《诗》者，扶微搜遗，多嫌片断。至魏氏始组织成一系统，以攻毛、郑而张三家，扶微继绝，厥功甚伟。"[②] 魏源系统地组织三家，阐发大义，"扶微继绝"，使得传统的今文经学意义上的三家《诗》得以复活。

《诗古微》著述所造成的声势，对当时古文经学研究产生了很大的冲击，引起了一些古文经学家的不满。叶德辉是晚清固守古文的守旧派代表，他强烈批驳道：

> 夫不读东京诸儒生传注之全经，而读后人掇拾之残经；不读文完义足之内传，而读断章取义之外传，其心非尽灭全经，以入于异氏之室，必犹有不能息喙者。观于《毛诗》，本出西京，亦谓西京无此学派，则其意固非主张西京可知。其端开于魏默深，晚病风魔，虽由于好佛，佛亦岂可好者？其死

---

① 齐思和：《魏源与晚清学风》，载杨慎之、黄丽镛编《魏源思想研究》，湖南人民出版社 1987 年版，第 2 页。

② 同上书，第 38 页。

而因毁《毛诗》也者，则言者无罪；其死而非毁《毛诗》也者，则闻者足戒。[①]

叶氏不仅从古文经学家的立场出发，指斥《诗古微》创作的不足取，而且对魏源进行人格上的攻击。当然他的批判是有历史背景的，是针对戊戌维新派倡导今文经学而言，认为“经学当求微言大义，勿为考据训诂所困”乃毫无根据、凭空发挥。但他强烈愤恨的批驳态度，从另一个侧面也可以看出，嘉道以后的三家《诗》大义研究之盛，已动摇了纯粹古文派的思想基础。以魏源为代表的今文三家《诗》学研究，对古文《毛诗》研究产生了强大冲击。因而有学者评论道：

《诗古微》是清代中叶经今文学派的一部力作，它以新颖深刻的见解，驳倒以往支配人们头脑的古文学派“美刺”说一类观念，进一步动摇了古文学派的地位，具有思想解放的意义。[②]

虽然魏源《诗古微》“厥功甚伟”，但他为申发自己的学说主张，而盲从三家的偏激、臆断之说也是存在的。上面也谈到梁启超对魏源偏激的指责，他认识到魏源有些“无谓”之论，乃“一家之言”，难以服众。[③] 陈其泰、刘兰肖的《魏源评传》中也说：

魏源的观点也有局限性。他反对《毛诗》“美刺”之说，但长期盛行的正统观点仍然限制着他。故他也拘泥于《诗经》所谓《关雎》“刺时”之说，再三说明：“周以一纪兴，殷以一纪亡，美戒劝惩，莫烁于斯。”且魏源引《史记·十二诸侯年表序》云：“太史公读《春秋历谱牒》，废书而叹，曰：师挚见之矣。纣为象箸而箕子唏。周道缺，诗人本之衽席，《关雎》

① 叶德辉：《翼教丛编》卷六《与戴宣翘校官书》，上海书店出版社2002年版，第174页。
② 陈其泰、刘兰肖：《魏源评传》，南京大学出版社2004年版，第229页。
③ 梁启超：《论中国学术思想变迁之大势》，上海古籍出版社2001年版，第126页。

作。”径改“周”为“商”，自注云：“蒙上文师挚、纣、箕子而言之。”此更属于武断的做法。[①]

魏源因受时代认识的局限，及充分张扬己说的愿望太为强烈，故往往产生一些胶固及武断的说法。在具体的论述过程中，其武断臆说之处也还不少，当辨明而用之。

而对于魏源混同三家，章太炎批评道：“道光末，邵阳魏源夸诞好言经，尝以术奸说贵人，不遇；晚官高邮知州，益牢落，乃思治今文为名高；然素不知师法略例，又不识字，作《诗、书古微》。凡《诗》今文有齐、鲁、韩，《书》今文有欧阳、大小夏侯，故不一致。而齐、鲁、大小夏侯，尤相攻击如仇雠。源一切混合之，所不能通，即归之古文，尤乱越无条理。”[②] 晚清另一今文《诗》学家皮锡瑞，对魏源之说也有指正。他云：“以《史记》之说推之，可见鲁、齐、韩三家《诗》大同小异。惟其小异，故须分立三家。若全无异则立一家已足，而不必分立矣。惟其大同，故可并立三家。若全不同，则如《毛诗》大异而不可并立矣。”[③] 可见，关于三家《诗》的分合归属问题，不仅是汉学家辑佚考证三家遗说时所遇到的问题，在今文学者这里也是难以解决的问题。

总之，魏源《诗古微》发挥三家《诗》今文之学，彰显微言大义，堪称卓著。但也存在一些刻意为之而为人所诟病处，且他和清代汉学家在考证方面还是有一定的距离的，这也被许多学者指正。但总的来说，正如钱基博云：“盖乔枞之考据详博，与魏源之议论宏辨，言今文者骈称二难焉！”[④] 魏源的《诗古微》与陈乔枞的《三家诗遗说考》并列，他们的三家《诗》辑佚之功与阐释之用，在三家《诗》研究史及《诗经》学史上发出了耀眼的光芒，产生了深远的影响。

---

① 陈其泰、刘兰肖：《魏源评传》，南京大学出版社 2004 年版，第 229 页。

② 章太炎：《訄书》十二，华夏出版社 2002 年版，第 52 页。

③ （清）皮锡瑞：《经学通论·诗经通论》，中华书局 1954 年版，第 24 页。

④ 钱基博：《经学通志·诗志》，载《近百年湖南学风》，中国人民大学出版社 2004 年版，第 203 页。

第五章　清代三家《诗》文献融合研究

清代三家《诗》学的发展，从早期产生之初到后来的全面开展都是与融合紧密联系在一起的。这一方面是由于三家《诗》本身存在的状态决定的；另一方面也是清代三家《诗》学发展的价值之所在，是三家《诗》学发展的必然。清代三家《诗》的融合大致可以分为两种情况：一是四家《诗》的融合；二是三家《诗》内部的融合。

三家《诗》与《毛诗》的融合虽然贯穿清代三家《诗》研究的始终，但也是随着三家《诗》研究的逐步开展而在不同时期呈现不同面貌的，大致包括以下几方面：

一是清代三家《诗》研究早期的出现，就是在复汉之古的学术思潮中，学者们在探究《诗经》之古义时而发现的。如臧琳的《经义杂记》、严虞惇的《读诗质疑》、惠栋的《毛诗古义》、余萧客《毛诗解钩沉》，虽然这些著作没有明确的三家《诗》意识，但他们发现了三家《诗》正是他们所追求的汉儒经《诗》之古义。故他们是在借助于《毛诗》，探求《诗经》之古义时开始了对三家《诗》义的关注。这是早期三家《诗》与《毛诗》融合的表现。

二是随着三家《诗》研究的逐步深入，大量三家《诗》专门著述开始出现，而这些专著有一个很明显的特点，即无论是对三家遗说的探究，还是对三家异文异字的考证，都是在与《毛诗》的对比中展开的。因为三家遗说百不存一，而所谓三家《诗》的遗说和异文异字，都是相对于《毛诗》，不同于《毛诗》而言的，所以说，他们必须借助于《毛诗》才能够展开他们的遗说和异文异字的考证。这也是三家《诗》与《毛诗》融合的一种形式。

三是在清代早期《诗经》合著类著作的影响下，随着三家《诗》研究的逐步深入和《毛诗》研究的不断扩展，《诗经》学界呈现出了一种融合的新趋势。即四家《诗》兼容并收，打破门户之见，以探求《诗经》古义的著作出现了，如徐华岳的《诗故考异》、钱大昭的《诗古训》、牟廷的《诗切》等即是此类著作。这些著作是在三家《诗》研究进行到一定程度的基础上，突破了《毛诗》与三家《诗》的界限，而实现了高度融合。

四是在三家《诗》遗说成果被大量发掘后，一批以《毛诗》研究为主的《毛诗》学者，在研究过程中，无法忽视三家《诗》遗说的存在，故在《毛诗》的著述中，亦大量采用三家《诗》成果来佐证毛说，或进一步考证毛说，以胡承珙的《毛诗后笺》和马瑞辰的《毛诗传笺通释》为代表。此两种著作作为清代《诗经》新疏研究最高成就的代表，这种成就的取得，与他们在考证《毛诗》时，借助三家《诗》学者的研究成果，进一步融合三家《诗》义，是密不可分的。

伴随着三家《诗》的全面复兴，这种融合趋势也越来越明显。它既是清代三家《诗》发展的重要成果，也是三家《诗》价值的体现，在清代《诗经》学发展中占有重要的一席。这种融合的走向，是清代三家《诗》研究达到一定程度后的必然走向，也是三家《诗》学发展到更深层次的表现。而晚清王先谦的《诗三家义集疏》则是三家《诗》融合路径上的别样著述。

三家《诗》内部的融合包括两方面：一是三家《诗》之间的融合。清代许多三家《诗》学者已经意识到，对于所搜集到的三家遗说，如果完全按照师法、家法来强分家数，会存在诸多的问题，所以一部分学者融汇三家而不强分流派，统言之三家而辑之、考之，这也是三家自身融合的表现。另外，还有一些学者，因为著述的体例和最初著述的动机使得他们分述三家，但他们在考述三家遗说时，常采用互见法，即一家诗说已经论述，而他家不再重复，而是标明“见某家”。如徐堂的《三家诗述》，先考述《韩诗》，而在《鲁诗述》中，对于韩鲁相同的考述，多标明“见《韩诗述》”。陈乔枞的《三家诗遗说考》也是采用了互见法。这一方面避免了重复，使得考述更加精练，另一方面也是三家融合考证的一种方式。此种互见法上文在具体考述三家著作成果时，已经涉及，兹不赘述。

第一节　四家《诗》的融合

清代的《诗经》学界，在复古之风盛行的学术背景下，伴随着《毛诗》研究和三家《诗》研究的深入，呈现出了一种打破今古文门户的壁垒，融合四家进而探求《诗经》古义的新趋势。其中以徐华岳的《诗故考异》、钱大昭的《诗古训》为代表，本节以这两部著作为代表，探讨四家《诗》融合的具体表现和所呈现出来的价值。

一　徐华岳的《诗故考异》

徐华岳著有《诗故考异》三十二卷，有清道光十二年（1832 年）恖闻斋刊本。《（同治）苏州府志》记载："吴县国朝徐华岳，字镇西。嘉庆辛酉进士，选庶吉士，改知县。不就选，隐居教授，以著述自娱，有《诗故考异》三十二卷刊行于世。弟子徐宗晹为之校雠。"①

是书卷前有徐华岳自序，先解释书名"诗故"，"故者，通其指义也。然则诗虽不尽以故名，言故足以包之"。"考异"，"有事异、有义异、有字异"。从所举事例可以看出，事异则是指《毛序》与三家《诗》序说之主旨之异，义异主要指《毛传》训诂与诸家以三家《诗》为主的训诂之异，字异主要是指《毛诗》用字与其他典籍所载的以三家《诗》为主的诗说在用字方面的不同。可见所谓"异"者，大多是与《毛诗》相异的三家《诗》说。是在与《毛诗》的比较中，融合《毛诗》与三家《诗》说而形成的考异。《凡例》中列举了全书的体例，也表明了贯穿全文的《毛诗》与三家《诗》的综合汇录，重点在与相异之处的比较上。《凡例》云：

① （清）冯桂芬：《（同治）苏州府志》卷八十四《人物》十一，中国数字方志库。

> 《毛传》简古，授受有自，盖孔门之绪言也，宜全录。郑《笺》宗毛为主，毛义若隐略，则更表明。如有不同，即下己意，使可识别也，亦全录。鲁齐韩三家，王伯厚《诗考》盖尝荟萃，亦间有见于他书者，单辞剩句，皆秦汉间经师铿锵相承者也。虽有乖异，宁过而存之，尽录不遗。孔氏《正义》囊括群言，芟繁撷要，取语简而义明，故从节录，分注《传》《笺》之下。陆氏《释文》所据诸家之本，字多不同，今录其异注，经文下略存音释。《毛传》宗《尔雅》，《说文》称毛氏。今考《尔雅》《说文》引诗者多有异同。其他《戴记》《左传》及《史》《汉》百家之引《诗》，亦有异同。兹将异字注经文下，亦从《释文》之例。其有异义及非异义而足相发明者，分别纂录于《传》《笺》三家之后。①

从《凡例》中可以看出，作者虽然在对待四家《诗》上，倾向于《毛诗》，以《毛诗》为孔门绪言，但并不否认三家《诗》，认为其皆是秦汉之古义。所以在正文中，将《毛传》、郑《笺》、孔氏《正义》及三家《诗》说分别汇录，成为其著述主旨“考异”的一部分。

综观全文，作者主要进行的就是汇录工作，将诸家之说汇辑起来，事异、义异、字异，融在其中。即使在案语中，也是援引清儒已有的考证成果，作者自己的考证成果，就在这些援引之中。伦明《诗故考异提要》云：“凡所援引，专取古义，间及惠栋、钱大昕辈，而无宋儒一字。”② 可知其还是从汉学入手，进行古义探讨。

在《诗故考异》中，所进行的四家融合，主要表现在借助已有的三家《诗》研究成果，对四家《诗》进行综合汇录。这些汇录的诗说，直接引用典籍所载展现所考之“异”，而在考异中，正体现了作者对“诗故”的把握。可见这种融合主要是形式上的，并没有实现四家《诗》义的真正融合。而钱大昭的《诗古

---

① （清）徐华岳：《诗故考异·凡例》，道光二十年思闻斋《诗经要籍集成》影印刊本，学苑出版社2003年版。

② 伦明：《诗故考异提要》，《续修四库全书总目提要》，中华书局1993年版，第381页。

训》，则实现了四家《诗》在诗义上的融合。

二　钱大昭的《诗古训》

钱大昭（1744—1813年），《清史稿·儒林传》载："钱大昭，字晦之，嘉定人，大昕弟。大昕深于经史，一门群从，皆治古学，能文章，为东南之望。大昭少于大昕者二十年，事兄如严师，得其指授，时有两苏之比。壮岁游京师，尝校录《四库全书》，人间未见之秘，皆得纵观，由是学问益浩博……生平不嗜荣利，名其读书之所曰可庐，欲蕲至于古之随遇自足者。嘉庆元年（1796年），举孝廉方正。"① 大昭之学问渊源于兄大昕，于经、史皆有造诣。主张从训诂入手研究经，从明事入手研究史，对两汉正史尤精通。著有《尔雅释文补》三卷，《广雅疏义》二十卷，《说文统释》六十卷，《两汉书辨疑》四十卷，《三国志辨疑》三卷，《后汉书补表》八卷，《诗古训》十二卷，《经说》十卷，《补续汉书艺文志》二卷，《后汉郡国令长考》一卷，《迩言》二卷。因其著作多未刊行，故后世学者对其学问的了解不甚全面。

钱大昭《诗古训·自叙》云：

> 予撰是书六卷，凡三家之有可证者，必引而申之，外此则考异同，辨通俗，正刊谬，采众说，兢兢于抱残守缺而已。非敢与毛异也。守汉儒之遗说，以求无悖于义理耳，于三家庶几不无小补。②

可见，虽然他推崇《毛诗》，但认为借助于三家有助于探求汉儒之遗说。故既不与毛异，又有补于三家是他追求的著述目的。彭兆荪云：

> 盖自牟贯传诗，三家寖佚，贾、崔集异，二籍无征。即浚仪博考坠文，

---

① 赵尔巽等：《清史稿》卷四百八十一《儒林传》，中华书局1977年版，第13234页。

② （清）钱大昭：《诗古训·自叙》，清抄本，国家图书馆藏本。

> 鄱阳间明古义。“杙木”“畷郵”之字，《关雎》《黍离》之诠，亦韩说稍繁而鲁齐多略。先生（指钱大昭，引者注）蒐百代之遗说，掇两京之绪言，匪直采《鸤鸠》于荀卿，证《硕鼠》于宁戚，“箌彼”陋宏农之注，“霄兮”引螆令之篇。要使微学匡扶，佐义荃于刘氏；异闻罗络，补《诗故》于广川，为《诗古训》十二卷。①

《诗古训》在卷首列“三家诗授受表”，很明显是受三家《诗》专著明确源流的影响，也表明了其著述中对三家《诗》的态度。《诗古训》中征引诸家诗说，以求《诗经》之古训，“故训明则义理明”，实则通过此种方式探求诗之本旨。除非史有明文记载归属外，一般不具体区分三家。围绕着“非敢与毛异也。守汉儒之遗说，以求无悖于义理耳”的著述宗旨，采用了“考异同，辨通俗，正刊谬，采众说”的著述方法，具体分析起来，大致可以分为以下几种情况：

其一，若史籍所载三家之说较多，并有明确家数归属的，三家之义乃是其追求的汉儒之遗说，一般征引之，径明诗义，不再考列毛义。而有些三家无载的，则考证《毛诗》之说。

如关于《关雎》主旨的探讨，征引有《史记》《汉书·匡衡传》《汉书·杜钦传》《后汉书·杨赐传》《薛君章句》《春秋说题辞》、宋均注、《荀子》《淮南子》《扬子》、刘向《列女传》、王充《论衡》以及《诗考补遗》引《韩诗序》等。在《匡衡传》后，案曰：“衡治《齐诗》，此《齐诗》说也。”《杜钦传》后云“臣瓒曰：此《鲁诗》也”。《杨赐传》后引注云：“此事见《鲁诗》，今亡失矣。”《列女传》后，案曰：“向治《鲁诗》。”征引诗说涉及三家，而独独不取《毛诗》“后妃之德”之说，其认同三家以“《关雎》为刺”的观点不言自明。对于诗义的探究就表现在这种遗说的搜集中，这是《诗古训》最常见的探求诗义的方式。

再如卷二《邶风·柏舟》篇，先引刘向《列女传》：“卫宣夫人者，齐侯之

---

①（清）彭兆荪：《小谟觞馆诗文集》“文集”卷二《钱可庐征君六十寿序》，《续修四库全书》影印本。

女也。嫁于卫，至城门而卫君死，遂入持三年之丧。毕，弟立请曰：卫小国也，不容二庖。夫人曰：'惟夫妇同庖。'不听。卫君使人愬于齐兄弟，兄弟皆欲与君，女终不听，乃作《柏舟》之诗。"云："此《鲁诗》说。"又引《李黄集解》中所载《韩诗序》云："《柏舟》，卫宣姜自誓所作。"两处征引鲁韩之说，肯定是说之义可见。这都是直接列取三家《诗》义为《诗》之古义之证。

还有三家之义无存的，则载《毛诗》之义。如此篇《柏舟》之"不可以茹"，钱氏曰："传：茹，度也。疏阙。案：茹，度。《释言》文。《周颂》'来咨来茹'，笺与此传同。"① 此三家之义不存，采信《毛诗》之义之证。

其二，三家遗说存在，但不能直接认定为《诗》之古义的，则毛之义和三家之义并引，通过比较，考证毛与三家之异同，或证毛与三家义异，或证三家同毛。意在会通四家之义，在三家与毛的比较中，没有明确的倾向，不倾向于任何一家。不下己断，引诸家之说以明己意，这正是"考异同"方法的贯彻。

如例一：卷一《关雎》"窈窕淑女"：

> 《韩诗章句》云："窈窕，贞专貌。"（《文选·秋胡诗》注）"淑女奉顺坤德，成其纲纪。"（《文选》颜延年《哀策文》注）案：《传》训窈窕为幽闲贞专之善女。则亦与韩同也。《说文》："窈，深远也。窕，深肆极也。"《方言》："窕，美也。陈楚周南之间曰窕。"《广韵》："善心曰窈，善色曰窕。"《传》：淑，善。《释诂》文。疏阙。

例二：卷一《召南·汝坟》"惄如调饥"：

> 《传》：调，朝也。疏阙。案：汉儒诂训，音义相兼。训调为朝，则调有朝音。故《说文·心部》引作朝饥。《韩诗》惄作愵。（《释文》）案：《说文》：惄，饥饿也。一曰忧也。愵，忧貌，读与惄同。古字惄、愵通用。陆机《赠弟士龙诗》："惄焉伤别促"，李善注引《方言》："愵，忧也。自关

① （清）钱大昕：《诗古训》，清抄本，国家图书馆藏。以下引文均出此本，不再标注。

而西，秦晋之间或曰惄。”是惄、惄字同。故许读同也。

例三：卷一《召南·草虫》“忧心惙惙”：

《传》：惙惙，忧也。疏阙。案：惙惙为忧，《释训》文。《说文》：惙，忧也。《说苑·君道篇》云：“诗云：未见君子，忧心惙惙。云云。诗之好善道之甚也如此。”此《鲁诗》说。

例四：卷一《召南·甘棠》“蔽芾甘棠”：

《传》：蔽芾，小貌。案：《说文》无芾字。《玉篇·艸部》：芾，方味、方大二切。蔽芾，小貌。《尔雅》：芾，小也。《易》：丰其沛。《子夏传》作芾，云小也。《小雅》“茀禄尔康”矣，《传》训茀为小。今《甘棠》诗，《韩诗外传》作“蔽茀”，汉张迁碑又作蔽沛，是芾、茀、沛三字，字异音义同也。

以上举例可见《诗古训》具体的考证实践。例一先引《韩诗说》，又以案语进行毛韩比较，从诗说的角度得出毛韩同也，又引用《说文》《方言》《广韵》等相考证。例二分别考证了《毛传》和《韩诗》中的异字，并进一步探讨分析异字形成的原因。例三则把《毛传》和《鲁诗》之义结合起来考证，以证鲁毛之说相同。例四则考证了《毛诗》与三家之异同，并考证字异之形成及关系。

其三，钱大昭《自叙》中所言“正刊谬”，具体在探求古义的过程中，多有指前贤往者之误。如纠正陆氏《释文》、王氏《诗考》之误。如卷一《周南·卷耳》“我马虺隤”，“《尔雅·释诂》：虺颓，病也。《说文》：颓，秃貌。盖以为马病不能升之貌。《释文》虺，《说文》作瘣。隤，《说文》作颓。今《说文》疒部、页部无瘣、颓二字，陆德明误也。王厚斋《诗考补遗》谓《说文》作瘣，亦沿陆氏之误”。既考证了陆德明之误，又指出了王应麟之误。卷三《河广》

“曾不容刀”，考云：“陆德明曰：刀，《说文》作舠。案：《说文·舟部》无舠字，德明误也。”对于其他诸家，特别是宋儒著作中的用字等，尤多有指正。而在征引时贤考证成果，以宋绵初的《韩诗内传征》为多。

其四，在搜集考证的过程中，对于异文，多采用辨通俗的考证方法，考证异字之形成。

《诗古训》在考证异字的过程中，最常用的方法是辨通俗，即异字的产生是由于通假和正体与俗体造成的。兹看卷一《卷耳》“陟彼砠矣”，辨正俗。“《释文》单行本作䃥，云本亦作砠。《传》：‘崔嵬，土山之戴石者。石山戴土曰砠。’陆德明云：毛注与《尔雅》同。《正义》以为与《尔雅》正相反。孔、陆同时人，所见《尔雅》有异本欤？今《释名》与《毛传》同，与《尔雅》异。毛训俱本《尔雅》，必无舛误。疑今本《尔雅》传写误也。崔嵬亦作陮隗。䃥、砠皆俗字，当作岨。《说文》：岨，石戴土也。诗曰：陟彼岨矣。”“我仆痡矣”，考通假。“《释文》痡，本又作铺，同。古痡与铺通。《尔雅·释诂》：痡，病也。孙炎曰：人疲不能行之病。《释文》痡，《诗》作铺。《江汉》‘淮夷来铺’，《传》：铺，病也。疏以为《释诂》文，是痡、铺通也。”

钱大昭是考据大家钱大昕之弟，从小受兄教育，对于考证学的一套方法和观点有自己的独特见解。所以在其著作中，常常表明自己的考证观，为自己的论说提供支持。如上文所引《召南·汝坟》“惄如调饥”中，在考证《毛传》“调，朝也”之说时，总结出“汉儒诂训，音义相兼”。这对认识汉代的训诂，寻汉儒训诂之源以探求古义是很有意义的。另卷二《邶风·匏有苦叶》“有鷕雉鸣”在考证后云：“近有通儒言，汉人多识字，唐人略识字，宋人不识字，信哉。”这是对宋人妄论字行、字义的不满，也表明了自己崇汉之古的观点。

其五，在考证过程中，也出现了诸多的问题，最明显的就是在对刘向诗说的征引归属上。如卷一《芣苢》在引刘向《列女传》之说后，云：“《汉书》：楚元王交少时尝与鲁穆生、白生、申公俱受诗于浮邱伯，申公始为诗传，号《鲁诗》。刘向为元王之后，其所言必本《鲁诗》。”而在卷二《邶风·柏舟》“我心匪石”的考证中，云：“《列女传》匪作非，下匪席亦作非。按：刘向治《韩诗》，盖用《韩诗》也。”如此前后矛盾，不知作者为何如此疏漏。

《诗古训》的具体内容大致包括以上诸方面。可见，《诗古训》在探求诗之古训上，《毛传》之义与三家《诗》说并存探讨。相对于三家《诗》著述中对《毛诗》的运用，更不受著述体例的拘束，搜集的范围更加广泛。在四家《诗》的考证中，态度更加客观，不偏袒任何一家，从搜集到的遗说材料出发，以明《诗》之大义。可以说，这正是清代考证学实事求是治学态度的反映。这种打通《毛诗》与三家《诗》，将其诸说融会贯通来考察《诗经》在汉代产生之初的古义，可能是最佳途径，也可以说是三家《诗》学发展到一定程度后《诗经》学研究的必然趋向。

第二节　《诗经》新疏对三家《诗》的融合

嘉道年间，《诗经》研究三大家中，除陈奂的《诗毛氏传疏》笃信《诗序》，尊崇《毛传》外，胡承珙的《毛诗后笺》、马瑞辰的《毛诗传笺通释》，在解《诗》的过程中，都兼采三家《诗》说。从某种程度上也可以说，正是因为运用了三家《诗》说而成就了这两部著作的经典。他们对于三家《诗》说的吸收和利用，正是《诗经》新疏所体现出来的新特点，是运用三家《诗》说补充发明毛义的典范。

一　胡承珙的《毛诗后笺》

胡承珙（1776—1832年），字景孟，号墨庄，安徽泾县人。嘉庆十年（1805年）进士，改庶吉士。散馆，授编修。闭门读书十余年，撰《毛诗后笺》三十卷。

胡培翚在《胡君别传》中谈道：

其毕生精力所专注者，则在《毛诗》。所撰《毛诗后笺》一书，采集甚富，后儒说《诗》之是者录之，似是而非者辨之。而其最精者，在能于《毛传》本文前后，会出指归；又能于西汉以前古书中，反复寻考，贯通《诗》义，证明毛旨。①

马瑞辰在《毛诗后笺序》中说："其书主于申述毛义，……而于名物、训诂，及毛与三家《诗》文有异同，类皆剖析精微，折衷至当。"② 可以看出，古文大家胡承珙意在发明毛义。他以《毛传》为中心，阐发《诗》旨。在此过程中，引证其他各家各派的不同说法，其中就包含大量的三家《诗》说，及清代其他学者对三家《诗》的考述。结合具体例证，可以从以下几方面来分析毛氏对三家《诗》的运用情况。

其一，把《毛诗》与三家《诗》说结合起来进行论证，颇有创见。如卷一《关雎》：

《关雎》为风之始，而后人云三家以为刺诗者，……《汉书·儒林传》：匡衡受《齐诗》于后苍。《衡传》上疏云："闻之师曰：'妃匹之际，生民之始，万福之原。'婚姻之礼正，然后品物遂而天命全。孔子论《诗》以《关雎》为始"云云。此盖《齐诗》之说，正与《毛传》"夫妇有别则父子亲"云云合。至鲁韩二家以为刺时者，必皆系传《诗》者之说。《陆堂诗学》曰："史、汉《儒林传》皆云申公有诂训，无传义。后之为《鲁诗》说者，恐非申公之旧。"此语可谓破的。《韩诗外传》云："大哉，《关雎》之道也！万物之所系，群生之所命也。"又云："《关雎》之事大矣哉！天地之间，生民之属，王道之原，不外是矣！"所言亦与《毛传》合。然则三家《诗》于开章大义无不同于毛氏。（林艾轩云："毛公赵人，未必不出于《韩诗》。"）特数经传授之后，或不免所闻异辞耳。③

---

① （清）胡培翚：《福建台湾道胡君别传》，《清碑传合集》三，上海书店出版社1988年版，第2861页。
② （清）马瑞辰：《毛诗后笺序》，载胡承珙《毛诗后笺》，郭全芝点校，黄山书社1999年版，第2页。
③ （清）胡承珙：《毛诗后笺》，郭全芝点校，黄山书社1999年版，第17—18页。

上文关于《关雎》的主旨，对三家《诗》为刺的诗说主张进行了论证。引证了大量的三家《诗》遗说资料，得出“三家《诗》于开章大义无不同于毛氏”，三家《诗》说本与《毛诗》说相合。“特数经传授之后，或不免所闻异辞耳”，经后学相传，故而所存三家《诗》遗说与《毛诗》之说有别。他认为三家以《关雎》为刺诗，乃后人所为，并非三家本旨。探讨了三家《诗》说形成的原因，并借鉴前人说法予以论证，颇有创见。胡氏关于四家《诗》的认识，是在前人大量三家《诗》研究的基础上，结合自己的研究心得而提出对四家《诗》的看法。胡氏提出的三家《诗》说与毛说本相合的观点，不仅符合四家《诗》形成的客观原因，而且有利于把四家《诗》融合在一起探讨《诗》旨。也正是基于这一认识，形成了他在《后笺》中，以毛为主，融合三家的著述观。

其二，从尊崇《毛传》的立场出发，引用三家《诗》说，以证毛义之胜。以三家《诗》说为背景资料，意在申发毛义。如卷五《淇奥》：

> “如琢如磨”，《太平御览》（九百六十四）引《韩诗》“如错如磨”，宋氏绵初云：“束皙《补亡诗·白华篇》曰：‘灿灿门子，如磨如错。’其《韩诗》之语与？李善《注》引《毛诗》‘如琢如磨’，未之考也。”承珙案：《礼记·大学》、《论语》皆孔门，引《诗》皆作“如琢如磨”，而《毛诗》与之合，可见《毛诗》源流七十子，所以胜于三家也。[①]

由于《后笺》专主发明《毛传》，故而有许多引用三家《诗》说的资料，目的在于更好地阐发毛说，证明毛义胜于三家。如上两处所引，尊崇《毛序》，申发毛义的态度是很明显的。而“《毛诗》源流七十子，所以胜于三家”之说，实未尽然。

其三，以三家《诗》说之正字，明《毛诗》之假借字。

三家《诗》为今文，《毛诗》为古文；三家《诗》说多用正字，《毛诗》多用假借字，是当时许多学者的共识。胡承珙在论述《毛诗》的用字方面，就是

① （清）胡承珙：《毛诗后笺》，郭全芝点校，黄山书社 1999 年版，第 281 页。

基于这一认识，借助于三家《诗》的异字阐明《毛诗》的用字。据三家《诗》正字以明《毛诗》之假借，这是正确理解毛义的最根本方法。清代三家《诗》学者的这一认识，是对《毛诗》研究的推进，更是充分发挥三家《诗》作用的表现。如卷二《摽有梅》：

> "倾筐塈之"，《传》"塈，取也"。案："塈"即"摡"字之借。《玉篇》："摡，许气切。《诗》曰：'倾筐摡之。'本又作塈。"此所引必三家《诗》有作"摡"者。故《广雅》云："摡，取也。"盖亦用三家《诗》义。《毛诗》假"塈"为之耳。严《缉》以"塈"训"仰涂"，遂解为"取之于地而沾湿"，殊为牵强。①

对于《毛诗》的借字都一一标明，有助于发明毛义，及考证他家之说，如上文对宋代严粲《诗缉》之说的考证。由三家《诗》本字的探求，明确了《毛诗》之假借，指正了前人据毛之借字而推求《诗》义的不足，从而完成了对《诗》义的扩展和对《毛诗》说的认识。

其四，也有部分以三家《诗》说与毛义相比较，以三家《诗》义为优的。虽然胡氏《后笺》以申毛义为主，但他考据学家所具有的实事求是精神一以贯之。对于《毛诗》在解释诗义方面的牵强之处，胡氏并没有强为说之，对于更为合理的三家《诗》说，胡氏也是以客观的态度吸取之。如卷四《载驰》：

> "控于大邦"，《传》训"控"为"引"。《说文》："控，引也。《诗》曰：'控于大邦。'"用毛义也。《笺》云："今卫侯之欲求援引之力助于大国之诸侯。"殊觉费词。《一切经音义》卷九《韩诗》云："控，赴也。"赴谓赴告。襄八年《左传》"无所控告"，是也。《庄子·逍遥游》"时则不至，而控于地"，《释文》引司马注："控，投也。"控告，犹言投告也。投与赴

① （清）胡承珙：《毛诗后笺》，郭全芝点校，黄山书社1999年版，第104页。

义相近，韩训“控”为“赴”，似较“引”义为胜。[①]

这里，从《载驰》诗篇的主旨出发，引用《一切经音义》的《韩诗》说与先秦典籍相对照，证明了“韩训‘控’为‘赴’，似较‘引’义为胜”，即三家《诗》训胜于毛义。

其五，以三家证毛。由于《毛传》“传文简质”的特点，需要采用他说以明《传》义。三家《诗》产生年代与《毛传》相当，遗说的存在为证明《毛传》之说提供了助益。如卷七《东门之墠》：

“东门之栗，有践家室。”《韩诗》“践”作“靖”。《艺文类聚》引《韩诗》云：“靖，善也。”《太平御览》引《韩诗》云：“栗，木名。靖，善也。言东门之外，栗树之下，有善人可与成为室家也。”据此，与《毛传》言“男女之际”者正同。既曰“善人”，必非淫奔之谓。或谓与下《风雨》思君子同者，则又未必然耳。[②]

此则引用《太平御览》所存《韩诗》之说，使得《毛传》关于《东门之墠》为“男女之际”的说法更加明朗。

综上可知，胡氏《后笺》虽然以申发毛义为主，但其中对三家《诗》的运用，表明了客观求实的态度。他在《毛诗》研究的过程中，或用三家《诗》之本字证《毛诗》之假借字，以辨别后学据《毛诗》之借字申发《诗》义之误。或用三家《诗》说与《毛诗》说相比较，有的进一步申发《毛诗》之义，有的引经据典，证明三家《诗》义更为符合诗篇之本旨，表现出了一种在解释《毛诗》、申发毛义的过程中，融合三家《诗》说的倾向，也使得《毛诗》之说更为完善。这是当时学界三家《诗》研究全面复兴，向《毛诗》研究领域推进的结果，是把三家《诗》成果融汇于《毛诗》研究之中的可贵之作。

---

① （清）胡承珙：《毛诗后笺》，郭全芝点校，黄山书社1999年版，第274—275页。

② 同上书，第418页。

二 马瑞辰的《毛诗传笺通释》

马瑞辰（1782—1853 年），字元伯。安徽桐城人。嘉庆乙丑（1811 年）进士，改庶吉士。积十六年之功，著成《毛诗传笺通释》三十二卷。作为《毛诗》大家，推崇毛说是他研治《诗经》的宗旨，以三家《诗》说来补充发展毛义是他运用三家《诗》的根本目的。

《通释》对于三家《诗》遗说的采用主要有以下几方面：

其一，集中考辨有关三家《诗》的问题。

马瑞辰在《毛诗传笺通释》卷一，列《杂考各说》，意在对《诗经》的有关问题综合汇说考辨，其中涉及三家《诗》问题的有《鲁诗无传辨》《王风为鲁诗辨》《郑笺多本韩诗考》《毛氏古文多假借考》等。

《鲁诗无传辨》中，引"《史记·儒林传》中：'申公独以《诗经》为训诂以教，无传疑，疑者则阙弗传。'当读'无传疑'为句，下云'疑者则阙弗传'乃释上'无传疑'三字也。传读如传授之传，非传注之传"[①]，以证颜师古"无传"为"不为解说之传"之误。又结合其他说法从而证明《鲁诗》有传。

《王风为鲁诗辨》条，对晁景迁谓"齐、鲁、韩三家皆以《王风》为《鲁诗》"之说，言其"不知所本"，并在接下来的考论中证晁说为误，而得出"三家未尝以《王风》为《鲁诗》，盖可知也"。[②]

《郑笺多本韩诗考》中，引用诸多例证，证明："郑君注《礼》多本《韩诗》，是知笺《诗》与《礼注》同者亦《韩诗》也。……郑君非不兼采齐、鲁二家之说，要不若《韩诗》是从其师说，为最多耳。"[③] 并且还举例证明"刘向所说多《韩诗》"，则颇为失当，一般认为刘向是《鲁诗》派学者。

《毛诗古文多假借考》说：

---

① （清）马瑞辰：《毛诗传笺通释》，中华书局 2005 年版，第 3 页。

② 同上书，第 16 页。

③ 同上书，第 22—23 页。

《毛诗》为古文，其经字类多假借。《毛传》释《诗》，有知其为某字之假借，因以所假借之正字释之者；有不以正字释之，而即以所释正字之义释之者。说《诗》者必先通其假借，而经义始明。齐、鲁、韩用今文，其经文多用正字，经传引《诗》释《诗》，亦多有用正字者，正可藉以考证《毛诗》之假借。[①]

引用三家以考证《毛诗》之假借。马氏认识到了《毛诗》古文多假借，在《通释》中，他多以三家《诗》之正字，明《毛诗》之借字，这也是全面理解毛义的前提。

由上述可以看出，马瑞辰所谈三家《诗》的问题，有从三家《诗》说入手的，有关于《诗经》本身与三家《诗》说关系的，有后人释《诗》采用三家之说的，有《毛诗》与三家密切联系的。总的来说，是综合讨论三家《诗》所牵涉的一些问题，是对三家《诗》的总体概观，也为具体释《诗》时采用三家《诗》说提供支持。

其二，以三家之说证《传》《笺》之义，或证《传》《笺》之失，或补充丰富毛义。借助于三家《诗》遗说考证《传》《笺》及他说之失，是《通释》的一大特色。他在《例言》中说："三家《诗》与《毛诗》各有家法，实为异流同原，凡三家遗说有可与《传》《笺》互相证明者，均各广为引证，剖判是非，以归一致。"[②] 明确地表示了融三家之说于《传》《笺》的阐释之中的倾向。

如卷二十六《桑柔》：

"民人所瞻"，《笺》："为百姓所瞻仰者。"瑞辰按：《诗》以瞻与相、臧、肠、狂为韵。吴域《韵补》读"瞻"为诸良切，引汉《溧阳长潘乾校官碑》"永世支百，民人所彰"为证。今按瞻与彰一声之转，《毛诗》瞻即彰字之假借。犹之集、就双声，毛假集为就；务、侮双声，毛借务为侮也。

① （清）马瑞辰：《毛诗传笺通释》，中华书局 2005 年版，第 23 页。
② （清）马瑞辰：《毛诗传笺通释·例言》，中华书局 2005 年版，第 1 页。

三家《诗》盖有从本字作彰者，故汉碑引之。彰，见也，明也，谓为民人所共见也。郑《笺》训为瞻仰，失之。孔广森以《毛诗》作瞻为误字，亦非。[①]

此则解释，以三家之“彰”字证明郑《笺》“瞻仰”之训为误，点明了《毛诗》“瞻”字为假借，而证孔广森以“瞻”为《毛诗》误字之误。由于汉碑所引不能确定为三家中的哪一家，故言“三家《诗》盖有从本字作彰者”。他在客观求实的基础上，不盲从毛、郑之说，对于三家《诗》义胜之处，引证辨明。

从马瑞辰对三家《诗》的运用上可以看出，他并不专主《毛诗》，而是运用已有三家《诗》的研究成果，去补充、发明毛义，使《毛诗》的研究更加完善，成就更为卓著。

由胡、马二人在《毛诗》专著中对三家《诗》遗说的采用可以看出，伴随着清代三家《诗》辑佚高潮的到来，借助于三家《诗》资料来研究《毛诗》已经势在必行。推崇《毛诗》的《诗经》研究大家尚且如此，他家更不必言之。他们对于三家《诗》说的采用，使《毛诗》的研究更加完善，对毛义的阐释更加明确。他们既纠正了《毛传》、郑《笺》的一些误说，又使得三家《诗》说的作用得以充分发挥。

《毛诗》大家的三家《诗》研究，是在三家《诗》辑佚的基础上展开的，其研究成果反过来又进一步促进了三家《诗》辑佚的发展，两者相得益彰。胡、马著作中的三家《诗》说，采用了不少清人治三家《诗》者之说，如对范家相、宋绵初等学者的三家《诗》研究成果都有吸收。而后来的三家《诗》著作如陈寿祺、陈乔枞父子的《三家诗遗说考》中，也较多地吸收了胡、马著作中的研究成果。两位《毛诗》大家的三家《诗》运用，也与其他治《诗》者的研究成果互相影响。总之，把三家《诗》与《毛诗》融合在一起系统探讨《诗》说，是发挥《诗》旨的必然选择，使得清代三家《诗》研究朝着更有利于《诗经》学健康发展的方向前进。

---

① （清）马瑞辰：《毛诗传笺通释》，中华书局2005年版，第969页。

三　其他治《诗》者关于三家的简论

清代还有一大批学者，把《毛诗》与三家《诗》结合起来研究，这种状况清初就已存在，嘉道以后更加普遍，并呈现出一种趋势，也是《毛诗》研究领域呈现的新特点。涉及的学者及其研究著作很多，如任兆麟的《毛诗通说》，成僎的《诗说考略》，顾广誉的《学诗正诂》，尹继美的《诗管见》，刘沅的《诗经恒解》，张漪的《诗传题辞故补》，李兆勖的《毛诗笺疏辨异》，赵容的《诵诗小识》，黄节的《诗旨纂辞》等，都呈现出了一种在《毛诗》的研究过程中，借鉴三家《诗》的研究成果，融合三家《诗》的特点。他们不仅在著述中采用三家《诗》说发展毛义，而且有明确地运用三家《诗》来治《诗》的言论。下面就学者所述简要析之。

马其昶《诗毛氏学·自序》曰：

> 予治诗，一以《毛传》为宗。三家之训可互通者，亦兼载之，多存周秦旧说。自唐宋到今，不区分门户，义取其切，辞取其简。其有异解，不加驳难，是者从之，务在审其辞气，求其立言之法，以明经大义而已。①

陈汉章为之《序》说：

> 雍乾以来，有汉学屏宋人书不治。嘉道以来，有西汉学屏东汉人书不治。治西汉学者以微言大谊为职志，顾必沟分今古文家法。……言《诗》则齐、鲁、韩，其或失之诬且乱者，不自知也，门户之见害也。桐城马通白先生，……成《毛诗学》三十卷，博观约取，实事求是，合于毛氏《传》意者辑述之，其不合者靳置之，无汉宋门户，并无今古文门户。……求七十

① （清）马其昶：《诗毛氏学·自序》，《续修四库全书》影印本。

子之微言大义，舍此其奚适焉？[①]

可见，马氏此著，虽命之曰《诗毛氏学》，但他能摒弃门户之见，以《毛传》为宗，兼采三家之训。他认识到强分今古，壁垒森严的门户之见，并不能求得诗篇之本旨，因而贯通今古，“是者从之”。这也是对乾嘉以来固守《毛诗》之学的反叛，是探讨七十子大义之必由。

尹继美《诗管见》卷七“论三家诗异同”：

三家之书久亡，其详不可得而闻，故其是非不可得而定。譬如听讼者必两造备辞，而后得断其曲直，未尽悉其辞而欲臆断之，可乎？此学者所以不得不因陋就简，而遵用《毛诗》之说也。[②]

尹氏这里点明了三家《诗》的亡佚是学者选择《毛诗》而从之的原因，这就造成了解说《诗》旨方面偏听偏信的臆断。幸得前辈学者之辑佚，故专门论述“三家《诗》异同”，著作中并对三家《诗》遗说间有引用，表现出了他对三家《诗》的认识。

明陈第在《毛诗古音考·自序》中提出：“盖时有古今，地有南北，字有更革，音有转移，亦势所必至，故以今之音读古之作，不免乖剌而不入。”[③] 随着时代的变迁，对于《诗经》古音的考究成为《诗》学史上的专门学问。苗夔《毛诗昀订》是研究《毛诗》韵读的专书。祁嶲藻在《叙》中说：“河间苗先路，明经治《毛诗》，尤精于谐声之学，尝以齐、鲁、韩三家证毛，而又以许洨长之声读，参错其间，可想见周人声教之遗。”[④] “以齐鲁韩三家证毛”，是苗氏在研治《毛诗》声韵过程中的一种选择。只有四家《诗》相互参考，才能获得“周人声教之遗”。苗氏的以三家《诗》相证，还是颇有创获的。

---

① （清）陈汉章：《诗毛氏学·序》，载马其昶《诗毛氏学》，《续修四库全书》影印本。
② （清）尹继美：《诗管见》卷七，《续修四库全书》影印本。
③ （明）陈第：《毛诗古音考·自序》，影印文渊阁《四库全书》本。
④ （清）祁嶲藻：《毛诗昀订·叙》，载苗夔《毛诗昀订》，《续修四库全书》影印本。

杨椿《毛诗考后序》云：

> 复考之于毛氏，参之以三家，则世或可论，人或可知。兴观群怨之道亦在是。若以《毛序》难信而概欲去之，或专信毛氏而废三家之说之仅存者，均未见其可也已。①

清代许多学者已如杨椿一样认识到，“专信毛氏而废三家之说”，是不足取的，是不利于《诗经》发展的。

成僎《诗说考略》关于三家《诗》的论述有“四始”“五际”“四家授受源流”“四家训诂异同”“《韩诗外传》”“王伯厚《诗考》之阙”“丰坊诗伪本”等。桂文灿《经学博采录》中对魏源、迮鹤寿、陈寿祺陈乔枞父子的今文三家《诗》研究都有论述，并把有关三家《诗》的研究看作《诗经》发展必要的补充。可见，在复古思潮影响下，伴随着三家《诗》的全面复兴，三家《诗》已作为经学史上的重要研究成果，为经学家们所重视。他们固守着《毛诗》的研究，也在不断寻求三家《诗》的支持，这种普遍的认可，正是《诗经》研究的必然走向。

另外，考据学大家如戴震的《毛郑诗考证》、段玉裁的《诗经小学》《毛诗故训传定本》、阮元的《诗书古训》、王念孙的《经义述闻》等，虽然专崇毛、郑，但有时为更好地阐释《诗》说，也不得不借助于三家《诗》说，兼而论之。

可见，在清代《诗经》研究领域，对于三家《诗》遗说的采用已是许多学者有意识的选择。大量的三家《诗》遗说被搜集，为学者采用三家《诗》说来补充毛义，发挥诗旨提供了资料支持。而三家《诗》研究者的辑佚考证成果，又使得许多《毛诗》学者认识到了三家《诗》在研治《毛诗》方面的重要作用。因而在《毛诗》研究著作中采用三家《诗》说，阐发诗旨。这种融合的潮流，使得亡佚了的三家《诗》的作用得到最大限度的发挥，也使得传统的《诗经》学研究更加完善。

---

① （清）杨椿：《孟邻堂文钞》卷五《毛诗考后序》，《续修四库全书》影印本。

另外，还有许多学者在单篇短句中谈论有关三家《诗》说，这也是三家《诗》研究在《诗经》研究领域全面推进的表现。如臧琳《经义杂记》中有《诗古文今文》的论述，汪师韩有《诗四家故训序》一文，韩菼的《诗齐鲁韩毛四家》等，都是对三家《诗》与《毛诗》相结合的尝试探讨。

以陈庆镛的《生民首章鲁毛异同解》为例，他谓《生民》首章三家《诗》旨为“圣人无父感天而生”，毛谓：“姜嫄为高辛氏妃。帝高辛氏，帝敏疾，因禋祀郊禖，高辛氏亲行，姜嫄从帝后履帝之迹，于是斋敬敏速，而鬼神歆享之也。”考之于刘向《列女传》，“鲁说为履迹在先，禋祀在后，与毛两歧”。通过考证得出，“当以鲁为优”。[①] 陈庆镛借助于《鲁诗》遗说得出鲁毛异义，并由此考证出鲁义胜毛。但就陈氏所考此说而言，是否鲁胜于毛，尚待商榷。由于三家《诗》的亡佚，我们无法从总体上比较四家《诗》孰为优劣，但就现辑三家遗说与《毛诗》相比较，从而断定哪家更为接近诗旨原貌还是可以做到的。陈庆镛这里虽仅为《生民》首章的考证，但为后学提供了三家《诗》辑佚后如何运用的范式，即四家《诗》说相比较，择其是者而从之。

综上可知，清代的许多学者对于三家《诗》的问题都有涉及，如有关于《诗序》问题的，有针对一家《诗》说的，有考述《诗》家传授的，有考证典籍引《诗》的，有关注时人研究的，等等，几乎涉及了有关三家《诗》研究的各个方面。虽有的寥寥数行，但足以反映出三家《诗》研究在清代的复兴状况。学者们的简单考述，对三家《诗》研究的全面推进起了推波助澜的作用。由于众多学者的参与，三家《诗》的经学作用全面发挥，成为清代经学发展不可或缺的组成部分。今文三家《诗》与古文《毛诗》的融合，已经成了一种推动《诗经》研究发展的时代潮流，开拓了《诗经》研究领域的新局面。

可见在清代三家《诗》的研究中，古文手法的运用随处可见。而在《毛诗》的研究中，亦离不开三家《诗》的相关遗说材料。清代对三家《诗》的研究已经突破了传统的今古文的界限，超越了门户之樊篱，而呈现出了今古文合流的

---

① （清）陈庆镛：《生民首章鲁毛异同解》，载《清儒学案》卷一百四十六，中华书局 2008 年版，第 5712 页。

趋势。

第三节　王先谦《诗三家义集疏》的总结之作

咸同以后的三家《诗》研究，以王先谦的《诗三家义集疏》为集大成。它是嘉道以后，在清代三家《诗》研究领域，继陈寿祺、陈乔枞父子的《三家诗遗说考》和魏源的《诗古微》之后的又一部力作。为清代三家《诗》研究画上了完满的句号，有“鲁殿灵光”之誉。他在著作中，试图疏释三家《诗》义，但又必须借助于《毛诗》，实际上可以看作以三家《诗》说为主导的融合之作。

一　王先谦生平著述及学术渊源

王先谦（1842—1917 年），字益吾，因宅号葵园，学人多称葵园先生，湖南长沙人。同治四年（1867 年）进士，选庶吉士，授翰林院编修。光绪六年（1880 年）补国子监祭酒。光绪十一年（1885 年），任江苏学政，后辞官回乡。光绪十七年（1891 年），任城南书院山长，后又转任岳麓书院山长。此后，自 1894 年起主讲岳麓书院达 10 年之久。1908 年，巡抚岑春萱将其代表作《尚书孔传参正》《汉书补注》《日本源流考》和《荀子集解》奏进，朝廷赏以内阁学士衔。辛亥革命后，王先谦先避处平江三年，后移居长沙郊区，以遗老终。

王先谦在政治上具有落后、保守、反对维新的一面，但这并不影响他在学术上的卓越贡献。他一生重视教育事业，在主讲书院期间，培养了不少人才。并且学通经、史、子、集，著述颇丰，校刊整理著述了多种文献典籍。主持编纂《皇清经解续编》《续古文辞类纂》《十朝东华录》等。著有《汉书补注》《水经注合笺》《后汉书集解》《荀子集解》《庄子集解》《诗三家义集疏》及《虚受堂诗文集》等。

王先谦的思想既受社会学术环境的影响，也是其自身学术追求的结果。王先谦生活的清代末年，在学术界，“近百年以来的汉学训诂已由盛而衰，一部分知识分子对烦琐考证深感厌倦，力图从古代经籍史传中寻求解决社会现实问题的办法，汉学研究也逐渐偏离了乾嘉时期原有的学术传承轨道”[①]。“此时的经学研究呈现多途取向，由纯粹的经典考证，逐渐转向对人生理想的探索与对现实社会的关注，从而在学术界出现了一场由汉学家内部发起的汉学更新运动。”[②] 王先谦的汉学追求就是伴随着这种更新运动而产生的。孙玉敏在《王先谦学术思想研究》一书中，分析晚清学术界状况，总结出四点：“汉学由盛转衰，但在学术界依然占有主导地位”，“宋学研究的复兴”，“今文经学的勃兴”，“西学东渐”。[③]在这四点中，前三个方面都可以说或多或少地影响了王先谦《诗三家义集疏》的完成。《诗三家义集疏》可以说就是在汉学考证精神的指导下，以今文经学三家《诗》为载体，从宋学义理探求的角度，探讨三家《诗》的诗旨。即运用汉学考证的方法，对今文三家《诗》进行义理的挖掘。

就王先谦自身来说，他的学术取向与其生平履历和学术交游等诸多方面有关。

首先，地理环境的影响。王先谦生活在理学风气浓厚的湖湘之地，故而理学思想对王先谦的熏染自必不少。但是，道光以后，乾嘉汉学的遗绪却在湖湘大地盛行开来。一时间，“汉学大盛，风流湘楚，人人骛通博以为名高，而耻言程朱”[④]。汉学家朴实求是的考证精神对王先谦也产生了很大的影响。

其次，父教家学的影响。王先谦的父亲王锡光饱读诗书，撰成《诗义标准》六十卷。王先谦云：“府君所为古诗、试帖诗及诗文律赋，存者无多，陆续刊入家集及近人所选刻诸集，有《诗义标准》六十卷，采自汉至明诸家精粹之作，分别义类，缀以评论，开示不孝兄弟，至为详切。不孝于诗稍窥门径，皆府君教

---

① 朱汉民、黄梓根：《王先谦汉学研究与书院传播》，《湖南大学学报》2004年第4期。

② 陈居渊：《论乾嘉汉学的更新运动》，《中国史研究》2002年第4期。

③ 孙玉敏：《王先谦学术思想研究》，黑龙江人民出版社2008年版，第14—19页。

④ 钱基博、李肖聃：《近百年湖南学风·湘学略》，中国人民大学出版社2004年版，第60页。

也。"[①] 可见，家学渊源使得王先谦关注经学，倾心《诗经》研究。

再次，学术交游。王先谦自同治四年（1865 年）考中进士至光绪十一年，近二十年的时间里，他寓居京师，广泛交友。他还与崇尚宋学的郭嵩焘建立了颇为深厚的友谊，经常切磋学问，相互请益。

皮锡瑞是今文经学者，王先谦与其虽然政见不同，但作为同乡，他在学术上亦是服膺皮氏的。他称："皮鹿门先生深于经学，任举一义，触处洞然。"[②] 称皮锡瑞的《今文尚书疏证》"条理今文，详密精审，兼诸大儒之长，而去其弊，后之治今文者得是编为前导，可不迷于所往"[③]，是一部近代今文经学力作。又云："读皮先生《经学通论》，令人愧汗无地。"[④] 可见他对皮锡瑞的推崇，受其今文经学思想的影响当是必然。

王先谦在学术上崇拜曾国藩，承袭其"融合汉宋"的主张，除《续古文辞类纂》《东华续录》《荀子集解》《合校水经注》既注重义理，又不轻视考据外，《诗三家义集疏》可以说是他在经学方面的具体实践。

最后，编纂《皇清经解续编》的学术实践。王先谦在光绪十一年至十四年，就任江苏学政。期间，他继阮元之后，汇刻了卷帙浩繁的《皇清经解续编》，"有清一代汉学家经师经说每赖以传"。其中，王先谦所收经学著作，不仅包含大量古文经学家的研究成果，而且对今文经学家，如庄存与、孔广森、刘逢禄、宋翔凤、魏源等的著作都有收录。在《诗》类所收书目中，嘉道间三家《诗》主要的著述均都录入。如李富孙的《诗经异文释》，迮鹤寿的《齐诗翼氏学》，陈寿祺、陈乔枞的《三家诗遗说考》，陈乔枞的《四家诗异文笺》《齐诗翼氏学疏证》，魏源的《诗古微》等，这些经学家的著述，也从某种程度上激发了王先谦借助前人成果发扬三家《诗》的创作热情。

李肖聃称王先谦"长沙阁学，季清巨儒，著书满家，门庭广大"，"其尊崇经学，似仪征阮相国；厘正文章，拟桐城姚郎中；校注群史，若嘉定钱宫詹；考

---

① （清）王先谦：《王先谦自定年谱》，载《葵园四种》，岳麓书社 1986 年版，第 685 页。

② 钱基博、李肖聃：《近百年湖南学风·湘学略》，中国人民大学出版社 2004 年版，第 207 页。

③ 同上。

④ （清）王先谦：《今文尚书考证序》，载皮锡瑞《今文尚书考证》，中华书局 1989 年版。

证诸子，如高邮王观察”。[1] 点明了王先谦的治学倾向。王先谦总的治学特点是博通，梅季在《葵园四种·前言》中说：“葵园之学，兼有湖湘学派与江浙学派之长，义理考据与经世致用并重，故能于晚清屹成重镇。”[2]《诗三家义集疏》就是他广泛吸取各家研究成果，兼取众家之长而完成的，此亦可以作为其融合之一特征。

二 《诗三家义集疏》的成书和体例

关于《诗三家义集疏》的成书，可于《艺风堂友朋书札》[3] 中王先谦致缪荃荪的信中约略获知。陈致先生《商略古今，折衷汉宋：论王先谦的今文〈诗〉学》一文已有详细的考述，兹转录于下：

> 第《三十》通云：“昨枉顾畅谭为快。拙撰《三家诗义通绎》，钞得《卫风》数篇呈上，务望详加纠正，勿稍客气，曷胜感幸。”是本书初名《三家诗义通绎》。此信当葵园在江苏学政任上刊刻《江左制义辑存》同时，是知葵园于光绪14年（公元1888年）已著成《三家诗义通绎》，至《卫风》而止；第《五十》通云：“旧为《诗三家义疏》，至《卫风·硕人》，年来搁置虑遗失，刻之，以一份呈求教正。……冬至前一日。”此信前叙收到缪所寄骈文，已收入《类纂》11篇，并言及袁（昶）、许（景澄）罹祸事。时间当为庚子（公元1900年）冬至前一日也。第《六十四》通云：“自大乱后，音问断绝，倏忽岁籥两更。奉到手书，始知侨居沪上，已阅年余。……仆自到平江……两年以来，将《后汉集解》纂成，《三家诗》稿，《风》诗已毕，《雅》《颂》久阁，拟赓续成之。……四月十二日。”缪荃孙离京抵沪，在辛亥（公元1911年）年八月，故知此信在癸丑（公元1913年）四月十二日。时《风》已完，《雅》《颂》尚未作也。《六十九》通云：

① 李肖聃：《葵园学略》，《李肖聃集》，岳麓书社2008年版，第94页。
② （清）王先谦：《葵园四种·前言》，岳麓书社1986年版，第1页。
③ 顾廷龙校阅：《艺风堂友朋书札》，上海古籍出版社1980年版。

"贵体既已全愈，修纂之任，例应入都。……前为《诗三家义集疏》，勉力成书，辄付剞劂，欲待奉寄求教，而永匠积迟，未能同上。……十月十三。"考其时当在甲寅（公元1914年）十月十三，《诗三家义集疏》已付印。《七十一》通云："刻下经营未就者，《三家诗》、《范史》、《外国通鉴》三书。《三家诗》明岁可成，先呈教正。（已改订二次）。……腊月十二。"按此信写于乙卯（公元1915年）十二月十二日。所可怪者，至此时书尚未成，疑葵园既将书稿付刻工，复觉义有未安，改订二次，故至丙辰（公元1916年）始刊出。丁巳年（公元1917年）四月八日，缪荃孙收到刻成的书。十二月十日，得知王先谦作古。①

可见，王先谦《诗三家义集疏》初稿撰于光绪十四年前的江苏学政任上，初名《三家诗义通绎》，仅至《卫风·硕人》而停止创作。至晚年移处平江居所时，他进行修改再次创作，故《诗三家义集疏》从最初的创作到王先谦生命最后三年的完成，越二十余载。可以说如果不是对于学术的孜孜以求，很难想象一个七十岁的老人，在风烛残年之际，能凭着坚韧的毅力，续二十年前之旧业，完成后二十五卷的创作。

《诗三家义集疏》，有民国四年（1915年）虚寿堂家刻本。此刻本前有王氏自著的《序例》，是王先谦对四家《诗》的认识，表明了他反对《毛诗》和尊崇三家的观点。在卷数上，王先谦从三家《诗》说，将《毛诗》中《邶风》《鄘风》《卫风》三卷合为一卷，以复三家《诗》二十八卷之旧。但因这三卷篇数太多，所以一卷内仍按《邶》《鄘》《卫》的篇次分上、中、下，实际还是三卷。

《诗三家义集疏》的著述体例，采用了与《毛诗正义》一样的注疏体。在行文结构上，采用贯通的方式，全录三百零五篇，经文一依《毛诗》，篇名及每句经文下，列"注"和"疏"两部分，以注疏体的形式予以疏释。"注"中

① 陈致：《商略古今，折衷汉宋：论王先谦的今文〈诗〉学》，《湖南大学学报》2006年第1期。陈文中所引《艺风堂友朋书札》语均见顾廷龙校阅《艺风堂友朋书札》，上海古籍出版社1980年版。

专列鲁、齐、韩三家诗说，包括诗旨解说、诗文训诂及文字异同，但不标明出处；“疏”中首列《毛序》《毛传》及郑《笺》，然后标示○征引秦汉以来古籍记载与历代学者的考证成果，以明三家遗说之出处渊源。对于没有三家《诗》遗说存在的《诗》篇，则径取《毛诗》。最后以“愚案”的形式论述三家与《毛诗》之说，表明己见，申发诗旨。这一注疏体的运用，在清代三家《诗》研究中可以说是独一无二的，[①] 因此在清代三家《诗》学研究中具有重要的意义。

首先，它以具体创作，实践了三家《诗》对《毛诗》的抗衡，有助于彰显三家《诗》义。在清代三家《诗》研究领域，多数学者都是抱着三家《诗》义优于毛说，或能够补充、发明毛说而进行搜集和考证三家遗说的。但他们选择的方式大多是从辑佚学的角度考虑，而进行辑佚和考证的，当这样的研究成果积累到一定程度之后，当学术界对三家《诗》遗说有一定的认识和了解之后，通过注疏体的形式，彰显三家《诗》义，就显得尤为必要。此一体例的选择，即意味着三家《诗》与《毛诗》的抗衡。正如有学者论述道：“由于《诗三家义集疏》是为了疏释三家《诗》而作，展现出的体例亦是‘疏体’，所以王先谦秉持着‘疏不破注’的立场，积极地阐述显明三家《诗》义，并且利用三家大义相同的假设，为残缺的三家作整体的系连，因此其解《诗》或因立场的关系而有左袒，但是也营构出以三家《诗》为诠释主体，而能与《毛诗》抗衡的佳作。”[②]

其次，这种方式又是从《毛诗正义》脱胎而来，既便于采用传统汉家考证的方法进行研究，又更有利于展示三家优于毛这一观念。《毛诗正义》被许多主毛者奉为圭臬，是清代学者立足毛、郑之说的基石。而采用同样的方式来探讨三家《诗》同样是从形式上给《毛诗》说以有力的回击。而这种注疏体的方式，是与传统的训诂、考据等汉学家法结合在一起的，而与汉学相结合，亦使得对三

---

① 咸丰诸生周曰庠《诗经三家注疏》采用的是先集说诸家，再疏证的方式，亦有这一体式的影子，但还不是很完善，没有己意的发挥，并今仅存一册二卷，至《二子乘舟》篇止。

② 张政伟：《王先谦〈诗三家义集疏〉对诗旨的拟定》，载朱汉民主编《清代湘学研究》，湖南大学出版社 2005 年版，第 263 页。

家《诗》的考证更有说服力。

再次，对于欲完成集大成的三家《诗》著述来说，这种体例是最好的选择。当然，这种体例的选择，也与道光间胡承珙的《毛诗后笺》、马瑞辰的《毛诗传笺通释》和陈奂的《诗毛氏传疏》等《诗经》的注疏著作的创作分不开的。胡、马、陈的《诗经》新疏著作，被称为清代《诗经》研究三大著作，代表着清代《诗经》研究的最高成就。而这些最高成就的代表所采用的基本著述方式就是疏释毛郑之说。这一新疏形式的运用，启发了王先谦通过注疏三家来揭示三家之义。

最后，王先谦在注疏后，采用案语的形式来揭示诗旨，并且相关诗旨的揭示又是与考证紧密结合在一起的。这种案语相对于传统的注疏体著述来说是一个创新，但却是清代三家《诗》学者最常见的表明自己考证成果的方式。只不过王先谦的考证融入了较多的对于义理的探讨，这正是王先谦接受宋学的表现，通过此种方式来揭示三家诗义。所以说王先谦以这种加案语的注疏体形式来展示三家《诗》旨，既是受前辈学人三家《诗》研究的影响，又是融汉学、宋学、今文学为一体的最好的表现方式。

《诗三家义集疏》注疏体方式的著述体例，是三家《诗》与《毛诗》的终极对抗，是三家《诗》旨的全面展示，因而也成就了此书在晚清的三家《诗》学坛上集大成之作的地位。

三　《诗三家义集疏》的内容分析

（一）认为《毛序》“美刺”之说不可信，从传授源流的角度考察，毛序不可信，三家序可信。

王先谦在卷首的“序例”中，论述了他对于《毛诗》、郑《笺》和三家《诗》的认识，这是他全书阐释和立意的基础，是他《诗》学思想的集中体现。

首先他赞同《诗》之有美刺。“诗有美有刺，而刺诗各自为体：有直言以刺者，有微词以讽者，亦有全篇皆美而实刺者。美一也，时与事不伦，则知其为刺矣。自毛出乱经，不复可辨，然即以毛论，《楚茨》以下诸篇，毛以为‘刺幽王’者，篇中皆无刺义。……《关雎》之为刺，三家《诗》说并同。《琴操》《驺虞》《鹿鸣》诸篇，亦与众说相应，无一家独自立异者，虽旧文散落，大致尚堪寻绎。而毛于《关雎》、《驺虞》别创新说，又以《驺虞》配《麟趾》为《鹊巢》之应，私意牵合，一任自为，其居心实为妄缪。”① 从论述中，不仅可以看出他以三家《诗》之“美刺”为是，而从“私意牵合，一任自为”“居心妄缪”等这些词语中，亦可见他对于毛说的斥责和极为不满。

其次，他又引陈乔枞、魏源之说，从传授源流中，认为毛说不可信。“考毛之不为人信者，以序独异故”，而“但使齐、鲁、韩皆存其序，三家虽亡犹若未亡”。即可见《毛序》不可信，三家序可信。而《毛传》“在伪造周召二南新说，羼入大序之中，及分邶鄘卫为三国”，都是“巨谬”的。

最后云：“秦汉之际，经亦几亡，《毛传》乘隙奋笔，无敢以为非者，古文勃兴，永为宗主。幸三家遗说犹在，不可谓非圣经一线之延也。”② 可见，《毛传》虽然有诸多的谬说，但由于无他说相参而处在宗主地位。而王氏从三家《诗》遗说中，看到驳斥《毛传》的希望。因而在解“圣经”的过程中，他张扬三家之说，而摒弃毛、郑古文说。

（二）扬三家，抑毛、郑倾向明显

在全书具体诗篇的论述中，他扬三家，而抑毛、郑倾向明显。由书名《诗三家义集疏》可以看出，王氏意在阐释今文三家《诗》义。他在《序例》中有明确的扬三家今文，而抑毛、郑古文的宣言，说道：“毛之诂训，非无可取，而当大同之世，敢立异说，疑误后来，自谓子夏所传，以掩其不合之迹，而据为独得之奇，故终汉世，少尊信者。”③ 在他看来，《毛传》乃为贻误后来之异说，不仅和诗篇的创作本旨有一段距离，而且与汉代的经学发展也远不相符，因而汉代少有信者。对于《毛诗》盛行的原因，王氏认为并不是《毛诗》之义优于三家《诗》义，而是因为“魏、晋以降，郑学盛行，读郑《笺》者必通《毛传》。其初，人以信三家者疑毛，

① （清）王先谦：《诗三家义集疏·序例》，吴格点校，中华书局1987年版，第2页。
② 同上书，第17页。
③ 同上书，第1页。

继则以宗郑者昵毛，终且以从毛者屏三家，而三家亡矣”[①]。

在具体考述诗篇的过程中，他结合考证，一般认为《毛诗》为非，三家《诗》说为是，并举例证明三家《诗》说与先秦古义相符，三家《诗》说更符合诗篇本旨，这样的举证比比皆是。如《召南·草虫》，注疏所引为鲁、毛两家之说，两家之义明显不同。接着，王氏又引《左传》《文选》、刘孝标言、徐干《中论》等，以证与鲁说相合，而毛说为非之义自显。

他还将三家《诗》看作一个整体，“综览三家，义归一致”，是王先谦推演三家《诗》义的基础。因一家之说，定其他两家之义，是王氏面对亡佚之学的选择，也是王氏对魏源“三家同源论”的接受与发挥。这种过分强调三家一致，强调三家《诗》与《毛诗》的对立，实际上忽略了三家《诗》本身内部的差异性。这种忽略，可以说是作者的有意为之，与其他三家《诗》研究者一样，可以说是面对三家古义百不存一局面的无奈选择。

对于没有三家《诗》说存在的诗篇，王氏在“疏”下直接列出毛、郑之说，然后注明“三家无异义”，或“三家义未闻”。但这并不是说王氏完全认同三家《诗》义与《毛诗》说一致[②]，而是“以现存的三家辑佚成果，并没有其他的‘异见’出现。严格说来并不是接受、服膺《诗序》的意见，只能说是暂且同意《毛序》的说法”。[③]“‘三家义未闻’并不是说该诗没有任何关于三家《诗》义的资料，而是表达：虽然反对《毛序》对诗旨的意见，但是现存的三家《诗》辑佚成果的证据力却不足以改动《毛序》，无法提出异于《毛序》的论述。由另一个角度来说，即是：《毛序》不可信，惜三家尚未尽出。”[④] 实际上，“三家无异义”，“三家义未闻”，乃是王氏在面对无法考证三家之说的诗篇时，采取的一种融通之策。

（三）广泛吸取各家研究成果，融会贯通，集其大成。

---

① （清）王先谦：《诗三家义集疏·序例》，吴格点校，中华书局 1987 年版，第 1 页。

② 按：张启成先生在《诗经研究史论稿》云：“《毛诗》与三家《诗》有关诗旨相同或相近的比率，则达 64%。”即认为王氏“三家无异义”的诗篇，与毛相同。此说值得商榷。

③ 张启成：《诗经研究史论稿》，贵州人民出版社 2003 年版，第 86 页。

④ 同上书，第 271 页。

王先谦是一位今古兼通的学术大师，他的学术性格决定了他对古文《诗》说不是一味否定，而是融会贯通到今文《诗》学的研究当中。“（王先谦）研核全经，参汇众说，于三家旧义采而集之，窃附己意，为之通贯；近世治《传》《笺》之学者，亦加择取，期于破除墨守，畅通经恉。毛、郑二注，仍列经下，俾读者无所觖望焉。”① 兼容并包是《集疏》最大的特点。上文所言他关于“三家无异义”“三家义未闻”的认识，从某种程度上说也是对《毛序》观点的吸纳。对于《毛诗》说为长的，也以客观求实的态度予以标示、采用。

王氏在具体分析诗篇的过程中，多有证明三家与毛义相同之说，这是明显的融会三家与毛、赞同毛说的倾向。如《秦风·渭阳》，《疏》中先引《毛序》之说，后又引《列女传》《后汉书》注引《韩诗》，得出“是《鲁传》《韩序》与毛合”。又如《邶·谷风》篇，疏中引《毛序》、郑《笺》，后又引《列女传·贤明篇》，都是为了说明“《鲁诗》家载之如此，是鲁与毛同”。诸如此类的论说，都是融合今古而取之的表现。

到了清末，三家《诗》的辑佚和大义申发成果卓著，为王先谦《集疏》的研究提供了必要的资料准备。吴格先生在《点校说明》中指出“集诸家之大成，并加以融会贯通的总结”，② 是王先谦《集疏》研究最主要的特点。王氏在《序例》中也说：“自愧用力少而取人者多也。”虽为自谦之辞，但也点明了《集疏》善于吸收别人研究成果的著述特点。

吴格先生对《集疏》兼容并包的特点有精辟的论述，云：

> 经文之下，先将采自秦汉以下各类典籍中有关三家《诗》之佚文遗说，条分缕析，以次胪陈。疏文首列《毛传》、郑《笺》，又征引自宋至清数十家《诗经》学者之论说，兼综并蓄，精密排比，并参以己意，详为疏解，用力精深，创获颇多。《集疏》继承前人成果，与三家《诗》佚文之采用，尤得力于陈寿祺、陈乔枞《三家诗遗说考》。陈氏所辑，大都为

① （清）王先谦：《诗三家义集疏·序例》，吴格点校，中华书局1987年版，第1页。
② （清）王先谦：《诗三家义集疏·点校说明》，吴格点校，中华书局1987年版，第2页。

《集疏》所利用。《集疏》与三家《诗》义说解，则广泛吸收自宋至清学者之心得。在文字音韵、名物地理的考证方面，《集疏》对戴震、惠栋、钱大昕、郝懿行、段玉裁、王念孙、王引之等乾嘉以来学者之精见卓识，善为融会，尤多征引。王氏虽宗今文经学，以整理三家《诗》为己任，但对专治《毛诗》或今、古文兼通的学者如陈启源《毛诗稽古编》、陈奂《诗毛氏传疏》、马瑞辰《毛诗传笺通释》、胡承珙《毛诗后笺》等作，亦折衷异同，多所称述，使内容更为充实。《集疏》之问世，固然不能为两千年来今、古文《诗》之争案定断，但搜残补缺，网罗遗佚，为后人提供迄今最完备之三家《诗》读本，其有益于《诗经》学之功绩，自不待赘述。①

可以说王氏是以古文研究的体例，而从事彰显三家今文大义的工作。三家之义与毛说融会贯通，也成就了《诗三家义集疏》之大成。

（四）既善于运用乾嘉汉学考证手法，又善于总结诗例来发挥三家诗旨，从而实现汉宋调和，考据与义理并重。

王先谦在《自订年谱》光绪三十年甲辰云："有宋朱子吴草庐氏发《伪孔》之覆，明梅氏鷟继之。国朝诸儒，抉伪扶经，既美既备。惜其散而无纪，寻绎为难。学者束发受《尚书》，垂老而不明真伪古今之辨，岂不哀哉！先谦从事斯经，自《史》《汉》《论衡》《白虎通》诸书，迄于《熹平石经》，可以发挥三家经文者，悉获略备，兼辑马、郑传注，旁征诸家义训，其有未达，间下己意，今古文说炳焉著明。"② 此虽是说著述《尚书孔传参正》，亦表明了其治学的倾向和主张。在治三家《诗》时，也是采摭详悉，考证精审，间下己意，发明三家。

王先谦在对待汉、宋学之争中，是兼容并包的，他曾对友人阎季蓉云："所谓汉学者，考据是也；所谓宋学者，义理是也。今足下之恶汉学者，恶其名也。若谓读书不当从事考据，知非足下所肯出也。去汉学之名，而实之曰考据之学，

① （清）王先谦：《诗三家义集疏·点校说明》，吴格点校，中华书局1987年版，第3—4页。
② （清）王先谦：《葵园四种·自订年谱》，岳麓书社1986年版，第754页。

则足下无所容其恶矣。去宋学之名，而实之曰义理之学，则訾诋理学者无所容其毁矣。此名之为学术累也。”他认为汉宋二家各有流弊，“然谓二家之学无流弊，则非也。理学之弊，宋明末流著于载记者，大略可睹。考据之弊，小生曲儒失之穿凿破碎者有之”[①]。所以他在《诗三家义集疏》中，能够调和汉宋，考据与义理并重。

首先在考据方面，王先谦在考证三家《诗》之异字遗说时，也继承着乾嘉考据的路数，从文字、音韵、章句训诂的角度详细分析，并深入探讨这些致异原因。他多引证经典旧籍及清代考据学家的研究成果，详细考证。如《邶风·新台》，“燕婉之求，籧篨不鲜”。为了说明“注”中“鲁、韩‘燕’作‘嬿’。韩说曰：嬿婉，好貌。齐作‘暥’。鲁说曰：籧篨，口柔也”，王氏在引用《传》《笺》之说后，从《文选注》《玉篇》、张衡《赋》、薛综《西京赋注》及《说文》《干禄字书》《后汉书》《后汉书注》《尔雅注》等中进行考述，从而得出“毛作‘燕’，鲁、韩作‘嬿’，则作‘暥’者，齐文也。‘暥’亦‘宴’假借字”[②] 的论断。后解释此句之义云：“‘燕婉之求’，言为嘉耦是求也。”而在阐释“籧篨”时，云：“齐韩家以戚施为丑物，则籧篨之训当从本义，以为粗恶之物矣。竹席可卷，反之则折，是不可使俯也。疾有籧篨之名，即取此义，以口柔为籧篨，又因疾状推言之。”[③] 既考证了三家《诗》说，又阐释了三家《诗》义。并且对三家《诗》义的阐释是建立在考证的基础上的，实现了融合汉宋的理论主张。

王先谦在考证后，善于总结诗句之通例，通过乾嘉汉家常用的归纳考证的方法，来阐释诗义，同样是实现了考据与义理之学的融合。如卷二《召南·殷其雷》“何斯违斯，莫敢或遑？振振君子，归哉归哉！”案语云：“诗恉明望君子之归，非劝勉语。它诗如‘悠哉悠哉’，悠也；‘怀哉怀哉’，怀也，句例正同，皆顺文为说。推之‘玼兮玼兮’、‘瑳兮瑳兮’、‘舍旃舍旃’、‘左之左之’、‘右之右之’、‘有瞽有瞽’、‘式微式微’、‘采薇采薇’、‘曰归曰归’之类，凡遇叠

---

① （清）王先谦：《虚受堂文集·复阎季蓉书》，见《葵园四种》，岳麓书社 1986 年版，第 296 页。

② （清）王先谦：《诗三家义集疏》（上），吴格点校，中华书局 1987 年版，第 210 页。

③ 同上书，第 211 页。

语，都无反言。‘归哉归哉’，与‘曰归曰归’同义。风人之旨，于征役勤劳，不讳言归，全诗可按。闵其劳而望其归，此正室家至情，不烦补义也。”[①] 通过总结诗句文例，彰显了诗义。

在考证中王氏多从音韵学、训诂学的角度，详细分析三家《诗》和《毛诗》异文的产生，并考证出异字异义有本字、借字之说，有通用、假借之体，有析言、合言之义，很明显是受乾嘉考据学的影响，展现了注重考证的治经风范，对后学理解诗义颇有裨益。他的这种研究，被学者称为“以汉学的方法治今文”，即“用章句训诂考证，索西京之坠义”。[②]

王先谦在畅论诗旨时，亦有较多新颖可取之处。如《邶风·泉水》“不瑕有害”，疏中在引马瑞辰《毛诗传笺通释》的一段考证后，以“愚案”的形式发挥道：“马说是。此及上章，并设想归卫之事，复转一念曰：此不无有害，于义止而不往，故下章但言思卫，是以能义制情也。”[③] 王氏善于揣测作诗者之义，挖掘作者篇章结构安排方面的内在原因，可谓别出心裁。己意的发挥，有时较有文采，如《邶风·击鼓》“《齐诗》说：击鼓合战，士怯叛亡。威令不行，败我成功”，在疏文最后，王氏发挥道：“‘击鼓合战’，击鼓练士以为合战之用也。‘士怯叛亡’，与诗‘居处丧马’、‘不我活信’义合，一时怨愤离叛之状可见。”[④] 可谓描绘了一幅战乱众怨图。

（五）比较陈、魏，更为翔实。

陈寿祺、陈乔枞父子的《三家诗遗说考》是三家《诗》辑佚的最为完备之作，魏源的《诗古微》是发挥大义最具代表性的著作，而王先谦的《诗三家义集疏》则在广泛借鉴前人辑佚成果的基础上进一步发挥而成，乃今古文集大成之作。通过与陈、魏二书相比较可以看出，《诗三家义集疏》首先融合了两家的成果，其中考证成果和观点对二者均有借鉴，在考证精审及切合篇旨发挥大义方面，后出转精，比陈、魏更进一步。

---

① （清）王先谦：《诗三家义集疏》（上），吴格点校，中华书局1987年版，第100页。

② 陈致：《商略古今，折衷汉宋：论王先谦的今文〈诗〉学》，《湖南大学学报》2006年第1期。

③ （清）王先谦：《诗三家义集疏》，吴格点校，中华书局1987年版，第196页。

④ 同上书，第150—151页。

与陈寿祺、陈乔枞的《三家诗遗说考》相比较。王氏在《序例》中，全录陈乔枞《三家诗遗说考·叙录》中关于三家《诗》渊源的考述，沿用陈氏所据家法采录三家《诗》说，在正文中，广泛征引陈氏之说。《三家诗遗说考》的特点在于尽可能全面地收录三家《诗》遗说，采录旧籍的覆盖面广。陈氏从诗家传授渊源的角度来考察，凡是在传授渊源上与三家《诗》有所联系的诸家《诗》说，均被他采录过来，备为三家遗说。而《诗三家义集疏》以注疏体的形式，对遗说材料有所选择，是经过筛选遗说资料，选择最具说服力而最接近《诗》篇本旨的遗说资料运用之、考辨之，因而在材料的选取上王氏较陈氏更为精审。如果说陈氏重在收录遗说，而王氏更侧重于探求遗义。

《三家诗遗说考》分别著录三家之说，而《集疏》采用三家合编的方式，并且以注疏的体例编排。注中叙列三家之说，疏中径列《传》《笺》之说，相互对照，又详为考证三家之说。并引证前说，判断得失，是者从之，最后结合己意，发挥诗旨。王氏的这种编排，便于后学全面地对照了解四家《诗》说，也更有利于了解今古《诗》学的发展，考证成果也便于掌握。但是，如果说陈氏分编三家的方式存在着“强分三家”的问题，而王氏注疏三家，“义归一致”的观点则存在着“强同三家”的问题。总之二家之编排，各有特点，各有不足。

另外，虽然陈氏之书也非常注重考证，但也有未详或误证之处。王氏在正文征引陈氏之说的过程中，既有进一步的考证，又有对陈氏误说的指辨。如《邶风·绿衣》，先引陈乔枞《鲁诗遗说考》云：

> 《法言·吾子篇》：“绿衣三百，色如之何矣。纻絮三千，寒如之何矣。”《淮南·精神训》注：“逯，读《诗·绿衣》之绿，”杨、高皆用《鲁诗》，与此篇并作“绿衣”，是鲁与毛同。又《列女传》班婕妤赋：“绿衣兮白华，自古兮有之。”亦作“绿”。郑《笺》定“绿”为“褖”，误，其义独异，疑本之《齐诗》，据《礼》家师说为解。[①]

① （清）王先谦：《诗三家义集疏》，吴格点校，中华书局1987年版，第135页。

然后在案语中，对陈氏之说进行驳辨，“郑氏改毛，间下己意，不尽本三家义。且《易林》用《齐诗》，即作‘绿衣’。班氏世习《齐诗》，婕妤赋亦作‘绿’，陈谓齐作‘褖’，非也”，认为陈氏所言《齐诗》“绿”作“褖”为误说，驳斥了陈氏关于郑说与毛不同而出三家的观点。通过王氏的考辨，使得三家《诗》的考证更为精审，也更好地完善了陈说。当然，《诗三家义集疏》中，不仅指出陈氏之误，对他家所说亦有辨证，并不盲同。

与魏源《诗古微》比较。在对待魏氏之学上，王氏也颇有推许之义，他在《序例》中，引魏源《诗古微》论毛与三家诸说，并赞言：“魏说明快，足以破近儒墨守之习，故备录之。”① 但实际上，《诗三家义集疏》全文对魏源之说的征引并不多，约有二十六处，这也表明了二者的治《诗》旨趣并不相同。魏氏是为了实现其“通经以致用”的治世目的而阐发大义；王氏的发挥己意，是从经学阐释的角度入手，结合具体考证成果而进行的，其发挥与诗旨的结合更为紧密，更具有说服力。也因此王氏融汇今古，集今古文经学之大成，却没有魏书被后人指责的混淆家法之病。王氏对古文、今文的考证，材料取舍泾渭分明，家法明确。这些都表明王氏在魏氏的基础上，避免了魏书所存在的不足，吸收了古文经学的一些研究成果，故所发挥的三家《诗》义是建立在精审考证的基础上，因而更具有说服力。

总之，王先谦的《集疏》集今古文《诗》学之大成，既总结了清代三家《诗》的成果，又融会贯通地加以运用，是清代三家《诗》的总结性成果。可以说全书都是围绕“采三家，附己意，择传笺，破墨守，畅经旨”的观念进行的。刘锦藻在《清朝续文献通考》中总结道：“先谦排斥毛氏，推尊三家。如程大昌曰：‘齐、鲁、韩皆未见古序也’；郑樵曰：‘《毛诗》与经、传、诸子合，而三家无证也’；姜炳璋曰：‘《毛序》出子夏、孟、荀，而三家无考也’；其矫诬三家不外此三端。是书一一抉其疑而破之，此可与魏氏《诗古微》并驾

① （清）王先谦：《诗三家义集疏·序例》，吴格点校，中华书局1987年版，第16页。

齐驱矣。"[1] 即刘氏认为王先谦一书纠正了一些学者对三家《诗》的误识。它"为后人提供迄今最完备之三家《诗》读本"[2]，是后学了解三家《诗》的门径，是清代三家《诗》研究的典范之作。

① （清）刘锦藻：《清朝续文献通考》卷二百五十八，浙江古籍出版社 2000 年版，第 10030 页。

② （清）王先谦：《诗三家义集疏·点校说明》，吴格点校，中华书局 1987 年版，第 4 页。

结　　论

清代三家《诗》学研究，文献成果丰硕，特色鲜明，取得了一系列重要成就。清代三家《诗》学发展，既与清代学术整体发展趋向相始终，又在发展过程中结合研究对象自身状况而展现了一些独特的发展特征。经过全面的考察，归纳四点，以示清代三家《诗》学之价值。

一，清代三家《诗》学的发展，主体上是以辑佚为主的考证研究，实现了用古文考据手法进行今文三家《诗》的辑佚研究，达到了外部特征上的今古融合。

清代的三家《诗》学研究，呈现出一种基本的走势，即倾向于用古文考据手法，从事三家《诗》的研究。这既与清代学术环境的发展息息相关，又是清人结合三家《诗》存在的现实状况而进行的积极主动的选择。搜集相关典籍中所存遗说，是辑佚的基本步骤。而借鉴前人的研究成果，在前人研究的基础上进一步补充材料，考证遗说，则是进行辑佚的必要手段。学者们在具体的研究过程中又有两种取向：一种是在搜集研究中，注重三家《诗》义的考证。即在众多的遗说材料中，择取三家说《诗》之义为根本；另有学者，如徐璈、徐堂在此基础上，进一步申发三家《诗》说之大义。在清代三家《诗》学研究中，除魏源的《诗古微》外，其他没有专门从事探究三家《诗》今文微言大义的研究，但是三家《诗》著作中对三家《诗》义的探讨，是粲然可喜的，使后学可以了解三家《诗》存在之状态和大义发挥之特色。另一种是对三家《诗》遗说本身的探讨，侧重在异文异字的考证上，多从文字、音韵、训诂等小学功夫上入手，注重“求是”，虽然这部分著作过分关注于异字、遗说的考证，而忽视义理的阐发，但严谨科学的考据，使得三家《诗》说如拨云见日，更为精粹可据。无论是对三家《诗》说的选取，还是对三家《诗》义的挖掘，谨慎、严密的考证是贯穿三家《诗》研究始终的。可以说，清代三家《诗》研究得以全面开展，正是清儒倾向考据，重视考证的结果。

二，清代三家《诗》学从内部发展来说，是围绕补充《毛诗》展开的。四家《诗》的融合是《诗经》学发展的必然趋势。三家《诗》与《毛诗》的结合，相互启发，成就了清代《诗经》研究的丰硕成果。由对三家《诗》与《毛诗》的分别研究，到走向融合，是整个清代学术“回归原典运动”的一部分，是清代《诗经》学一个比较突出的特点，也是清代三家《诗》研究价值的直接体现。虽然有部分学者反对《毛序》、郑《笺》等一些说法，但从根本上说，他们没有全然反对《毛诗》。由于三家《诗》亡佚已久，残缺过甚，故而清代三家《诗》学的研究想建立完整的三家《诗》学的范畴几乎是不可能的，所以清代三家《诗》学研究最根本的目的还是在补充《毛传》，发明三家《诗》义。

崇三家者非毛，宗毛者弃三家，这两种态度在《诗经》研究中都是不足取的。应该正确认识三家《诗》与《毛诗》的关系。不能因为三家《诗》研究成果的大量涌现而全然否定《毛诗》之说，如江瀚所云：“使无《毛诗》，则三家之说除见传记外，并其经文作何字尚不可知，安得还为完籍邪?”① 可见，《毛诗》是三家《诗》遗义得以展现的基础，而三家《诗》则是《毛诗》发展的必要补充。倪嘉谦在乾隆十七年为张海鹏《韩诗外传》刻本所作的序中，云：“余不能治《毛诗》，何暇读《韩诗》? 虽然，夫治《毛诗》，安可不读《韩诗》?”② 清代学者已经认识到，三家《诗》研究与《毛诗》研究是不能分开的。三家《诗》研究是《毛诗》研究深入的必然，而三家《诗》研究的最终结果，也必然走向与《毛诗》研究的合流。嘉道后期，一些学者无法回避三家《诗》说的存在，在《毛诗》研究中，广泛吸收、借鉴三家《诗》研究的成果，创造出《诗经》研究的典范之作，如胡承珙的《毛诗后笺》和马瑞辰的《毛诗传笺通释》。

---

① 江瀚：《诗三家义集疏提要》，《续修四库全书总目提要》，中华书局 1993 年版，第 439 页。

② （清）倪嘉谦：《韩诗外传序》，清乾隆十七年刻本，上海图书馆藏。

他们以三家《诗》说来补充、发明毛义，为后学提供借鉴，使后来的许多《诗经》研究著作，都融合三家《诗》说，展现了运用三家《诗》遗说，并充分发挥其巨大价值的一面。

三，清代三家《诗》学辑佚特征多样，而相关辑佚问题的认识是随着研究的深入而逐步开展的。清代三家《诗》的辑佚贯穿于有清一代，学者们广搜遍考，运用多种辑佚方法，或直引，或他证转引，在辑佚的深度和广度上都有了很大的发展，使得三家《诗》遗说搜讨殆尽。而相关辑佚方法的运用，辑佚体例的选择等都是随着对辑佚认识的深入而进行的。如冯登府、陈乔枞的三家《诗》研究存在着明显的深入开展三家《诗》辑佚研究的轨迹。

在三家《诗》遗说搜集的基础上，清代学者对三家《诗》的研究，要不过两端：一是注重文字的考异；二是试图探求三家《诗》义。无论是围绕《诗考》展开的辑佚，还是汇通三家或专门一家《韩诗》的研究，都是以这两端为圆心，而从事的辐射研究。由于三家《诗》亡佚时间久远，资料散存庞杂，难以辨别，这就为学者的搜集和具体研究带来一定的困难。无论是探究三家《诗》义，还是考证异文异字，都存在一些无法全面透视三家《诗》遗说的遗憾。因而，一些学者就试图从多角度入手，全面地分析三家《诗》遗说，尽可能地再现三家《诗》的发展态势，还原三家《诗》学的本真。从冯登府、陈乔枞等的三家《诗》研究著述中，可以看出这两端的选择及其内在原因。如冯登府在完成《三家诗异文疏证》后，又著述《三家诗遗说》。在《三家诗异文疏证》中，鲁、齐、韩三家的异文分别收集并详为疏证，而到了《三家诗遗说》中，他则多泛言三家《诗》义，而不再做细致的分析。这是因为，他在著述《疏证》的时候，已经意识到有进一步阐发三家《诗》说的必要，并且有些遗说是无法具体明确归属哪一家的，因而他又进行《三家诗遗说》的创作。在《三家诗遗说》中，对于《疏证》难以解决的问题，和无法涵盖的三家《诗》说，予以解决，实现了三家《诗》研究的突破，也实现了三家《诗》的全方位研究。而陈乔枞的三家《诗》研究进向，则与冯氏相反，他继承父命完成《三家诗遗说考》后，无法忽视和回避大量的异文异字的存在，遂创作《诗经四家异文考》，对于《三家诗遗说考》中已经著述的则标明“详见《遗说考》”，不再重复。由冯、陈的著述可以看出，三家《诗》本身辑佚研究之难，使得从一种角度无法全面了解三家《诗》，为了更加全面地研究三家《诗》，他们纷纷选择了多种角度著述，互为补充。其实这一方法的选择，在王应麟《诗考》中就已经显露出来。他在分辑鲁、齐、韩三家遗说之后，又附“异文异字考”，可以推测出也是意识到对三家《诗》归属存在一定困难之后的选择。

四，清代三家《诗》研究，辑佚了丰富的三家《诗》遗说，其中所探讨的三家《诗》义，能够丰富《诗经》研究的内涵。是后学治《诗》者必不可少的借鉴。

三家《诗》正是因为它的亡佚，才使得它没有后人思想的杂入，较好地保留了《诗》家之说，经家之义。因而对于它的探讨，更为接近先秦《诗》学之古义，更能反映《诗经》创作之本旨。清代学者对三家《诗》遗说搜集的力度和广度都是空前的。可以说，在没有新材料重新发现之前，关于三家《诗》辑佚的工作几乎已经被清人做完了，剩下的就是我们利用清人的成果，从事进一步的研究了。清人在严谨考证的基础上所搜集的三家《诗》遗说，较好地保留了汉代三家《诗》的原始风貌，是我们认识汉代《诗》学的基础。林耀潾在《西汉三家诗学研究》一书中总结道：“三家《诗》学对西汉社会及政治，曾有重大之影响，其说解《诗经》亦多有胜义，实不可偏废。研治《诗经》，于三家《诗》之面貌，亦不可不知。”① 而这获知三家《诗》面貌的根本就在于借鉴清人的研究。

通过对清代三家《诗》研究的全面整理和分析，不仅了解到清代学者在三家《诗》研究领域全方位的突破，而且有助于认识汉代三家《诗》的存在状态，这正是我们从事经学史研究的意义。总之，本书对清代三家《诗》学探讨的目的：一方面在于介绍清代三家《诗》学的成果，揭示清代三家《诗》学作为清代学术史上重要一环的意义；另一方面，通过清代对三家《诗》学的探讨，试图补充《诗经》学史在三家《诗》研究方面的缺陷，从而能够使得《诗经》学史的研究逐步完善。

---

① 林耀潾：《西汉三家诗学研究》，文津出版社 1996 年版，第 335 页。

附录　清代三家《诗》类著述考

凡　例

1. 此《著述考》是全书立论的基础，书中关于清代三家《诗》学的年代分期、内容分类、地域分布、学术师承等相关信息的考证，皆是以此为基本依据。

2. 本《著述考》包括清代的三家《诗》类研究专著，每一类著述，基本按照著述的刊刻年代顺序排列，个别无法确定刊刻年限的，依作者的年代先后排列。[①]

3. 每种著述之下，考察书名、卷数、作者所属及存佚、著录等情况。又加案语考察作者的学术生平及著作版本情况，对于一些善本书目，标明馆藏地。

4. 笔者查阅多种书目，有：

《书目问答补正》（清张之洞撰，范希增补正，中华书局 1963 年版。）

《清代皇朝文献通考续编》（清刘锦藻，浙江古籍出版社 2000 年版。）

《贩书偶记附续编》（清孙殿起，上海古籍出版社 1989 年版。）

《四库全书总目》（清永瑢等，中华书局 1965 年版。）

《续修四库全书总目提要·经部》（中华书局 1993 年版。）

《清史稿艺文志拾遗》（王绍曾主编，中华书局 2000 年版。）

《清史稿艺文志及补编》（艺文志，章钰等编；补编，武作成编，中华书局

---

① 说明：本《著述考》所列著作不包括正文表 1－1（第 66 页）中的“合著类”著作和表 1－1（第 68 页）的“《韩诗外传》类”著作。

1982 年版。)

《中国丛书综录》(上海图书馆编，上海古籍出版社 1983 年版。)

《中国古籍善本书目》(上海古籍出版社 1985 年版。)

《中国古籍善本书总目》(线装书局 2005 年版。)

《中南、西南地区省、市图书馆馆藏古籍稿本提要》(阳海清主编，华中理工大学出版社 1998 年版。)

《北京大学图书馆藏古籍善本书目》(北京大学出版社 1999 年版。)

《两浙輶轩录》(阮元辑，《续修四库全书》影印本。)

《两浙輶轩续录》(潘衍桐辑，《续修四库全书》影印本。)

还有《复旦大学图书馆藏善本书目》《复旦大学古籍目录卡片》《清华大学图书馆藏善本书目》，以及台湾学者蒋秋华、王清信的《清代诗经著述现存版本目录初稿》(油印本) 等，并参考了相关地方志。

对于现存著作，各家书目多有记载，一般不再注明出处，择其要者示之。而对已亡佚或未考见之著作，则一般标明所载出处。

鲁诗补亡二卷，陆奎勋撰，佚。

《(嘉庆) 嘉兴府志》卷七十二记载："《鲁诗补亡》二卷，未刊，佚。胡氏拜石轩曾见写本。"《国朝先正事略》卷四十："陆奎勋，其持论与明何楷《诗世本古义》相近，且以为不宗孔、孟之传，第守毛、郑之学，极诗之用不过三百而止，是以有《鲁诗补亡》之作。" 阮元《两浙輶轩录》卷十四载："钱仁荣曰：'奎勋少好谈兵，又精六壬学及星家言，继而学仙、学佛。年四十一，乃一意经学，诸经皆有述作，学者称陆堂先生，著有《陆堂诗学》《易学》《今文尚书说》《春秋义存录》《戴礼绪言》《鲁诗补亡》《陆堂诗文集》。其自序谓在长洲汪琬、秀水朱彝尊之间。'"

今按：陆奎勋 (1663—1738 年)，字聚缑，号坡星，又号陆堂，浙江平湖人。陆棻侄。康熙六十年 (1721 年) 进士，改翰林院庶吉士，散馆授编修，纂明史。后回乡开馆讲学，曾赴广西主讲秀峰书院。终年七十六岁。生平资料见《清史稿》列传二百七十一有传，《清儒学案》卷十《三鱼学案》附有《陆先生奎勋》。又著有《陆堂诗学》十二卷，《读诗总论》四十五则。

关于陆奎勋生卒年，钱仪吉的《碑传集》、李桓的《国朝耆献类征初编》均记康熙元年（1662 年）。《清史列传》，《平湖县志》，吴海林、李延沛编《中国历史人物生卒年表》，萧一山主编《清代通史》之《清代学者著述考》均载生于康熙二年（1663 年），卒于乾隆三年（1738 年）。钱仲联主编的《中国文学家大辞典·清代卷》中，载陆奎勋生于康熙五年（1666 年），卒于乾隆元年（1735 年）后。江庆柏《清代人物生卒年表》载陆奎勋生于康熙二年（1663 年），卒于乾隆五年（1740 年）。《陆堂诗续集·自序》曰"乙卯元旦，余齿七十有一"，知乙卯雍正十三年（1735 年）陆氏七十一。《陆堂文集》二十卷自序署"时乾隆四年已未腊月，当湖七十五翁陆奎勋坡星书。"知乾隆四年（1739 年）陆奎勋七十五岁。又据《陆堂文集》卷四"康熙乙卯岁，予齿十有一龄"，康熙乙卯是康熙十四年（1675 年）。据此三点可知陆氏生年是康熙四年（1665 年）。而清吴修《续疑年录》卷四明确记载："陆陆堂奎勋，康熙四年乙巳生。"不知他家为何多误？《陆堂文集》刻本前黄之隽的序署名"乾隆五年秋九月年学弟黄之隽"，黄之隽与陆奎勋同年及第，在序中他及其推崇陆学。如果此时陆已过世，此序必会言之，从此序中可知陆奎勋乾隆五年（1740 年）九月尚在世。又知其年寿七十六，知当卒于乾隆五年的九月至十二月间。

《陆堂文集》陆氏自序云："年过四十，壹意说经"，钱仁荣说"年四十一"，则知《鲁诗补亡》的著述在 1706 年之后，又云："《陆堂诗学》十二卷成于壬（1712 年）辰十月"。而《陆堂诗学》卷一《桃夭》云："《集传》推美文王，本诸大学，是矣《鲁诗》也。详见余《鲁诗补亡》。"知《鲁诗补亡》完成于《陆堂诗学》之前。综合可知《鲁诗补亡》当著述于 1706—1712 年。

诗四家故训，汪师韩撰，佚。

《（乾隆）杭州府志》卷五十七《艺文一》载："《诗四家故训》，国朝汪师韩撰。"未见传本。《上湖诗文编·纪岁诗编》卷四"六十初度"注："近岁著有《观象居易传笺》《诗四家故训》《春秋三传注解补正》《孝经约义》《语孟疏注辨异》《文选理学权舆》等，将次第脱稿。"据《诗四家故训序》知此书当有完稿，佚于何时不可考。

今按：汪师韩（1707—1774 年）字抒怀，尝取唐书韩门弟子之语，自号韩门，又号上湖。浙江钱塘人。雍正十一年进士，改翰林院庶吉士，散馆授编修。后复主讲莲池书院。生平资料见《清史列传》卷七十一、《碑传集补》卷八、《清儒学案小传》卷七、《词林辑略》卷三、《皇清书史》卷十八等。

三家诗拾遗十卷，附源流一卷，范家相撰，存。

《清文献通考续编》卷二百十三《经籍考》："《三家诗拾遗》十卷，《诗渖》二十卷，范家相撰。家相，字蘅洲，会稽人。乾隆甲戌进士，官至柳州府知府。臣等谨按《三家诗拾遗》补王应麟《诗考》所未备，所采颇为该博。《诗渖》则其伸明古义者也。"

今按：范家相（1715—1769 年），字左南，号蘅洲，浙江会稽人。乾隆甲戌进士，官至柳州府知府。版本有清乾隆十九年（1754 年）会稽范氏刊本；文渊阁四库全书本；清嘉庆十五年（1810 年）古趣亭刻本；清嘉庆十五年（1810 年）古趣亭刻光绪间墨润堂修印本（范氏三种）；清抄本《三家诗拾遗》十卷，清顾观光校，天津人民图书馆藏；叶钧重订《重订三家诗拾遗》十卷，《源流》一卷，有清嘉庆十五年叶氏诒榖堂刻领海楼丛书本；钱熙祚校叶钧重订本入岭南遗书；丛书集成新编影印岭南遗书本；民国十一年（1922 年）上海博古斋影印清金山钱氏本（守山阁丛书）。

卢抱经增校诗考四卷，卢文弨等撰，存。

今按：卢文弨（1717—1796 年），字召弓，一作绍弓，号矶渔，又号檠斋，抱经，晚年更号弓父，人称抱经先生，仁和（今浙江杭州）人。乾隆十七年（1752 年）进士，授翰林院编修、上书房行走，历官左春坊左允、翰林院侍读学士、广东乡试正考官、提督湖南学政等职。三十四年，乞养归故里，曾先后在江浙各地书院主讲经义二十余年，以经术导士。《卢抱经增校诗考》版本有民国二十四年盋山精舍石印本，附臧庸、冯登府等校补，又名《卢抱经增校附诸家校补诗考》，藏国家图书馆。另卢氏亦有校《韩诗外传》，因未专门成书，而成果被赵怀玉校刻本吸收，故不单独标出。江藩《汉学师承记》及《扬州画舫录》均载卢氏所校之书有《韩诗外传》。

诗考异补二卷，严蔚撰，李富孙校，存。

今按：严蔚，字豹文，一字豹人。江苏吴江人。诸生。版本有清乾隆四十九年（1784 年）二酉斋刻本，复旦大学图书馆藏；四库未收书辑刊影印清乾隆四十九年（1784 年）二酉斋刻本 03 辑 06 册。

诗考异再补二卷，陈屾撰，存。

今按：陈屾，字来青，吴江人。是书仅存稿本，藏清华大学图书馆。前录王鸣盛、江声为严蔚的《诗考异补》所作的序。序后有记："豹人之从事于是编也，予既为叙之矣。刊成后，豹人手贰册以赠其妻弟陈屾。屾，予之女婿也。取而读之，犹以为未备已。更补补之之者，且□于□矣，予卿所谓，予所未见者，不一而足，今且更甚而学之陋，盖可知矣。予因劝屾付梓，以公同好。而屾（以下阙）"。此记当为严蔚之父所撰。书名题"诗考异再补"，署"东吴严思菴先生元本，严蔚豹人氏补，陈屾来青氏再补，男钟英校"。《清华大学图书馆藏善本书目》记载是书："稿本，一册一函。十行二十三字，无行格。《诗考异》，清乾隆严思闇撰，其曾孙严蔚著《诗考异补》，蔚之妻弟陈屾再补，然未付刻，此为稿本。"清华大学图书馆编目载："《诗考异补》二卷一册，严思闇撰。"误，此本实乃"《诗考异再补》二卷，陈屾撰"。并未录严氏原文，主要是陈氏的再补考证。

韩诗内传考不分卷，邵晋涵撰，存。

张之洞《书目问答》载："邹晋涵《韩诗内传考》有刻本，未见。""邹"为"邵"之误。此处载"有刻本"，亦误。《韩诗内传考》未见刻本，仅有抄本流传。

今按：邵晋涵（1743—1796 年），字与桐，又字二云，号南江。浙江余姚人。乾隆三十六年（1771 年）进士。入四库全书馆，授翰林院庶吉士，授编修，任纂修官。今有沈氏鸣野山房抄本，藏浙江图书馆。

诗考补二卷，胡文英撰，存。

今按：胡文英，字质余，号绳崖，江苏武进人。乾隆三十年贡生。官高阳知县。《诗经》著作还有《诗疑义释》《诗疏补遗》《毛诗通义》等。《诗考补》版本有清乾隆留芝堂刻本；清乾隆四十九年（1784 年）留芝堂刻民国间金山高氏食古书库抄配本（高燮题识）；四库未收书目辑刊影印乾隆四十九年留芝堂刻本 03 辑 06 册。

古韩诗说证九卷，宋绵初撰，存。

《中国古籍善本书目（经部）》载“《古韩诗说证》九卷，清宋绵初撰，清乾隆五十四年述古堂刻本，清翁方纲、陈启源校。”

今按：宋绵初（1740—?）。字守端，高邮人。乾隆丁酉拔贡，选教职，历任五河、清河诸县教谕。《古韩诗说证》有乾隆五十四年（1789 年）述古堂刻本。藏北京大学图书馆。卷首页有“朱笔翁方纲手校，墨笔陈启源手校”字样，今查阅发现没有陈启源校，仅有翁方纲墨笔手校数则，其中有一条引用陈启源校。

韩诗内传征四卷，补遗一卷，宋绵初撰，存。

今按：支伟成《清代朴学大师列传》曰：“学使彭文勤公元瑞、扬州安定书院主讲蒋士铨最知赏之。举乾隆丁酉拔贡，选教职，历任五河、清河诸县教谕，课士多有成。中年无意科名，博览经世书，凡所纂述，似赅洽著称。说经贯串古义，亦为当代经师推服。归筑书种堂训育子弟，以老疾卒。著有《韩诗内传征》四卷，征引翔实，训故明详，深得西汉今文家法。”有乾隆六十年（1795 年）志学堂刻本；积学斋丛书本；续修四库全书影印清乾隆六十年（1795 年）刻本。

韩诗故二卷，沈清瑞撰，存。

刘锦藻《清朝续文献通考》卷二百七十七载：“《韩诗故》二卷，沈清瑞撰。清瑞初名沅南，字吉人，号芷生，江苏长洲人。乾隆丁未进士。臣谨案：清瑞初名沅南，刘墉视学江南，赏其才，曰‘此生如芝草凤凰，清时之瑞也’，因易其名。为文沈酣六代，诗亦宗法齐梁。乃甫登词馆，旋赴修文，寿不称其才，惜哉!”

今按：沈清瑞，卒时不满四十岁。《韩诗故》有嘉庆元年刻沈氏群峰集本；道光间刊本；光绪五年重刊本。

毛齐鲁韩四家诗异同，曾廷枚撰，存。

今按：曾廷枚（1734—1816 年）字升三，一字修吉，号香墅，江西南城县人。廪生。廷枚于学无所不窥，而尤长于小学。有群经字考本，今未见。

韩诗拾遗十六卷，王谟撰，佚。

王谟叙：《汉书·艺文志》有《韩诗经》二十八卷，《韩故》三十六卷，《韩内传》四卷，《韩外传》六卷，《韩诗说》四十一卷，隋唐《志》载有《诗》韩婴注二十二卷，当即《内传》，而《外传》有十卷，卷数皆有不同。按《隋志》云：“《齐诗》魏代已亡，《鲁诗》亡于西晋，《韩诗》虽存，无传之者。”故《内传》至宋又亡，唯存《外传》十卷。庆历中，将作监主簿李用章序之，命工刊刻于杭，容斋洪氏家有其书。今从旧本，卷首有四明陈明序，云“薛子汝修笃学嗜诗，得此书，爱其文古而锓诸梓”，不知几再刻也？董斯张云世所传《韩诗外传》亦非全书，因略引李善《文选注》、《艺文类聚》、《太平御览》数条，今本所无。以谟所考见，犹不止此。惟《后汉书》马融注引“天生烝民，有物有则”一条，文尤全，且得解经深意，与诸杂说不同，而今本亦无之。则其所遗轶者必多矣。又首卷第三章说“汉有游女”，毛氏秘书本几数百言，而今本寥寥数语，爰祇就丛书原本翻刻，不合补入。而谟又别有《韩诗拾遗》十六卷，于《内外传》散见他书轶文，采获颇多，兹故不复论。若王伯厚《韩诗考》，又只收录《内传》章句，而于《外传》亦不甚措意云。汝上王谟识。（见《增订汉魏丛书》本）

今按：王谟（约 1731—1817 年）字仁圃，一字汝上，又作汝麋，晚称汝上老人。江西金溪人。乾隆四十三年（1778 年）进士。志在治学。选授建昌府学教授。卒年八十六岁。王谟自言其著有《韩诗拾遗》。钱玫在《韩诗内传并薛君章句考附编》中，已谈到不曾见此书。今翻检诸书，只见篇名，不见著录，仅可从其《汉魏遗书钞》中所刻《韩诗内传》略窥一二。另王谟撰有《韩诗外传叙》。

鲁诗传一卷，韩诗内传一卷，韩诗翼要一卷，王谟辑，存。

今按：此为王谟所辑《汉魏遗书》本之所辑三家《诗》，作为一个整体看待。有嘉庆三年（1798 年）金溪王氏刊汉魏遗书钞本。

诗考异四卷，臧庸撰，存。

今按：臧庸（1767—1811 年）初名镛堂，字在东，又字东序。后改今名，字用中，一字西成。江苏武进人。清初经学家臧琳之玄孙。诸生。从卢文弨、钱大昕、段玉裁、高邮王氏父子游，后客阮元幕，并应阮元聘总编《经籍籑诂》。阮元《揅经室集》二集卷六《臧拜经别传》："拜经姓臧，名庸，字西成，又字拜经，本名镛堂，武进县人。父继宏，业贾。康熙间有与阎百诗同时老儒玉林先生名琳者，拜经之高祖也。乾隆五十四年，余姚卢学士文弨主常州书院，拜经往受经学，抱玉林先生所著《经义杂记》质于学士，学士惊异之，于校《经典释文》中，多引其说。五十八年，在苏州从嘉定钱少詹大昕、青浦王侍郎昶、金坛段县令玉裁讲学术。钱公、王公荐拜经于湖广总督毕公沅，授其孙兰庆经。嘉庆元年归，丁父艰。二年，元督浙江举政，延拜经至西湖助辑《经籍纂诂》，……《诗考异》四卷，大旨如王伯厚。但逐条必自考辑，绝不依循王本。《韩诗遗说》二卷，《订讹》一卷，顾千里广圻以为辑《韩诗》者众矣，此为最精。"

有清徐鲲批校抄本，藏陕西师大图书馆；又有抄本《诗考》四卷，臧庸补辑，赵坦重增，藏北京大学图书馆。

韩诗遗说二卷，订讹一卷，补一卷，臧庸撰，陶方琦补。

今按：版本有清姚氏咫进斋抄本；清董氏六一山房抄本，（清）董沛、赵之谦校并跋；清光绪六年（1880年）会稽赵氏刊仰视千七百二十九鹤斋丛书本；清光绪二十一年（1895年）元和江氏湖南使院刊灵鹣阁丛书本；民国十八年（1929年）绍兴墨润堂书苑影印本；丛书集成初编本；百部丛书集成本。

三家诗补考，黄模撰，佚。

《杭州府志》卷八十六载："《三家诗补考》，岁贡钱塘黄模相圃撰。"疑考齐、鲁、韩三家《诗》异文而作。潘衍桐《两浙輶轩续录》卷二十："黄模，字相圃，号书厓，钱塘岁贡，著《寿德堂诗集》八卷。《府志》：模诗法沈廷芳、吴颖芳诸先辈，少时与舒绍言、吴锡麒、姚思勤、项朝棻、吴锡麟称城西六子。……生平淡于荣利，奉讳后，不复应举，研精覃思，一意著述。所著有《三家诗补考》《夏小正分笺》《异义》《国语补韦》《竹书详证》《蜀书笺略》《武林先雅》，皆极精核。"《重修浙江通志稿》第52册《著述考》："此书未见，疑考齐、鲁、韩三家《诗》异义而作。"

今按：《杭州府志·文苑》有传。黄模，字相圃，号书崖，钱塘人。嘉庆庚申岁贡，卒年八十。

齐鲁韩诗谱四卷，王初桐撰，存。

今按：王初桐（1729—1821年），字于扬，原名丕烈，字耿仲，号竹所，嘉定人。诸生。乾隆四十一年（1776年）召试；列二等，授四库馆誊录，并议叙齐河县县丞。历署新城、淄川、平阴、寿光知县，宁海州同知。版本有嘉庆刻本、古香堂丛书本（巏嵍山人杂著五种）。

诗考异，李贻德撰，佚。

《清碑传合集》卷七十六载徐士芬《李次白传》云："与冯太史登府、周茂才某、张孝廉昌衢以经术相切劘。著有《诗考异》、《诗经名物考》若干卷。其在金陵时，孙廉使辑汉魏人之说经者，为《十三经佚注》一书，令同志分任之。"

今按：李贻德（1783—1832年）字天彝，号次白，又号杏村、净缘居士，浙江嘉兴人。嘉庆二十三年举人。道光十二年壬辰恩科，又入试，报罢。卒年五十。与孙星衍、冯登府、张昌衢等相谊。本著未见刊。

校补王氏诗考二卷，赵绍祖撰，存。

刘锦藻《清朝续文献通考》载："《校补王氏诗考》二卷，赵绍祖撰。绍祖字绳伯，号琴士，安徽泾县人。道光辛巳举孝廉方正，滁州训导，赏五品衔。臣谨案，王应麟掇拾三家逸文，明董斯张补之。近范家相补之而绍祖复补之，虽踵事增华，殆不妨分道扬镳云。"赵绍祖（1752—1833 年）字绳伯，号琴士，安徽泾县人。乾隆三十七年（1772 年）廪生。后弃举业，致力于经史百家及碑帖书画之学。

今按：有家刻本。未见。

诗考补遗，汪远孙撰，未见刊。

胡敬《崇雅堂文钞》卷二《内阁中书小米汪君传》载汪著有《诗考补遗》。《清儒学案》之《南园学案》附《汪先生远孙》载其著作《三家诗考证》，未有《诗考补遗》，而《三家诗考证》不见他载，故此处当为误记《诗考补遗》为《三家诗考证》。《重修浙江通志稿》第 57 册《著述考》："十岁失恃，事文与继母以孝闻，闭户叩书，覃思考订，排日读十三经注疏。每有心得，辑为考异。……此书未见，殆补王应麟《三家诗考》所未备，俾齐、鲁、韩古义。说诗古义，存十一于千万。"

今按：汪远孙（1793—1836 年）汪远孙，字久也，号小米，又号借闲漫士，浙江仁和人。嘉庆二十一年举人，管内阁中书。振绮堂主人。见《杭州府志》卷八十六。

诗考五卷，附录一卷，黄启兴撰，残存。

《（稿本）中国古籍善本书目》载："《诗考》五卷，《附录》一卷，清黄启兴撰，清抄本，（清）董炼金跋。存三卷（三、五、附录）。"

今按：《（光绪）重修安徽通志》卷二百五十二载："黄启兴，字石香。婺源廪生。潜心经史，通六书、篆隶、句股。尝著《毛诗集古笺注》四十卷，其诗稿有《吟窗小草》《南州草》《砾鸣集》《观云集》十余卷。”不载其有《诗考》。

齐鲁韩三家诗义证，汪照撰，佚。

王昶《蒲褐山房诗话》载“汪照，初名景龙，字绸青，嘉定人，贡生。有《陶春馆吟稿》。绸青少有诗名，在‘练川十二子’之列。壮年，从今大学士王公杰至浙江学幕。予在陕西，相从者三载。通金石，能八分，如《临潼张子祠堂记》及《修长武县学记》，皆其所书。又选《宋诗略》，最为精当。晚年穷经义，有《齐鲁韩三家诗义证》、《大戴礼注》。今藏于家，尚未能镂板以行。”

今按：王昶《（嘉庆）直隶太仓州志》卷三十七人物：“汪照，初名景龙，字绸青。廪贡生。少能诗，通经义，覃心金石之学。注《大戴礼》数万言，又纂集《齐鲁韩三家诗说》。凡见于唐以前书者片字必录，人服其博赡。性情安雅，与物无忤。兵部侍郎王杰任浙江学政，礼部侍郎沈初任福建学政，皆属以衡文。继从杰游西安，历主有莘、横渠两书院山长。按察使王昶招入幕，与知县申兆定、州判钱坫编次《金石萃编》，所见益富。”

齐诗翼氏学四卷，迮鹤寿撰，存。

（同治）《苏州府志》卷一百三十八艺文三，载“迮鹤寿《齐诗翼要》”，不载卷数，即此书也。

今按：迮鹤寿（1773—1836年）字青厓，号兰宫。江苏吴江人。道光进士。官池州府学教授。通行本有清嘉庆十七年（1812年）蓬莱山房刻本，藏国图；清光绪十四年（1888年）南菁书院刻皇清经解续编本；清光绪十五年（1889年），上海蜚英馆石印本；续修影印清嘉庆十七年（1812年）蓬莱山房刻本。

三家诗述八卷，徐堂撰，存。

董兆熊撰《徐君澹人墓志铭》云：“尝以《毛诗》得列注疏，齐鲁韩之不显于世也，荟萃古书，剌其字句，涉此者，片义单辞，靡不甄录。著古人之说于右，而自系其说于左。遇有沈晦，不惮数千百言，譬喻晓解，求合于圣贤之意而后止。久之成书，名《三家诗述》。”

今按：徐堂（1797—1837 年），字澹人。江苏吴江人，卒年四十一。版本有抄本，藏南京图书馆，复旦大学图书馆，国家图书馆。

诗经广诂三十卷，首一卷，徐璈撰，存。

刘锦藻《清朝续文献通考》载：“《诗经广诂》三十卷，徐璈撰。璈字六骧，号樗亭，安徽桐城人。嘉庆甲戌进士，浙江临海县知县。臣谨案：璈搜集诗义，上自《春秋》内外传、先秦、两汉诸子，迄近代范家相、宋绵初、余萧客、王谟所辑说诗之言，兼收并列，参考异同。四家源流，了如指掌。计《鲁诗》为浮邱伯、申公、穆生等五十家；《齐诗》为辕固生、夏侯始昌等十八家；《韩诗》为韩婴、王吉等四十一家；《毛诗》为大毛公、小毛公等四十四家。凡夫古言古字，靡不穷源竟委，足以解人之颐。洪颐煊称：‘璈宰临海，多惠政。《记》曰：‘温柔敦厚，《诗》教也。’知必有以经术润色吏治矣。”

今按：徐璈（1779—1841 年），字六骧，号樗亭。安徽桐城人。嘉庆十九年（1814 年）进士，授户部主事，后以迎养乞改官浙江，授临海知县。版本有清道光十年（1830 年）刻本，续修四库全书影印此本。

诗考异字笺余十四卷，周邵莲撰，存。

今按：周邵莲，字湘浦。江西奉新人。版本有清嘉庆六年（1801 年）序刊本；清光绪间德化李氏刊木犀轩丛书本；丛书集成续编本；续修四库全书影印清嘉庆十四年刻本。

韩诗内传并薛君章句考四卷，笔谈一卷，叙录一卷，钱玫撰，钱世叙编，存。

今按：钱玫，生卒年不详，字符杰，号汉村，浙江上虞人，廪贡生。历署西安教谕、长兴训导，颇得人心。道光元年（1821 年）征举孝廉方正，获六品顶戴。卒年六十六岁。有稿本，藏复旦大学图书馆；传抄本，后有道光元年自跋，藏浙江图书馆。

诗经异文释十六卷，李富孙撰，存。

今按：李富孙（1764—1843年），字既汸，一字多沚，晚号校经叟，浙江嘉兴人。嘉庆六年拔贡生。从卢文弨、钱大昕、王昶、孙星衍等问学。阮元为浙江巡抚时，肄业于诂经精舍，其学受阮元启迪颇多。

版本有皇清经解续编本；蜚英馆石印本；续修四库全书影清光绪十四年（1888年）南菁书院刻皇清经解续编本。

三家诗异文疏证六卷，补遗三卷，冯登府撰，存。

钱泰吉《曝书杂记》卷二："柳东于石经文字疏证最密，有《石经补考》十二卷。更为《三家诗异文疏证》六卷、《补遗》二卷，皆刻于四明学舍，以印本寄余。近著《十三经诂答问》十卷、《三家诗异义遗说》二十卷，尚未授梓。自谓诂经颇有潜研、谢山所未及。《三家遗说》则当胜范氏家相所著书。柳东著述不倦，而诂训之学尤为专门。"

今按：冯登府（1783—1841年），一作登甫，字云伯，号勺园，又号柳东，嘉兴人。嘉庆二十五年进士，授福建将乐县知县，不久即离职。后任宁波府教授。卒年五十九岁。版本有稿本，藏上海图书馆；陈寿祺跋，清道光庚寅（1830年）四明学舍刻本；皇清经解本（咸丰补刊本、鸿宝斋石印本、点石斋石印本）。

《三家诗异文疏证》是定刊稿，《三家诗异字诂》和《三家诗异文释》分别是初稿、二稿。《诗异文释》是著述成《三家诗异文疏证》后，为弥补三家归属问题的反思之作。《三家诗遗说翼证》仅是《三家诗遗说》的草创之作，故未成书。详见正文。

三家诗异字诂三卷，冯登府撰，李贻德校并跋，存。

李贻德跋：猥以 尊注委德雠校，印诵之下具见于三家异同，通借之故，借流溯原，剖豪晰茧，训诂而外得是。洞观斯风雅之余音，亦深宁之功匠已。德幼既不学，壮处多冗，乃蒙雅度，刍荛是询。谨检搜往籍，剽略时贤，仅得如干条以复爝火，系补于高明，横污负惭于清睛。仆何人，敢放任是役，名山之业，棨

惟拭望而已。嘉平月次白贻德书跋。（见浙江图书馆所藏稿本）

今按：稿本，藏浙江图书馆。

诗异文释六卷，补遗一卷，冯登府撰，存。

今按：稿本，藏复旦大学图书馆。《三家诗异文释》三卷，《补遗》三卷，稿本，李富孙校，藏浙江图书馆。

三家诗遗说翼证不分卷，冯登府撰，存。

今按：稿本，藏复旦大学图书馆。

三家诗遗说不分卷，冯登府撰，存。

今按：稿本，藏国家图书馆。《三家诗遗说》八卷，《补》一卷，清抄本（清）李富孙校，藏天津人民图书馆；续修四库全书影印清抄本。

三家诗遗说考五十卷，陈寿祺撰，陈乔枞补，存。

今按：陈寿祺（1771—1834 年），字恭甫、介祥、苇仁，号左海、梅修，晚号隐屏山人，福建侯官人。嘉庆四年进士，十四年充会试同考官，父母殁后不出仕，主讲鳌峰、清源书院多年。陈乔枞（1809—1869 年），字朴园，一字树滋。年十七，举于乡。七上春官不第，以大挑分江西，历宰分宜、弋阳、德化、南城诸县，著袁州、临江、抚州诸府。年六十一，卒于抚州官舍。版本有左海续集本；皇清经解续编本（南菁书院本、蜚英馆石印本）。

诗经四家异文考四卷，陈乔枞撰，存。

今按：版本有清道光刻本；左海续集本；皇清经解续编本（南菁书院本、蜚英馆石印本）；续修四库全书影印清道光刻本。

齐诗翼氏学疏证二卷，续录一卷，陈乔枞撰，存。

今按：版本有道光丙午小郷嬛馆刻本；《左海续集》本；清光绪十四年

（1888 年）南菁书院刻皇清经解续编本；清光绪十五年（1889 年）上海蜚英馆石印本。

韩诗经考二十八卷，王荣兰撰，佚。

《（光绪）湖南通志》卷二百四十五《艺文一》载："《韩诗经考》二十八卷。以三家《诗》，韩独后亡，引据独多。搜集异字，依次编录诸家。未引其文者，则仍据《毛诗》，依近人丁氏辑《郑氏易注》例也。初拟辑《韩诗遗说》为之疏证，未果。今其说无几。"

今按：王荣兰，字子佩，湘潭人，乾隆间诸生。

诗义商二十卷，王荣兰撰，佚。

（光绪）《湖南通志》卷二百四十五《艺文一》载："《诗义商》二十卷。以四家《诗》经师异说，莫能相通，以致说者乖谬。意在疏通其轇轕，如谓《关雎》，《毛诗》为后妃之德，《鲁诗》为毕公刺康王，缘《关雎》为周室房中之乐，世世奏之。《毛诗》言其始，《鲁诗》溯其流耳。如此，四家初无甚异同，其大指类此。"

诗异文录三卷，黄位清撰，存。

今按：黄位清（1771—1850 年）字瀛波，号春帆，广东番禺人。嘉庆九年副贡生，道光元年举人，以授徒为业。版本有清道光十九年（1839 年）刻本；续修四库全书影印清道光十九年（1839 年）刻本。

三家诗补遗三卷，阮元撰，存。

今按：阮元（1764—1849 年）字伯元，号云台、雷塘庵主，晚号怡性老人，扬州仪征人。清代嘉庆、道光间名臣。在经史、数学、天算、舆地、编纂、金石、校勘等方面都有着非常高的造诣，被尊为一代文宗。有光绪二十四年（1898 年）长沙叶氏郎园重刻本（观古堂汇刻书），又题《阮氏三家诗补遗》；叶德辉校，民国初仪征李氏刻崇惠刻本（崇惠堂丛书）；续修四库全书影印仪征李氏刻崇惠堂丛书本。

韩诗拾遗四卷，黄启甲撰，佚。

《（光绪）重修安徽通志》卷二百二十五："黄启甲，号甘林，婺源人。乾隆壬子举人。以授徒著书为事，著有《同文别义》四卷，《韩诗拾遗》四卷。"

诗古微十卷，魏源撰，存。

今按：魏源（1794—1857年）名远达，字默深，又字墨生、汉士，号良图，湖南邵阳人。道光二十五年进士，官高邮知州，晚年弃官归隐，潜心佛学。魏源《古微堂集·外集》卷一《两汉经师今古文家法考叙》云："《诗》则汉初皆习齐辕固生、鲁申公、韩婴三家，惟《毛诗》别为古文。郑康成初年习《韩诗》，及笺《诗》改从毛，于是齐、鲁、韩次第佚亡，今惟存《毛传》。及宋朱子、王应麟始略采三家《诗》残文，而未得条绪。明何揩、本朝范家相、桐城徐璈，次第搜集，始获三家《诗》十之七八。而余发挥之成《诗古微》，此《诗》今古文大概也。"

版本有《诗古微》十六卷，首一卷，上编三卷，中编十卷，下编二卷，清道光二十年（1840年）自刊本；《诗古微》二十卷，清道光二十年（1840年）刻本，清何绍基题款圈点，藏湖南图书馆；清道光庚子年刊二十二卷，咸丰五年魏源手改自定二十卷本，（清）龚橙批校，藏复旦大学图书馆；《诗古微》二卷，清道光间修吉堂刊本；清光绪十五年（1889年）石印本上海蜚英馆；《诗古微》十五卷，卷首一卷，清光绪十一年（1885年）飞青阁杨氏黄冈学署刻梁溪浦氏重印本；《诗古微》十七卷，清光绪南菁书院刻皇清经解续编本；一九八九年长沙岳麓书社魏源全集本。

齐鲁韩三家诗释十四卷，三家原流一卷，诗疑一卷，朱士端撰，存。

今按：朱士端（1786—1872年）字铨甫，江苏宝应人。毓楷之子。道光元年（1821年）举人，曾任安徽广德州训导。刘锦藻《清朝续文献通考》卷二百七十一《经籍考》十五："士端与山阳丁晏为同岁生，释经义、论《说文》颇相吻合。时广东学海堂方搜刻经解，士端著述不及寄呈，识者以未登阮录为憾。”有稿本藏上海图书馆；清吉金乐石山房抄本，郑振铎跋，藏国家图书馆；扬州古旧书店传抄朱氏稿本；《齐鲁韩三家诗注》三卷，《三家诗疑》一卷，稿本，藏湖北图书馆。

鲁诗故三卷，齐诗传二卷，韩诗故二卷，韩诗翼要一卷，韩诗内传一卷，韩诗说一卷，韩诗薛君章句二卷，马国翰辑，存。

今按：马国翰（1794—1857年）字词溪，号竹吾。山东历城人。道光十二年（1832年）进士。历任陕西敷城、石泉、云阳知县。有玉函山房辑佚书本（嫏嬛馆本、重印本、楚南书局本），又作《三家诗七种》十二卷，清末影印本。

鲁诗传一卷，齐诗传一卷，韩诗内传一卷，黄奭辑，存。

今按：黄奭（1809—1853年），清代辑佚家，字右原，原名黄锡麟，江苏甘泉（今江苏省扬州市广陵区）人，出身于扬州盐商之家。有汉学堂丛书本；黄氏逸书考本。

三家诗考，陈庆镛撰，佚。

《清史稿》卷三百七十八载：“庆镛精研汉学，而制行则服膺宋儒，文辞朴茂，著有《籀经堂文集》《三家诗考》《说文释》《古籀考》等书。”

今按：陈庆镛（1795—1858年），字乾翔，号颂南，福建泉州人。道光十二年（1832年）登进士第。初选庶吉士，入翰林，散馆授户部主事，迁员外郎。历任户部云南司主事、江西司员外郎、江南道监察御史等职。终年64岁。

《三家诗考》为未刊本，今或不存。《籀经堂类稿》载何秋涛旧序云：“知先生精研汉学而服膺宋儒。尝谓‘汉宋之学，其要皆主于明经致用，其归皆务于希圣希贤。他人视为二，吾直见为一也。’惟斯数言，实后学之准的，异日论本朝儒林者，故当有所折衷，然窃意其不能外此。先生他著已梓者有《齐侯罍铭通释》，未梓者则《三家诗考》《说文释文校本》《古籀考》《穀梁通释》诸书。”

龚显曾序：吾师陈颂南先生，当宣朝时，以抗直受主知。与临桂朱公琦、高要苏公廷魁，并世有“三御史”之目。谲谏草者，咸舌挢不得下。海内名俊，想风望采，蹑屩投刺，争以一瞻颜色为幸者，晷盖无虚。先生植品既高，文章学问又足牢笼百氏，震动时贤。于是有阮文达公元孙先生经世之师，何先生绍基、魏先生源、张先生穆、苗先生夔、赵先生振祚、朱先生琦、梅先生曾亮诸君子为之友，何先生秋涛为之徒，相与扺刷精思，切劘道谊，学益懋，品益高，而名亦显。……先生所著尚有《三家诗考》《穀梁通释》，均未见。已刊者有《齐侯罍铭通释》一卷，拟俟续印以成全书。于戏！先生之风节世知之，先生之文章学问，非是集无以传。（见续修四库全书 1522 册影印光绪癸未求刊本）

诗经异文考证二十二卷，陆锡谟撰，佚。

《（光绪）平湖县志》载陆锡谟著作，“《诗经异文考证》二十二卷，府于志。未刊，佚。《诗经句读考证》一卷。二书稿藏玉带河俞氏，兵燹时燬。”

今按：陆锡谟字明谐。浙江平湖人。诸生。应试不第，即弃举子业。博学能文，深于汉儒之书。

韩诗辑二十一卷，乌程严可均辑，佚。

《湖州府志·艺文》载：“此书系辑本，附鲁诗、齐诗、汉人诗说。”《（光绪）顺天府志》卷一百二十三载：“归安严可均《韩诗辑》二十卷，未见传本。”《书目答问》曰：“严可均，《韩诗》二十一卷，附《鲁诗》、《齐诗》汉人诗说，未刊。”蒋秋华、王清信《清代诗经著述现存版本目录初稿》（油印本）记载台湾藏有手抄本。

今按：严可均（1762—1843 年）字铁桥，浙江乌程人。卒年八十二岁。嘉庆五年（1800 年）举人。官建德县教谕，引疾归。

韩诗考逸一卷，张鉴撰，未见刊。

《（同治）南浔镇志》卷十三有《人物传》，云：“张鉴字春治，一字苟鹤，号秋水，先世自乔溇迁浔。鉴少从诗人计发游，弱冠补诸生，馆刘氏眠琴山馆，遍读所藏书，学益博。……阮文达公视浙学，既而抚浙筑诂经精舍于西湖。拔两浙知名士讲肄其中，鉴及同里杨凤苞、施国祁皆与焉。”卷三十《著述二》载：“张鉴，见《人物传》。《诗本事》一卷，稿本，存。《韩诗考逸》一册，稿本，存。”而据《湖州府志·艺文》列目，未见。潘衍桐《两浙辅轩续录》卷二十二载：“张鉴，字春治，号秋水，晚号贞疾居士，乌程人。嘉庆甲子副贡，官武义教谕，著《冬青馆甲乙集》。《县志》：鉴馆刘氏眠琴山馆，遍读所藏书，学益博，发为文章，引据典确。阮元设诂经精舍，鉴与焉，佐修《盐法志》、《经籍纂诂》等书。嘉庆辛酉拔贡，甲子中副榜。元督师往宁波，挟鉴同行。复以水灾蠲振，皆资其赞画。卒年八十三，著书三百余卷。……著述有《古文尚书脞说》一册，《诗本事》一卷，《韩诗考逸》一册……”

毛诗诸经引文异同一卷，蒋文照撰，未见刊。

《（同治）南浔镇志》卷三十《著述二》载：“蒋文照，字容辉，号蓉村，监生。《毛诗诸经引文异同》一卷，写本。存，嘉庆四年自序。”

三家诗异字通证四卷，柯汝霖撰，佚。

《平湖县志》卷二十三：“《三家诗异字通证》四卷，柯汝霖。拜经堂柯氏藏稿，未刊，存。顾广誉《学诗正诂》尝引其说。”潘衍桐《两浙辅轩续录》卷三十：“柯汝霖，字岩臣，号春塘，平湖人。道光辛巳举人，官乌程教谕。《县志》：汝霖出高邮王文简之门，以大挑任钱塘教谕……生平著述四十余种，最著者《古韵广证》《三家诗异字通证》《仪礼古今文释》《春秋官制考》《春秋世系图考》。晚尤精易，有《周易郑注释义》《周易解谊》两书。”

诗三家异文诂，曹家驹撰，未见刊。

《杭州府志·艺文》。载：“《诗三家异文诂》，仁和曹家驹撰。见《太誓答问序》。”《太誓答问序》是刘逢禄为龚自珍《太誓答问》所作的序。

今按：曹家驹即曹籀（1800—1880年），原名金籀，又名家驹，字葛民，一字竹书，号柳桥，又号石屋子、台笠子。浙江仁和人。咸丰间寓居浙江海宁路仲里。

诗经三家注疏五卷，周曰庠撰，残存。

今按：周曰庠，号一峰，浙江山阴人。咸丰时诸生。本书有残卷，存二、三卷，清抄本，藏国家图书馆。阳海清主编《中南、西南地区省、市图书馆 馆藏古籍稿本提要》“经部·诗经类”：“《齐鲁韩三家诗集证》不分卷，附汉人说诗。清口口撰，稿本，三册。（武汉）清人辑三家《诗》说者，有范家相、冯登府、王先谦各家。此稿征引前人旧说，有范家相、段玉裁、顾广圻、冯登府、胡承珙等。‘奕’字缺末笔，则避咸丰朝御讳也。检《续修四库全书总目提要》，仅周曰庠、王先谦二家著作时代略相符合。王氏《诗三家义集疏》二十八卷，有民国四年（1915年）刻本，与此稿殊异。周氏《诗经三家注疏》残卷，《提要》著录为北平图书馆所藏钞本，有异于别种著述者二：‘许叔重《说文解字》，于一字数义，一义数字者，亦时有三家之旧，然史无明文，则汇为集说’；‘宋元明清诸家，识见异于毛郑孔朱者，皆节录附入’，则亦此稿体例。然此或即周氏手稿耶？氏山阴人，字一峰，道咸间人。钤有‘润生’朱印。”（陈琦）

诗考补注二卷，补遗一卷，丁晏撰。

今按：丁晏（1794—1875年），字俭卿，号柘堂，江苏山阳（今淮安）人。性嗜典籍，勤学不辍。有稿本，藏天津师范学院图书馆；枕经书屋抄本藏北京大学图书馆。颐志斋丛书本［清同治元年（1862年）汇印六艺堂刊本］；清咸丰二年（1852年）聊城杨氏海源阁刊六艺堂诗礼七编本；丛书集成续编本；花雨楼丛钞续钞本。《书目答问》载“《诗考补注》二卷，《补遗》一卷。林伯桐撰，修本堂本”。范希曾补曰：“修本堂丛书中无此二种，此乃丁晏所撰，属之林氏者误也。有丁氏家刻颐志堂丛书本。四明张氏刻花雨楼丛钞本。”可见，林氏未有此书，《书目答问》误丁作为林作也。

诗考笺释十二卷，叶裕仁撰，存。

张耘田，陈巍主编《苏州民国艺文志》（上册）载叶裕仁《诗》学著作有：“《诗考笺释》十二卷，苏州图书馆存。《诗文字考》八卷，苏州图书馆存。《三家诗才笺证》二卷，见《（民国）江苏镇洋县志》卷11，馆存未见，书斋待考。”

今按：叶裕仁（1809—1879年），字复三、涵溪，号归庵。江苏镇洋（今太仓）人。咸丰七年（1857年）恩贡生。先后主讲于安道、尊道、娄东三书院。有抄本，又《三家诗考笺释》三卷，归庵全集本；《诗考笺证》二卷，缪凝修堂抄本。

鲁诗述故四卷，潘维成撰，佚。

《（同治）苏州府志》卷一百三十六载：“潘维成《鲁诗述故》四卷。”

今按：潘维成，江苏吴县人。生平无考。

诗本谊一卷，龚橙撰，存。

今按：龚橙（1817—1878年）初名珍，后改名橙，字公襄，又字孝拱，以字行。生于嘉庆二十二年，为龚自珍的长子，半伦是他晚年的号。

版本有清光绪十五年（1889年）仁和谭氏刻本（半厂丛书初编）；续修四库全书影印清光绪十五年（1889年）刻本；丛书集成续编本。

诗经异文四卷，蒋曰豫撰，存。

今按：蒋曰豫（1830—1875年）字侑石，江苏阳湖（今常州武进）人。父丧，弃举子业，纳粟得知县，分发直隶（河北）。《蒋侑石遗书》卷前有黄彭年撰《常州二子传》。光绪三年莲池书局刊《蒋侑石遗书·滂喜斋学录》，其中有《诗经异文》四卷，《韩诗辑》一卷。

韩诗辑一卷，蒋曰豫撰，存。

方铨跋：近时辑《韩诗》者，以马氏《玉函山房》本为详。蒋君是编，未见马书，而所引为彼未及者，尚百余条，亦云备矣。丙子秋，子寿太史将以付梓，命铨任校役。因补录马本所多，及他书增辑共若干条。此与《诗经异文》者，皆非原稿本，舛错綦多，略为校改，鲁鱼复不能免也。同里方铨识。

韩诗遗说补一卷，陶方琦撰，存。

今按：陶方琦（1845—1884年），字子珍。浙江会稽（今绍兴）人。光绪初进士，授翰林院编修，督学湖南。李慈铭高足弟子。有稿本，藏复旦大学图书馆；汉孳室遗著本。

鲁诗故训纂，陶方琦撰，未成。

清平步青《霞外攟屑》卷六《玉树庐芮录》："《汉孳室所著书目》：《鲁诗故训纂》，旧辑证凡六卷。与冯氏勺园、马氏竹吾所辑有异，其分类则列于后，由比勘得之。按《文钞》卷三有自序，入《续经解》。"据此似乎《鲁诗故训纂》已经成书，有六卷。而潘衍桐《两浙輶轩续录》卷五十载："陶方琦，字子珍，号兰当，良翰子。会稽人，光绪丙子进士，官翰林院编修。著《湀庐诗稿》，陶浚宣曰：'先兄童年即有志述造，……三十以后屏弃词章，潜心经术，更专精小学，著有《周易郑氏学》十种，《今文尚书集说》《鲁诗故训纂》……惜盛年中殂，其书多未卒业。今搜集丛残未完之稿，统编写为《汉孳室遗书》。'"据此，《鲁诗故训纂》似又未完成。今遍查书录，惜无可考见。盖虽有考述，未曾成书。

韩诗笺六卷，董沛撰，佚。

今按：此书据其从侄缙祺撰行状云："韩婴一家之言，掇拾綦备，逾于王、范、臧、马诸家，而与陈氏相仿佛。"稿未刻。见董缙祺《知州衔封朝议大夫江西建昌知县董府君行状》（《续碑传集》卷八一）。董沛1828—1895年），字觉轩，号孟如。浙江鄞县人。光绪三年（1877年）进士，官江西建昌知县。

诗异文考证一卷，郭庆藩撰，存。

今按：郭庆藩（1845—1891年）本名立埥，字孟纯，号子瀞，一字岵瞻。湖南湘阴人。诸生。官至江苏道员。有稿本，藏湖南图书馆。阳海清主编《中南、西南地区省、市图书馆 馆藏古籍稿本提要》"经部·诗经类"云："《诗异文考证》八卷，清郭庆藩撰，稿本，一册（存卷一至二）。（湖南）著者有《说文经字正谊》，已著录。是稿就《诗经》文字之异同，征引四部各家之说（如《文选》《礼记》《尔雅》《汉书》《水经注》等书），进行沟通训诂，发凡义趣，其词简而赅，义醇而洽。从现存之卷一卷二于国风中‘周南’、‘召南’、‘邶风’之诗歌逐句考证，旁征博引，较详辑注，即可窥一斑。尚无刻本，是研究《诗经》者值得重视的参考资料。”

毛诗经句异文通诂七卷，李德淑撰，存。

曾国荃《（光绪）湖南通志》卷二百四十五艺文志一载：“《毛诗经句异文通诂》七卷，常宁李德淑撰。”并录有自序。

今按：李德淑字懿甫，湖南常宁人，县学监生。精于汉学。有民国间自刊本，未见。

四诗谈言十二卷，詹盛鸿撰，佚。

今按：詹盛鸿，湖南常宁人。见曾国荃《（光绪）湖南通志》卷二百四十五《艺文志》一。

毛诗异文考一卷，宋滋兰撰，佚。

今按：宋滋兰（1854—1896年），字佩元，又字秋馨，号后庵居士。光绪进士，翰林院编修。此据《福建通志·艺文志存目》。孙雄《道咸同光四朝诗史》乙集卷五：“宋滋兰，字佩之，福建政和人。光绪丙戌翰林官编修，有《后庵居士诗钞》。”

鲁诗韦氏说一卷，韩诗外传佚文一卷，韩诗翼要一卷，韩诗赵氏学一卷，王仁俊辑，存。

今按：王仁俊（1866—1913年），江苏吴县人，一名人俊，字捍郑，亦杆郑、干臣。光绪十八年进士，朴学大师俞樾的弟子，张之洞门人。此亦专事辑佚之书，一卷即仅一条。

诗三家义集疏二十八卷，首一卷，王先谦撰，存。

今按：王先谦（1842—1917 年），字益吾，因宅名葵园，学人称为葵园先生。湖南长沙人。同治四年（1864 年）进士，授翰林院庶吉士，散馆授编修，累迁翰林院侍讲。曾任国子监祭酒、江苏学政，湖南岳麓、城南书院院长。有民国四年（1915 年）长沙王氏虚受堂刊本，一九八七年中华书局吴格点校本。

诗考考一卷，陶思曾撰，存。

今按：陶思曾（1818—1851 年），字在一，浙江会稽人。邑诸生，年三十四卒。有清抄本，藏浙江图书馆。《绍兴县志资料》第二辑有载。陶思曾的《诗考考》二卷，为未刊刻之抄本，今本藏于浙江图书馆，仅存第一卷，所录为《韩诗考》至《汝坟》篇。潘衍桐《两浙輶轩续录》卷三十八："陶浚宣曰：先生幼沈静寡言笑。年十三学作文，便压曹辈，兼工词赋，既而尽弃之，专肆力经史。二十四游学京师，尝以书谒阮文达公，手书称其'《论语》、《左传》二书，精彩详博，非老师宿学，竭数十年功不能。'浚宣犹及见此书。文达子告旋里，濒行，属萧山汤文端公善视之。惜见知文达才一月，文达即南归。又两年，而先生死。年仅三十四。"阮元卒于道光二十九年（1849 年），"又两年"，即咸丰元年（1851 年），陶氏卒，年仅三十四，知其生年为嘉庆二十三年（1818 年）。

韩诗辑一卷，龙璋辑，存。

今按：据《续修四库全书总目提要》云有活字本，未见。龙璋（1854—1918 年）字研仙，号甓勤。湖南攸县人。光绪举人。历任如皋、上元、泰兴、江宁知县。

诗经异文补释十六卷，张慎仪撰，存。

今按：张慎仪（1846—1921 年）字淑威，号芋圃。四川成都人。张氏于小学用功甚勤，尤长于方言俗语的收集与诠释。有 1916 成都茹古书局刻本；民国八年（1919 年）蘉园丛书本。

诗考补订五卷，杨晨撰，存。

今按：杨晨（1845—1922年），杨晨，字蓉初，一字定弃，号定叟，浙江黄岩人，光绪三年（1877年）进士。选翰林院庶吉士，充国史馆协修。家富藏书。杨氏热心于地方丛书的编纂，辑有《续台州丛书》《台州丛书后集》《台州丛书己集》。其独撰丛书名《崇雅堂丛书》，由其孙杨绍翰编于1935年春至1936年夏。有崇雅堂丛书本，民国初石印本。

诗经四家异文考补一卷，江瀚撰，存。

今按：江瀚（1853—1931年），字叔海，别号石翁山民，福建长汀人。光绪十九年以布衣任重庆东川书院山长。有晨风阁丛书本；长汀江先生著书本；丛书集成续编本；金山高氏食古书库传抄本。

韩诗遗说续考四卷，顾震福撰，存。

今按：顾震福（1869—1935年）字竹侯，号跬园。江苏淮安人。聪慧博学，光绪二十三年举人。顾震福虽生活在民国间仍有重要活动，因其经学及文字研究主要在清末完成，民国后主要从事谜事活动，故属之。又有《齐诗遗说续考》一卷，《鲁诗遗说续考》一卷，《韩诗遗说续考》一卷，光绪癸巳（1893年）山阳顾氏刊本；《齐诗遗说续考》一卷，《鲁诗遗说续考》一卷，函雅故斋丛书本。

诗经异字商榷三卷，张延功撰，佚。

今按：张延功，字广文，长安举人，光绪八年（1882年）任平利县教谕。此见《续陕西通志稿》卷一百八十三。

诗经通论，皮锡瑞撰，存。

今按：皮锡瑞（1850—1908年）清末学者。湖南善化（今长沙市）人。字鹿门，一字麓云。举人出身。三应礼部试未中，遂潜心讲学著书。他景仰西汉伏胜之治《尚书》，署所居名“师伏堂”，学者因称之“师伏先生”。《清儒学案》

卷一百九十三《鹿门学案》："鹿门经术，原以高密为宗，其后尊治今文家言，涂辙稍变，经义引而日新，时会然也。唯博洽精审，亦能折中群言，无所偏激。"述曰："皮锡瑞，号鹿门，善化人。同治癸酉拔贡生。光绪壬午举人，考取内阁中书。幼工词章，博闻强记，淡于荣利，研精汉儒经训之学，宏通详密，多所发明。光绪末年，主讲江西经训书院。"有师伏堂丛书本；中华书局 1954 年点校本。

参考文献

古籍（以经史子集为序）：

1.（唐）孔颖达等：《毛诗正义》，《十三经注疏》本，上海古籍出版社 1997 年版。

2.（唐）成伯玙：《毛诗指说》，影印文渊阁《四库全书》本。

3.（北宋）欧阳修：《诗本义》，影印文渊阁《四库全书》本。

4.（南宋）郑樵：《诗辨妄》，《续修四库全书》影印本。

5.（南宋）项安世：《项氏家说》，影印文渊阁《四库全书》本。

6.（南宋）朱熹：《诗集传》，中华书局 1958 年版。

7.（南宋）吕祖谦：《吕氏家塾读诗记》，《丛书集成新编》本。

8.（南宋）段昌武：《毛诗集解》，影印文渊阁《四库全书》本。

9.（南宋）杨简：《慈湖诗传》，影印文渊阁《四库全书》本。

10.（南宋）王应麟：《诗考》，影印文渊阁《四库全书》本。

11.（明）冯复京：《六家诗名物疏》，《四库全书》珍本。

12.（明）朱谋玮：《诗故》，明万历刊本。

13.（清）毛奇龄：《〈诗传〉〈诗说〉驳义》，清康熙间李恭等刊萧山陆凝瑞堂修补重印《西河合集》本。

14.（清）范家相：《诗渖》，影印文渊阁《四库全书》本。

15.（清）范家相：《三家诗拾遗》，《丛书集成新编》本。

16.（清）卢文弨：《卢抱经增校诗考》，国家图书馆藏稿本。

17.（清）严蔚：《诗考异补》，《四库未收书辑刊》本。

18. （清）陈岫：《诗考异再补》，清华大学图书馆藏稿本。
19. （清）邵晋涵：《韩诗内传考》，浙江图书馆藏抄本。
20. （清）胡文英：《诗考补》，《四库未收书辑刊》本。
21. （清）宋绵初：《韩诗内传征》，《续修四库全书》影印本。
22. （清）沈清瑞：《韩诗故》，清道光间刻本。
23. （清）王初桐：《齐鲁韩诗谱》，巏堥山人杂著五种本。
24. （清）徐堂：《三家诗述》，复旦大学图书馆藏稿本。
25. （清）徐璈：《诗经广诂》，《续修四库全书》影印本。
26. （清）臧庸：《韩诗遗说》附《订讹》，《丛书集成新编》本。
27. （清）钱大昭：《诗古训》，国家图书馆藏清抄本。
28. （清）牟廷：《诗切》，齐鲁书社 1983 年版。
29. （清）周邵莲：《诗考异字笺余》，《续修四库全书》影印本。
30. （清）陈寿祺、（清）陈乔枞：《三家诗遗说考》，《续修四库全书》影印本。
31. （清）李富孙：《诗经异文释》，《续修四库全书》影印本。
32. （清）阮元：《三家诗补遗》，《续修四库全书》影印本。
33. （清）魏源：《诗古微》，《魏源全集》本，岳麓书社 2004 年版。
34. （清）冯登府：《三家诗异文疏证》，清道光庚寅（1830）四明学舍刻本。
35. （清）李富孙：《诗经异文释》，《续修四库全书》影印本。
36. （清）迮鹤寿：《齐诗翼氏学》，《续修四库全书》影印本。
37. （清）陈乔枞：《诗经四家异文考》，《续修四库全书》影印本。
38. （清）陈乔枞：《齐诗翼氏学疏证》，《续修四库全书》影印本。
39. （清）陈奂：《诗毛氏传疏》，中国书店 1984 年版。
40. （清）胡承珙：《毛诗后笺》，黄山书社 1999 年版。
41. （清）马瑞辰：《毛诗传笺通释》，中华书局 2005 年版。
42. （清）钱玫：《韩诗内传并薛君章句考》，复旦大学图书馆藏稿本。
43. （清）尹继美：《诗管见》，《续修四库全书》影印本。
44. （清）苗夔：《毛诗昀订》，《续修四库全书》影印本。
45. （清）蒋曰豫：《诗经异文》，清光绪三年莲池书局刊《蒋侑石遗书》本。

46. （清）蒋曰豫：《韩诗辑》，清光绪三年莲池书局刊《蒋侑石遗书》本。
47. （清）龚橙：《诗本谊》，《续修四库全书》影印本。
48. （清）黄位清：《诗异文录》，《续修四库全书》影印本。
49. （清）陶思曾：《诗考考》，清抄本，浙江图书馆藏。
50. （清）陶方琦：《韩诗遗说补》，复旦大学图书馆藏稿本。
51. （清）马其昶：《诗毛氏学》，《续修四库全书》影印本。
52. （清）王先谦：《诗三家义集疏》，中华书局 1987 年版。
53. （清）张慎仪：《诗经异文补释》，《薆园丛书》本。
54. （清）江瀚：《诗经四家异文补》，《丛书集成续编》本。
55. （清）顾震福：《韩诗遗说考》，清光绪癸巳刊本。
56. （清）赵怀玉：《校正韩诗外传》，乾隆五十五年武进赵氏亦有生斋刻本。
57. （清）周廷寀校注，（清）吴棠刻：《韩诗外传校注》，《丛书集成新编》本。
58. （清）陈士珂：《韩诗外传疏证》，《四库未收书辑刊》影印本。
59. （清）许瀚：《韩诗外传校议》，《敬跻堂丛书》本。
60. （唐）陆德明：《经典释文》，影印文渊阁《四库全书》本。
61. （明）周应宾：《九经考异》，《四库全书存目丛书》影印本。
62. （清）朱彝尊：《经义考》，《四部备要》本。
63. （清）臧琳：《经义杂记》，《清经解》本
64. （清）严虞惇：《读诗质疑》，影印文渊阁《四库全书》本。
65. （清）惠栋：《九经古义》，影印文渊阁《四库全书》本。
66. （清）余萧客：《古经解钩沉》，影印文渊阁《四库全书》本。
67. （清）毕沅：《传经表》，《丛书集成新编》本。
68. （清）江藩纂：《汉学师承记笺释》，漆永祥笺释，上海古籍出版社 2006 年版。
69. （清）桂文灿：《经学博采录》，《续修四库全书》影印本。
70. （清）皮锡瑞：《经学历史》，中华书局 2004 年版。
71. （清）皮锡瑞：《经学通论》，中华书局 2003 年版。
72. （西汉）司马迁：《史记》，中华书局 1985 年版。

73.（东汉）班固：《汉书》，中华书局 1961 年版。
74.（唐）魏征等：《隋书》，中华书局 1973 年版。
75.（五代）刘煦等：《旧唐书》，中华书局 1975 年版。
76.（北宋）欧阳修、（北宋）宋祁：《新唐书》，中华书局 1975 年版。
77.（元）脱脱等：《宋史》，中华书局 1985 年版。
78.（清）张廷玉等：《明史》，中华书局 1974 年版。
79. 赵尔巽等：《清史稿》，中华书局 1976 年版。
80.《大清圣祖仁（康熙）皇帝实录》，台湾华文书局影印本 1964 年版。
81.《康熙起居注》，中华书局 1984 年版。
82.（元）马端临《文献通考》，浙江古籍出版社 2000 年版。
83.（清）刘锦藻：《清朝续文献通考》，《续修四库全书》影印本。
84.（南宋）陈振孙：《直斋书录解题》，上海古籍出版社 1987 年版。
85.（南宋）晁公武：《郡斋读书志校证》，孙猛校证，上海古籍出版社 1990 年版。
86.（清）姚际恒：《古今伪书考补证》，黄云眉补证，齐鲁书社 1980 年版。
87.（清）邵懿辰：《增订四库简明目录标注》，上海古籍出版社 1959 年版。
88.（清）永瑢等：《四库全书总目》，中华书局 1965 年版
89.（清）丁丙：《善本书室藏书志》，《续修四库全书》影印本。
90.（清）周中孚：《郑堂读书记》，《续修四库全书》影印本。
91.（清）陈澧：《东塾读书记》（外一种），生活·读书·新知三联书店 1998 年版。
92.（清）李慈铭：《越缦堂读书记》，上海书店出版社 2000 年版，
93.《续修四库全书总目提要》，中华书局 1993 年版。
94.（清）章学诚：《文史通义新编》，仓修良编，上海古籍出版社 1993 年版。
95.（清）章学诚《校雠通义》，上海古籍出版社 2009 年版。
96.（清）王先谦：《荀子集解》，沈啸寰，王星贤点校，《新编诸子集成》本，中华书局 1997 年版。
97.（南宋）黎靖德编：《朱子语类》，中华书局 1994 年版。

98. （南宋）王应麟：《困学纪闻》，《四部丛刊三编》本。
99. （南宋）洪迈：《容斋随笔》，上海古籍出版社 1996 年版。
100. （清）刘宝楠：《愈愚录》，《续修四库全书》影印本。
101. （清）王谟：《汉魏遗书钞》，《续修四库全书》影印本。
102. （清）俞樾：《曲园杂纂》，清光绪二十五年刻《春在堂全书》本。
103. （清）钱谦益：《钱牧斋全集》，上海古籍出版社 2003 年版。
104. （清）顾炎武：《亭林诗文集》，《四部丛刊初编》本，第 265 册。
105. （清）卢文弨：《抱经堂文集》，中华书局 2006 年版。
106. （清）戴震：《戴东原集》，《续修四库全书》影印本。
107. （清）钱大昕：《潜研堂集》，《四部丛刊初编》本。
108. （清）全祖望：《鲒埼亭集》，《四部丛刊初编》本。
109. （清）汪中：《述学》，《四部丛刊初编》本。
110. （清）阮元：《揅经室集》，中华书局 1993 年版。
111. （清）杨椿：《孟邻堂文钞》，《续修四库全书》影印本。
112. （清）任启运：《清芬楼遗稿》，《续修四库全书》影印本。
113. （清）陈寿祺：《左海文集》，《续修四库全书》影印本。
114. （清）胡承珙：《求是堂文集》，《续修四库全书》影印本。
115. （清）汪之昌：《青学斋集》，1931 年新阳汪氏青学斋刊本。
116. （清）魏源：《魏源集》，中华书局 1976 年版。
117. （清）崔述：《崔东壁遗书》，上海古籍出版社 1983 年版。
118. （清）王先谦：《葵园四种》，岳麓书社 1986 年版。

近现代论著：

119. 《清碑传合集》，上海书店出版社 1988 年版。
120. 徐世昌编：《清儒学案》，中华书局 2008 年版。
121. 蔡冠洛编：《清代七百名人传》，中国书店 1984 年版。
122. 支伟成：《清代朴学大师列传》，《清代传记丛刊》，台北明文书局印行 1985 年版。

123. 章太炎：《訄书·初刻本·重订本》，生活·读书·新知三联书店 1998 年版。
124. 梁启超：《论中国学术思想变迁之大势》，上海古籍出版社 2001 年版
125. 梁启超：《梁启超论清学史二种》，朱维铮校注，复旦大学出版社 1985 年版。
126. 梁启超：《中国近三百年学术史》，东方出版社 1996 年版。
127. 钱穆：《中国近三百年学术史》，中华书局 1986 年版。
128. 陈其泰、李廷勇：《中国学术通史》（清代卷），张立文主编，人民出版社 2004 年版。
129. 王俊义：《清代学术探研录》，中国社会科学出版社 2002 年版。
130. 陈祖武：《清初学术思辨录》，中国社会科学出版社 1992 年版。
131. 陈祖武、朱彤窗：《乾嘉学术编年》，河北人民出版社 2005 年版。
132. 萧一山：《清代通史》（第一册），中华书局 1986 年版。
133. 郭汉民：《晚清社会思潮研究》，中国社会科学出版社 2003 年版。
134. 罗检秋：《嘉庆以来汉学传统的衍变与传承》，中国人民大学出版社 2006 年版。
135. ［美］艾尔曼：《经学、政治和宗族——中华帝国晚期常州今文学派研究》，赵刚译，江苏人民出版社 1998 年版。
136. ［美］艾尔曼：《从理学到朴学——中华帝国晚期思想与社会变化面面观》，赵刚译，江苏人民出版社 2012 年版。
137. 张舜徽：《清儒学记》，齐鲁书社 1991 年版。
138. 余英时：《论戴震与章学诚》，生活·读书·新知三联书店 2005 年版。
139. 张丽珠：《清代义理学新貌》，台北里仁书局 1992 年版。
140. 漆永祥：《乾嘉考据学研究》，中国社会科学出版社 1998 年版。
141. 郭松康：《清代考据学研究》，崇文书局 2001 年版。
142. 李润强：《清代进士群体与学术文化》，中国社会科学出版社 2007 年版。
143. 张仲礼：《中国绅士——关于其在 19 世纪中国社会中作用的研究》，李荣昌译，上海社会科学院出版社 1991 年版。

144. 胡朴安：《胡朴安学术论著》，雪克编校，浙江人民出版社 1998 年版。
145. 马宗霍：《中国经学史》，上海书店 1984 年版。
146. 周予同著，朱维铮编：《周予同经学史论著选集》，上海人民出版社 1986 年版。
147. 林庆彰：《清代经学研究论集》，台北“中央研究院”中国文哲研究所 2002 年版。
148. 徐复观：《中国经学史的基础》，台北台湾学生书局 1982 年版。
149. 吴雁南主编：《清代经学史通论》，云南大学出版社 2001 年版。
150. 林庆彰：《清初的群经辨伪学》，华东师范大学出版社 2011 年版。
151. 徐复观：《两汉思想史》（第三卷），华东师范大学出版社 2001 年版。
152. 蒋维乔：《中国近三百年哲学史》，中华书局 1932 年版。
153. 夏传才：《诗经研究史概要》（增注本），清华大学出版社 2007 年版。
154. 戴维：《诗经研究史》，湖南教育出版社 2001 年版。
155. 洪湛侯：《诗经学史》，中华书局 2002 年版。
156. 林耀潾：《西汉三家〈诗〉学研究》，文津出版社 1996 年版。
157. 赵茂林：《两汉三家〈诗〉研究》，巴蜀书社 2006 年版。
158. 刘立志：《汉代〈诗经〉学史论》，中华书局 2007 年版。
159. 蒋见元、朱杰人：《诗经要籍解题》，上海古籍出版社 1996 年版。
160. 夏传才、董治安主编：《诗经要籍提要》，学苑出版社 2003 年版。
161. 刘毓庆：《历代诗经著述考》（先秦—元代），中华书局 2005 年版。
162. 刘毓庆、贾培俊、张儒：《诗经百家别解考》（国风），山西古籍出版社 2002 年版。
163. 陈戍国：《诗经刍议》，岳麓书社 1997 年版。
164. 陈文采：《两宋〈诗经〉著述考》，台湾《古典文化研究集刊》，花木兰文化出版社 2005 年版。
165. 陆锡兴：《诗经异文研究》，中国社会科学出版社 2002 年版。
166. 邹其昌：《朱熹诗经诠释学美学研究》，商务印书馆 2004 年版。
167. 周兴陆：《吴敬梓〈诗说〉研究》，上海古籍出版社 2003 年版。

168. 《第二届诗经国际学术研讨会论文集》，语文出版社 1996 年版。
169. 寇淑慧编：《二十世纪诗经研究文献目录》，学苑出版社 2001 年版。
170. 屈守元：《韩诗外传笺疏》，巴蜀书社 1996 年版。
171. 韩婴著，许维遹集释：《韩诗外传集释》，中华书局 2005 年版。
172. 彭林编：《经学研究论文选》，上海书店出版社 2002 年版。
173. 李柏荣：《魏源师友记》，岳麓书社 1983 年版。
174. 杨慎之、黄丽镛编：《魏源思想研究》，湖南人民出版社 1987 年版。
175. 陈其泰：《清代公羊学》，东方出版社 1997 年版。
176. 贺广如：《魏默深思想探究》，"国立台湾大学"出版委员会 1997 年版。
177. 朱汉民主编：《清代湘学研究》，湖南大学出版社 2005 年版。
178. 钱基博、李肖聃《近百年湖南学风》，中国人民大学出版社 2004 年版。
179. 柳向春：《陈奂交游研究》，华东师范大学出版社 2010 年版。
180. 李畅然：《清代〈孟子〉学史大纲》，北京大学出版社 2011 年版。
181. 郭全芝：《清代〈诗经〉新疏研究》，安徽大学出版社 2010 年版。
182. 罗时进：《地域·家族·文学——清代江南诗文研究》，上海古籍出版社 2010 年版。

学术论文：

183. 梁启超：《近代学风之地理的分布》，《清华大学学报》1924 年第 1 期。
184. 胡念贻：《论汉代和宋代的〈诗经〉研究及其在清代的继承和发展》，《文学评论》1981 年第 6 期。
185. 贺广如：《范家相〈三家诗拾遗〉及其相关问题》，《汉学研究》第 22 卷第 1 期（2004 年 6 月）。
186. 贺广如：《冯登府的三家〈诗〉辑佚学》，《中国文哲研究集刊》第二十三期，2003 年 9 月，"中央研究院"中国文哲研究所。
187. 张锦少：《从著述的年份及其作者的地理分布看清代三家〈诗〉学的发展》，《中国文化研究所学报》第五十一期，2010 年 7 月。
188. 吴国武：《董逌〈广川诗故〉辑考》，北京大学中国古文献研究中心集刊

（第七辑），北京大学出版社 2008 年版。

189. 蔡长林：《清代今文经学派发展的两条路向》，载彭林编《经学研究论文选》，上海书店 2002 年版。

190. 王学泰：《明代诗学伪作与〈鲁诗世学〉》，《文学遗产》1999 年第 4 期。

191. 虞万里：《上海图书馆藏稿本〈齐鲁韩三家诗释〉初探》，《中国典籍与文化》2011 年第 4 期。

192. 罗立军：《〈韩诗外传〉无关诗义辨正》，《华南师范大学学报》2005 年第 3 期。

193. 史革新：《陈寿祺与清嘉道年间闽省学风的转变》，见《福建论坛》（人文社科版）2002 年第 6 期。

194. 陈居渊：《论乾嘉汉学的更新运动》，《中国史研究》2002 年第 4 期。

195. 朱汉民、黄梓根：《王先谦汉学研究与书院传播》，《湖南大学学报》2004 年第 4 期。

后　记

自2007年复旦大学博士毕业到现在已经整整十年了，曾经设想，自己十年后将会怎样。可是，还没来得及细思量，十年就在不经意间过去，自己除了徒增年华以外，似乎也没有什么长进，真是惭愧。十年间的生活虽然发生了很大的变化，但我对于清代三家《诗》学的思考，却一直在继续。

我的博士学位论文《清代三家〈诗〉研究》，由于诸多原因，曾以“清代三家《诗》学论稿”为书名，由陕西人民出版社（2009年）出版。当时由于时间仓促，其中诸多的遗憾未及弥补。故我于2010—2012年在浙江大学从事博士后研究工作期间，继续围绕清代三家《诗》学展开研究。本书就是在博士后出站报告的基础上进一步修改，重新编排而成的，也算是对自己清代三家《诗》学研究的总结吧。但囿于本人学识有限，肯定还有不少不足之处，敬请专家和读者批评指正。

在这里，我将博士后出站报告里的“后记”移录于此，以纪念两年的博士后学习工作生涯，并以此表达内心诸多的感激之情。

当我在键盘上为出站报告敲下最后一个字符的时候，我告诉自己，关于清代三家《诗》学的研究暂时结束了。虽然由于自己才疏学浅，学术水平有限，一些问题尚未能很好地解决，但从五年前博士毕业那一刻起，心中对于清代三家《诗》学的一些思考和纠结，总算得以释怀，也算是聊了以塞责吧。

在浙江大学两年的学习和工作中，收获颇多，感慨颇多。难忘这百年学府安静的学习环境给我带来的内心的宁静，这种心情，只有工作过之后，再走进校园，才能体会得到；更难忘的是诸多师友的关怀和照顾，离别之际，千言万语，化作“感谢”二字。

首先感谢我的合作导师林家骊先生。两年前，贸然与林老师联系，表达做博士后的想法时，老师的热情回复，给予生性愚鲁的我很大的信心。两年来，无论是学习和工作中遇到困难向老师请教时，老师总是给予热情的指导和帮助。在此，向林老师表达我深深的谢意和敬意。

感谢我的博士导师蒋凡先生。作为先生的关门弟子，不才弟子实在愧对恩师教诲，时至今日，仍然让他老人家为我的事情操心。巍巍师恩，铭记于心！

感谢我的硕士导师白本松先生和华锋先生。华老师多年来始终关心我的成长。虽然白老师已经驾鹤西去，但他人格的魅力将是我一生的财富，谨此表达对白老师的深切怀念！

感谢浙江大学古籍所的束景南先生，报告在撰写过程中，从开题报告，到中期考核，再到最后的完稿，都多次向束先生请教，束先生学识广博，他的耐心细致的解答往往令我茅塞顿开。感谢周明初先生，他的关切指导和提出的宝贵修改意见，都使我铭记深刻。感谢朱则杰先生在开题报告时提供的资料收集的指导。还要感谢董平先生、胡可先先生给予的帮助。

感谢中国人民大学徐正英先生的提携和教导，每次向徐老师请教，都如沐春风，一种虽未入徐门，却胜似在徐门的温暖萦绕心间。感谢复旦大学杨明先生的殷殷教导。

感谢我的硕士、博士和博士后期间的同门兄友：耿纪平、曹建国、丁进、黄鸣、刁生虎、倪晋波、王军伟、程勇、李卫军、李波、毛振华、杨鉴生等，经常和他们的切磋探讨，让我收获颇多。特别感谢黄鸣师兄，出站报告中的两张地图就是请他帮助完成的。

感谢远方操劳一生的父母，终于可以说一声，女儿已“长大”，请二老放心。感谢我的爱人孙晓峰，他的支持和宽慰永远是我心灵的温馨港湾。

还要感谢我现在的工作单位中国计量大学人文社科学院的出版资助，感谢中国社会科学出版社韩国茹老师的辛苦付出。

房瑞丽

2017 年 5 月 23 日于钱塘江畔